目录 CONTENTS

001	第一章	我要接《藏心》
033	第二章	另一个男主角
061	第三章	第一次试戏
089	第四章	正式进组
129	第五章	一起养猫吧
167	第六章	我不是故意NG
195	第七章	难忘的生日会
251	第八章	演戏要有牺牲
275	第九章	我，收购了你公司
303	第十章	真人秀初体验

演技派
The Real Actor

"不开心吗?"
"没……"
"躺着舒服吗?"
"有点硌背。"
"那怎么还躺着不起来?"
"不想动。"

每一次海水淹没身体的时候,那种被冲刷的感觉其实很舒服,仿佛身体里有一部分脏东西被带走了一样。

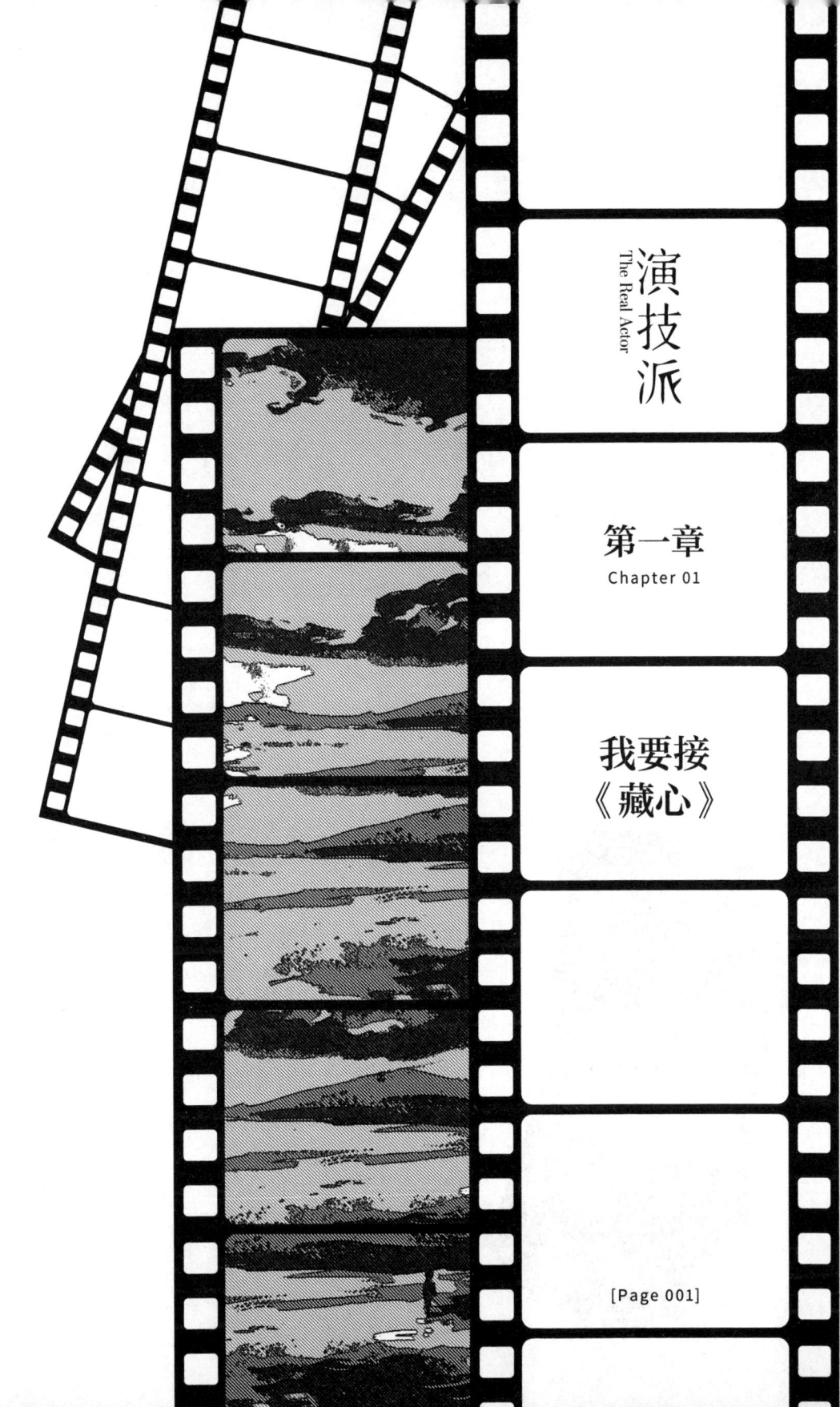

演技派
The Real Actor

第一章
Chapter 01

我要接《藏心》

01

冷气十足的头等舱里,庄钦蜷缩着补眠,他穿着毛衣,身上盖着羽绒服和毛毯,旁边坐着的助理小连不时扭头看他,低声问空姐又要了张毯子。

长途航程中,飞机耗能降到最低,机舱里黑压压的,小连动作很轻地把毛毯盖在他身上。

睡着的大明星,和舞台上耀眼的他很不同,病容苍白没有血色,睫毛像鸦羽那样疲惫地垂着,呼吸轻到听不见。

"庄哥,咱们马上就到了。"

广播提醒了一轮,庄钦似乎是被吵醒了,小连拧开保温杯,倒了热水在杯盖里。

"到了?"庄钦慢慢地睁眼,能感觉到在下降。

"刚才空乘提醒还有四十分钟,喝点水。"小连把杯子递给他,同时伸手把舷窗打开了,外面正是白日,太阳光亮得刺目,飞机晃动,庄钦眯了眯眼,苍白的一张脸在窗外那金黄的光照下能看见细小的绒毛。

"谢谢。"他适应了光亮,坐起身喝水,还没睡够,嗓子有点哑。

航班落地,小连动作麻利地把帽子、口罩、墨镜、全都拿给自家艺人戴上,庄钦失笑:"这里是美国,没人认识我。"

"庄哥,你也太低估自己的人气了,你可是顶流大明星,这临近春节,多少留学生回国啊!他们会不认识你?"小连不管三七二十一,把围巾套他脖子上,遮住下巴。

庄钦默然,很长一段时间他就是个普通人,干干净净地出现在任何地方,都不会有人认出他来。

忽然一下,他变成了当红小生,还很不适应。

演技派

明尼阿波利斯下了好大的雪，一场雪覆盖了所有的东西，白茫茫的一片。

"师父！"庄钦走出机场，在电话里问了好一会儿，终于见到了人。

"嗨！"庄学久大喊了一声，"小铃铛！"

哗哗的风声裹挟雪片在耳边呼啸着。

庄钦抬头看去。师父收养他的时候已经有四十岁了，现在已快花甲之年，为自家戏班操心了大半辈子，头上有了白发，但因为唱戏要练基本功，不服老，神采奕奕，丝毫不见老态。

庄钦绷了许久的情绪在看见他的那一刻溃不成军，大步冲过去抱住庄学久，声音带哭腔："师父，我好想你，想师娘。"

庄学久大笑着拍他后背道："师父也想你啊！臭小子，前几天还在念你，你就突然打电话了，你说，是不是父子连心？"

"是、是。"他百感交集，眼前一片模糊水光。

在不记事的时候，年幼的他被人遗弃在大四喜戏班外的台阶下，师父庄学久和当时怀孕的师娘把他捡了回去，取名庄钦。他上面有两个师姐，下面有一个师弟，都是师父师娘的亲骨肉，和几个学徒凑成了一个家乐戏班子。

改革开放后，大四喜戏班也曾迎来过一个春天，班主庄学久辉煌一时，但好景不长，大四喜戏班再次衰落。

庄钦打小跟着学唱戏，每日五点半起来练功，多年不断，大了一点，戏班子垮了，实在运营不下去了，庄学久知道这行可能会饿死孩子，便送小孩去上学，后来人在美国的师兄给他来信，师兄在美国发迹了，就让他过去。

庄钦小时候就喜欢看电影，喜欢唱戏，也喜欢演戏，想当演员。

庄学久没想到他还真能考上电影学院，他并不同意，但小孩在这件事上出奇地坚定，庄学久只好放任他去。小孩去上大学了，庄学久便去美国投靠师兄，现在在那边安顿有几年了。

庄钦给他打电话的时候，他有点意外，联想到要过年了，好几年没见，心里很高兴，请了假，一大早开车过来接他。

小连忙跟气质儒雅不凡的庄学久打招呼，庄学久才注意到还有个人。

庄钦介绍："师父，这是我朋友，连三思。"

庄学久跟他握手："幸会幸会，鄙人庄学久。"

"庄伯父您好……我叫连三思，您叫我小连就好，我是庄哥的助理。"

"那就是你在照顾他吧?多谢你啊。"他和气地笑。

"哪里的话,应该的、应该的。"小连发现了,庄哥爱客气、懂礼貌是家传的,庄师父有一米八,和庄哥差不多高,五官端正、身材挺拔,想来年轻时定然是个条顺盘靓的戏曲大家。

"这一路上,你们肯定辛苦了,吃饭没?"庄学久打开红色雪佛兰的后备厢,小连把自己和庄钦的行李放上去,几人上车,庄钦说没吃,庄学久倒车:"吃汉堡吗?你小时候最喜欢吃那个了,老美别的不行,汉堡倒是很扎实,肉多。"

小连正想提醒他别吃快餐,就听见庄钦重重地"嗯"了一声:"师父说什么好吃,我就吃什么。"

对他而言,师父和师娘就是他最亲的亲人,就是他的父母,这辈子除了上电影学院、硬要做演员这事,庄钦没跟他们吵过架。

"你不想吃快餐,就去中餐厅,这开车回家,还得开几个小时。"

"这么远啊?"

"你师伯搞了个野营度假村,组织很多野外活动,我和你师娘就住那里,还有个小雪场,你师娘就在那里工作,人不多,小铃铛,这回待多久?"

频繁听见"小铃铛"这个称呼,小连竖起了耳朵,这是庄哥的小名?是不是太可爱了点?

"我把年过了再回去。"庄钦说,"师娘在雪场工作?她怎么在工作啊,身体怎么样?"

"她啊,身体好着呢。而且她闲不住的,你师伯就给她找了个闲差事,在雪场帮人激活雪卡,干一天休息一天,工资高,人也不累,而且在室内,就随她去吧。"庄学久在后视镜里看他,"你工作不是很忙吗?"

"是忙,"庄钦知道师父和师娘不怎么上网,不知道他拍节目晕倒的事,"公司专门给了假,让我回家吃团圆饭,我想……多陪陪你们二老。"

庄钦经过昏迷这件事后,意识到身体才是革命的本钱。他也记挂着师父和师娘的身体,说:"师父,你们有没有定期去体检?"

"体检什么啊,不去,美国看病死贵。"

"那不行,得去,有什么都得预防着,这钱我出,等会儿到了咱们就去医院体检。"

庄学久真是拗不过,两人争了好半天,他无奈地说:"行了行了,体检!体检总行了吧!"

"嗯!"他这才笑开来。

小连正在给玟姐报备行程，见他笑，一时看呆。

庄哥也太好看了，巴掌脸桃花眼，黑白分明的眸子像会说话一样。这就是学戏曲的好处了，眼睛格外明亮澄澈，很有神，笑的时候像冬雪消融，嘴角下一汪浅浅的梨涡绽开。

连那些上蹿下跳的黑粉，都只能用"花瓶"这样的词来羞辱他。

只是可惜了，上周拍综艺出了个事故，庄哥好像是脑子摔坏了，干了件大事，跟公司闹翻了。小连跟着他，一是为了看着他，二是劝说他迷途知返。

车子越开越偏僻，是无人区，两旁的风光迷人，庄钦沿途盯着看了会儿，见到有人在路上穿着滑雪服滑雪。

不久他睡着了，小连主动地把肩膀借给他。庄哥有个毛病，之前在片场休息，他太累了倚靠着沙发睡了，真是一秒入睡，直接倒头靠在另一个男演员肩膀上也不知道，那男星没舍得把他吵醒，就抱着庄钦当了一个小时的人肉枕头。

有人偷拍了照片，但没传出去，可经纪人玟姐还是大发雷霆，让庄钦不许再这样了。

见他睡了，庄学久把广播关了。这条公路通往他住的大农村，在地图上是一条很笔直的长公路，路两旁灰蒙蒙的区域是白雪皑皑的原始森林，路尽头的小点就是家了。

红色雪佛兰行驶在路上，宛如一个小点。

到了，车停，庄钦醒了，问小连："肩膀酸不酸？"

小连摇头。

庄钦帮他揉了两下肩膀说："下回你睡觉，靠我肩膀。"

小连受宠若惊，心想庄钦没架子，性子这般温和，能安排来做他的助理，自己真是走运。

"师娘？师娘怎么不在家？"

庄学久把车停在车位上，他在这边的房子是栋带院子的小别墅，二手的，有些年头了，进去时地板会咯吱响，家具都是老物件。

庄学久把外套脱了挂在玄关的衣架上，摘下皮手套："你师娘马上就回来了，她四点半下班。"

四点的时候，这边天就黑了。

"你们在这边习惯吗？"庄钦背着包，小连在他背后，跟着进门，打量着这栋生活气息浓重的老房子，隐约还看见厨房通风的地方悬挂了火腿和腊肉。

"已经习惯了。"

庄钦立马说:"师父,我想……你和师娘要不要回国去,我赚了不少钱,可以给你们买新房子了。"

庄学久笑道:"其实啊,我和你师娘刚来,也不习惯,也是没见过这么大的雪,这边还流行一项运动,叫攀冰,瀑布结了冰,像攀岩一样攀,真不怕冻死!我算是知道外国人少的原因了,哈哈……现在好不容易语言通了,你师娘交了新朋友,你师弟也在这边读书,暂时是回不去的。而且师父哪里用你出钱给买房?咱家那戏班子,那么大!知道现在多少钱不?"

庄钦无言,师父招呼道:"来,上楼去,这房子没咱戏班子大,但也有房间给你们俩凑合住。"

有个客卧,还有个阁楼,小连主动说自己睡阁楼。

庄钦找到浴室洗澡,换了身衣服。听见师娘回来的动静,他披上外套咚咚咚下楼,"师娘!师娘!"他下楼梯太着急,一脚踩空,人差点摔了一跤,师娘步子快,"哎哟"一声上去把他抱住了,用花旦那绵软温柔的声音道:"小铃铛啊,怎么还是毛毛躁躁的。"

庄钦回抱她,哽咽道:"师娘……"

师娘年纪比师父还要大一些,当年是名动全城的美艳花旦,如今老了,依稀可见年轻时的花容月貌。

"让师娘看看,长变没有,哎呀,怎么瘦了好多?"

"公司不让我多吃,每天吃的东西都是规定好的菜谱,就瘦了。"

"你们公司老板要求的?真不是人!哪能不让你多吃……"

师父对他严厉,戏词背不好就罚跪、罚板子、罚饿肚子,而师娘就如同母亲一般,待他很好,不舍得他受罚。

晚饭桌上,他们像过去那样聊天,师娘说小刀师弟过几天也要回来了,到时候一家团聚,过个春节。

"你师弟小时候最黏你了,他听你师父说你来了,就马上买机票回来了,真是个不省心的。"

小连默默地听一家人讲戏班往事,觉得有趣极了。

晚上快休息了,还偷偷地问庄钦:"庄哥,你们一家师姐师弟,取的小名也真是太有意思了。"

庄钦笑着说:"小名是抓周抓来的,师娘说大师姐满月抓周的时候,抓的是个荷包，所以她叫小荷包，二师姐是小元宝，小师弟是把小刀。"

小连恍然大悟："您是一只小铃铛？"

"师弟满月抓周的时候，师父让我也拿一个，拿一个喜欢的。"他记不起那会儿的事情了，也记不起为什么抓了个铃铛。

但还能听见师娘这么喊自己，真是一件幸事。

夜深了，庄钦回房睡觉，把行李箱里的衣服一件件地拿出来挂在衣柜里，然后他就看见了一本皱巴巴的、用 A4 纸复印的剧本，封面打了两个黑体大字，还有一圈咖啡杯留下的印记。

剧本名叫《藏心》。

这是他出门前无意间在桌上发现的，就塞进了箱子，后忆起，一年前是有这么一回事。

一个默默无闻的小导演来电影学院撒网，碰巧看见他们的期末汇演，鬼鬼祟祟地给庄钦塞了这个剧本。

整部电影讲述了两个男主之间互相救赎的感情。

庄钦把剧本翻过来，看见最后面写着的导演联系方式。

去年，模样似个大学生的导演在学校剧场外面拦住他，追上来从包里掏出剧本偷偷塞给他说："庄老师，这个角色是我为您量身定制的，除了您，谁来演我都不满意！您一定要看看剧本，上面留了我的联系方式，一定，一定要给我打电话啊！"

庄钦听见"量身定制"几个字，还有些感动，细问了几句，是什么角色，什么剧情。

剧情他还挺感兴趣，觉得新颖，又很有挑战，他还没演过电影呢。

结果当天，他就看见那个小导演满头大汗地追着他一个小有名气的学长大喊："这是给您量身定制的剧本！您就是我心里最最适合这个角色的人选！"

于是，剧本最终沦为家里的茶杯垫，他连翻开的兴趣都没有。

02

一周前。

庄钦在一档户外综艺节目的录制现场昏迷。

事发突然，节目组生怕事情闹大，不让叫救护车，派车把他送到了医院，做了个详细检查，是劳累过度。

饶是如此，这事儿还是闹大了，无数人痛批电视台节目组惨无人道！接着，粉丝又在工作室澄清是劳累过度后来辱骂经纪公司！甚至还组团上门闹事！

最后还是他的经纪人玟姐登录了他的微博账号，表示自己一切安好，公司给自己放了假休息，这场闹剧才算是作罢。

庄钦醒来后，开始重新思考自己的人生，经过这么一场生死考验，他不再沉湎于辉煌的时光，所以他第一件事就是打电话给导演，拒了那部即将三个月后开机的大制作。

由此他和公司高层闹得很不愉快，悦动传媒的沈总甚至在会议室里发话要撤掉他所有的资源，让他自生自灭。

躺在床上，庄钦看了眼国内的时间，正是上午，借着屋里不算明亮的灯光，他照着剧本上的电话，拨了过去。

郭导可能是刚起床，打了个哈欠，问："请问找谁？"

"我找郭宝篯郭导。"

郭导当即醒了几分："我就是，请问您是？"

"我是庄钦，您记不记得去年……"

"什么？庄钦？！"郭宝篯立马就听出来了他的声音，脑袋登时清醒了，心下骇然，"真、真的？"

"庄小鲜肉"最近可火得很，当红小生，电视上网络上绝对不缺他的消息，打开电视就是他的热播剧——这两天又因为一件事上了热搜。

"真的是我，郭导，去年在电影学院，您给了我一个剧本，说有个角色非我莫属，您还记得吗？"他语气礼貌而谦逊。

"啊……记得记得！"郭导按捺住心里的激动，当时复印了二三十册剧本，花了不少钱，他在电影学院里物色气质长相符合的学生，发了一天只发了一半出去，倒是有个没拍戏经验的学生给他打电话，一听片酬两万块，马上怒骂一声把电话挂了。

郭导简直太意外了，眼下娱乐圈最红的"小鲜肉"庄钦！居然会给他打电话！

"庄老师您是……对安可这个角色有兴趣吗？"

"是的。"他开门见山，"我记得当时我们聊了几句，我的确对这个剧本感兴趣，也对这个角色感兴趣，而且我信任您的导演能力，所以想接这部戏。"

"真的？！"郭宝箴喜出望外，紧跟着有些惶恐。自己这剧……拉不到赞助，唯一的赞助商是他一个开旅行连锁店的亲戚，赞助了二十万，想在剧里打个酱油，给自己的公司宣传一下。

庄钦："真的。"

"实在……实在是，庄老师，谢谢你看得起这本子、看得起我，不过您对片酬……有没有什么要求？我实在是有心无力。"

庄钦说没什么要求，他知道如今的郭导是非常凄惨的，要是按照自己现在红的程度，卖了郭宝箴所有家当也开不起价。

郭宝箴相当怀疑，想一咬牙给他加到十万块，又觉得太寒酸，不知道怎么去说，现在若是谈好了，到时签合同，庄钦看见十万块片酬会不会在咖啡店里泼他一脸蓝山？

正打算和盘托出，就听庄钦道："我对片酬没什么要求，我看过您拍的电影，也看过您以前当记者写的报道文章，很有深度，我很欣赏您，所以无论片酬是多少，我都拿来给您赞助，咱们在合同上写明白这点，到时候若是有盈利，再给我分红就行了。"

"这、这……"郭宝箴没想到他居然做出这种听起来就是便宜了自己的决定，而且还这么了解自己，连他以前做哪行都清楚！

"您觉得怎么样？"

"没、没问题！"郭宝箴激动得开始结巴，"那咱们什么时候签合同？"

"我人还在国外，年后回国了，再约出来签合同。"

郭导这心里七上八下的，就怕这事黄了，回头庄钦想通了不拍了怎么办？他经纪公司能同意？是不是涮自己的？

可再有什么，都说不出口来。这戏他是掏了老婆本，稀稀拉拉找朋友赞助，凑了有一百多万，摄影、美术指导、一些配角，也是找的老朋友。精打细算的话，勉强能拍。

——庄钦当然不是做亏本生意，锦上添花没人记得，雪中送炭，会让人记一辈子。

第二天一早，庄钦就带着师父和师娘去了医院做体检，体检结果要过一周才能拿到。他担心师娘的身体，不想让她工作，师娘压根就不听："没地方让我唱戏，也没有观众听戏，总得让我做点什么吧？"

庄钦是想让她回国的，只是想到美国要方便一些，检查出问题了，马上开始治疗，不需要奔波，也就作罢。

他非得要跟着师娘去看看她工作的雪场，看看环境好不好，辛苦不辛苦，师娘乐道:"那雪场反正不怎么大,也不出名,价格还很贵,不过修得很豪华,那我带你进去,就不要钱啦,你好好玩一玩。"

小连也跟着去了,滑雪这种运动,怕庄钦自己玩的时候出意外。

庄钦是买票进去的,没让师娘走后门,他和小连用护照办了雪卡,果真很贵。

小连扫了眼账单,有些肉疼。

这也太贵了,门票就是其他雪场的三四倍,押金更是离谱!

雪场修得很豪华,旁边就是一家很私密的野奢度假酒店,靠着一条细细的、结了冰的深蓝色河流。小连搜了下酒店的价格,他也算是见过世面的了,可看见价格也忍不住感叹,难怪人这么少。

都是有钱人才会来这里度假滑雪。

"没骗你吧,这工作轻松,不累。"师娘说。

庄钦对这工作环境算是满意,可他不想让师娘继续工作,师娘也有她的道理:"在家里待着,你让我做什么?在家里才要得病!我出来工作,又能认识人,又能学英语,还能锻炼身体,小铃铛,你说是不是?"

庄钦说不过她。

师娘表面上看起来,的确身体很好的样子。

"庄哥,你会滑雪吗?"

"会一点。"

两人用雪卡租了雪具换上,小连愁眉苦脸:"我不会欸。"

"我也是半吊子,以前玩过一次,没事,不怕摔就行了,雪那么厚,摔不死人。"

他们租了两套双板,提着往雪场走,雪场是不大,雪道也不多,连着一座山脉,缆车上去,滑雪下来。

下面还有提供给初学者的雪道。

庄钦用自己仅有的经验来教导助理,小连摔得不行,干脆坐在下面休息。

等他去买杯咖啡、一不留神的工夫,庄钦人就不见了,小连寻不到人,慌了神,立刻着急地给他打电话。

庄钦摘了手套,拉开滑雪服的拉链,取出手机接听:"喂?我在缆车上呢。"

"缆车?庄哥,你可别乱跑啊!"

"不乱跑,你就在下面等我吧。"缆车缓慢地穿过洁白的雪山森林,庄钦把手机放回兜里,趴在玻璃窗上看下面。

有稀少的滑雪高手踩着单板从上面行云流水地滑下来，缆车上山、下山，庄钦拖着两只笨重的雪板踩上松软的雪地，从另一个没什么人的雪道下去。

魔毯旁边的工作人员说这边的中级雪道适合会一点的人，更高级的他不敢，庄钦就过来了。

许是刚下过雪的缘故，雪道摩擦力更大，庄钦不好控制雪板，雪镜刚摘下来过，有雾气，他看不清楚，眼前有些模糊。

他俯冲而下，想刹住，没想到速度却由不得他控制，越滑越快，庄钦的心被这速度激到了嗓子眼，直到重重地撞上了某个人，一阵天旋地转，抱着对方在雪地里滚了三圈，雪道表层的雪飞溅起来，围巾缝隙进了雪，凉意渗骨。

剧烈地喘着气，他头晕目眩了好几秒，庄钦还没回神，先是脱口而出一句中文的对不起，马上跟了一句"So Sorry"。

艰难地伸手摘掉模糊的雪镜，他看见身下压着的是个男人，庄钦能感觉到对方强壮的体格，男人戴着全套装备，头盔、雪镜、面罩，一张脸遮完了。

庄钦在脑海里拼凑了单词，非常歉疚地说："不好意思，我没办法起来。"他伸手去摸兜里的手机，"我叫我朋友过来帮忙吧。"

两只脚上都穿了很重的滑雪板，自己在冰天雪地里滑倒了，努力把还能站起来。现在压在别人身上，使不上力，怕踩到他。

"中国人？"男人对上他两只清澈的黑眼睛，手往下伸，解开他雪板的扣子，胳膊把他推开，声音带着天然的冷感，"不用客气。"

……欸？

中文？这么巧？

他还没细想就被人推了一圈，滑雪板脱落，庄钦翻了个身站起，还在琢磨他的声音，怎么有点耳熟。

怎么这么像……那个谁。

03

庄钦一时有些想不起来了，听见小连在那边叫自己的声音，便问那男人："先生，你没事吧？有没有受伤？"

男人摇头，庄钦又双掌合十地道歉："实在是对不起！你要是觉得哪里不舒服，一定要告诉我。"

"没事。"男人惜字如金地吐出两个字，拆了脚上的单板，站起身。

庄钦扫了一眼，觉得他好高，这才提着雪板朝小连跑了过去。

小连担心地问他是不是摔了，庄钦拍了拍身上的雪说："别提了，撞别人身上了，还滚了两圈。"

"啊？！那你身上疼不疼？有没有哪里不舒服？"

"没，不疼，你摔那么多下了都不疼，我怎么会疼。"庄钦摆摆手，从他手里接过咖啡，喝了一口。

他滑到了快天黑，这才和小连一起去还雪具，结果这时候才发现，他身上的雪卡、护照和手机，全都不见了。

找遍了身上所有的兜，都没寻到。手机雪卡都是小事，护照是大事！

"小连，你给我手机打个电话，我可能是……不知道丢在哪里了，应该在雪道上。"

小连当即给他拨号，几秒钟后，那边居然接了！

"庄哥庄哥，有人接！"

庄钦忙摘下头盔，从他手里拿过手机，侧耳接听："Hello？"

电话那头顿了一会儿，说："手机，护照，雪卡，我捡到了，雪具商店外的雪人那里等我。"

庄钦呆了一秒："哦……谢谢你啊。"

随即反应过来，这一口流利中文，惜字如金的表现，赫然是方才不小心撞上摔倒的中国人。

这也太巧了。

不过这家雪场本身人也不多，他松了口气，还好遇上了好心人，不然护照丢了就麻烦了。

那头挂了电话。庄钦穿着笨重的滑雪鞋，出去等他，想了想，又去旁边的咖啡厅买了一杯外带的拿铁。

他的帽子和墨镜在储物柜里，而雪镜和头盔、滑雪板，是小连在里面帮他看着，没有雪卡是不能还雪具的，这里不比国内，没法刷脸，也没有任何便利。

围巾半罩着脸，庄钦坐在雪人旁边的长椅上，天色已暗，路灯和商店的灯光映照在蓝莹莹的雪地上，半空中降下飞舞的雪花。

一小片一小片的雪花降落，他伸手接了一片，六边形的形状，还有花纹。

因为冷，又把手缩回去，抱着刚打包的拿铁。

温度透过纸杯传递到手心。

他坐着等了几分钟，看见一个男人从另一个门出来，那人个儿高，穿一件白色冲锋衣，长裤和马丁靴裹着两条大长腿，他应该是度假酒店的客人——酒店客人使用的滑雪屋和外来滑雪的客人用的是不一样的。

庄钦抬头看向他，瞥见男人摘了头盔、雪镜、面罩的面庞，恍惚间一时愣了。

李、李慕？？？

庄钦吃惊，一瞬以为自己是不是看错了，他有些近视，不敢确信。等那高个儿男人走近了看，方才确认。

带一点混血色彩的五官，眼睛不算大，狭长而深邃地陷在眼窝里，瞳仁也不是纯黑，染了些蓝色，是遗传自母亲的血统，而脸庞轮廓很深，鼻尖有颗很浅的小痣。整张脸冷冰冰的，好似染上冰雪，让人望而生畏。

——真的是李慕。

他没认错！

庄钦反反复复看过许多遍《永恒天体》，李慕是影片的男主，演技一流。庄钦总会不由自主地想若是这个角色由自己来演，会演成什么样？

一定不会有他好。

庄钦是有些嫉妒他的才华的。

难怪听声音就觉得耳熟。

李慕走到他面前，低头确认。

衣服一样，眼睛也长得一样。那双会说话的眼睛，仿佛陷入了某种非常震惊的事情当中，呆滞地盯着自己，眨也不眨，如同只受惊的小鹿。

庄钦一头乌黑的短发有些凌乱，鼻子冻得微微发红，睫毛沾了雪花，看着对方把自己丢失的三样东西给自己，回神，忙伸手接过："谢谢，太谢谢您了。"

男人面无表情地颔首，转身离开。

"等等，"庄钦迟疑地，差点叫出他的名字，"这个是……"

"咖啡？"李慕低头看着那双手捧着的纸杯，指尖都被冻红了。

"是谢礼。拿铁，不苦，还有糖包要吗？"庄钦抬头望着他。

在业内，李慕风评倒是很好，为人非常低调，只拍戏，但整个业内都知道，他风评好，脾气不好，是极为冷漠的一个人，不会随便搭理人，谁的面子都敢踩，最讨厌的事是别人捆绑他炒作。据说某个很红的著名女星拍戏时不知死活地拉他炒作，在私底下纠缠他，结果立马就撤了女主角的角色，被雪藏了，后来再也没露过面。

这么个不炒作、从不买通稿营销，甚至连个社交账号都没有的人，就像一座雪山，巍峨遥远而洁白，周围人曲意逢迎、觥筹交错，似乎和他全然没关系，他像旁观者那样冷眼相待，早早地就离场了。

这人太奇怪了，太格格不入了，似乎压根就瞧不起这个行业，也不屑于融入，和业内那些声色犬马的权贵不同，一看就是另一个世界的人——这是庄钦对他最深刻的印象。

……

"不用。"李慕不喝拿铁，不过还是接了过来，点头表示谢意，转身走了。

庄钦坐在那里，眼里带着几分不可思议，一直注视着他的背影没进雪屋。

太神奇了，昨天打电话给郭导说要接他的戏，今天就在明尼苏达州碰上了李慕。

李慕来这儿干什么？

是单纯来玩的？

庄钦装着满脑子的"太巧了"，一面感叹地回去还雪具。另一边，李慕进了雪屋，背上包回房间，喝了一小口拿铁，味道并不喜欢，正准备丢掉时，忽然瞥见纸杯上用水笔写了一行小字：

"谢谢，您是一个好人！春节快乐！"

字写得挺工整。

李慕盯着字迹看了几秒，难得地觉得有些意思，好像心情好了那么一点。

"咚！"

咖啡杯难逃被丢进垃圾桶的命运。

……

庄钦回去的时候，才听见师娘说："刚才给你打了个电话，是个陌生人接的。他说捡到了你的手机，我跟他说英语，他跟我讲中文，这边中国游客很少的。"

师娘难得才会遇上几个中国留学生——中国人一般都是去丹佛滑雪，怎么会来明尼苏达。就算来也是去双子城，他们这儿是农村，少有国人会知道。

庄钦微微出神，听见小连说还好有好心人捡到了，不然要是丢了护照，回国还得先联系大使馆，要费很大的周章，更别说庄钦是个名人。

"庄哥，你怎么魂不守舍的？"小连伸手在他眼前晃了晃。

"啊？哦……我没事，滑得有点累。"见到李慕之后，他脑子里转过了很多个念头。

小连拧开保温杯让他喝点热水："您师弟好像已经到机场，因为下暴雪没办法回来，明天才能到。"

"是吗？"

"我刚刚听您师娘打电话说的。"他低声道。

这边四点就开始天黑，五点的时候已经差不多全黑了，晚上，小连过来敲门，庄钦开门放他进来："怎么了？"

小连手背在身后，显得犹豫："刚才……玫姐给我打电话了。"

"哦？"苏玫也联系过自己，说的还是自己之前拒绝《定东风》剧本那件事，庄钦只回了一条，就没再理会了。

"玫姐的意思是，她跟屈导沟通了，还能争取一下，只要您这边松口……"小连把藏背后的《定东风》剧本拿出来，声音很可怜地求他，"庄哥，这部戏真的太难得了，指着要爆的，咱们不是合同都签了吗？这个角色也是您好不容易试镜得来的，真不演了？"

"真不演了，"庄钦神色轻松地安慰他，"我接了个更好的本子。"

"啊？比《定东风》还要好吗？"他睁大眼。

"当然了，"庄钦知道他担心什么，安慰道，"小连，你也别担心公司那边，你是我的人，公司不敢拿你怎么样的，要是闹得不可开交，我也会保住你的。"

这句"你是我的人"，让小连一张脸登时涨得通红，一时忘记要说什么了。

庄钦摸了摸他的头发："好了，玫姐那边你也别管，我等会儿知道给她回消息，时间也不早了，你回房间休息去吧。"

小连被他感动得都忘了玫姐给自己下的死命令，稀里糊涂地点了头，就走了。

关了灯，庄钦戴上眼罩躺下，却怎么也睡不着。

随着时间推移，那件事对他的影响表面上小了，可每次上网，只要搜自己的名字，就是当初那条新闻。

种种复杂的情绪，在眼前蒙住的黑暗之下，潮水般向他涌来。

《定东风》是大型古装连续剧，从出品导演编剧赞助到演员班底，都表明这是一等一的大制作。

昏迷之前，为了拿下喜欢的角色，他费了很大的劲去争取，提前两个月拿到剧本，在家里自己琢磨，写小传，入戏，做梦都在试镜。

他的努力没有白费，试镜后，打败了很多个比他有经验有优势的老演员，如愿以偿拿到了角色。

拍戏拍了一个月的时候，他忽然收到紧急的节目通告。他临时跟剧组请假，要去录节目。

剧组那天排了他的戏，他急着走，导演看他急得快哭了，就放他走了，然后让替身拍了一场挺危险的武打戏。

不知什么原因，威亚出了岔子，那替身凌空时忽然摔下来，所有人都没反应过来，那人身体就急剧下坠，刺进一把竖立的竹竿，现场所有人都蒙住，几个胆子小的女演员吓得尖声大哭。

有一个被血溅到的甚至留下心理阴影，直接退圈，余生都不敢再拍戏。

当时庄钦人在飞机上，什么都不知道。

04

因为天黑得早，庄钦的作息也变得规律起来，夜里八九点就睡觉，要睡到自然醒。师父体贴他，没叫他起来练功。

天黑得早，也亮得早，晨光透过窗帘映在老旧的深色地板上。

庄钦以前睡眠好，因为无忧无虑，每天最愁的事就是怕自己记性不好，第二天考问戏词的时候忘记了受罚。后来长大了，经历的事情多了，又出了那种事，失眠问题很严重，睡眠变成一件很困难的事。

一有点动静，就像惊弓之鸟一样。

他觉得脸有些痒，伸手拨了一下，好像碰到了什么，庄钦隐隐觉得哪里不对，缓了好一会儿，慢吞吞地睁开眼。

一张英姿勃发的帅气脸庞，凑得很近。

"你……"他吓了一跳。

"你醒了啊？"他压在师哥的耳边说。

庄钦迷糊地喊："小刀？"

趴在他床上的人，是他的小刀师弟。

演技派

小刀轻声说:"是不是我吵醒你了?你继续睡。"

庄钦稍微有些不自在:"你怎么睡我床上?"

小刀失笑:"你睡的就是我的房间,师哥,以前我们都是一起睡的……"

庄钦眼睛睁大了一些,师弟真是完美继承了师父师娘的全部优点,脸依稀带着师父年轻时的影子,虽然年纪还不大,但已见今后万人迷的雏形。或许是在国外接受了一段时间的教育,全身都洋溢着热情。

尽管师弟还小,但万万不能像以前一样了。

"你什么时候回来的?"庄钦坐起身了,师弟坐在床边说:"刚回来,我就进来看看你,哪知道把你吵醒了。"

"哦……学校放假了?"

"早放了,听说你来了,我才回来的。"

庄钦点头道:"这是你的房间,那我就搬到旁边去。"

旁边还有两间,是师姐的房间。

"别啊,我一回来你就不乐意跟我睡一起了吗?以前我们连一颗糖都要分着一起吃,师哥,你不疼我了吗?"他很委屈地眨眼睛。

"疼。"庄钦感到头疼,小刀这孩子,比他小两岁,又喜欢黏他,很爱撒娇。他一直对小师弟很好。

"你床太小了,我不想和你挤,家里不是还有房间吗?等会儿我就换过去。"

小刀有些受伤,很是委屈,难过了好一会儿,就跑出去了,庄钦也不管他,倒下继续睡,这回把门锁了。

小刀咚咚咚地下楼,正在做饭的师父看他一眼:"怎么?你去看你师哥了?"

"我把他吵醒了。"

"他没骂你?"

"他要搬房间,不跟我一起睡。"他气愤地道。

师父就笑:"我都跟你说了别吵他。他现在做明星,你看他累得,很辛苦的,一点小动静都容易醒,你还是别吵他了。"

小刀哦了一声,想到网上说的那些事,不免很心疼他,低声说:"师哥看起来很累,看我的眼神,跟我说话的语气,都跟以前不一样了,好像藏着很重的心事一样,爹,你不知道娱乐圈有多混乱,谁知道……他什么都没有,没背景没资源,要挨多少欺负。"

师哥的眼神让心思敏感的小刀很难过,他同师哥一起长大,深知他身体怎么样,打小练功,夏日暴晒、冬天冰霜,每日不断,尽管骨架偏窄,但那身体却犹如一根鞭子,精瘦却结实。

这样的身体,怎么会突然晕倒呢?

师哥有个什么变化,他清楚得不行,那双总是明亮的、带着光的乌黑眼睛,今天见了,就好像在深处藏着很黑暗的东西一般,不知道是经历了什么才会这样,让人感觉心痛。

"爹,你劝劝他吧。"

庄学久叹气:"那也要你师哥听我的才行。"

当年能为了去学表演跟他大吵一架的徒弟,这时候怎么可能听话。

他眼底晦暗不明,想到徒弟说:"师父,我只会唱戏、演戏,您想让我做什么呢?"

他苦笑,自己唱了一辈子昆曲,现在却来投奔早有先见之明,来美国打拼出事业的师兄。自己都吃不起这碗饭了,怎么能要求徒弟去吃?

小刀回来了,一家就更热闹了。庄学久在他面前提了几次要不要来美国生活,庄钦拒绝了,他就不再提了。

后面几天,庄钦又去了雪场,却没能再见到李慕了。

又过了两天,体检结果出来了。

师父没什么问题,就是有个小的结石,没什么影响,师娘的问题要更大,有个囊肿要切除。

医生感叹说:"还好是发现得早,要是再晚一点,这就没得救了!"

庄钦眼角湿润,不免很庆幸自己做的这个决定,还好他回来了……还好自己多留了心,师娘得救了。

过春节,师娘要动手术,庄钦偷偷听见小连在讲电话,是他家里长辈,问他怎么不回来过年。

小连说:"哎爸,跟你说了,我跟着老板在国外呢,过几天,过几天……别气别气,别骂我啊,我给你们带点礼物回来。"

庄钦是不小心听见了,随即就给小连发了新年红包,给他订了机票,让他先行回国过年。

机票退不了,大几万的机票,小连不忍心,让他改签,他不改,小连很担心自己走了,他一个人没法跟人交流。

庄钦说："我英文没什么问题，来的时候你也看见了，放心吧。"

小连就想到了之前庄钦录节目英语水平被小学生吊打，全网群嘲了一周的事件。

但这些天在美国，他发现庄哥的英文说得还真不错，很流利，几乎没什么障碍。

难道是私底下偷偷补课了？

庄钦态度坚决，小连被他哄着，就很不舍得地提前回家了，路上后悔了好几次，特别担心庄钦，要他给自己每天发消息报平安。

师娘的手术成功了，医生叮嘱让她好好疗养，还有注意一些忌口。

"师娘，这边天气太冷了，要不您还是跟我一起回国吧？"庄钦劝道。

师娘叹了口气："小铃铛啊，我和你师父好不容易下定决心过来，好不容易安顿了，我这把年纪，不想折腾，等我身体好些了，就回去看你，住几个月。"

劝说不过，庄钦只能尽力多留几天，但他不能一直待在这边，在国内还有之前就签了合同的工作和通告积压着，不能再拖了。

公司高层对他不满，要撤他资源，不再捧他，但之前就签下的合约却无法毁约。

毁约也是要付违约金的。

他这半年的行程都提前安排好了，现在要赶着回去拍杂志封面，玫姐火急火燎地给他打电话，说机票给他订了，催促他马上回去。

下了暴雪，他也没让师父开车送。

从双子城回国得转机。

庄钦收拾好东西，还把《藏心》的剧本装在包里，打算上飞机慢慢看。

结果还在排队办托运的时候，就收到手机短信，提醒他航班延误。

是出于暴雪的缘故，机场的广播无数遍地通知，从圣保罗机场出发的所有航班，全部出于天气原因延误。

庄钦回电话给国内："玫姐，航空公司安排我到附近的酒店住一晚，看来今天飞机是没有办法起飞了。"

他在机场休息室里等了三个小时，有人过来通知他，因为航班今日无法安排起飞，请他住到旁边的一家五星级酒店，由航司埋单。

苏玫头疼地道："那要什么时候才能飞？《时尚 Monster》那边我没办法再帮你推了！"

"暴雪下得很大。"庄钦打开车窗缝，把手机的麦对着窗外，呼呼的风声传到另一头，"连汽车都寸步难行。"

"不能去另一个城市起飞？"苏玟收到他发来的微信小视频，那雪下得，和世界末日似的。

"你好好的没事为什么要出国！"这会儿她开始担心庄钦的安全问题了，孤身一人在国外，遇上了这样的暴雪，他还是个公众人物，刚出了小事故，要是现在又出点什么岔子，粉丝可能上来把公司给砸了！

"不行的，车子开不过去，雪太大了。"他关上车窗，把手揣进兜里。太冻了，这种时候，搞不好什么时候就能安排起飞，都说不准，庄钦也无法回师父那里，免得航司突然通知他起飞时间确定了。

苏玟只好叮嘱他："杂志社那边我去说，你注意安全，待在酒店千万别乱跑。"

庄钦行李拿去托运了，他浑身上下就一个书包，照例是戴着帽子、口罩，低调地独自去酒店前台办理入住。

这家酒店就在机场附近三公里的地方，现在已是人满为患。所有人都在吵，大堂的电视机上播放着暴雪造成的各种事故，看起来，这场雪的威力巨大，起码得持续好几天了。

办好入住，庄钦在暖气充足的房间大床上躺下。

酒店是老牌五星，隔音做得很差劲，听得见窗外的车喇叭声，隔壁房传来的小孩哭闹声，迷迷糊糊地睡了几个小时，夜里手机响了一下，便忽然惊醒了。

披上外套，拿了一包饼干撕开，庄钦一边吃手指饼一边下了楼。

已是凌晨，这个时间点，酒店里却还是很闹，不时有拉着拉杆箱的客人进进出出，皮鞋面和裤脚一片水迹，焦急地询问有没有空房，最后得到一句客满的回答。

酒店餐厅已经关闭了，他饿着肚子，前台友好地告诉他："先生，你可以去酒吧，那里还有小吃。"

顺着前台指的路，庄钦进了酒店的酒吧，兴许是天气缘故，现在还有人坐在里面，围成一圈在聊天。庄钦坐在壁炉旁的位置，出示了房卡，照着菜单点了汉堡、薯条、炸鸡，然后点了杯看不太懂的饮料。

很意外地，这饮料应该是鸡尾酒，但没多少酒精味，带着甜的、苹果的香气。

旁边坐的不知是哪国人，讲着听不懂的语言聊天，叽里呱啦的声音相当地催眠。

酒吧的沙发很软和，被壁炉烘烤得干燥，那火光摇曳，笼罩在眼前。

凌晨一点钟，李慕被隔壁房间的动静吵醒，他打电话先是投诉，过不久，酒店服务员果然上来了，对他表示歉意，还去通知了隔壁，让隔壁客人小声一些。

演技派

李慕彻底没了睡意，换了件毛衣，下楼去了酒吧。

他起床气很重，若是无缘无故被人吵醒了，就会肉眼可见的不高兴，浑身释放冷气。

独自坐在吧台喝酒，李慕听见两个侍者在说话。

"那个客人怎么睡着了。"

"他住哪个房间的？"

"我们是不是该把他叫醒了？"

他侧头扫了一眼，壁炉旁边的单人沙发，是一张有些眼熟的亚洲面孔，歪着头靠着手臂酣睡，脸庞被摇曳的火光映得通红。

李慕想，那不是睡着了，是喝醉了。

05

酒吧的侍者到底还是把庄钦叫醒了，庄钦迷迷糊糊的，手臂发麻地站起。

他走到吧台去签单结账，侍者问他："先生，你住几号房？"

"我、我住……"庄钦有点忘了，摸索地把房卡掏出来，胳膊夹着的帽子掉在地上，他答道："1207。"

他签下名字，根本没注意吧台还坐着谁，拿着单子走了。

他走得很不稳，不知道是睡迷糊了，还是真有些喝醉了，一头撞在透明的玻璃门上，侍者连忙惊慌失措地去扶他，问他有没有事。

庄钦眼冒金星地摆手说"I'm OK"，也不要帮助，捂着脑门晕头转向地走了。

李慕没喝完酒，签了单后，侍者从地上捡起帽子说："先生，您的东西不要忘了。"

"不是我的。"李慕站起，顿了顿，"给我吧，他跟我住一层楼。"

把帽子挂在1207的门把手上，李慕回房休息。

庄钦运气不错，第二天中午起床，就收到航司消息说今天晚上六点安排起飞，同时他的另一段转机航班，也只滞留两个小时就能直接起飞。

他收拾好东西出发，开门的时候看见挂在门把手上的棒球帽，迷糊了几秒，也没细想，扣在头上下楼退房。

他在机场碰见了中国留学生,留学生似乎认出了他,但是不敢确定,因为看见他是一个人,身边没有保镖没有助理,便以为是长得像,最后拿着手机偷偷地拍他,但没上前来。

直到上飞机,庄钦落座,要了杯热饮。

旁边的座位是空的,飞机快起飞的时候,才有人来。

那男人很高,大冬天穿一件猎装夹克、下着运动裤,随意地混搭着穿在他身上,就好像刚从杰尼亚T台秀场上下来的男模。

这位男模站起来自己放行李,没让空姐帮忙。庄钦刚拿出剧本准备看,不小心抬头看了一眼,余光瞥见了旁边的男人。

优美的侧脸轮廓,低头时黑色墨镜从高挺的鼻梁滑到鼻尖,约莫是没睡醒,犹如一只慵懒的成年雄狮,散发出生人勿近的气场。

许是他诧异的目光停留得太久,男人侧过脸来,垂首。

两人目光接触。

庄钦的眼睛让人很难忘,明亮而格外有神,所以李慕很快就认了出来,罕见地对陌生人开口:"去芝加哥?"

"不是……我回国,去奥黑尔转机。"

李慕点头,冷气全开,两人无话。

庄钦觉得这未免太巧了些,以前一辈子只偶然见过一次的大人物,现在短短半月的时间,碰上了两次。

在国外的这段日子里,庄钦白天陪师父师母,夜深人静则待在房间里独自看电影,看完站在黑漆漆的屋子中央,自己演,他没有舞台也没有观众,自得其乐。

他是有些喜欢,不,应该说是很喜欢、很欣赏李慕这个演员的。此时此刻,庄钦并没有想其他,只出于欣赏想认识这个人,他便问了句:"您去明尼苏达,是专门滑雪吗?"

"攀冰。"李慕言简意赅。

他哦哦两声,飞机起飞了,庄钦没再说话。

他不是不擅于交际,只不过出于顾虑,没跟他搭话,毕竟现在他没道理知道李慕是谁,又有什么背景,两人只不过是萍水相逢的陌生人,若太过热情,恐怕会适得其反。

看李慕也戴了耳机,打开电脑,似乎在看什么文件,随即他也戴上耳机,翻开

演技派

了剧本的第一页。

剧本的语言,不是学这行的普通人,很难会有耐心看下去。

不过《藏心》的剧本写法,带着日式风格,就和小说看起来差不多。

第一场戏,就是男主江琢的出场。

他是孤儿,也是被专门培养的杀手,去泰国执行一个任务。

背景设定在东南亚,地点是泰国一个杜撰的小城市,拥挤、杂乱、热情、迷离……奔波着从全世界各地而来的游客。

剧本中杀手江琢接了一个在东南亚的暗杀任务,任务成功,却因为一点小错误,受了枪伤,被几方人马追杀,他穿过一家杂货铺,在无人的黑暗楼道里用简单的材料处理伤口。

这时,一道门忽然在他面前打开。

开门的是个十几岁的少年,有着东南亚很少见的白皮肤,穿短袖短裤,踩着拖鞋,用泰语问他:"你是来修水管的?"

江琢警惕地盯着他,食指冷静地压在扳机上。

那少年似乎眼睛不好,没看见他在流血,也没看见他拿着枪,已经上了膛,准备杀掉自己。

确认了一会儿,少年眼睛的确是看不见,江琢走过去。

少年听力很好,嗅觉也很好,已经闻到了血腥味,忽然意识到什么:"你不是修管道的。"

"不是。"江琢会说泰语,同时看见这间房子的全貌,不算很大,很旧了,看起来是他一个人住。桌上有几张印着招合租室友的传单,他快速扫了几眼传单内容,回忆起刚进来时,在那边杂货铺外面看见的单子,他的眼睛会记住很多的东西,这是训练出来的。

"我看见你贴在墙上的传单,我来租房。"他顺手从口袋里掏出美金。

"哦……你租房啊,你会做饭吗?"少年说,"我饿了,厨房在那边,你先做饭给我吃。"

他的传单上有苛刻的要求,租金压得很低,几乎相当于不要钱,但要求室友会做饭,会打扫,并且帮他打扫。

故事就这么开始,起初杀手只是在少年这里养伤,给他做饭。杀手一开始想解决掉他,因为少年总是吩咐他做各种各样的事,很烦人。杀手并非滥杀无辜的人,他有自己的坚持，杀的都是罪大恶极的人，他忍耐了下来，在相处中渐渐了解这个孩子的一切。

少年很熟悉这家中的一切，清楚所有房间里所有摆设的位置，有一次杀手不小心把桌子移了个位置，少年就撞上去摔了，把膝盖摔得瘀青，呆呆地坐了几秒，自己站起来了。

少年似乎很没有戒心，还在杀手面前换衣服，洗澡。

少年说："你很好，他们住不到两天，偷我的钱，被我赶走了。"

杀手问："你怎么知道我没有偷东西？"

"我是看不见了，可不代表我不知道这些，你是个好人，就是做饭不怎么好吃，不过比叔叔做得好吃一些。"少年没告诉他，其实能看见一点的，就是非常模糊，但他已经习惯装成真正的瞎子了。

后面一个小时的剧情，展现了两个男主角惨烈的身世与互相救赎的情感。

如今真的见到了李慕，庄钦发现他和这个角色很贴近，他的气质就很适合演这样的角色，这是短板，也可以说是长处。

飞芝加哥很快，他闭着眼睛在脑海里把这部电影又回忆了遍，就落地了。

庄钦收拾行李下飞机，还跟李慕说了句拜拜。

李慕睡了一觉刚醒，没听见他说话。

庄钦无所谓地走出了机舱。

李慕这才站起，把行李拿下来，蓦地瞥见地上掉了一本白色的书。

那个中国小孩又掉了什么东西？

李慕伸手捡起，看见咖啡杯的污渍下两个模糊的黑体字。

《藏心》。

06

庄钦是登上了第二程的航班，准备翻开再研究剧本的时候，才发现不见了。

他不知道丢哪里了，也记不起来，只能作罢，想着等回去跟郭导签合同的时候，再找他拿一份剧本吧。

这回要飞接近十四个小时，庄钦睡得很不舒服，他不喜欢坐飞机，头等舱也不喜欢，他嗅觉比较灵，机舱皮椅很多人使用过，有种让他难受的气味。

刚落地，便有专人保驾护航让他下飞机，低调地出了机场后，直接被塞进保姆车。有时候有声势浩大的接机，那是故意放出去的消息，因为已经准备好要上头条了，得拍几张"生图"。

通常那种时候，苏玟会叫他细心打扮一下。

"玟姐。"庄钦上车，老老实实地喊她。

苏玟和小连都在车上。

苏玟是悦动传媒的首席经纪人，带了不少的艺人，庄钦是她手底下同时也是全公司最能打的，他想当演员，公司却把他当成全能偶像来栽培。

确实挺全能的。

演技不说特别灵，可就这个年纪而言，至少能凭借自己的演技去试镜拿到角色，还得到大导演的夸赞，人懂事很乖，在综艺节目里本真的性格非常圈粉。

唱歌跳舞这些，就更不必说了，这小孩小时候经历和很多人不一样，别人上学，他拜师学艺，学的是昆曲，身上有股骄傲的韧劲。

当然了，这同时也带来了一些缺点，就是文化水平不够高，不过在粉丝眼里，自家哥哥怎么样都好，算数算错？那是可爱！英语说不好？但我们哥哥会耍杂技会唱昆曲啊！你们爱豆会吗？

很难会有人不喜欢这个偶像，所以悦动传媒倾尽资源地捧他，加上小孩自己努力上进，肯吃苦，他红得很快。

"我问你，你那天跟沈总说了什么？你就是拒了一部戏，他怎么要撤你资源？"苏玟也是刚听说的消息，庄钦的资源被砍了。

公司竟然会做出这样的决定，是她没想到的，她原本以为只是给一点小惩罚，不料直接把原本分配给庄钦的资源送给了其他人！

"没说什么，只是表达了我的意愿而已。"庄钦想要自由地接戏，他知道公司肯定不会同意，就顺水推舟地跟高层闹翻了。借着沈总女儿是他粉丝这层关系，激怒了他，和公司签下不平等的对赌协议，要在两年内赚到两亿。赚到了，这笔钱公司不抽成，扣税后给他，若是没赚到，这两年他白给公司打工不说，还要在合约期限上增加十年。

协议是保密的，苏玟还不知道。

苏玟愤怒地拧眉："那你就去给我道个歉，你知不知道你的角色被郑风柏抢走了？还有你下一季度的洗发水代言，也被他拿走了！"

"郑风柏？"

庄钦稍显意外。

郑风柏是悦动传媒的另一位"咖"，他的经纪人 Rose（罗斯）和苏玟是公司两大金牌经纪人。

"他是记你仇呢！"庄钦居然这么不争气，苏玟很难不生气，"前年你还在做他的替身，结果你替代他当了主角，还一炮而红了，现在他也抢你的角色，以其人之道还治其人之身，你怎么一点都不着急？？"

庄钦纠正她："不能算他抢我的角色，那是我不要的。"

"你！"苏玟气急，"你这个脑筋，关键时刻掉链子！我就是不明白，你倒是告诉我，《定东风》哪里惹到你了？"

"我们之前谈过这个问题。"他平静道。

当时庄钦说，找"大师"问过，《定东风》这部戏不能接，替身那件事只是一个开始。

苏玟哪里会信这种鬼话。

"你试镜成功了，是好事，我当然高兴，现在拒演，把机会拱手让人，我当然不开心！你这是彻底得罪了屈导！"

庄钦没睡好，有点压抑得不舒服，他不喜欢跟人吵。

他知道苏玟为他好，只是现在的他，不喜欢受人摆布了。

虽然他只不过是个小明星，公司捧他，他有戏接，能火，公司要是不捧他，雪藏他，他就再也不能做喜欢的事了。

后来发生了那件事，公司果然是把他雪藏了。

红的时候，人们对他笑脸相迎、巴结他；栽的时候，人们就对他冷嘲热讽，同一个人，居然有这样截然不同的两面，判若两人。

慢慢地，也全看透了。苏玟倒也没说抛弃他，也安慰他，说："公司的决定，我不能做主，小钦，你先休息一段时间，过段时间，我看看能不能帮你找个机会复出。"

她给了承诺，后来也给他打过电话，带他去参加酒局，说有个老板一直就喜欢他，可以出资让他带资进组。

要付出什么代价，苏玟没有说。

庄钦没同意，苏玟恨铁不成钢地骂了他："你现在混成这样，还有什么资格挑三拣四!"

他知道不能怪苏玟,她也只是一个普通经纪人,没有那么大的能量。

无数次地,庄钦会想,如果自己有背景就好了,就像李慕那样,他想拍戏就能拍戏,不想拍还有很多的退路。李慕挑片眼光好,他的电影上映,总是卖座又叫好。

这是他羡慕不来的人生。

尽管对赌协议不平等,但好歹是个机会,终于有自由接戏的权利了。

庄钦没和苏玟吵,她自己说了半天,见他不搭理,也很来气。

她叹口气道:"资源我尽力帮你争取,下回你再这样自作主张,小心我不管你了!"

庄钦就从包里掏出一个小盒子,笑着说:"我给你买的礼物,新年快乐啊玟姐。"

"就你嘴甜!"苏玟没别的爱好,除了买点包包化妆品,还很喜欢收集笔,各种各样的钢笔、羽毛笔、蘸水笔。

庄钦送的,就是一支限量的钢笔,套盒里还有一瓶墨绿色的墨水,从包装到质感都带着低调的奢华感。

苏玟收了礼物,又好气又好笑,没再继续骂他,说:"现在咱们去《时尚Monster》拍封面,看样子还要堵车,肯定又要迟到了!"

她打了电话先跟杂志部说明了情况,又拿出洗脸巾、牙刷牙膏和面膜等物品,在车上倒热水让他洗脸,矿泉水漱口,最后敷上面膜。

"你虽然年轻,皮肤也好,但是不能乱折腾,要好好护肤,以后拍电影,电影可是没滤镜的,你脸上要是长闭口都能看得见……"

小连忍不住插嘴:"庄哥从来不长痘,也不长闭口。"

"我知道他不长,"苏玟瞪小连,"这不是让他多注意着嘛。"

庄钦闭着眼敷面膜,小连给他念拍摄任务,是个双人封面,合作对象宋恪是从他们学院毕业的一位学长,比他大几岁,两人之前就在剧里有过合作,他的角色是亦正亦邪的大盗,宋恪则是朝廷禁军大统领,网上不少嗑他俩CP的。

庄钦昏昏欲睡之际,包里连着充电宝的手机来电了。

来电显示的是美国那边的电话。

他连忙接起。

庄钦打小学唱戏,没有上学,英语差劲,要不是之前在国外生活过一段时间,恐怕一句话都听不懂。

他认真问了两遍,才确定这通电话的来意。

对方是美国××航空的。

"先生,您在乘坐'×××××'号航班的时候,有物品遗失在座位上,坐您旁边的那位先生拾到了失物交给我们,让我们联系您。"

"欸?"庄钦非常意外,"是一本看起来像一堆资料一样的书吗?"

"是的,一本书,如果您有需要,我们航司可以为您提供免费邮寄的服务。"

庄钦想,若不是自己是头等舱客人,恐怕是没这待遇的。

"算了,没关系,不用寄,帮我处理一下吧。"他回答道,毕竟已经回国了,那么远寄回来起码要一个月,不如交给航司处理掉,过两天抽个空去找郭宝箴签合同,再要一份新剧本就成。

同一时间,芝加哥。

"Henry(亨利),你滑雪回来了吗?"

"嗯。"李慕戴着蓝牙耳机,迈开大长腿在跑步机上挥汗,他已经跑了一个多小时了,速度现在降到了4.6,黑色短发全是汗,灰色的短袖被打湿,贴着他那锻炼出来的精悍肌肉,窗外正是无与伦比的密歇根湖景。

邱明懒洋洋地对电话里说:"那最近有空吗?我找编剧为你量身定制了一部剧,男主角就定你了!怎么样,想不想试试?"

"不想。"

李家和邱家两家是世交,两人小时候就认识,性格却南辕北辙。

"你这么快就拒绝了?"邱明和他相处习惯了,明白他就是这样,仍然孜孜不倦地道,"我给你讲,我这个剧本是雇最好的编剧写的,一定能让你满意,男主角的性格和你一模一样。"

"不。"

"你不是很喜欢戏剧吗?"邱明继续讲自己的,讲了有十分钟的剧情,讲得口干舌燥,"小亨哥,Henry,Hello?你还在吗?"

李慕没有说话,邱明听见他有些剧烈的粗喘声,忽然明白:"啊……我是不是打扰你办事了啊?"

"说正事。"李慕停掉跑步机,一手抓过毛巾擦脖子上的汗,光着脚踩在地板上,去接了杯水。

"哦,正事啊,正事就是……咳,我电影缺个投资。"

演技派

"你什么时候去拍电影了?"他仰头喝水,胸口的衣衫被汗完全浸湿。

"嗐,瞎玩的,我被经理辞退了,我爸气死了,硬要赶我出来做点什么,我准备搞个传媒公司,自己捧明星,再拍点电影,我出一个亿,你随意入股,保证你赚钱怎么样?"

"策划书给我看。"

"等等就发给你,就知道你要这个!"

两人是多年的好友关系,邱明小他两岁,前两年,邱明为了泡妹子在纽约电影学院进修,毕业作品便是找的李慕来当唯一的男主角——那部科幻短片还拿了个奖。

当然,电影不是邱明导演的,他算是制片人,买了一部科幻巨作,找了最好的编剧改编,又找来最喜欢的导演拍摄,最后男主角的人选,却想到了发小。

虽然大家都是富二代,但他这哥们跟很多人都不一样,智商有163,自己还在上初中的时候,他就跳级被MIT(麻省理工学院)录取了,自己开始不务正业玩乐队,他去非洲搞钻矿,四处投资,也不管那庞大的家业。

近两年邱明知道他闲了许多,一月飞意大利听歌剧,二月飞彼得堡听基辛,三月待在芝加哥的豪华公寓处理公务……他爸嘴里的别人家的孩子,就是李慕。

邱明知道他还有个不为人知的爱好,就是戏剧,是从小就喜欢的。

"看完给我个准话啊。"邱明把找人修改过的策划书发给他,因为知道他龟毛,性格挑剔,眼里揉不得沙。

"OK。"两秒钟,文件下载下来,他也没打开,正准备转身去浴室,传来了门铃声。

李慕接通智能门锁,看见按门铃的是Palmolive Building(帕尔莫利夫大楼)的私人管家。

"先生,这里有一个您的包裹。"

"包裹?"

"是的,我给您放在哪里?"

"你直接进来放桌上吧,谢谢。"李慕挂断通话,去浴室冲澡。

出来时只在腰间裹了一条浴巾,水珠顺着分明的腹肌线向下流,李慕坐在沙发上,打开了邱明发来的策划书,看了几分钟后,注意到桌上的一个包裹。

谁会给自己寄包裹?

他拿起看了一眼,是从机场寄来的。

李慕一下想起,他在提交失物的时候,被迫留下了自己的电话、姓名和住址。

第一章

但是他想不到,这个失物辗转地又回到了他的手中。

是搞错了?

丢掉快递盒,李慕拿起这本看起来像厕所读物的《藏心》,随意翻开,看了一眼剧本,没有想要演的冲动。

他嫌弃地丢开剧本——果然是厕所读物,臭不可闻。

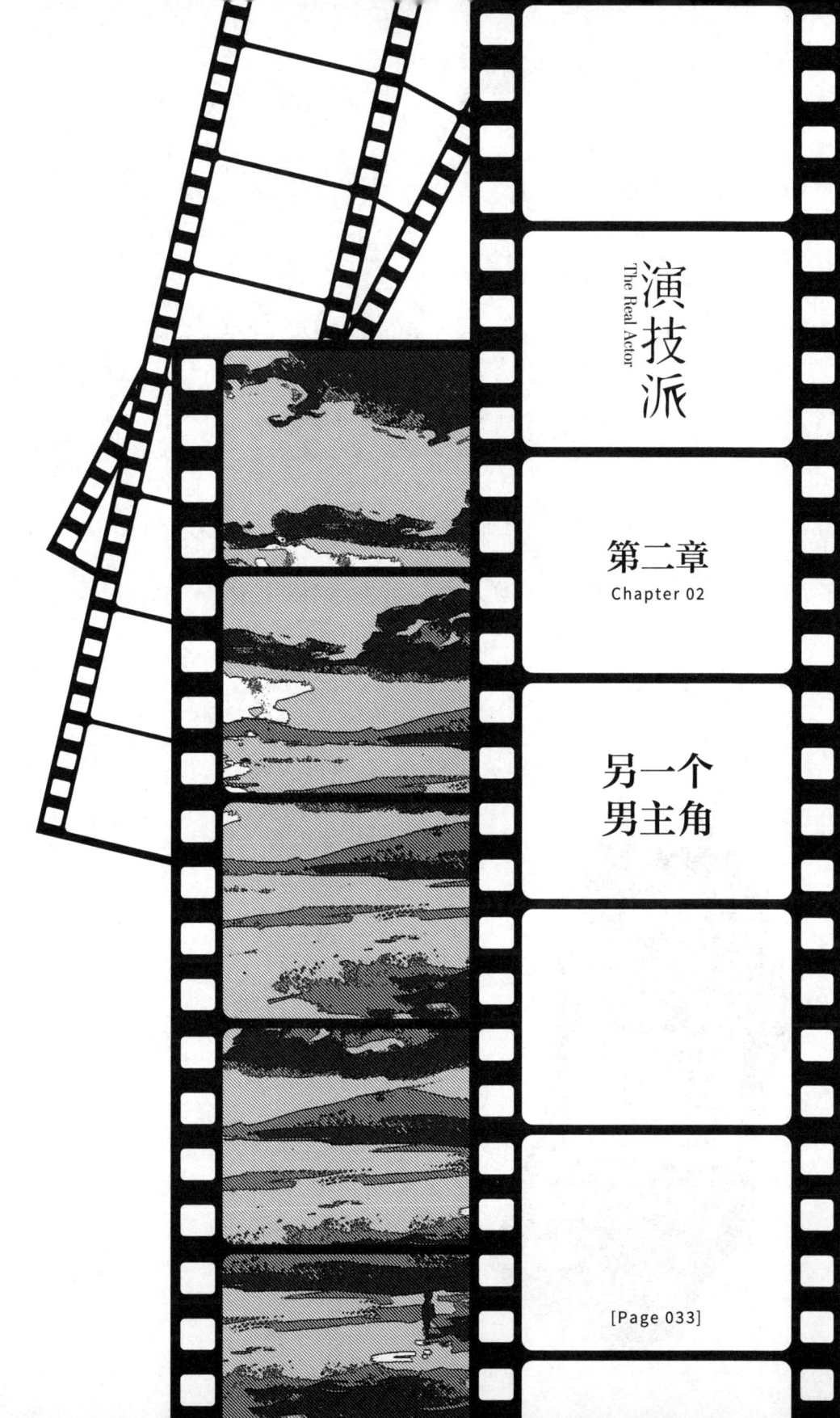

01

拍完杂志，马上又飞到另一个城市录节目，就是之前他出事的电视台的一档火爆的脱口秀节目，电视台请庄钦来做嘉宾，是为了圆一下关系，通告费给得很高。

接连一周，他忙得像陀螺，终于腾出了一天的休息时间。

其间郭宝箴多次给他发消息，还打了两个电话。

腾出空闲来，庄钦回家后第一件事，就是联系郭导。

"庄老师，您终于得空了，这不，合同我已经托律师拟好了！咱们是出来签约吗？约在什么地方啊？"

庄钦也对他客气："不知道您家住哪儿？方便的话，我知道一家适合谈事的会所。"

会所？

郭宝箴琢磨大明星去的会所，肯定不便宜，包间谈事，怎么着也要有个低消吧。

他咬咬牙，应了："您给我发个地址，我马上就到！"

四十分钟后，小连开着自己的车把庄钦送到了目的地："庄哥，你大概要多久？我找个地方停车，要不要陪你进去？"

"不用，应该很快就搞定，你有事的话就回家吧。"

"没事的，我等您。"

庄钦说是见一个导演，别的没说，小连也不知道该不该报告给玟姐。

进了会所，庄钦给郭宝箴打电话，这里离他大学近，环境幽静，有室外庭院，适合喝茶，他来过好几次了。

"哎！庄老师，这儿！"正当他讲着电话找包间的时候，一侧的推拉门忽然就开了，一颗毛茸茸的脑袋就这么直接探出来，鬼鬼祟祟地冲庄钦招手。

演技派

"您是……郭导？"

庄钦走进去，摘下墨镜，看见如今正落魄的郭宝箴。

郭导今年刚满三十，在大导演群体里，算是非常年轻的了。

而且他脸长得很显小，个子约一米八，皮肤白眼睛大，五官挺秀气还戴个圆框的眼镜，穿得也书生气，身板很直，就显得年纪更小了。

两人先握了个手，郭宝箴先夸："庄老师玉树临风啊，在下仰慕已久！"

庄钦笑道："久闻郭导大名，久仰。"

"哈哈哈。"

两人一起笑，郭宝箴热情邀请："来来来，别客套，咱们坐着聊！喝茶！"

茶桌上摆了功夫茶具，郭宝箴为他倒了一杯热茶，庄钦道谢："我自己来就是了，我是《××周报》的忠实读者，您以前写的报道，我都很喜欢。"

"你还知道这个？"他大感意外，自己不出名，网上也搜不到这些，庄钦是怎么知道的？

"嗯，我看过您写的很多非虚构文章，如《不一样的季崇恩》……"

"你连这个都知道？！"他更震惊了，这下总算是不怀疑他之前说欣赏自己文章的话了，季老先生的专访是他好几年前好不容易才约到的，为此专门飞美国，前前后后跑了有四五次。

作为一个新闻人，郭宝箴在这行追踪调查真相有六年，他学历高，毕业就从大社做起，两年后换了岗位，成为职业撰稿人，可他不再满足于用文字记录现实，更想用一种真实的方式，把他过去的那些报道给展现出来。

这三年里他先是改行当编剧，但他撰写的剧本没制片也没导演要，索性自己拿来拍了，是几部微电影，有一部完整的，两小时的时长，题材是入殓师，只是没能上映，也没激起什么水花。

所以庄钦对这件事特别感兴趣："郭导，《藏心》也是真实事件改编的吗？"他没能在网上查到资料。

郭导喝了口茶笑道："百分之五六十的虚构吧，有一部分倒是真实的。"

"安可那个角色算是百分之七八十的还原，我去采访的时候……唉，他说起在国外的那段往事，在他的回忆里是很美好的，所以江琢这个角色做了很多的艺术加工。这篇文章当年没能发表出去，所以现在想拍成电影给人看。"

在郭宝箴问过当事人，征求了同意后，他和编剧朋友做了恰当的改编，比方说原来发生在法国的事,因为自己这个导演兼投资人没钱,就挪到了泰国某个小城拍摄,简直物美价廉,榴梿只要八元一斤!

"实不相瞒,这段时间我一直在找合适的演员,太差的我看不上,您这样的,太好的,又请不起,两难啊!"郭宝箴说着,从书包里掏出合同来,"这是我找律师拟好的合同,庄老师您看看。"

庄钦点头,随口道:"江琢的角色找到没?"

"还在选人。"他今天特意穿得学生气,就是准备混进电影学院再找找看,这个杀手的角色,年纪是三四十岁,所以得让成熟男人来演,学生里的确不太好找。

庄钦看合同看得很认真,片刻后道:"我看完了,没问题。"他爽快地签了名字,多问了句,"郭导,不知道您打算怎么选角?心里有没有合适的人选?"

他忙把合同收好,苦笑着说了几个以演技闻名的演员的名字:"他们每一个,我都觉得特合适,就是我实在请不起,剧本托朋友送过去了,也没有什么回音。不知道庄老师有没有什么业内好友……可以推荐的?"

庄钦摇头。

郭宝箴重重地叹气:"看了我的剧本……很多人都拒绝了。"

辛苦拍摄还没钱,最后还不能上映,当然不会有人冒着风险来接,最最关键的原因还是,自己没有名气,不足以吸引到好的演员。

他依然很纳闷庄钦的动机:"您经纪人知道您接我的戏吗?"

"还不知道,不碍事,我和公司的合约有写,我有自主选择剧本的权利。"

"那就好,您把剧本都看完了吗?剧情都知道了吗?"

"都知道。"

"那……"郭导的表情变得有些古怪,"那您有没有什么意见?"

庄钦摇头:"没什么大的意见……"

这和想象的不一样啊?郭宝箴仔细端看他的表情:"没关系,有意见您尽管提!剧本有改动空间。"

"暂时没有……哦对了,我把剧本忘在国外了,您这儿还有吗?"

"有的有的!"他连忙掏出一摞剧本,抽了一本完整的给庄钦。

庄钦瞥见他书包里足足有十册相同的本子:"您包里那些剧本怎么那么薄?"

郭导理直气壮地说:"你以为我见谁都给全套的剧本啊?给别人,我只给三分之一册。"

演技派

庄钦点头表示理解，剧本外泄是很严重的事，像郭宝箴这样满校园地塞剧本，面对不熟的演员，不可能直接给完整版。所以剧本一般写出来会先注册版权，以免后期纠纷。

和郭导告别，庄钦拿着剧本出去，小连把车开到外面来接他。

他探头看了眼送庄钦出来的那导演，很陌生。

"庄哥……那是哪位导演啊？怎么没见过。"

"他叫郭宝箴。"

"哦，好像……没听过啊，他拍过什么吗？"他心里边打鼓，看着那导演年纪很小，靠谱吗？庄哥不会乱接戏吧？

庄钦耐心地解释："郭导以前是记者，在大社做过，他拍的电影估计你没看过，但这部戏一定会火的，你相信我的挑片眼光吧？"

"那当然相信了，可是……"他语气仍是半信半疑的，瞥见他腿上的剧本，写着《藏心》二字，小连推测道，"这是小众电影？"

"也算吧。"庄钦沉吟道。

他惊异地叫出声："你怎么接这样的，玫姐不可能同意的！"

"唔，我知道她不会同意，所以你暂时就帮我保密吧。"庄钦没告诉他自己和公司的合约上加了新的协议，所以自己可以自由地选片。

"是为了拿奖吗？"小连忧心忡忡，"可是接这样的片，对您的人气会有影响的。"

"能有什么影响？放心吧。"庄钦开窗透气，眼神凝望到很远的地方去

02

国家电影学院今天是开学日。

邱明开着拉风的超跑进了学校，先绕了一圈，然后找了个停车位停下，最后钩着法拉利的钥匙下了车。

他特意穿了西装打了领带，看起来相当正规。

这些天，他好不容易才在李慕的龟毛下把策划书改好，成功获取他的信任——目前李慕已经准备在来首都的路上了。

而邱明，今天要做的第一件事，就是客串经纪人去电影学院物色艺人。

他要办传媒公司，公司没人，别说艺人和员工，连办公场所都还没准备好。

邱明已经托朋友帮自己去找楼了。

送走庄钦，郭宝箴就跟会所前台说："包间给我留着啊，茶也别收！我出去接个朋友，马上就回来！"

今天结账的时候郭宝箴差点跟庄钦打起来，郭宝箴到底是导演，演戏功底也不差，演得很逼真，演到最后的无可奈何也表演得极好："行，庄老师您结账，改天我再请您吃饭！您可别说不吃，这是一定要请的！"

郭宝箴从会所出去，火速跑到电影学院门口。

今天是寒假最后一天，学生都在回学校，人很多。

郭宝箴外表长得像学生，很容易就混进去了。

江琢这个角色谁能演出来？他脑子里是有画面的，不能矮了，要一米八五以上，毕竟庄钦有一米八，江琢一定要比他高才能搭戏。而且身材必须很好，要硬汉一点……郭宝箴找了半天，也没找到特别合适的。

忽然，他的眼前出现一个与大学校园很是格格不入的男人。

还没来得及看见他的脸，先看见那完美的身材！

目测有一米八五，一看便知是常在健身房运动的体格，穿米色的羊毛休闲西装，身上带着痞气。

郭宝箴抬了抬眼镜，瞥见男人一张也相当英俊，犹如油画一般的俊美面庞。

这外形！！！

郭宝箴感觉自己是找到了。

眼见着男人要转弯了，郭宝箴大步奔过去，手已经伸进了书包里，掏出了第一册的剧本："哎哎哎！留步！老师留步！"

邱明莫名其妙地低头看了挡到自己身前人一眼，这男大学生穿白色羽绒服外套，戴圆框眼镜，看着挺稚嫩的。

郭宝箴直接把《藏心》第一册的剧本塞到他手里："这位老师……"

"我不是老师。"

"这位……先生！"郭宝箴猜他应该不是学生了，气质不太像，"您看看，这真是给您量身定制的剧本！真的，您太适合我剧本里这个角色了！您一定有演戏的经验吧？看看我的剧本如何？"

"你是编剧系的?"邱明有两分好奇,接过剧本低头看了眼,"《藏心》,讲什么的?"

"讲……犯罪的,杀手电影!我是编剧,也是《藏心》的导演郭宝箴,您好。"

"哦?"他来了点兴致,上下打量这清纯男大学生。

郭宝箴眨眼道:"这里谈话不太方便,如果您对这个剧本感兴趣的话,我们可以去……"

"酒店?"

"啊不是,是会所,就在旁边,叫'一枝言',我们可以在包间里谈……"刚才给庄钦点的茶泡得淡了,好在他自己带了茶包泡进去,现在回去,茶包的味正好合适。

"包间?你想跟我谈剧本啊?"

郭宝箴眼睛都亮了:"是的是的,谈剧本,您感兴趣啊。"

邱明:"不过我今晚有约,改天有空,再给你打电话。"

"哦哦,好的好的,这后面印了我的电话号码。"

邱明把剧本翻过来一看:"郭宝……"

"箴,念 zhēn。"

"我识字。"邱明带着剧本走了。

他没两天把这事儿给忘了,剧本也没看,就丢在车上。

机场。

邱明把车停在停车场里,买了两杯咖啡,在出口等李慕。

李慕人高腿长地出现在机场,他是九头身,大长腿,搭配一张疑似混血的英俊脸庞,加上墨镜,比大明星出场还引人注目。

邱明吹了声口哨,挥手喊道:"大哥!"

李慕注意到他,迈开长腿抬步走过来。

虽然很久没见,邱明也没抱他,这家伙不喜欢跟人接触,更不喜欢别人碰他,便问了句:"行李呢?"

"没带。"

"行吧,我让人给你送过去,走吧,我车停在停车场的。"邱明把咖啡给他,"这个豆子有红糖的味道,巴伐利亚产的咖啡豆,试试。"

李慕喝了一口。

"怎么样?"

"还行。"他答。

邱明并没有不耐烦:"我认识一朋友,他自己烘焙了很多豆子,全国、全世界各地的都有,到时候带你去他那里试试。"

他是个话痨,李慕话却少,但仍能聊起来。

邱明一路念叨到了车上,咖啡有些漏手上,他打开车前盖,从里面找了本破册子出来垫咖啡,坐上车去,发动汽车。

杯子垫在破册子上,放在中央。

冷不丁地,李慕看见那分外显眼的两个字。

"《藏心》,"他拿起咖啡杯,露出下面压着的本子,咖啡留下深褐色的一圈污渍,"你哪里来的?"

"哦,这个啊……那天在电影学院,有个编剧系……还是导演系的,剧本好像他写的吧,是写什么……杀手的还是什么的忘了,一个清纯男大学生塞给我的,他还想约我谈剧本。"

"还想、约你?"

"是啊,听我说对剧本感兴趣,马上要约我去包间谈呢。"

李慕稍稍敛起眉,又问他:"那男大学生,长什么样?"

"记不太清了,还行吧,眼睛挺大的,皮肤挺白的。"

他不再接话,低头看这本《藏心》的劣质封面。

两个黑体大字,印在中央。

李慕翻开第一页。

【第一场 / 第一镜 / 白天 / 闹市】

["砰!"一声枪响过后,江琢……]

……

从首都机场开到他给李慕订的酒店,要两个小时,路上,李慕一直在看那本他以为的厕所读物。

旁边开车的邱明见他看得这么认真,有点意外:"这么好看?"

"别吵。"

邱明:"……"

李慕的手指翻了下一页,测了测那剩余的薄薄的厚度,没剩多少了,应该还有十几页。

剧情快到高潮了。

演技派

"到了。"邱明把车停在酒店大堂外,"大哥回神,别看了,既然你不想回家,那你先住酒店,住两天,我有套空着的复式,还没住过呢,你要不嫌弃,我让人打扫一下你住进去。"

"这剧本只有这么点?"李慕翻到了最后一页,正好卡在一个很关键的地方。

虽说题材很小众,但剧情挺引人入胜。

"我哪知道这书怎么回事,给我就这样了。"邱明耸肩,把车钥匙丢给泊车小弟,"要不然你打电话催更?"

李慕翻过去,看见本子背后的联系电话,姓名。

邱明:"对,就是这货,郭宝……这个字念什么来着?"

李慕:"箴(zhēn)。"

03

"你是怎么想啊?啊!庄钦,我简直怀疑你被人诅咒了!脑袋被驴踢了吗接什么不好!偏偏想不开去接小众电影???自作主张!根本没有找我商量一句!知不知道你能混到今天很不容易的!"

苏玫还是不小心得知了他跟一个破烂剧组签下合同的消息,这次的火气,比之前每一次加起来都要更恐怖,劈头盖脸地把他叫到公司一顿骂。

"玫姐,你消气,我知道跟你商量,你肯定也不会同意的。"

"你知道我不同意,就先斩后奏?!"她是出了名的脾气暴,但也很有眼光手段,不然不会捧出庄钦来。

庄钦说了句对不起:"我知道这件事我有错,但我不可能会放弃这部戏的,合同也已经签了,我不能违约。"

"不能违约!你现在知道不能违约了!现在有责任心了,那你拒接《定东风》的时候是怎么想的?你拒绝屈导的戏,就为了拍这个什么?《藏心》??"她用力砸了下桌上的资料,一大沓的文件和笔筒倒在地上,发出巨响。

两人大吵的声音传到了楼道里,路过的人都不知道里面发生了什么,玫姐怎么发这么大火?

苏玫简直太难以置信了,觉得庄钦是发疯了,小众电影不是不能接,但一个籍籍无名的导演,还有五十万片酬用作投资这回事,触犯到她和公司的底线了。

庄钦仍是很有耐心:"我有信心拍好这部剧,能冲个奖。"

"如果你是想冲国际电影节的奖项,那你告诉我,这个叫郭宝……这个郭宝箴,是谁?他很有名吗?他很厉害吗?他比屈成益牛吗?你辞演《定东风》去接这种下三烂的片子,接下三烂导演的戏……"

"玫姐。"庄钦表情一沉,打断了她。

"这部戏,不是下三烂,一点也不。"他认真地说,"您可以批评我,公司要处罚,我没意见,片酬方面公司要抽成的部分,我会补上这个漏洞。"

玫姐看他那副冷静又坚定的模样,眉头深锁。

要说庄钦这个艺人,是她手底下最省心的了,特别听话,从来都不会提意见,除了刚出道的时候,带他去那种饭局他闹了一回,后来就没有了。

虽然性格玩不开,但小孩真是特别敬业的一个艺人,几乎是全年无休地在为公司卖命,所以才会那么突然地因为劳累过度而晕倒。她一回神,也觉得对不起他。

她记得,有回庄钦录综艺很累了,半夜从广播大楼出来,坐车上跟自己说了真心话:"我入行是想做演员,我是真心地想演戏,你让我去上节目,我也愿意听你的,只要我还有戏演。"

这孩子,才十九岁。

"这部剧讲什么的?能上映吗?"她捏了捏眉心。

"能上,犯罪题材的,不过您放心,这本子一点问题都没有!"

"真的?"她总算是稍微安心了些,"跟你搭戏的都有谁?剧本给我看看。"

"您同意了?"

"没同意,你违反了公司规定私下里接戏,老总那边是不好过的,你自己想个办法,你能说服沈总,我这边就没问题。"

"行,剧本回头我发一份电子的给您瞧瞧。"

庄钦是刚拿到的新剧本,从头开始看,这才看到第三场,牢固的记忆告诉他,这部戏是没有任何出格的剧情的。

至于悦动传媒的沈总,他根本就不担心,在他们签了这种协议的情况下,沈总自然是希望自己卖命工作,但又挣不了大钱。

哪怕现在庄钦算当红小生,可两个亿也不是那么好挣的。

小连开着自己的车,载着庄钦从公司出发,开往他家。

他是本地人，有时候也会直接在庄钦家里休息，照顾他起居，是个很称职的助理。

小连忍不住在后视镜看他："庄哥，你今天跟玟姐吵那会儿……"

"你也觉得我做得不对？"

"不是不是，我是觉得……"

"觉得这剧不靠谱？"

"嗯……有一点吧。"小连挠挠头，"虽然我还没看剧本，不过我很相信您的眼光，你说这剧有戏，那就肯定有戏，您说《定东风》不能接，我瞧这剧也要扑……"

"嗯？"

小连说不上来，听名字有点像舞东风，谁会看？

接到陌生来电的时候，郭宝箴正在剧院物色演员。

他身上两个手机，响的那个是他的老诺基亚，会打这个号码的，只有工作上的人。

"喂？"他接起电话，"您哪位？"

"我找写《藏心》的郭先生。"

那头是个很有磁性的男音，有些轻佻，郭宝箴听得耳熟。

"哎！是我是我，我是郭宝箴，是《藏心》的导演，您是对剧本感兴趣吗？"他摸不准对方来意，是赞助的还是演员？

邱明看向李慕，李慕放在腿上的手指轻点膝盖，如同下达指示一般，邱明跟他有默契，便对电话里道："是，导演，我手里有一册的剧本，已经看完了，不知道剩下的……"

看了剧本？

郭宝箴隐约想起来了："你是那个……我们在电影学院，我给你的剧本，你穿米色西装是不是？"

"哎！是我，导演你记性真好。"

郭宝箴当然记得他："我对你印象深刻。"

电影学院里全是帅哥靓女，他混这个圈子，美色是见多了，那天还见到了美颜盛世的庄钦真人，不过电话里这位，仍让他记忆犹新，并非流水线的那种气质长相。

有戏！

"您是对江琢这个角色感兴趣？您要是感兴趣，我们面谈，如果有意接这个角色，后面的剧本我再发给您。"这部剧其他的演员，他几乎都找到了，横店有些演了很多年的龙套,都很有经验,他拍微电影合作过,价格也便宜。

主演之一也敲定了,现在只剩另一个江琢的演员还没找到最合适的人选。

电话那头有片刻的沉默,似乎在和别人交流些什么,接着道:"好的,导演,那我们面谈,地址你定?"

郭宝箴:"好嘞!您怎么称呼?我留个备注。"

"邱明。"

"地址马上发您,是这个手机号吧?今晚有空吗?"

他还有张50元代金券今天到期,正好去用掉。

……

邱明开着他那辆紫色的法拉利,引人注目地驶在马路上。

"那家涮羊肉吧?"邱明看了眼手机里的信息,没错,对上了。

找了个商场停车场停车,两人再走到这家老字号。

邱明还在给郭宝箴打电话,就看见一个穿黑色毛衣的男生走出来,他高兴地招了招手:"这边这边。"

"我给你说了吧?还是个学生,他肯定是学生。"

李慕没说话,眼睛望过去——不是他要找的人,但意外地,他认识这个年轻导演。

"怎么不走?"邱明疑惑地拽他的胳膊,"不喜欢这环境?"

正是涮羊肉最火爆的季节,店内座无虚席,油烟飘在上空。像李慕这样的人,出现在这种地方,的确显得不合时宜。

李慕摇摇头,跟着他走了过去。

郭宝箴订了个小包间。

毕竟谈事情,外面吵,谈话不方便。

他以为邱明是一个人来,没想到还带了一个。

只一眼,就让人眼前一亮。

那是一种格格不入的气质,不仅仅是穿着的原因,他的模样身材,都是极少见的极品。是那种一眼就知道和普通人不是一个世界的类型。

一进门就收获了店里其他客人的目光,但他泰然处之,显然是习惯了作为人群聚焦点。

三人在拥挤的卡座包间里坐下。

座位窄了些,李慕那双腿有些无处安放,空间太局促了,旁边邱明处境和他差

演技派

不多。

"吃晚饭没？吃点儿，来。"郭宝箴肚子饿了，吃了有一会儿了，此时也有些不好意思，赶紧叫服务员拿了两个干净的空碗。

"郭导演。"邱明喊了一声，"您这部《藏心》准备什么时候开拍？备案了吗？"

"早备好了，现在啊，还在筹备最后一次试镜。"他站起来顺手给两人舀汤，眼睛在他们脸庞上走了一圈。

只看脸和身材，这俩都是完全能出道当大明星的料子……可瞧着，气场太不一般了，像投资商，不像是来做演员的。

"哟，还有试镜？"邱明保持怀疑态度，这小导演应该还是个学生吧，不然怎么在电影学院里到处拉人？

"当然了，我的男主角定了一个了，合同都签了，是庄钦，很多人冲着他来的。"他掩饰不住地得意扬扬，旋即压低声音，"还没官宣，你们要保密啊，别宣扬出去了。"

"哦，庄钦啊。"邱明倒是有点印象，那是个正当红的"小鲜肉"，他妈妈最近正疯狂追这位"小鲜肉"，看他的古装剧哭得一把鼻涕一把泪的。

没想到这戏，还真能请到像模像样的明星来演，邱明特意外，心里怀疑其真实性。

"所以来我的剧组，就能和他拍对手戏，这个角色啊，吃香得很，报名试镜的不要太多了。"

郭宝箴很不要脸地往自己脸上贴金，如今签了庄钦当主角，有底气多了，这些天还真有那么几个联系他，表示感兴趣的人，虽然都不是什么大明星，最红的那个还挺有实力，有四十了，正好很适合这个角色三十多岁的定位。

这演员年轻时候红过，现在提起名字年轻人都不知道了。

但这么重要的主角，也不能随随便便就选了吧？办试镜的主意也是他临时想到的，再雇几个人，看起来正规些。

李慕全程没动筷，他洁癖不是一般的严重，从来不吃这种大火锅，喝别人涮筷子的汤。邱明倒是喝了两口汤，郭宝箴没忍住打了几个嗝："你们要试镜的话，这周给我、嗯，给我助理打个电话。"

他递出一张名片，上面印着他另一个手机号，他经常一人分饰两角，自己演自己的助理。

"这是我办公室电话。"

"还有办公室啊？"邱明怀疑地看着他，"郭导演，你今年读大几？"

第二章

"欸?"郭宝箴愣了愣,旋即笑了,"我都三十岁了,你以为我大学生?"

"你看起来好小。"这回换邱明错愕,仔细地盯着他的脸瞧。

这小导演,还真不像三十岁,顶破天是二十五岁的脸,脸皮嫩生生的,没想到比自己都大。

邱明把账结了,他邱大少还没有让别人请客的习惯,等他一走,郭宝箴火速掏出50元代金券,杀回店里找收银员退钱。

夜已深,邱明带李慕去吃晚餐,正好在这附近,两人走过去。

"哥你要真对这戏感兴趣,我们把他剧本买下来,我请个名导拍出来,你爱看就看个过瘾。"

"你买不下来他这个剧本。"李慕道。

"怎么可能?有钱什么买不了,我出得起价,那小导演还不分分钟跪着求我买他。"

李慕说:"你没搜过这个导演吗?他以前是个记者,几年前采访过我外公。"李慕记忆超群,很多细枝末节的事,他一下就能记起来。

"他还采访过季老爷子啊?这么说,还是个挺厉害的记者?不对,记者跑来做什么导演?这跨行了啊!"

"这剧本应该是他的心血,轻易不可能卖,你开得起价,但并不划算。"李慕道。

在他看来,投资一点没问题,他认可写剧本的人的实力。

"我还不是看你喜欢?"刚才邱明问郭宝箴要了剩下的剧本,郭宝箴说没带身上,两人加了好友,回头发他微信。

他带着李慕进了商场,坐扶梯上楼,邱明随手一指:"喏,你看那里,就是那个郭宝箴说的男主角庄钦。"

李慕顺着望去。

那是一个轻奢手表品牌这一季的广告,投在店铺外墙的LED屏幕上的,有一双明亮又温暖的、让人过目不忘的黑色眼睛。

04

庄钦洗过澡了,穿着睡衣趴在床上看剧本,手里还拿了几支荧光笔和红笔、蓝笔,在旁边勾画、批注。另有摊开的笔记本,是他拿来记录重点的。

演技派

他刚翻开一会儿，看了三四页。

郭宝箴来电话的时候，倒是正好。

"郭导。"

"庄老师晚上好。"

"晚上好，我正在看剧本，对了郭导，能发个电子版的给我吗？"

"行，马上就发你。"他刚回家开电脑，要把剧本发给邱明，想到试镜的事，第一个想通知的人就是庄钦了。

"试镜啊？江琢的？"

"对的，昨天刚决定的，有好几个演员，我有点难抉择。"

"好啊，什么时候？"他挑眉，心里莫名想到了李慕。

郭宝箴说还没定好时间，只是先告诉他一声，到时候让他去现场选人，庄钦点头应了，挂了电话，继续看剧本。

他把头抵在床头，身体靠墙，做了个倒立的动作，把剧本也倒过来翻看。

日常练功，是多年的习惯了。

两条腿分开，在空中劈叉，庄钦一页一页地翻读剧本。

不知不觉，半小时过去了。

庄钦越看，越觉得不对，剧本里有些情节感觉不是很合适。

庄钦眼前一黑，直接从墙上栽到地上。

出于演员的敬业，当然是什么戏都能拍，他热爱表演，尽管在《定东风》事件后就退圈了，可并没有放弃表演，反而沉下心来去拼命钻研。

但终究是一个人独角戏。

他没有第一时间给郭宝箴打电话要求改戏。

而是耐心地把整本《藏心》的剧本看完了。

在飞机上他粗略看了一遍，两个男主角之间的关系就是患难时互相救赎的感情。

可现在，他看见的剧本却相对之前有些改动。

在剧情方面，更有张力，改动不大，但是安可的戏份，要比之前看到的时候多得多。

庄钦入戏很快，他有自己的一套方法，区别于其他的表演派别。

他总会在闭着眼时考量这个角色，代入这个角色，不是我该怎么演，而是这个时候，我就是他。在戏里，所有的动作都必须有内心依据，如若他一直想着是表演，那么终究是浮于表面的，若是要追求真实效果，就必须从现实当中抽离，进入想象的王国。

他会站在角色的内心思考问题，然后再出来，宏观地看大局。

这是他后来不断钻研，才琢磨出来的自己的一套方法，他看过数千部电影，好的不好的，无事可干的时候就会研究这个，几乎有些疯魔了，活在了戏剧的世界，而不去管自己现在迷茫的人生。

这种逃避方式很有用，只不过把他弄得有些神志不清了，一层一层的虚幻空间像围城般将他困在迷宫里，走不出来，也没人能进去。

小刀师弟带他去看了医生，医生认为他的精神状态极其不稳定，做心理辅导的时候，动用了催眠手段，把他拉回到现实世界。

剧本看至半夜，想到苏玟催着要剧本，庄钦只好抵抗着困意，大半夜坐起来开电脑，搜索怎么把 PDF 文件转换成 Word 文件的方式。

郭导给他发了电子档文件，庄钦打着哈欠，开始删减部分情节，不然让苏玟看见这些东西，这部戏他别想拍了。

一夜过去，一早又要赶去外地，庄钦不知道自己是什么时候趴着睡着的，闹铃响起，他才迷迷糊糊地起来洗漱，胳膊酸痛地打电话找郭宝箴。

"郭导，剧本我已经看完了。"

"你不是早看完了吗？"郭宝箴哈欠连连，一看时间才七点半，他画了半宿的分镜。

"……之前那次，没看仔细。"他一夜都没合眼。

郭宝箴迟疑："你不会是想改戏……吧？"

"不是，我觉得剧本非常精彩，感情也很有深度，我是想问……"

"哦哦，那个你放心！你应该是没拍过这些？其实都穿衣服的，顶多露个肩膀，放心吧。你年纪还小呢，到时候咱们看着来，绝对不会强迫你的。"

庄钦是仔细思考过了的，演员为戏牺牲是职业操守，让他觉得难办的是一段裸身的戏份。

他甚至想过，要不要放弃这个剧本，但很快就打消了这个念头。

他没法放弃，他喜欢这个剧本和角色，他喜欢表演，是很渴望在内心体验到一场与身边不同的、更深刻，也更有意思的生活。既然他下定决心要做演员，那分开戏和现实只是基本职业操守，所以无论拍什么，那都只是戏而已。

演什么，也就无所谓了。

演技派

庄钦飞外地赶通告，下飞机的时候，有很多粉丝来接机，见他被保镖护送着出来，戴一顶鸭舌帽，露出小半张脸，当即尖叫："啊啊啊啊啊啊啊！！钦钦啊啊啊啊啊！！！"

"爱你！！"

声势锣鼓喧天，要掀翻机场的天花板。

他早知道有接机，挂上一张温柔的笑颜，接过小连递给他的笔，给送到眼前的本子上、照片上，用金色签名笔流利地签上名字。

有个女生妄图挤进来，结果摔在地上，还被人踩了两脚，庄钦就大步过去，把她扶起来："没事吧？"

"没、没事……"那女生抬头看着这张极近的面孔，带着青春气的偶像，真人比电视上看见的帅太多倍，冲击力太大，她心脏狂跳，呼吸急促。

庄钦微笑着说："大家要小心一点，安全重要，千万不要受伤了。"

粉丝面前，他是个温和有爱心的完美偶像。

坐上车后，粉丝送的那些礼物、信，就全放一边了，看也没有看，他独自坐在最后的位置，灯光很暗，目光凝在前面座椅后背，用一张湿纸巾反复地擦手指。

刚才很多人碰过他。

小连注意到了他这反常的举措。

事实上，好多天以前就注意到了，庄哥以前每次收粉丝的礼物，都会把信打开仔细地看，一边看一边笑，他很珍惜那些粉丝，是真的喜欢他们，甚至会吃粉丝做的食物，绝对不浪费他们的心意。

可现在，不知道是哪里出了错，就好像什么都不在乎了，阳光的性格染上了一层看不见的阴霾，在黑暗的地方肆意生长，在阳光下，又恢复以前的样子。

当然，做明星就是这个样子，人前光鲜亮丽，人后，人后谁知道。

庄钦到了后，先是去化妆做造型，换衣服，然后去参加代言活动，他代言的手表品牌在蓉城的新门店今天开业，特意请了他过来做剪彩，万人空巷地拍照，喊他的名字，喊我爱你。

庄钦很真诚地微微鞠躬，微笑，闪光灯不断照射着他的眼睛，塑造出一个完美的代言人。

郭宝箴特意根据他的时间安排了试镜。

庄钦从公司出来,就让司机送他到戏院。

郭宝箴把试镜地点安排在一家京剧戏院里,主要是因为这戏院平日没人,也没观众,租半天很便宜,比那些个剧场便宜得多。

路上有些堵,司机上了高速。

庄钦闭目养神,腿上放着《藏心》剧本,手机一响,他睁眼,接起。

苏玟:"在车上了?"

"嗯。"

"你怎么搞定沈总的?"苏玟难以置信,高层得知他要接小众电影剧本的消息,居然无动于衷?

庄钦怎么办到的?

庄钦说:"我只是跟沈总谈了谈而已。"

"这可不是个好现象。"苏玟有大局观,自然知道高层这种疑似大度的举措,意味着什么。

是因为庄钦变得不听话了,现在把资源倾到了郑风柏那边?

这完全没道理啊,就庄钦这人气,公司怎么可能做出这种不正常的决策。

庄钦想了想,还是没有把对赌协议的事说出来,苏玟没有头绪,道:"剧本我看了,你没有裸戏吧?"

"是……应该……没有吧?"难道自己没有删减干净?

"你没仔细看,我仔细看了!我截图发你,让编剧必须改了!这像什么话,真拍了那还了得!"

"好的。"庄编剧点头。

"嗯,今晚好好休息,要准备明天的红毯,晚上不许喝水。"

结束电话,庄钦收了手机,车子停在戏院外。

这家戏院比较小,是九十年代的建筑了,不像长安大戏院、梅兰芳大戏院那样出名,来往进出的人少,地方还偏僻,庄钦扣上了帽子,戴上口罩下车。

他迟到了一小会儿,瞥见戏院外停了辆紫色的超跑,很是显眼。

小连忍不住说:"这个车有点酷啊。"

"走吧。"庄钦带他进去。

首都各大戏院,他都去过,这一家也是来过的,穿过一条黑的走廊,前面还有道门,进去是个小院子,里面才是戏院大堂。

小院的石凳上零散地坐着十来个人，庄钦晃眼一看，全是路人甲，跷着二郎腿在玩手机——估计郭宝箴雇的是民工。

庄钦压低帽子，推开门进去。

春节刚过，戏院里挂着大红灯笼，这大堂容纳量不大，二楼有楼厢，但加起来，也总共只能坐三四百人。

台下只坐了郭宝箴一人，台上，有个演员正在演戏。江琢这个角色的台词不算多，大部分是眼神和动作戏，这就更考验演员的演技了。

庄钦没上前去，站在后面看了几分钟，堪称马景涛版本的冷酷杀手。

郭宝箴喊了停："行了行了行了，你不用演了，谢谢你了。"

"啊？哦，导演，我过了吗？"那演员立刻停了下来。

郭宝箴含混地说："我们还要商量呢，过几天再通知你。"

"好的导演。"演员从后台下去了。

"下一个，34号。"

庄钦抬步走上前去，坐在了第一排："郭导。"

郭宝箴看见了他，站起身道："哟，庄老师你来啦，来坐这儿。"

庄钦坐在他旁边，翻开资料随口问了句："已经到34号了吗？"他意外，有这么多人来试镜？

郭导压低声音答："不是的，为了听起来试镜人数多一点，我从30号才开始排的。"

庄钦："……外面的人都是雇的？"

"雇的。"

"实际上来试镜的是几个？"

"就六个。"郭宝箴不仅没有尴尬，反而斤斤计较地说，"我跟他们说30号以前那是上午场，都结束了，他们是下午场。剧院就给我用两个小时，居然收了我1000！"

庄钦："……"

这试镜跟闹着玩似的。

他有些头疼，怎么也想不到，李慕这样的人，怎么会接这样的剧？

两人聊天声音特别小，刚上来那34号演员，站到舞台中央，鞠了个躬："导演好。"

郭导不露声色地"嗯"了一声："你好，请随便来一段吧，限时十分钟。"

庄钦抬头望台上，意外的是——这个34号演员，他居然还认识。

05

　　看了眼资料，34号是个老演员了，以前的剧里经常见到他，是个熟面孔，但可能很多观众都不知道他的名字，饰演的多是些阴险狠辣的反派角色，现在很少在荧幕上见到他了。四十岁的年纪，三十多岁的模样，有种很特殊的，岁月打磨出的坚毅气质。

　　两人没有继续聊天，也没有打断34号演戏。

　　他选的片段是剧本结尾，江琢跪在雨夜的街道，抱着安可尸体，最后抱着尸体离开、放在车里，他冷静地开着车去杀人的部分。

　　34号跪坐在地，用无实物表演抱一个人，他微微躬着身，一束灯光照在他身上，躬着的脊背微微地发着抖。

　　这一段在剧本中，只有一句话，没有表情和动作提示，也没有提示要不要哭，更没有一句台词，只写了雨下得很大，冲刷在他的脸庞、衣服上，深褐色的血顺着雨水流进了下水道。

　　是很难的一段，需要很深层次地剖析人物内心。

　　他很悲恸，肉眼可见的悲恸，也没有大喊，很沉默地演绎，大约是看过了李慕的演绎，庄钦有些看不太下去，出于礼貌才没打断。

　　"还差点意思，不过已经很好了。"郭宝箴压低声音道。

　　"导演，我演完了。"

　　郭宝箴客气地点头："辛苦，演得很棒，如果你有要紧事的话，可以先离开了，我们晚点再电话联系。"

　　演员下去了。

　　"35号。"他喊。

　　庄钦看一眼资料，邱明。

　　嗯？

　　庄钦对这个名字有些印象，这个邱明，好像是某家大传媒集团的老板，因其阔气护短作风在业内很有名。

　　资料上写了名字、年龄，学历和演艺经验。

　　学历上写着他本科是伦敦商学院学士，后在纽约电影学院读了研究生，没有做过演员。

庄钦抬起头来，看见了走上舞台的 35 号邱明。

是个精神气很足的大帅哥。一身高级定制，手工皮鞋，哪里像是来试镜的，反倒像是来走 T 台的。

"两位老师好，我叫邱明，今年二十六岁，身高 185。"他直直地望着那小导演。

郭宝箴："……"

庄钦："……"

郭宝箴嘴角抽了一下："额，你准备的表演是？"

邱明："哦，好，我准备好了，我马上开始表演。"

庄钦基本可以确定，邱明就是那个传媒业大亨，心下也有几分好奇，只是这时，他忽然看见舞台幕布边缘站着一个人。

由于灯光聚焦在舞台中央的邱明身上，那人隐没在黑暗之中，只显出高大的身形轮廓，根本看不见脸，但若有似无的强大气场，隐约蔓延出来。

庄钦直直地盯着那人几秒，但好像是被发现了，被人一秒锁定住，目光在看不见的情况下相接。

心里有了强烈的预感，他压低声音："郭导，那人是来试镜的吗？"

"哪个？"郭宝箴正在等邱明酝酿情绪，闻言侧头。

"那个。"庄钦指了一下，"站在幕布边上，很高的那个，你看得见吧？"

"哦哦，你说他啊，他不是来试镜的，"郭宝箴低声说，"跟台上这位一起来的，不过他是陪同，我看他俩如胶似漆，关系很好呢。不过这个人，外形条件比台上这位还好，真是可惜了，他不是演员，不然我还想签他呢。"

庄钦若有所思，那应该是之前在国外遇到的那个人，但又有点不是很确定。

台上，邱明开始表演了。

和 34 号准备的部分是一样的，但郭宝箴没想到有人能演得这么烂。

邱明穿着高定大衣扑倒在地，浮夸地大喊了一声："啊！"

他露出了悲恸的神色，戏剧化地捂住了自己的心脏，表情很夸张。

郭宝箴露出惨不忍睹的表情，忍了三秒钟，打断他："你下去吧。"

邱明马上站起来，一点不见失落，露出大大的笑脸："导演，记得给我打电话哦。"

他就是一时心血来潮跑来玩的，好奇这个穷酸剧组有多穷酸而已，而一直对剧本感兴趣的李慕，这次也陪他一块儿来了，但并没有选择试镜。

灯光大亮，聚光灯的效果变弱，亮堂堂的舞台边缘，邱明走向李慕。

第二章

庄钦看着他。

李慕似乎也往他这里看了一眼,但两人还是从后台下去了。

"郭导……"庄钦忍不住喊了一声。

"嗯?"郭宝箴用红笔在邱明的资料上打了一个大叉叉。

"和邱明一起来的那个,他为什么不试镜?"

"啊?"郭宝箴说,"他不是演员啊!"

"他是,"庄钦心里比导演还急,"您看过《永恒天体》这部小说吗?"

"当然看过,我可是十足的科幻迷,我还看过一部由这部小说改编的电影短片……"说到这里,郭宝箴忽然想起什么来,吃了一惊,"他好像是,不是,好像是他演的?!"

"是他,"庄钦怕他跑掉,已经开始坐立不安了,"您有他电话吗?您助理呢,能不能去拦下他,我觉得江琢这个角色,他来演,非常合适。"

"我没助理,而且我这儿只有他朋友的电话……"郭宝箴此时也动心了。

《永恒天体》这部短片,是一个演员的独角戏,虽然时长只有三十分钟,但非常精妙!画面特效超绝!该片讲述了一位宇航员,在星际航行过程中意外醒来,遭遇了飞船故障,飞船在太空中飘浮着,和一个红色的恒星遥遥相望。在尝试修理一次次失败后,他穿着太空服飘在宇宙中,静静地望着不远处,似乎触手可及的恒星。

这部电影演员台词都很少,只有少量自言自语,以及和飞船上的人工智能的对话,但不可否认这部短片拍得极好,无论是从演员的演绎,还是导演的功力,抑或是对小说的还原。

后面还有一个演员,庄钦扫了眼资料,没有过多关注了,等台上的36号一结束,就代表他们今天的试镜该收工了,后面全都是雇来的群演,没必要继续试下去了。

庄钦说:"郭导,要不您亲自过去问他要个联系方式?机不可失。"

"有道理。"郭宝箴这会儿也没工夫思考掉不掉价的问题了,他站起身来,"庄老师,您等我一会儿。"

郭导直接出去了,见到邱明二人正在朝外走,就忙走上前去:"两位留步。"

邱明:"郭导,试镜结果这么快就出来了,是我中了?"

"不是不是,没出来呢。"要不是邱明长得帅郭导都不想搭理他,他转向李慕,脸上挂满了笑容,"您好您好,之前差点没认出来,李先生,我看过您出演的电影短片《永恒天体》,非常欣赏您……"

郭宝箴仰头去看他，在今天的早春阳光下，这个男人骨相优势更加明显，简直完美得无可挑剔，鼻骨和眉骨都相当优越，眼窝深深眼神深邃，细看下似有混血的风情。

这外形条件，绝了！

郭宝箴到底是采访过很多大佬的记者，丝毫不怯："您对《藏心》的男主这个角色有没有兴趣？不知道方不方便留个联系方式……"

李慕用余光瞥见在戏院大堂的门口，站了个戴鸭舌帽和口罩的男孩。

他开口问道："导演，是你问我要电话，还是别人问我要？"

"哈？"哪有什么别人？

郭导脑子没转过弯来，说："既然是我的戏，当然是我要了。"

庄钦站在不远处看情况。

因为隔得远，他也听不见郭导在跟李慕说什么，只是感觉李慕好像看过来了一眼。

过了有半分钟，那两人离开，邱明挥手告别，说导演再见。

郭宝箴垂头丧气地回身，对门口站着的庄钦做了个无奈的摊手动作。

"怎么样？要到联系方式了吗？"庄钦问。

"……没。"郭宝箴泄气，"连名字我都没问到，刚才我问他要联系方式，结果他问我，是我问他要，还是别人要……我说我要啊，他就说抱歉。"

庄钦也愣了下，有些糊涂。

郭宝箴："怎么？我说我要，他就不给，是看不起我的意思？"

简直摸不着头脑，这是街头搭讪艺术？这个别人指的到底是谁？

06

郭导心下可惜，对庄钦说："我再想办法，他外形比陶冲更适合这个角色，演技应该也不会差到哪里去，我这里反正有他好朋友的号码，我试试看能不能要到他的联系方式。"陶冲就是原本郭宝箴能找到的、最合适的那位。

庄钦心里还是很相信他想得出办法的，李慕太合适这个角色了。

戏院外，邱明和李慕上了车。

"那小导演居然还看过这么冷门的片。"邱明把车开出停车位，超跑发出低低的引擎鸣动声，"你不是对剧本感兴趣吗？怎么问你要个联系方式，都不给人？"

李慕:"剧本有意思,可以考虑投资。"

进入另一个角色当中是一件很特别的事,也是很有趣的体验,当然了,不过是个人爱好而已,他没想真的去当演员拍戏。

太过浪费时间不说,而且《永恒天体》那部短片不需要和太多人接触,也无须对戏,和这部的情况不同。

他是不喜欢和人肢体接触的。

邱明说:"但我看这个剧组不太靠谱,一看就没钱,他专门雇了十几个演员来的吧?你看那些个试镜的歪瓜裂枣的样儿。"

李慕声音很平静:"你出面去投资,接手这个剧组,不需要投太多,刚刚好就行了,把演员找齐,就能开机了。"

"我靠,玩真的啊?为什么?这戏肯定上不了,只能在海外上映,赚不了多少钱的,搞不好还要赔,不对……很可能会赔钱。我看那导演根本不会导戏嘛。"

李慕轻飘飘地说:"能赔多少?"

邱明闭嘴了。

拍这种电影,可能在后期动作戏上花费得要多一些,毕竟有枪战场面,饶是如此,成本两千万就差不多了,那他还真不放眼里,更别说李慕了。

他这大哥,性格很奇怪,或许是出于高智商的缘故,从小就很通透,似乎什么事都明白,又觉得这个世界很无趣,没有一个有趣的人或事。

有这样的高智商,无论做什么都是轻而易举的,倘若他钻研科学,或许就能成为科学家,钻研音乐,也有很大的可能性成为音乐家。对他而言,赚钱自然是一件简单的事,很少有事情能难住他,无论什么事,他很难可以一直保持着兴趣。

所以总是想一出是一出的,经常干出些出人意料的事情来。

邱明摸着下巴念念叨叨:"其实我也挺想拍的,我还没做过演员呢。今天台下那位,你见着没有?就戴帽子那个,那应该就是庄钦。"

李慕扫了他一眼,懒得搭理他。

小连把庄钦送回家,确认了一遍明天的行程后,就离开了。

庄钦住的小区叫黄金海岸,是公司安排的房子,离公司近,房子不大,就两间卧房,上下层的 Loft(阁楼),安保很好,小连偶尔会直接住他这里。

洗过澡后,他穿着毛茸茸的珊瑚绒睡衣趴在柔软的大床上,给剧本写人物小传,

演技派

其实这个角色他前段时间无事做的时候,就已经吃得很透了。

只是没想到,这个没有经过改动的剧本里,感情戏份这么丰富澎湃,而感情戏,是他没有碰触过的领域,就比单纯的理解人物要难得多了。

想到明天还有红毯,正打算睡觉时,他收到了郭导的消息。

"在?"

"刚才我打电话给邱明了,他说考虑一下,没有直接给我。"

庄钦不禁失望:"没有要到吗……"

郭宝箴揉了揉太阳穴:"可能比较困难。"这几天他画分镜休息得少,如今考虑的事情更多,现在精疲力竭得整个人都要炸了。

"还有没有别的办法?知道他住哪儿吗?"

郭宝箴说:"办法我还在想,刚才我Google了一下他,中文名没搜到,只知道他姓李,英文名是Henry,我还找到了他的学校,他是麻省理工毕业的,其他的搜不到了。但他看起来就像是只穿高级定制的精致双排扣西装,只喝手磨的黑咖啡的那一类人。"

他觉出味来了,邱明开了一辆千万超跑来试镜,目的明显并不是试镜,只是图玩乐罢了。业内不是没有富二代跑来出道的,但那是"爱豆",进男团,谁没事跑来当演员,又苦又累。

郭宝箴叹气:"估计……是不太可能接我的戏了。"

庄钦不得不说,郭导不愧是记者出身,一眼就能看出一个人的生活习惯。

他有些一筹莫展,甚至怀疑,是不是自己扇动了蝴蝶翅膀的缘故,才导致了这么一出:"那我就想让他演怎么办?一定要他,别人不行的。"

郭导:"哈哈,这么欣赏他?"

"嗯,我觉得他是最合适的,郭导您得相信我眼光!我不会看错人的,他适合这个角色。说不定,他不接受的原因很简单,说不定只是不喜欢剧本里的一些情节呢?如果您同意删掉他不接受的剧情,或许他能接受,请您务必再争取争取,一定要让他接受。"

庄钦想,李慕能有什么条件?多半还是改剧情,他这样的,对片酬高低不会有什么要求,许是看上了剧本,但还有所顾虑这才没有直接答应。

郭宝箴才不愿意删,删了就违背初衷了,除非投资方给他砸一千万,不,两千万要求改戏。

而下午和Henry的那场对话,让他感觉这个人对剧本肯定是有兴趣的,但兴趣没准是在投资电影上,而不是当男主角。

当然,还有种可能性,就是他对演另一个男主角的庄钦感兴趣。

郭宝箴仔细想了想那句话。

"导演,是你问我要电话,还是别人问我要?"

这个别人难不成指的是下午试镜时坐在自己旁边的庄钦?

似乎终于找到了思路,有种豁然开朗的感觉,郭导便发消息道:"我再去想想办法,行了,你明天不是还有工作?早点睡吧。"

"您也是,早点休息。"

庄钦发了最后一条消息,把手机丢在旁边充电,开静音、关灯、戴上蒸汽眼罩,睡觉。

夜幕笼罩,李慕穿一件深黑丝绸的睡袍,两条修长而结实的腿从睡袍下支出来,他坐在书房的转椅上,长腿伸展在桌下的空间,面前的桌上摆了一台电脑,酒店套房的书房修得不大,书架上只放了少量的文学书。

一本莎士比亚四大悲剧摊开倒扣在桌上,李慕修长的手指夹着一根点燃的雪茄,两手放在桌上。

电脑屏幕上,正显示着搜索引擎的页面,顶上输入了两个字:庄钦,下面是播放的视频,是庄钦热播的古装剧。

邱明念叨了一晚上,说他妈妈多喜欢这个"小鲜肉"演的这个角色。

桌上,手机嗡嗡嗡地振动了起来,他看了一眼,是个陌生本地号码。

手指滑过屏幕,按了免提:"喂?"

"嗨!李先生,您好您好,我是郭导演,我们下午刚见过的,不知道您还记不记得?"

邱明把自己的号码给出去了?

李慕:"记得。"

没挂电话?

太好了!

"感谢您百忙之中抽空接我的电话,我不会耽误太久的,就说几句话。"

李慕:"嗯。"

"其实下午,坐在我旁边的那个,那是我这部戏的男主角,庄钦,他看见你了,问我看没看过《永恒天体》,对,他认出你了,他说自己非常欣赏你……"

演技派

这部片子没有在院线发行，似乎是个学生制的片，但导演却很大名鼎鼎，不过却是这个导演最冷门的片，冷门到郭宝箴即使看过，也没有第一时间联想到电话那头的李慕身上。

次日早晨，小连上午十点来到庄钦的家，给他做好饭才叫他起床。

庄钦迷迷糊糊地抓过手机看了眼时间，爬起来洗漱。

今晚是国内最大的视频媒体的盛典，庄钦受邀出席，下午就要过去排队走红毯，现在起来，等下还要送他去试礼服，再去沙龙做造型。

顶着乱糟糟的头发下楼，小连在他 Loft 的厨房忙碌，庄钦一边喝水，一边看手机。

手机里有几个未接来电，是郭导打过来的，昨晚、今早，都有。

庄钦看见他隔了一段时间发了三条微信语音，以为是昨天的事有结果了，就打开听。

"哎呀，他说要试试戏，怎么办，你行不行？"

"在？睡了？"

"不管了，我先答应他，跟他试试戏而已，又不会怎么样！庄老师，我答应了啊！"

等等！你答应什么你就答应了！庄钦被水呛得剧烈咳嗽起来。

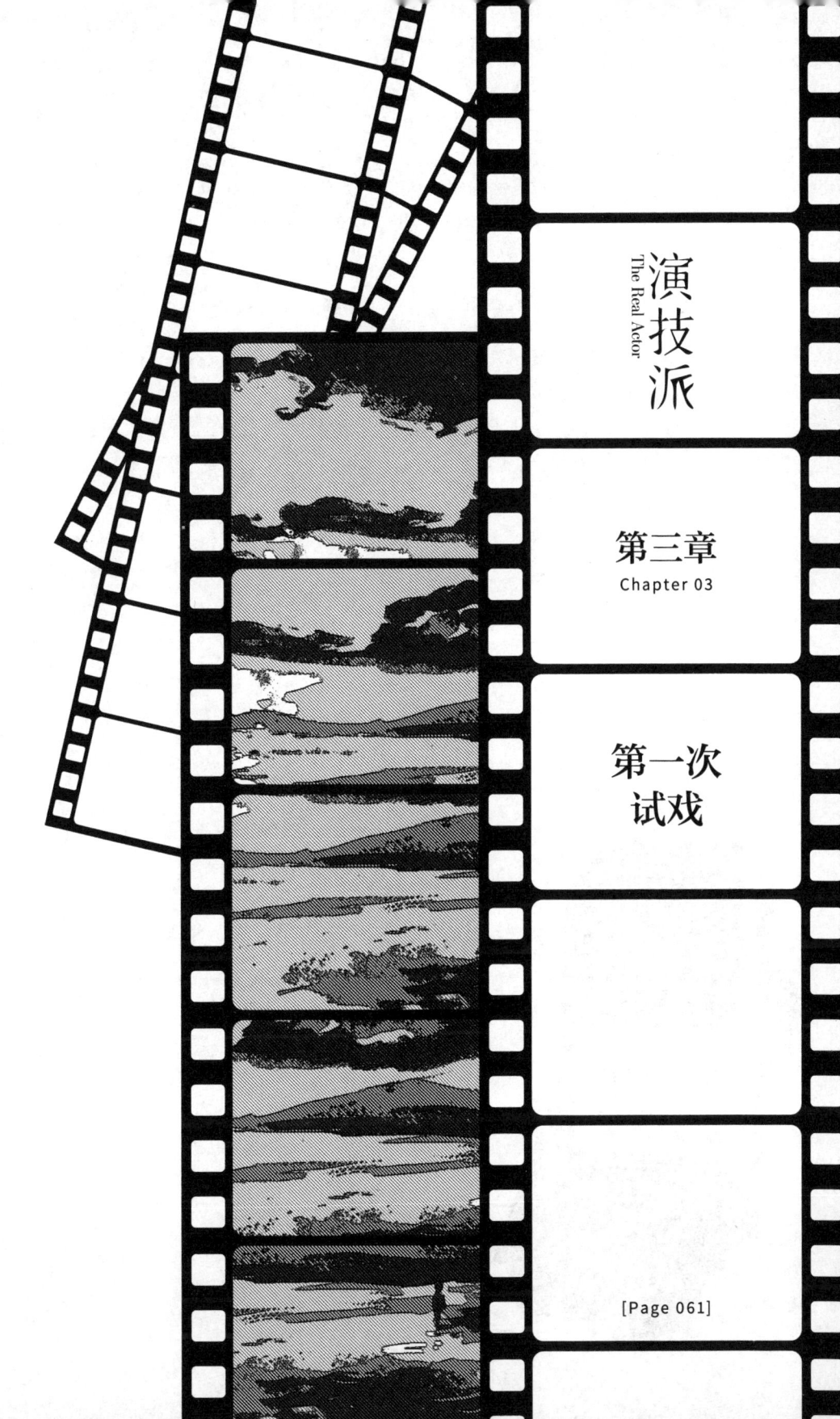

01

在选角期间和其他演员对戏,是作为演员的基本职责,当然以庄钦现在的"咖位",若是耍大牌不乐意去,也无可厚非。

但他不可能不去。

小连把做好的早餐端上桌,听见庄哥在跟导演讲电话。

"郭导,你昨晚怎么说动他的?"庄钦捏着勺子,搅动着碗里的燕麦,耳朵上别着蓝牙耳机。

"别提了,费了好大劲儿,最后还是……"

还是搬出庄钦的名字,对李慕说:"另一个男主角他特别欣赏你的演技,都跟我说了,非你不可!"

李慕没信他,郭宝箴反手就把自己睡前跟庄钦的聊天记录截了半张甩过去。

电话那头的男人沉默了好一会儿,说:"我考虑一下。"

郭宝箴一看有戏,再接再厉,满嘴跑火车:"庄老师跟我说,你要不演,他就辞演!"

就连试戏,也是他给李慕提的,真是把导演的尊严放到了最低:"如果对剧本有什么看法,等过段时间开机了,剧本围读阶段是可以讨论删改的。"

郭宝箴声音其实很温和,是他做记者的基本功,但嘴皮子太快,听起来难免觉得吵闹,李慕被他吵得头疼,也不知是怎么想的,就同意了试戏。

当然他不可能给庄钦说这些,只说自己的厉害,凭借三寸不烂之舌成功说服了李慕。

庄钦用筷子夹着没有调味的鸡胸肉,味同嚼蜡,问:"具体是试哪一段戏?"

演技派

"这说不准,没定呢,庄老师,你那边什么时候能腾出时间来?"

"今天肯定不行,我晚上有个颁奖礼要参加。"庄钦又怕李慕跑了,他要是跑了,这戏或许就不会有多大的成功了。

他只犹豫了几秒:"看今晚什么时候录制完,录制结束如果还早的话,我就过去。"

"好嘞!"

电话挂断,小连揣测道:"庄哥,晚上是要跟演员试戏吗?"

"嗯。"

"就是那个犯罪题材的剧本吗?谁跟你拍对手戏啊?"

"是圈外的。"

"哦哦,是素人啊。"小连默默地想,这剧组也太不靠谱了,居然找个素人来给他们庄哥搭戏?!可庄哥头太铁了,不听任何人劝诫,非要接这部戏。

小连转过话题:"礼服早上刚送到造型沙龙那边,借的是 Prada 秀场上下来的三件套,外套是黑色丝绒的,造型师说要配个银色的袖扣。"

饭后,庄钦上楼,进衣帽间挑配饰。

他这屋上下两层 Loft,一共一百四十多平方米,上面的空间全是他的,一间卧房一间衣帽间,还有一片空着的小舞台,是他练习表演用的。

虽然是明星,但赚的钱有限,走红毯出席正式场合,礼服之类的大多都只能靠借,他私服大多干净清爽,都是近一年里在苏玟的建议下购入的品牌。以前的那些衣服,除了师娘亲手做的戏服和常服,余下都封存在箱子里了。

配饰也是,总共两只手表,一只买成四十万,另一只二十万。

刚被公司签下时,苏玟说:"你可以穿优衣库,但不能戴 DW,手表是代表你身份的物品,反复出镜也无碍。而且那个太贵,平时不一定能借到合适的,买两只放在家里备着,以免出错。"

他拿起一只手表,一对袖扣,随手塞在外套口袋里,戴上口罩跟小连一起下楼。

"今天怎么换车了?"司机跟他打声招呼,庄钦坐上保姆车,见这台车似乎是以前那辆旧的。

"我也不清楚……"小连含混地说,"兴许是有人借走了吧。"

公司购入的几台保姆车,最新的那辆顶配 GMC 是给庄钦专用的。今天不仅没借到,连保镖都没给配,看样子庄哥真的惹到大老板了。

"哦。"庄钦并未在意,摸出剧本继续看。

身为演员，最大的幸事就是能接到好本子，遇到好导演，以及好的对戏演员。

但很多时候这样天时地利人和的情况，都是可遇不可求的。

如今他手上的本子，就是这样难得的情况。

最自然最精彩的表演，往往是通过灵感激发的潜意识而进行的创作，而并非投入感情记台词念台词就能达到的，但人的意识往往是不能接近潜意识的，庄钦日以继夜地钻研，似乎能摸到一点点的门槛。

手边的红色笔记本上，是他为人物列的背景。

另一个黑色笔记本，则是他作为"安可"这个角色所写的日记。这个方法粗暴简单有效，他每天花大量的时间来想象今天发生了什么，全情代入进角色的感情，把"今天发生的事"记录在日记本上。

庄钦使用这个办法，引导自己进入了潜意识的境界，其实是一件非常危险的事，令他常常混淆角色与自己，也使得他更加热爱表演。

车子开了四十分钟，抵达造型沙龙。

这是公司给艺人包了年的沙龙，庄钦不习惯让造型师来家里，通常都是他自己过来。

下车时，却瞥见自己常用的那辆崭新的 GMC 保姆车，就停在沙龙外面的车位上。

小连也看见了，霎时，大气都不敢出。

庄钦只不过扫了一眼，并未说什么："走吧。"

他走进造型沙龙，熟悉的造型师接待他："庄老师，您是先换衣服还是先做造型？"

"等会儿换衣服。"借来的衣服精贵，坐一会儿可能就皱巴巴了，还有可能不小心蹭上化妆品。

庄钦坐下，却听见后面房间传来了噼里啪啦的声音，像是一大堆化妆品砸在了地上。

隐约听得见骂人的声音，但听不清在说什么。

庄钦望过去一眼。

"闭眼睛。"造型师往他脸上喷喷雾，低头小声地说，"里面是郑凤柏。"

所以是见怪不怪，郑凤柏在公众面前形象好，但私底下就是个臭脾气，庄钦已经给他做过一段时间的替身，对他的性格深有体会。

小连进去帮他熨礼服，造型师在庄钦脸上上一层妆前乳，然后找到最白色号，很淡地铺了一层。

演技派

男明星和女明星的妆容有很大的不同，但对于好皮肤白皮肤的处理手段都是一致的——越精简越好。

庄钦闭着眼任他在脸上动笔，思维已经飘到剧本上去了。

"哐啷！"

又是一声巨响，像是椅子被人踹到了墙上，造型师的手一颤，眉笔都画歪了，连忙用干净棉签补救。

"你赔！你赔得起吗？！我下午就要去会场，现在衣服被你弄成这样，"郑风柏一张脸臭得厉害，"耽误我多少事儿，还要打电话重新调过来，浑蛋！"

给他化妆的造型师连声道歉，说不是故意把闪粉弄他礼服上的。

庄钦忍不住睁眼，扫过去。

"柏哥。"他喊。

郑风柏这才看见他，眉头一皱："你也在这儿？"

庄钦点点头，郑风柏没有继续去骂那化妆师了，顺势坐在庄钦的旁边："听说你最近接了个电影？还是文艺片儿，小众电影，庄钦，你厉害啊。"

"没有柏哥厉害。"

郑风柏就想到了《定东风》。

这个剧本来定的是庄钦做男主，不知怎么他脑子被驴踢了，竟然辞演了。

这机会就落到了身材和戏路都差不多的自己身上。

他脸色难看，以为庄钦在暗讽自己捡他不吃的垃圾。

想到当初庄钦在另一部戏里还是自己的替身，现如今比他还火，这一年几乎是被对方的人气压着打，更是心头冒火："对了，听说你最近被卡资源了？代言都掉了？"

庄钦笑了笑："柏哥哪里听说的？是有这么回事。"

郑风柏："……"

正准备等他死不承认羞辱他一番的郑风柏不知道要说什么了。

公司都传遍了，庄钦得罪了高层，资源全给他撤掉了，现在的通告全是去年就安排的了。

庄钦看着镜子里的这位师兄，忍不住提醒道："柏哥，你一定要小心一些，有很多危险的打戏，也不要请替身了，上次那件事让我心有余悸。"

郑风柏还没怎么，他的助理脸色先变了，以为庄钦是羞辱自家艺人。

前年，庄钦不过还是个替身。他那时还没成年，在各大剧组做替身，他和郑风柏的身高身材,都很接近,会杂耍,吊威亚后各种翻身的武打戏动作做出来毫无压力。

那时候郑风柏风头正劲,悦动传媒给他接了很多工作,那部戏班底一般,导演制片都是捧着郑风柏的,哪怕他经常有事请假,也不敢说什么。

这就造成,他的戏份大部分都是庄钦这个替身拍的,而且演得还比郑风柏好……

郑风柏一看他拍得很好,就跟剧方要求:"干脆就把他的脸换成我的脸,现在AI技术不是很厉害嘛!换个脸很轻松吧?"

搞得导演彻底被他激怒,AI换脸,要花很高的后期成本才能做得自然。

郑风柏一点没有一个演员的自我修养!

后面不知道是剧组的谁,把这件事爆给了娱记,后面庄钦就走了狗屎运,替代郑风柏补拍了其他的镜头,做了男主角。

"柏哥,如果您一定要演那部戏,最好多请几个安保,检查剧组的安全措施。"庄钦不敢说太多,可他想到了发生在自己身上的事,他不希望这件事发生在任何人身上。

郑风柏瞥他一眼:"我当然要演了,你以为我像你?"

庄钦笑了笑,没说话。

虽然郑风柏喜欢暗搓搓买水军黑他,哪怕公司明令禁止,也喜欢私自花钱做这种事,但庄钦却不讨厌他,郑风柏顶多是脾气差点,但爱憎分明,不会害人。

后来他被雪藏,连公司练习生都来奚落他,郑风柏在电梯里帮他解过围,臭骂了那群练习生一顿。

造型师捏着庄钦的下巴,用唇刷在他的嘴唇上扫上豆沙色的口红,只扫了一笔,道:"庄老师,抿一下唇。"

庄钦听话地抿嘴唇。

造型哎呀一声,说:"庄老师,您唇形真好看,看起来就很好亲,荧幕初吻还没献出吧?"

庄钦和他熟,也不计较开这些玩笑:"没准下部戏就献出去了。"

造型师摇摇头:"不知道要便宜谁。"

庄钦失笑:"大家都是为职业献身。"

02

造型师开始给庄钦做头发,庄钦的头发带点天然的自然卷,但发质很好,从没烫染过。

小连从服装间出来了,给庄钦说衣服熨烫平整了。

过了十多分钟,造型做完,庄钦进去换衣服。

服装间弥漫着一股烧焦的味道。

"哎呀!"小连叫了一声,连忙冲过去拔掉电源。

"滋——"熨斗压在礼服上,冒出一缕浓烟。

"坏了坏了!"小连正要伸手去碰熨斗,庄钦却一把抓住他的手腕:"别碰,烫!"

小连快哭出来了:"我刚才明明关了电源的!怎么会这样!我刚才明明……明明……"

"好了好了。"庄钦说,"刚才你出来过,可能有人进来了。"

小连睁大眼睛:"不会是……"他脸上染了怒意,刚想出去找郑风柏助理麻烦,庄钦却握住他的肩膀摇摇头,示意他不要冲动:"没关系的,衣服没多少钱,算了。"

这里没监控,没证据,也不知道是谁干的,讨不了好。

"可是、可是……"小连眼睛都湿了,庄哥这还没糊呢,只不过跑去接了一部小众电影罢了,怎么这般挨欺负!

"那、那穿什么啊……"小连说,"你家里有几套,虽然过季了但都还算合适,就是之前都穿过了……"

同一件衣服穿两次以上,要是被人扒出来,又要笑好久了。

他急得原地跺脚:"要不我打电话给玟姐,问问能不能马上调一件礼服过来……"

"走吧。"庄钦把那件破了个大洞的礼服装起来,"时间要来不及了,我们先回去。"

"怎么办啊庄哥……"

"别急,我想起来家里有一套没穿过的。"他递给小连一张纸巾。

"啊?"小连擦了擦眼睛。

庄钦让司机开车回黄金海岸小区。

等到了家,进衣帽间,小连才知道这套没穿过的衣服是一件长袍马褂。

"这?这不是说相声的演员穿的吗?"他傻眼了。

"是,"庄钦把这件衣服保护得极好,"师娘亲手给我做的,你看它好不好看?"

小连认真地看那衣服，别说，做工很精致，布料也是肉眼可见的极好的缎子，上衣马褂是一种青灰色，长袍则是珍珠白，绣着精细的银色暗纹，如果是演民国剧，这身衣服绝对是给民国贵公子穿的。

但放到现在……小连完全想象不出来，他挠头："庄哥，穿这个去典礼，是不是……不太合适啊？"

"现在还有更好的办法吗？要么我们现在去借一件，但很有可能借不到合身的，或许还是别人之前穿过的过季礼服。"庄钦说着又从衣架上抽出一套暗紫色的礼服，"这套好像没穿过两回。"

"穿过啦！"小连马上回忆起来，"上次……"

"这件呢？"他拿出黑色的三件套，"这种塔士多都差不多，别人也看不出来。"

小连说："庄哥你忘啦，上次你穿这件挤上过热搜。"这种样式的燕尾服穿在庄钦身上，硬生生地穿出了王子的气质来，庄钦有一米八，在娱乐圈里不算矮，比很多男明星都高，他身材也保持得极好，合照的时候吊打全场。

十分钟后，庄钦穿着崭新的长袍马褂出来。

小连的眼睛立马就亮了。

车上，庄钦吃了一块低脂的饼干，车子开往典礼会场。

他用吸管喝了一小口水，继续低头琢磨剧本，手握着一支笔，很快就沉迷了进去。小连在旁边用手机拍了一张，想着红毯照官宣的时候可以发。

就他们庄哥这身，妥妥的热搜预定。

小连打开群消息，后援团已经集结在红毯会场警戒线外了，来的媒体很多，几乎所有的娱媒全都已经就位了，不知道他们看见庄钦这身，会不会被暴击到。

红毯候场休息室，根据"咖位"分了不同的房间，庄钦目前还是当红小生，在第一梯队，他进来的时候就惊到了不少人，而很显然，尽管被他着装惊了一番，但还是惊艳更多一些。

现在时代不一样了，赏色不分男女，现在男明星也喜欢争奇斗艳了，不乐意穿老三件套的也不少，但大多都是潮牌。

"你怎么穿……这样一身？"

说话的是宋恪，这是庄钦的学长，两人前不久拍过一个双人封，合作得挺愉快。

"很奇怪吗？"

"不奇怪。"宋恪低头看他的着装，"是有点意外。"

青灰色马褂配珍珠白长袍，盘扣系到锁骨处，这是师娘改良过的款式，她断断续续地做了有一年多，是送给这个徒弟的成年礼物。

当时做的时候，就故意做大了几寸，庄钦长高了一些，身板也更开了些，现在穿上倒是正好。这种长袍制的礼服不衬身材，也看不见腿，但却很显贵气，尤其是袖扣绣的那几朵红梅，在他抬手那一瞬，仿佛香气都飘到了鼻间。

他以为是闻错了，又稍一低头，仔细地闻。

是有淡香，但不是香水味。

宋恪一直觉得这位学弟身上有一种旧时候的少爷气质，现在见他穿成这样，终于明白这种感觉是从何而来的了，庄钦的眉眼生得极好，抬眼有神，双目干净澄澈，垂眼又有风情，唇红齿白，气质脱俗，而黑发微蜷，带着一点西洋风，这种装扮实在是太适合他了！

很好看。宋恪想，是把那些争奇斗艳的女星都给压了，红毯向来是女明星的天下，没他们什么事，谁知道庄钦今天穿成这样。

"怎么想到这么穿的？你造型师的意见？"

"不是，礼服今天送来的时候，出了点岔子，我临时换的这么一件。"庄钦直接说了实话。

"怎么会出这种意外？"说完，宋恪还注意到，"你经纪人也没来？你没带保镖吗？"

庄钦"嗯"了一声，没有找理由给自己圆脸面。

宋恪蹙眉，似是有些不解，悦动传媒怎么会这样对待庄钦？

"我们两个出场的顺序是一前一后，等会儿你跟着我走，我的保镖护着你，不然外面人太多了，万一有人扑上来了，容易出岔子。"

庄钦微愣，旋即一笑："谢谢学长。"

"不客气。"红毯现场也有保镖在，但那些是维护现场秩序的，肯定不如自己带的尽心尽力，庄钦一个人走过去，被狗仔拍到也容易引发猜测。

在候场，庄钦也见到了郑风柏，他换了一身衣服，蓦地瞥见庄钦，就愣了片刻，旋即扭过头不再看他，和其他人谈笑风生。

很快，红毯走了一轮，有工作人员过来通知他，说马上到他了，庄钦和宋恪便一起过去，宋恪富二代出身，身边带了五个彪形大汉黑西装保镖，护送着两人一路穿过人流，两旁挤压的是没资格进红毯会场的三流媒体，以及自发组织的粉丝。

庄钦听见尖叫声，侧头看了一眼，正好看见举着自己灯牌的粉丝。

"啊啊啊啊！"破音的尖叫，"钦宝钦宝啊啊啊啊啊——爱你啊！！"

"你好帅！！"

无数人举高手机狂拍，警戒线边缘的保卫差点被冲破，那股要冲上来够他、根本拦不住的疯狂劲，让庄钦脚步一顿，后退了步，像是在害怕什么。

"怎么了？"宋恪问他。

"没事。"他侧过头跟粉丝挥了挥手，微微一笑，算是打招呼，引发了新一轮的尖叫浪潮。好在放进来的粉丝是严格控制了数量的，这才没造成更进一步的混乱。

庄钦走在宋恪前面，工作人员看见他立刻打招呼："庄老师，下下个就到您了！"

庄钦前面的女星在红毯签字版中央凹了两分钟造型，和主持人尬聊了两句，庄钦就收到指示，该他了。

一步迈出去，拐角处守着大量的镜头与媒体。

"咔嚓——"

那镜头的快门声，亮得叫人睁不开眼的镁光灯，让他有一瞬的退缩，快得没有被任何人发现，就调整好了。

拿出最好的状态，他一边走，一边点头致意，并微笑。

别的不说，他打小就唱戏的身段气质，就已经能吊打大部分的明星了。

主持人早早得到消息，说庄钦今天走的民国路线，看见的时候忍不住也"哇"了一声。

媒体也惊呆了。

他就像是从画中穿越而来的、西洋留学归来的民国贵公子，民国剧大家没少看，对长袍马褂的装束也不陌生，只是万万没想到，红毯礼也能这么穿，而且还如此惊艳！当真担得起"眉目如画"四个字！

"今天我们庄钦穿得有些特别啊。"主持人看他签完字，回过神来，说了不属于台本中的台词，"好像民国电视剧里走出来的少爷，是因为下面的拍摄计划是民国题材的吗？"

问题原本不是这么设置的，原本是问他接下来的拍摄计划，主持人看见他今天穿这样，便临时串了词。

"不是的，下一步的拍摄计划是现代背景的。"

"能不能跟我们透露一点呢？"

"嗯，是犯罪题材的电影，其他的暂时保密，到时候大家都知道了。"

演技派

主持人:"那我们就拭目以待,期待你的新电影。"

庄钦站在定点的位置,微微侧身,媒体狂拍了一分钟才结束。

庄钦顺着红毯离开,进了颁奖礼会场,有工作人员给他带路,请他按照座位表的位置坐下。

这个颁奖礼,并非有什么很重量级的奖,没什么含金量,最大的热点大概就是红毯照了,庄钦提前被告知拿了个话题度男艺人奖,他上台领了奖杯,整个典礼持续了数小时,方才结束。

宋恪怕他出去被人围堵,特意陪他一起去的停车场,五个戴墨镜的冷面保镖护送,一般人不敢靠近。

但抵不过某些锲而不舍的追星女孩的毅力,明星在里面参加颁奖礼,她们就在外面苦苦守着。

"庄哥,是你后援团的。"

灯牌上三个大字:"钦慕你"。

这是后援团的口号。

"我知道。"他身上披了件黑色帽衫外套,三月的天转暖了,但仍然带着寒气,外面很冷。

追星女孩们看见他,奋不顾身地冲上来,大喊着他的名字,保镖要去拦,庄钦忙道:"别伤到她们。"

小连知道是要签名和合影,也大声道:"不要急!"

"宋恪,是宋恪!天啊,他们怎么一起走,我嗑到了真的CP?"

庄钦听见有人低声地道,也只是笑笑,顺手把签名都搞定了:"谢谢大家,辛苦了,时间不早了,早点回家休息吧。"

粉丝眼眶都红了,庄钦怀里被塞满了熊娃娃、花束,小连也帮他抱着。

宋恪说:"你粉丝真有毅力。"

宋恪不是不红,只是他不怎么炒作,粉丝量自然不如现今庄钦。

把他送到车上,庄钦道谢,说下回请他吃饭,宋恪才带着人离开。

坐上车,司机发动汽车,小连也忍不住道:"庄哥,宋哥人好像挺不错的。"

"学长人好。"娱乐圈里有好人也有坏人,他刚出道这段时间,运气倒也不错,遇见了很多很好的人,但两面派也多,在那场事故后,发生了很多他始料未及的事,他也全看透了。

庄钦松了颗扣子，疲累地靠在座椅上，他今天根本没吃什么东西，就怕吃多了肿起来上镜不好看。

见他撕开饼干吃了一片，小连把手机给他，说："刚才这个郭导来了电话，我接了，说让您结束后给他回一个。"

庄钦拨号，戴上耳机。

"喂？庄老师，您那边儿结束了吗？"

"刚结束，现在已经……快十点了，还来得及吗？"因为典礼是从下午六点开始录制，结束时间也相对比较早一些。

小连撕开一包卸妆巾，动作很轻地帮他把脸上的淡妆拭去。

"您明天有什么安排吗？"

庄钦看向小连："我明天什么行程？"

"已经取消了。"是公司给他撤的。

"我明天有空。"庄钦对电话里道。

"那就约明天了？"郭导道，"您看什么时间合适？下午还是晚上，约在酒店行吗？"

庄钦嗯了一声，又突发奇想，忽然道："现在行不行？我明天想在家休息一天，不出门了。"出门就代表着要洗澡洗头，换衣服，各种安排。还不如今天就把事情做完，这样睡觉不会惦记着事。

郭宝箴："现在……应该是可以的，您精力还够吗？"

他听庄钦的声音非常疲惫了。

"没问题的，我就是饿了，郭导，你把地址微信发给我，我等会儿就到。"

庄钦收到消息，看见酒店名字，直接让小连用他自己的身份证订了一间套房。

车子停在路边的便利店外，庄钦对小连说："你看看关东煮还有没有牛丸，我还要海带结、魔芋丝……"说着说着，忽然想到了什么，"算了，不要这些了，就买个面包，买点小零食，我想吃鱼豆腐！"

虽然知道……试戏时间也不会太久，但庄钦还是做了两手准备。

03

庄钦在车上换了一身低调的黑色常服,长袍马褂太显眼了些,出现在酒店这种地方,容易被人记住。

上电梯的时候,他嘴里还嚼着口香糖,手里攥着一册厚厚的剧本,难得地感觉到了很紧张。

他调整呼吸,旁边的小连正在搜索附近的外卖:"晚上喝点粥正好,暖胃。"

顶层到了,庄钦抬步出去,意识到这个酒店大概不是郭宝箴安排的了,郭导缺钱,哪里会订这么贵的酒店,更别说是总统套房了。

站在门外,他按门铃,几秒钟后,门就开了。

"来了来了!"郭宝箴立刻让他进来,庄钦进门,喊了郭导一声,接着环顾一周,看见了李慕。

虽然已经是这么晚了,但李慕还是把睡衣换了下来,穿一件薄的白色V领毛衣,下身则配的是同色的运动系长裤,面料柔软地勾勒出他的长腿,脚下穿一双室内拖鞋。

李慕坐着在翻阅剧本,见到一个遮了全脸打扮的人进来,就站起身,颔首致意。

庄钦看他点了头,也点点头:"您好。"

他也不知道,自己该不该做出惊讶的模样,毕竟一个月前在国外还见过。

不过想来李慕可能都记不住了,庄钦摘掉帽子口罩,白天做好的发型现在有些凌乱,他抬手压了压,这才想起,嘴里的口香糖还没吐呢!

"认识一下。"郭导是提前过来的,他拉过庄钦,"这位是庄钦,这是李慕,今天初次见面,有些仓促。"

"很高兴认识您。"庄钦不知道该不该跟他握手,众所周知除了拍戏时,李慕不喜欢跟人有肢体接触,他犹豫了下,没有伸出手去。

李慕点了下头:"坐。"

庄钦还在想怎么把口香糖吐掉:"好,您也坐。"

两人坐在沙发上,隔了约一米半的距离,小连站在庄钦旁边,偷偷地看另一位男演员,长这么帅的素人?

郭宝箴见氛围略僵,马上咳了一声进入正题:"我弄了几个签,你们俩抽签决定试哪一段吧,谁来抽?"

他从上衣口袋内掏出几张揉成团的纸签,刚才问过李慕,李慕说听另一个演员的,另一个演员庄钦也是佛系,说随便,郭宝箴这才决定抽签解决。

李慕看向庄钦,让步道:"你来抽吧。"

"好。"庄钦没有推辞,伸手拿了一张。

郭宝箴打开道:"是第三十一场。"

"我带了剧本的。"庄钦翻开到第三十一场戏的那一页。

[室内/白天(稍迟)/卧室]

他快速地浏览那一页,大部分是对话,少量动作提示,几乎没有肢体接触,是一场心理博弈的戏,江琢发现安可在抚摸照片,怀疑他并不是看不见,想办法去试探他。

看来是郭导特意选的。

郭导也翻到那一页:"这场戏行不行?就试到……第二镜结束这里,江琢的台词结束,怎么样?"

庄钦说没意见,李慕看一眼剧本,低"嗯"了声。

"那给你们二十分钟的时间准备?"郭导看了眼时间,说十点五十开始。

演员在不熟悉的情况下对戏,或许会有些生硬,但他看就李慕这种性格,不对戏根本无法接触。

庄钦点头,正在琢磨该怎么不着痕迹地吐掉口香糖,旁边的小连忽然想起了什么:"啊,庄哥!你口香糖吐了吗?还是不小心吞了?"

李慕闻言看了他一眼。

庄钦:"……"

其实你大可不必如此大声。

小连丝毫不知自己干了什么事,忙递给他一张纸,庄钦默默地低头把口香糖吐出来丢掉,也不好意思去看郭导他们什么反应、怎么想的,随即把头埋进剧本里。

郭宝箴去调了灯的开关,灯光变得柔和,比之明亮的光更叫人来得舒适,容易放松,庄钦和同样在专心看剧本的李慕隔了一米多远,他拿起剧本,眼睛闭上了。

他在进入状态。

他早已从剧本当中总结出了安可这个人物的一生,所有的背景,在剧本没有写到的地方,则依靠想象来补充。今天虽然只是试戏,可却极其重要,如果李慕今天拒接这部戏,那未来这部戏的前景还不好说。

倘若要演得逼真,使人信服,他必须忘掉自己的所有感情,再进入角色的感情。

演技派

小连坐在挺远的地方,正在刷微博超话,晚上的红毯生图已经出来了,粉丝几乎没怎么修,只加了个滤镜,冷色调配上庄钦今天的装扮惊艳绝伦,评论区粉丝已然化作尖叫鸡,估摸着马上就要冲上热搜了,小连熟练地进了粉丝群,号召粉头去控评。

现在公司把给庄钦买的水军包年也取消了,但没关系,他的粉丝量不是盖的。

郭导则站在窗边,偷偷摸出手机拍下总统套房的照片。

他以前是做记者的,这种趁着没人注意偷拍记录的习惯还没改掉,有回他趁着采访的主人家去倒茶的工夫狂拍,差点被人家家里的保镖踢出去。

二十分钟很快就到了。

"准备好了吗?"郭导走过去。

庄钦点头,眼睛依然闭着,两只手攥在一起,是一张他自己钱包里的、他和师父一家在戏班的合照相片。

李慕把剧本放在一旁,直接进入状态,语气发生了变化:"你在看什么?"

郭宝箴暗自点头,虽然不是职业演员,可这个李慕显然是很聪明的,能够通过控制表情、语气和肢体,来和角色融为一体。

旋即,安可睁眼。

郭导就站在旁边,看见他的眼神震了一下。

安可这个角色是高度近视,两只眼睛都因为幼年的一场意外而几乎失明,盲人的眼神是很难演出来的,必要时一定要戴上特定的美瞳。

可他那没有焦距的眼神,演得太到位了!

江琢站起,走到他身旁,低头看见相片:"照片里是你?这对夫妻是你的父母吗?"

安可忙收了一下手臂,手掌遮住了相片,并未说话。

"这个小孩是你吧?你那时候看得见?"江琢蹲下来,盯着少年的双眼,嗓音沉着,语调甚至有一丝不易察觉的温柔。

安可睁着眼睛,很空地盯着空气,嘴角有笑容:"是我,你帮我看看,我现在和那时还长得像吗?"

郭导没想到庄钦能演出这种效果,开始后悔自己没带摄像设备,只好赶紧掏出手机录像。

"像,没怎么变,那眼睛是怎么受伤的?"因为少年看不见,所以江琢的目光是很直接的,和那双黑漆漆的眼眸直直地对视,目光从他的眉眼,扫到鼻梁,嘴唇,下巴,仔细端详每一个部位,最后回到那双变了又似乎没有变的眼睛上。

从稚童到成人,人是会变的。

他的眼神戏,几乎一瞬间就把李慕拉了进去。

"车祸。"安可很平静,把照片收进钱包,语气平淡无波,"我爸妈都死了,玻璃碎片就那么刺进了我的眼球,流了很多血。"

"那年我才八岁。"他说,"我爸妈去世后,叔叔就带我来了这里,但他已经很久没回来了……"

江琢知道他的叔叔是个十恶不赦的毒贩,并且不久前已经死在了枪战里,却问他:"你很想见他吗?"

"……不。"安可胸口起伏着,代表他情绪并不平静,可他没有说明理由,双目空洞而漆黑。

李慕看着他几秒,坐回去,情绪缓缓平静。

庄钦的情绪也稳定了一些,虽说是小试牛刀,可他的这种入戏方式类似于精神分裂,主人格的自己退到内心深处锁起来,代表着角色身份的次人格掌控住身体,在入戏的时候,他的一切行为都不是刻意的,而是自然而然地抒发,同理出戏也会更慢。

表演老师说过,这种方式是不可取的。

郭导打开灯,明亮的灯光照在眼前,他呼出一口气,慢慢能控制住自己了。

郭导一脸欣喜,由衷地激烈鼓掌说:"两位第一次见面,第一次试戏,居然能这么默契!简直是天作之合!"

这场戏看似很平,但平静之下其实有很深的情绪爆发,庄钦的表现大大地超出了他的预料,可以说是无懈可击!而李慕的表现比之庄"小鲜肉"要差一些,像是没太入戏,这应该是出于刚拿到剧本没多久的缘故。但他显然是有表演技巧的,且二人配合起来,是意外地有张力,很有感觉,让人忍不住屏住呼吸,去探究那背后的人物秘辛。

小连打开保温杯给庄钦倒水喝,说实话,他没看过剧本,也不是特别懂表演,但也吃了一惊。

庄哥刚才完全变了一个人!

他的演技,和去年拍的那部剧相比,又有了很大的进步!

郭导见庄钦似乎是很累,没吱声,就对李慕道:"今天的试戏就先到这里吧?时间也不早了,合同的事……"他正打算说明天在线上谈,就听见李慕道:"戏我接了。"

庄钦猛地抬起头。

郭宝箴大喜:"真的?那可太好了!那我就把你俩拉个群吧,其他的演员等合同敲定了，我再拉进来，庄老师？"

庄钦"嗯"了一声，站起，小连看他模样就道："导演，他今天累了一天了，还饿着的，我就先带庄哥去休息了。"

"欸？还没吃饭？"

小连说："我点了外卖的，已经送到前台了。"

郭导点头："哦哦，那你去拿，赶紧回去休息吧。"

"外面不知道有没有狗仔蹲守，今晚庄哥就住酒店了，不回家了，房间我都帮他订好了。"

"那好，这儿，杯子别忘了。"

庄钦对郭宝箴点头，又对李慕点了下头："拜拜。"

他和小连走出房门，小连立刻就道："庄哥，这剧本讲什么的啊？我看得都来劲了！起了一身鸡皮疙瘩！"

"犯罪的，讲的是一个职业杀手在东南亚遇上了麻烦，被一个独居的中国少年遇见，两人……"进了电梯，他还在讲述整个剧情，"你要是感兴趣，可以看下剧本。"

到这个时候，他才算是真的出来了，刚才演戏过程中是很忘我的，忘记自己说了什么台词，做了什么动作，很多细节都想不起来了。

小连刷卡进门，说："您先休息，我下去拿外卖。"

很快，小连就拿了外卖的粥上楼，看见庄钦在找东西，便问他："庄哥，您在找什么？"

"你见过我围巾没？我刚刚戴着下车没有？"

"应该是在车上？"小连也不确定，"对了庄哥，刚才你对戏的时候，我接了宋恪的电话，他说你把奖杯落他那里了。您有空给他回个消息。"

庄钦"哦哦"两声，掏出手机给宋恪回了个消息，说改天去他那里拿。

这时，门外忽然传来了门铃声。

"谁啊？"

门外答："服务员。"

小连去开门，服务员推着餐车，说："您点的餐到了。"

"欸？"小连回头问房间里的庄钦，"庄哥，你点菜了吗？"

庄钦说没点，小连问服务员："是不是搞错啦？"他低头看餐车盖着的几道菜，不知道是什么，但已经可以闻见香味了。

"没有搞错,"服务员看了眼单子,"是顶楼套房的一位先生点的,餐费是包含在他的房费里的,他今晚在外就餐,所以是免费的。"

小连"啊"了一声,眼睛瞪圆,也是明白了过来。

"那好吧,谢谢。"

服务员把餐车推进来,放在阳台的餐桌上,接着出去,全程庄钦都在另一个房间,没有被看见。

房门关上了,小连才去叫庄钦:"庄哥庄哥,是顶楼套房的那个叫厨房送来的,就是刚才跟你对戏的演员!他是不是想抱你大腿??"

04

这家酒店以消费高、豪华为名,庄钦也只是听过没有住过,但这一家连锁的大厨手艺倒是不错,几道菜都是清淡口味,庄钦是饿了,不顾形象地埋头吃,吃得很快。

时间已是凌晨了,小连在刷超话,庄钦关了灯,闭着眼休息。

但并未睡着。

在很长一段时间里,他都没有正式地演过戏,都是一个人在黑暗的屋子里,没有人对戏。有人对戏的感觉,显然和他一个人念台词的感觉是不同的,每当自己说一句台词,就有人接下一句的感觉是很过瘾的。

如果可以,他都想马上开机进组,而不是整天接些乱七八糟的活动通告。

[未读群消息2条]

[图片]

"谁的?"

图片上是一条和黑色皮质沙发融为一体的黑色围巾。

是李慕早上起来,联系邱明让他找律师的时候不小心发现的。李慕不用想也知道,这么会丢东西的,没有别人了。

庄钦醒过来就看见了消息,群里三个人,他有郭导微信,所以这个陌生的ID肯定就是李慕了。

他忙在群里回复:"不好意思,应该是我的。"

庄钦:"我马上过来拿,我就在楼下,等我十分钟!"

演技派

他下床穿衣服,外面的小连还在睡觉,他自己的工作辛苦,但实际上助理同样很辛苦。

庄钦没有叫醒他,动作很轻地穿上鞋,戴上了帽子口罩,轻轻地关上了门出去。

坐电梯上去,庄钦敲了敲门。

过了几秒,门被打开,李慕站在门的那边,看样子刚起来不久,穿得很随意,但他身材太好,肩宽腿长,就是套麻袋都好看。

"我能进来吗?"庄钦看他不说话,只能跟着猜了。

李慕点头,目光在他手上扫了一下,似乎在看他拿了咖啡没。看见什么都没带,便侧身让他进门,而后关门,把搭在沙发背上的围巾递给他:"下次东西不要乱丢。"

"……好的。"庄钦把围巾系上,"您跟郭导签合同了吗?"

他在首都待了很多年,学一口京片子。

"律师在起草合同,下午签。"

"哦。"庄钦点头,"昨晚那顿饭,谢谢您了。"

"不必。"非常克制又礼貌的语调,正如他这个人。

庄钦:"要谢的,那我就先走了。"

走到门口,李慕伸手帮他开了门:"你的剧本丢在了飞机上,现在在我家里,下次我回了芝加哥带给你。"

"欸?"

李慕解释:"机场有我地址,直接寄给我了。"

庄钦意外之余,还有点不好意思,自己这个毛病从小就有:"谢谢您,下次我不乱丢了,改天请您吃饭。"

李慕脸上没有表情:"嗯。"

庄钦下楼了。

李慕这性格,还不知道要怎么搭戏,庄钦一时也觉得难办,细想他之前拍的那部片子,几乎都是独角戏。

看来下午签合同,这剧本还是得改动。

庄钦退房回家,下午,邱明带着律师来酒店,郭宝箴正装打扮,也放下画分镜的活儿跑来了。

"这是我这边的合同。"邱明就像李慕的代理人一样,把几页纸递给郭宝箴。

"五百万片酬?"郭宝箴直接看向最重要那行数字,眼珠子都快掉出来了。

一瞬间心里只有绝望，五百万的片酬，对一个好演员而言，的确不多，但奈何他这剧根本没有资本掺和。

邱明："导演，你这个剧组，连五百万都没有？"

"没有……"

"那庄钦是你失散多年的亲兄弟？"

郭宝箴不解。

"不然你怎么开得起他的价？"

"实不相瞒，庄老师那边……他没要片酬。"按理说得保密的，现下郭宝箴也是没法了，开始卖惨，"我整个剧组账目上总共才一百五十万，给庄老师开的五十万片酬，他大概是可怜我吧，把五十万还给我，说当成投资，日后发行了再分红。"

邱明震惊："他为什么这样做？"

"我怎么知道。"郭宝箴心道没戏了，他还以为这两个老板会带资进组，谁知道要这么多片酬，他失落地道，"看来这合作是……"

"等下，我这不是带了律师嘛。"邱明打断他，"一百五十万，你还想拍戏？学生微电影投资都比你多！你开个价，缺多少投资？"

花了一下午的时间，郭宝箴就像做梦一样，带着合同走了。

谁也想不到，他在电影学院拦下的人如此财大气粗，眼睛都没眨一下，问他："五千万够不够？"

随后李慕来了句："给他加两千万吧，开给其他演员的片酬。"

合同上，盖的是一家叫暮光传媒公司的章，邱明自我介绍："我刚开的公司，你这部戏，就是我们公司签的第一部戏。"

合同改了又改，在律师的帮助下加了一个又一个的细则，有好的也有不好的，好的是有人帮他解决摄影组、设备、道具、片场等问题，坏的是邱总似乎并不信任他的导演能力，要求加个副导演进去，说是帮他打下手。

以及他要求李慕对剧本拥有绝对的话语权，他拒绝拍摄的戏份，哪怕自己作为导演，也无法干涉。

邱明加这个条款，自然是深知李慕性格，怕他拍有些戏份会不自在，给他删戏改戏的权利，以后也就能避免跟导演争论的事情发生。

看在七千万的总投资上，哪怕资方的条件让他想发脾气，他也忍了！

郭宝箴离开酒店，第一件事就是带着重新起草的合同打车去找庄钦，一路上，他都在算剩下那五千万该花在什么地方,后期特效、宣发,得预留两千万,前期就是剧组工作人员的食宿问题……如果不出意外,下个月就能开机。

钱果然是万能的呜呜呜。

"我到你们小区外面了,庄老师,您住哪一栋?"

"A栋三单元17楼。"天色已经暗了下来,庄钦还不知道郭导过来是干吗的,郭导在电话里特别着急,说见面谈。

等了几分钟,郭宝箴就到门口了。

庄钦开门请他进来,看他满头大汗:"怎么出这么多汗?什么事儿这么急?"

"发、发……"

"您慢点说,先喝点水。"庄钦穿着睡衣去给他倒热水,听见郭宝箴兴奋的声音:"发财啦!"

"中彩票啦?"

"不是不是,"郭宝箴脱了鞋进门坐下,"那天那个,开超跑那个你记得吗?他给我投了七千万进来。"

"噗——喀喀!"庄钦一口水喷出来。

郭宝箴擦了擦脸上的水:"其中有一部分是用于片酬,我这不,合同刚到手,就过来找你来了,那个演艺合同咱们重新再签一份,一千万的片酬您看行不行?"

两千万,一千万开给庄钦,五百万开给李慕,剩下的可以请一下片酬不高的戏骨进组。

不过郭宝箴也不太明白,为什么随口给自己加了两千万投资的人,还要问自己索要片酬?是想证明自己不是打白工吗?

尽管摸不准有钱人的心思,但不妨碍他高兴啊,七千万从天而降!

在庄钦家中,用他家里的打印机重新打了三份合同出来,庄钦和之前一样,仍然是要求将片酬作为投资等发行上映后再分红。

现在李慕签了合同,又有大笔投资加持,一千万的投资最少能翻两倍。

郭宝箴跟他出门吃了顿饭,还商讨了很多的细节,郭宝箴问他时间,庄钦说:"我这段时间行程不多,可以在家专心看剧本,到四月后,一连四个月都没什么行程,这四个月可以用于拍戏。"

"真的?"郭宝箴完全没料到,庄钦可是当红小生,这么有空?

"我之前接了个戏,这段时间就是排来拍那部戏的,不过现在我已经辞演了。"

"这样啊……"

"郭导,如果是下个月开机,拍摄计划是怎么样的?如果是从第一场开始拍,我这段时间要先减肥了。"

因为在这部戏前期,安可的形象应该是偏瘦弱的,能摸到骨头的那种营养不良身材。他长期无人照顾,自己做饭很不方便,是江琢跟他合租后,三餐规律了,吃得肉多了,才慢慢健康了一些。

"不用不用,我都想好了,从中段开拍,回头我就把顺序排出来。当然了,从中段拍也有个弊端,那个李慕的性格你也看见了,对戏可能会困难一些,你俩的相处时间不多,这段时间呢,我先去泰国安排片场。你在国内有空可以跟他交流一下,对对戏,熟练一下台词什么的。"

庄钦应了。

另一边,李慕和邱明也在餐厅订了座。

"我真没想到你会接那部戏。"邱明随口对服务员道,"今天有什么推荐菜吗?"

服务员报菜名,邱明点头:"就这几道菜,都要一份。"

他点了酒,听见李慕说:"外公去世前,那个导演还是个记者,来采访过外公。"

"嗯?"邱明抬起头来。

"有很多事我不知道的,还是从他的文章里得知的。"李慕那时才发现,自己对外祖父的认知竟然不如外人来得多。

"所以你是欣赏那个小导演?"他知道李慕其实是很讨厌和陌生人接触的,不说陌生人,就算是很熟的人,也极少会有亲密的接触,好像天生缺乏感情。

"倒也不是,昨天我试戏的时候……感觉这件事不会很无聊。"在演戏的时候,他变得不像自己了,似乎感情变得充沛了,情绪也更丰富了,这是一种很有趣的现象。

现实无趣,而戏剧中的人生,要丰富得多。

"啊!我懂了。"邱明恍然大悟。

05

李慕否认了,邱明摆摆手:"我懂,我懂,对了,我在热搜上看见了好东西,发你了,你看看。"

演技派

李慕拿出手机,来自小明的信息弹出了许多张图片。

邱明说:"他昨天下午还去参加了红毯,晚上才录制结束。"

图片上,赫然是跟他试戏的小朋友。

他穿一身长袍马褂,站红毯中央,面带微笑,一双眼睛睁大的时候显得圆,笑起来就是月牙形状,狭长的线条更显得深情也更硬朗,冲淡了他五官的柔和气息。

好看,但不如真人好看,大概只是真人的百分之三十。

邱明说:"你要看生图,还有动图那两张!"

李慕:"生图是什么?"

邱明抓过他的手机,给他点出来:"生图就不是精修,是粉丝饭拍,抓拍的,给你看。"

李慕低头看了眼。

图片上的庄钦好像被几个保镖围着,大概是在跟旁边的男演员说话,只露了侧脸,他的侧脸非常清晰,额头饱满,直鼻挺拔,下颌线精致,周身的古典气质,和四周人群格格不入。

再往后翻,他好像是注意到了粉丝,侧脸变成了半侧,再然后是正脸,带着笑。

点开动图,整个回眸的动作被放慢,低头说话,回眸灿笑,再回过头去,不满二十岁的年纪让他通身都洋溢着朝气蓬勃的青春气,一呼一吸间仿佛都带着露水的青草味道,整体有种介于男孩和男人之间的气质。

李慕看了几秒,放下手机,那模样好像是在告诉邱明,没什么好看的。

邱明"切"了一声:"等你们开机,我就天天去探班,图片哪有真人好看?"

李慕没吱声,脸上也没有表情,吃完饭回酒店,他洗过澡睡下,头靠在枕头上,打开手机的时候,又返回和小明的聊天框。

不知道是哪根神经搭错,竟然把那几张图挨个儿点开,最后选了一张,长按保存。

庄钦正在看剧本,记笔记,手机屏幕突然弹出苏玫的消息。

"你买热搜了?"

"没,玫姐,怎么?"

苏玫发了张截图给他:"我问了问,公司是没有给你买的,热搜包年都给你撤走了。"

庄钦看了眼截图,"庄钦 回眸"的 Tag(标签)在第一的位置。

下面压着的分别是常年霸占热搜的诸位女星,关键词是"红毯""生图""仙女"。

庄钦回复:"小连下午发给我看过,当时在第五。"

苏玟又发了张截图给他:"我没记错的话,这是你黑粉?"

庄钦说不记得了。

只见截图上,苏玟有印象的黑粉ID,在营销号下面发:"这是谁?庄钦?博主你发错图了吧,我不信!他有这么好看?是不是去'do'了?"

下面跟着回复:"确实,他变化感觉好大……"

"[害羞]这是我们哥哥生图,他没有整哦,谢谢大家关注我们哥哥。[图片]"

"楼上,现在视频都可以P,生图还不是P的?发个精修图糊弄谁呢!"

"这是大自然的鬼斧神工!!"

"不信看图,刚从网站截的,比精修好看十万倍!![图片]"

现在看见这些维护他的粉丝,有倒戈迹象的黑粉,心里竟然有了久违的高兴、酸楚,让他热泪盈眶的情绪。

玟姐又发了几张图给他:"这回出圈了!"

其实庄钦的人气很大一部分是营销出来的,他黑粉和粉丝一样多,但来来回回就那么几个黑点,有一半都是造谣出来的。

"这谁啊,演《剑如虹》那个吗???怎么不像啊,这个造型太绝了!"

"U1S1(有一说一),头牌虽然没文化,颜值是真的很能打。"

"头牌"是庄钦的"黑称"。

他在第一部主演的古装连续剧《剑如虹》当中,有一集扮花魁的剧情,穿上女装出场。虽然他五官偏温和精致,可到底是大男儿,轮廓和女星有很大的区别,眉眼显得更硬朗,加上那集的红裙子造型雷人,台词雷人,截图被P了又P真是很辣眼。

"笑死我了,就这还头牌,群演都是瞎子吗?!"

黑称就这么出现了。

庄钦开始避免去关注娱乐新闻,不关注自己的消息,无论是好的还是坏的。

苏玟觉得这样也挺好,因为以前庄钦经常看那些负面的、黑粉发的东西,经常被那些谣言气到哭。

现在干脆不看了,她也就不用总是去开导他,安慰他:"你别老看坏的,倒是看看这些好的。"

即便如此,苏玟还是会时不时发一点消息给他,免得他跟娱乐圈脱节。

她不知道的是,庄钦不愿意看,不是不喜欢不在乎,而是太在乎了。

演技派

在还不记事的年纪，他是被师父和师娘捡回家的，虽然跟着师父姓庄，但他心里清楚自己只是领养来的徒弟，从小师父对他严厉，他不敢去争，想要什么也从来不说。

从此积累了很深的欲望，给郑风柏做替身，最后做了主角，剧组给他发了一集四万的片酬，他账户上一下子多了两百万，他那天跑去超市，狂买了上千元的零食回家。

去年剧播了，他一炮而红，有好多人喜欢他。

有经纪人来接洽他，跟他签约，庄钦问苏玟："我还想拍戏行吗？我跟你们签约，是不是就有戏拍了？"

苏玟说："我们签你，就是为了给你戏拍。"

事故后，庄钦从医院出院，刚到医院门口，看见了一大堆媒体在机场堵着。

这回却不是为了给他接风洗尘，更不是公司故意安排的。

无数话筒尖锐地戳到他的脸上："庄钦，你为什么要害死别人？"

"你们公司发声明说赔偿15万，你还是不是人了？！"

庄钦一个问题都回答不了。

周围有路过的，大喊一声："他是杀人凶手！"

有一家以无良著称的媒体，因为推搡了他，被保镖拦住，保镖动作更粗鲁，推了一把，那狗仔就倒在地上不起，大喊他打人，大明星打人了。

庄钦想弯腰去扶他，其他几家媒体涌上来挤他，保镖护着他让他别管，把他护送到了车上。

没人会不喜欢名利，可失去过一次了，好不容易从绝境的泥沼里爬了出来，接受了一切，他怕这一把赌输了，再一次失去，便强迫自己不要去在意。

这个物欲横流的娱乐圈更新换代飞速，他也如同无数人那样沦为时代洪流中的一粒沙。

三月不剩几天了，郭导人已经去泰国一周了，庄钦结束工作，申请添加了李慕的好友。

一周多以前，郭导就在群里说，让他们可以对对戏，说比一个人死背台词效率高。

结果一周都过去了，两人连好友都没加。

过了一会儿，李慕那边就同意了。

庄钦从表情包里找了个猫咪卖萌的动图发过去。

"您在首都吗?"

人在河北老家的李慕输入:"不在。"

消息还没发出去,那头回复:"郭导说我们没事儿可以提前先面对面地对对戏。"

李慕:"在。"

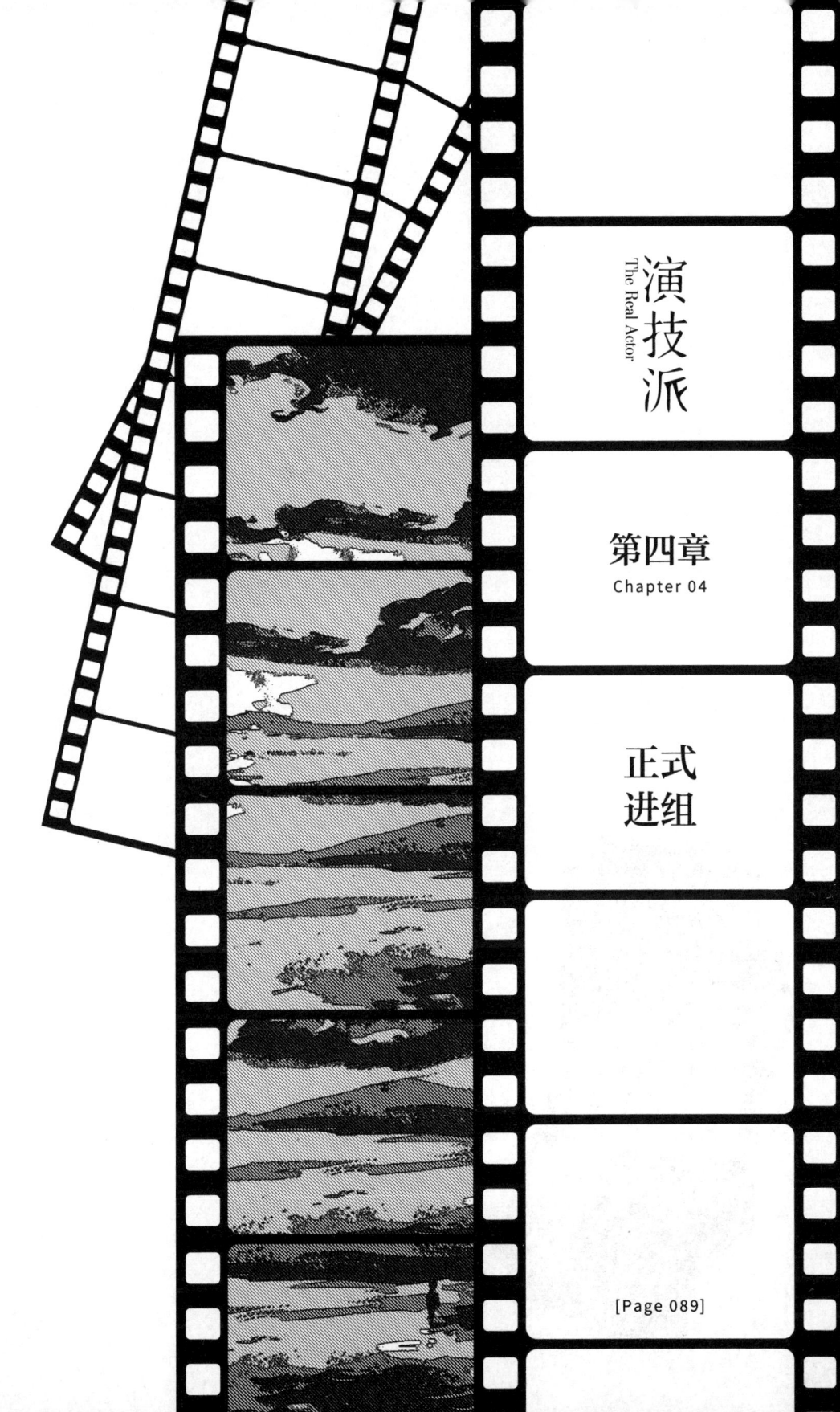

01

工作轻松的这几天，庄钦也没有闲着。

在这部戏里，有少量的泰语对白，不算多，大部分是和邻居、街头小贩以及警察的对话。但毕竟是一门陌生的语言，安可在东南亚待了十年，理应说得很熟练，自己扮演他，自然不可能后期找人配音，只能提前做功课。

他在本子上标注了中文台词以及泰语发音，每天听语音练习。

除此之外，还在网上买了几件拍戏穿的纯白短T恤，这个人物有什么习惯，穿着怎么样，在他脑海里全都是有画面的。

要怎么去实现这个画面，只靠内心入戏是不够的，当然一般剧组都配了服装组和化妆师。

他这个角色比起李慕的相对简单，江琢的角色还需要学习射击、搏斗、飞镖……甚至还需要切菜的技能。

对戏约在明天下午三点，约在什么地方却是个问题。

"我们小区外面常年都有狗仔的车，我可能不能去酒店了。"庄钦发消息道。

李慕："嗯。"

庄钦默默地等他的下一句话，结果等了五分钟，那边都没有新消息。

他只好再发一条信息过去："我们在哪里见？"

李慕过了有十几秒，回复："你定。"

庄钦："……那我想想。"

对戏是件很私人化的事，在吵闹的地方肯定是不行的，咖啡厅之类的又太开放了，会所包间倒是隔音不错，但他自己没驾照，也没买车，小连好不容易放个假，自

演技派

己又要因为私事叫他过来……

正当他思索着到底什么方式合适的时候，那头来了消息："你家在哪里？"

来自己家里对戏？

庄钦吃了一惊。

李慕看他好像刚成年，准备开车过来接他。

庄钦误会了，一时不知道怎么回复，前些天让郭导来，也是事出有因，而郭导这人随和，但李慕可不一样。

他看起来可不像那种会提出来去自己家中对戏的性格。

想了半分钟，最后庄钦把定位发了过去。

"这个小区，我住 A 栋 3 单元 17 楼，我们小区有安保，你开车来吗？"

"开车。"

"那进地下停车场的时候报我的门牌号，我让保安给你开门，我们楼下也有门禁，明天你到了我就来地下车库接你。"

李慕理解他作为公众人物不敢出门，回复："好。"

庄钦："那我们对那一场戏？拍摄计划上，是先从中段开拍的……我们可以从第一场戏先过一遍台词，有多余时间再按照拍摄计划上安排的来。"

李慕："听你的。"

出乎意料的，李慕并不是想象中的那种类型，虽然聊天只打很少的字，但基本是个随和的性子。庄钦把所有的事都安排好了，大晚上开始打扫家里，前两天阿姨已经来打扫过一次了，但他东西爱乱放，家里有些乱。

整理好一楼，又用吸尘器吸了半小时，最后打开了扫地机器人开关，庄钦上楼，坐在床旁的小沙发上独自念台词。

台词不光看，要念出来，很多台词写出来看着没问题，读出来才知道有没有问题。

次日上午。

庄钦起床自己煎了蛋、切了沙拉拌着吃，从冰箱取出牛排自己煎。他基本上不会做饭，只会做这种最简单的，吃完饭继续看剧本，在跑步机上慢跑了两个小时，一边跑一边背台词。

李慕发消息说到楼下的时候，庄钦刚洗完澡。

钦？

怎么提前一个小时来了？不是说三点的吗？

庄钦怕让他等久了,只在睡衣外面套了个长款棉衣就坐电梯下去了,他们这小区是一梯一户,进电梯要刷卡或按门牌号。

电梯门开,庄钦走出去,没看见人,倒是看见了一辆黑色的豪车,摁了喇叭。

车牌号是冀开头的,从河北过来的。

庄钦看过去,不是很确定,隐约能看见司机,不是李慕。

他们小区豪车不少,虽然这一辆是比较罕见的,但也不是没有。

"我没找到你,冀车牌是你吗?"

那边消息没回,冀车牌后座倒是开了车门。

庄钦这才走过去,看见穿米白色大衣的李慕坐在后座,开车的是个中年司机。

"您好。"庄钦道。

李慕看见他一身睡衣套棉袄,但不忘戴帽子,有些诧异:"先上车。"

"哦……"庄钦坐了上去,有些茫然,怎么还上车了呢?

等司机发动了汽车,他才反应过来。

难道他昨天问自己地址,不是来他家里对戏的意思?

"怎么穿的睡衣?"

"我出门太急,就忘了……"庄钦不敢想象,自己这副打扮要是被人认出来拍了照的后果。

"我好像还忘了带剧本……不过我手机里有,对台词没问题。"庄钦想,自己连口罩都没戴,被认出来的概率很高,"我们现在是去哪儿?"

李慕答:"朋友公司的办公楼。"

邱明新成立的传媒公司,合并收购了一家小经纪公司,并租用了家里的甲级写字楼。

"啊?那公司人多吗?我穿这样会不会不让进?要不然……"眼见着车子开出了停车场,庄钦硬着头皮道,"我家就我一个人,还很近,要不就去我家好了。"

李慕看向他。

庄钦的手揣在衣服兜里,有些不安。

李慕让司机掉头回停车场。

转了一圈,原路返回了。

下车,李慕先让司机离开了,和庄钦一起上楼,电梯是一道门禁,进门是指纹,庄钦拿了双没穿过的拖鞋给他:"家里有点小,将就一下。"

庄钦洗手,开冰箱:"我这里有热水、矿泉水和果汁,还有酸奶,有咖啡机,不过我没用过,您喝哪种?"

"矿泉水就好。"这个家装修风格走的是现代简约,家具大多是白色,阳台养了不少色彩斑斓的多肉植物,沙发旁一株绿油油的阔叶植物,墙上挂了几张照片,像是和家人的合照,一大家子六口人。

庄钦见他站着,指了指沙发:"您坐。"

李慕点头,也没有过多地看屋里的陈设,腿上放着剧本。

庄钦洗了水果放果盘里,把水递给他,脱下外套挂着,然后坐在他旁边的沙发座上,隔着一定的距离。

"直接从第……四场开始对台词?"庄钦翻开自己被红红绿绿的便条贴满的剧本,"先读到四十场这里,然后休息一会儿,再继续。"

前面四场戏,都是在街头逃亡、枪战的动作戏,台词只有配角的:"他在那里!"可直接跳过。

【第五场/家门口/室外/白天】

江琢按住腹部正在流血的伤口,靠在这个安静走廊的墙上,手里紧紧握着一把上了膛的手枪,看着出口的方向。

安可像往常一样,在家里吹口琴,突然,他听见了什么动静,穿过客厅打开了门。

模糊的视线前,有个障碍物。

安可:你是来修理管道的吗?

江琢眼睛一眯,扭头危险地盯着他。

庄钦逐渐进入状态,几乎不用怎么看剧本,也能接上台词。一边接,还一边根据剧本描述做动作,比方说吃饭,他拿起苹果开咬,吹口琴,他刚买了口琴,但吹得很难听,所以只是放在嘴边做动作。

李慕记忆力超群,对剧本的依赖性不强。

庄钦发现跟他对台词很顺畅,李慕对台词很熟悉,几乎没有卡壳的状态,说话语调,也非常接近角色本身。

两个小时过去,台词到了中后段。

李慕:"从第八十五场这里继续吧。"

庄钦读出台词:"你为什么要杀人?"语气不稳,心想还好只是对台词,不用做动作。

江琢:"每个人都有身份,我是杀手,拿钱办事。"

"你不是为了钱。"安可知道他杀了人,杀的是上门来找他叔叔讨债的坏蛋,坏蛋很倒霉地撞在了职业杀手的枪口上,说了惹怒他的话,江琢一句废话没有,走过去,桌上的水果刀消失了,坏蛋双目圆睁,倒在地上。

他熟练地打包收尸,晚上开车出去把裹尸袋丢进海里。

第八十六场戏,安可追溯他的身份,问他为什么来这里,还会离开吗。

"如果你要离开,能不能带我一起走?"

到这部分时期,他的感情是带着病态的依赖,庄钦觉得自己这里的处理并不好。

李慕读到最后一段,看向他。

庄钦说:"这段我找不到感觉,我们再来一次?"

两人反复对了几次,庄钦还是找不到正确的说话语调。

安可的叔叔是个药贩子,同时自己也有很大的瘾,家里经常来一些莫名其妙的人,有两个会骚扰他,但叔叔很窝囊,他心里应该是很崇拜江琢这种人的,在他的心底,也有暴戾的基因。

人的内心是很复杂的,要剖析深入,也是极其困难的。

总是找不到感觉,庄钦变得焦躁,虽然没有脸上表现出来,但语速已经加快了。

他不断地喝水:"再来。"

李慕配合他。

一个小时后,李慕说:"这样不行,先休息一会儿。"

庄钦有点回神了,明白自己是钻牛角尖了。

"抱歉。"他虽然不是做导演的,但是他明显有导演对角色的把控和敏锐度,哪里有点问题,他自己心里是清楚的。

李慕说没事,庄钦站起来:"我坐太久了,起来活动一下。"

他一边扭手腕,一边看向窗外暗淡的天色,然后看墙上的钟表:"都七点了啊,很晚了,要不然今天我们就到这里?"

"嗯,我再陪你试一次就结束。"

"行。"庄钦上楼去卫生间,面对镜子整理了五分钟的情绪。

他看着镜子,带着自我催眠的意识,再一次进入状态。

下楼,李慕坐在沙发上,问他:"你晚饭怎么解决?"

"冰箱里有牛排。"

演技派

李慕低头看手表："我带你出去吃，再送你回来。"

庄钦顿了顿，点头。

李慕招手让他来："最后一次，你一直找不到感觉，这次直接对戏吧。"

02

深吸口气，拼命把尴尬的情绪压下去，酝酿感情，进入角色。

安可精确地说出台词。

李慕闭了闭眼，接上台词，喉结上下地滑动。

这场戏不过两分钟，很快就过去了，庄钦终于能找到一点那种感觉了，结束台词，他第一件事就是站起来。

花了一会儿时间，两人都没说话，庄钦很努力地从角色里出来了，他很兴奋："这回就对了！"

李慕应了一声，面上几乎没什么表情变化："很棒。"

连一句夸赞听起来都很像是敷衍。

庄钦不在意，他不关注李慕的表情变化，只关注于自己抓住了那种感觉的一丝线索："我上去换衣服。"

他上楼去，李慕仍是坐着，口干舌燥，想喝水，拿起矿泉水看了眼，已经空了。

第一次跟人对戏的体验，太特别了。

李慕穿上外套，扣上扣子，庄钦换了便装下楼，帽子口罩黑框眼镜，一样不少。

电梯。

"你近视？"李慕比他高接近十厘米，低头看着他。

庄钦说："就一点点，不严重。"

"为什么会接这部戏？"李慕出电梯，问。

"啊？"庄钦看向他，"郭导来找我，给我剧本，我看了剧本觉得感兴趣，就接了。"

两人稍微变得熟悉了些，但在戏外，只是比陌生人关系好那么一点罢了，坐在车上，也礼貌地隔了一点距离。

吃饭是开了包间，也不用担心被偷拍，庄钦为了找话题，问了一些无伤大雅的问题，比方说问他车牌："我看见是冀那边的，你老家在河北吗？"

第四章

"我祖籍石家庄。"

"你说话一点都没有河北口音。"

李慕说:"我在美国长大。"

"难怪上次见到你在那边滑雪。"

"你呢,也是专门去滑雪?"他原本以为庄钦是留学生。

"我师父和师娘在那边,我师伯在那边搞事业。"

"师父?昆曲吗?"李慕想到网上百科说,他是唱昆曲的。

"是,你怎么知道?"

李慕面不改色:"导演说的。"

"哦哦。"庄钦知道郭宝箴嘴是碎,什么都说,很话痨。

李慕把庄钦送回家,他下车:"你检查一下,东西别忘。"

"我就一个手机,带了啦。"庄钦关车门,"拜拜,我们泰国见。"

李慕点头,看着他走向电梯,车却没开,他想看这小朋友什么时候反应过来,门禁卡没了。

果然,不出几秒,庄钦摸摸包,转过身回来了。

李慕从车窗把门禁卡给他。

庄钦不好意思地接过:"这次肯定没了。"

李慕看着他拿着门禁卡跑了。

四月初,庄钦收拾好夏天的衣物,拖着行李和小连一起去了机场。

首都机场直飞曼谷,只要五个小时,庄钦看剧本的工夫,就落地了。他脱下身上的外套,露出里面的薄的长袖衬衣。

拍摄片场安排在一个游客不多的城市,罗勇府。

游客来东南亚,大多去曼谷清迈芭提雅或普吉,来这里的很少,出机场,有专车来接,是辆窄窄的面包车,本地司机,会说少量英文,是郭宝箴在罗勇当地找的,让他过来机场接庄钦。

庄钦正好要练习那几句泰语台词,一路上抓着司机师傅不时聊天,来来回回就是那么几句。

虽然泰国这么近,但他还是第一次来,小连以前大学就来过几次,一路上经过了不少的寺庙,到的时候,已经是下午六点半了。

汽车放慢速度,进了一条很窄的小巷,但是这里汽车进不去了,路太窄了,车

演技派

停下来,司机说了句:"开不进去,只能走进去。"

他倒车,停下。

"郭导。"

庄钦下车,见到了戴一顶草帽遮阳的郭宝箴。

郭宝箴帮他拿书包,带他进窄巷:"这里比较偏远,过来挺费劲的,你东西都带齐了吧?"

"嗯,衣服,洗漱用品,电子产品,都带了。"庄钦望向在日落余晖下橙黄色的泥土地,一边是围墙,另一边是一片荒地,都是没人管的野生植物。

"这边天气很热,小心别中暑了,住的房间有空调,明天给你放假,可以出去玩,也可以休息,明晚开始剧本围读。"

"嗯,多久开机?"

"12号定妆,13号正式开机,那天是泰国的泼水节,我前几天在附近的庙里问阿赞师父,说这天比较吉利,到了。"他带着庄钦走到一扇木制的双开门前,"这段时间,我们就住这里,条件一般,还凑合,你一个人住一间。"

庄钦跟着进去,抬眼看见了在灯光下漂亮的热带植物花园和喷泉,左边是前台,右边是一片休息区,看起来是吃早餐的。

"这是酒店吗?"

"私人酒店吧算,你别看不大,两层楼一共有六十个房间,我包了四个月。"

庄钦想,有钱了就是不一样。

绕过前台,是倒映着日暮的巨大泳池。

"这个泳池挺不错的,超级凉快。"

泳池足有二十米长,是长方形,比起酒店的规模,是挺大的,两旁安放着二三十个躺椅,打着白色的遮阳伞。

有人走过来,跟郭导打招呼,喊庄钦:"庄老师好。"

庄钦点点头:"您好。"

郭导说:"他是摄制组的,你叫他铁林就行了……来,走这边,你住二楼,是个大床房,可别嫌弃,这家酒店在Agoda(安可达)上,有8.8分呢!"

"没事的,我不怕吃苦,况且这也算不上苦。"

有人来帮庄钦搬行李,几人上楼,是个中间的房间,房号258。

"特意留给你的,楼上隐私好一些,寓意我发。"

庄钦："……谢谢。"

郭宝箴："我住楼下118。"

庄钦："……"

用门卡开了门,庄钦走进去,看见房间有四十平方米的样子,一张床,一个卫生间,带个阳台,电视机也有,还有两个单人沙发座,一张茶几。

郭宝箴问他和小连要了护照,说要下去办理入住,然后把门卡递给小连:"你住旁边,257。"

"谢谢郭导。"

"不谢,这个房卡一般三天四天就消磁,去前台找他们就行了,等会儿吃饭,带你们熟悉一下,先收拾一下吧。"

郭宝箴下楼了。

庄钦走到阳台看,这边是不属于酒店的空间,站二楼眺望,大部分是屋顶,远远地能看见一线海平面。

带着暑气的海风遥遥地吹拂面庞,小连在背后说:"这里环境虽然不及五星级,但也没有想象中那么糟糕。庄哥,我先帮你换床单。"

"没事,我自己换,你先回你房间去看看。"

庄钦换完床单,郭宝箴拿着护照上楼,给他:"办妥了。"

"剧组演员都到齐了吗?"

"一部分到了,像你和李慕这个月排的戏最多,还有几个配角,等会儿都认识一下。"他这剧好多角色都是打个酱油就死翘翘的,郭宝箴安排他们下个月过来拍摄。

"哦。"庄钦点头,又问,"李慕呢?他不是昨天就到了吗?他住哪间?"

"哦,他昨天上午到的,下午被房产经纪人带着去那边买了个别墅。"郭宝箴说这话时面无表情,伸手指到窗外,"就十分钟车程的海景别墅,泳池比外面这个还大。"

庄钦:"……"

03

"他说剧本围读会过来一起,不会因为没住一起而缺席的,当然了,他那边条件肯定好得多,我在想要不要抱下他的大腿,我也过去住算了。"

庄钦："……"

郭宝箴解释："我就是这么一说，剧组都在这儿呢，我也不能搞特殊，不过你可以，你们拍戏完了关系好了，干脆住他那里，你们对手戏太多了，得经常对戏。"

庄钦笑了笑，没吱声。

大腿他是想抱，关系搞好一些没坏处，但也不必贴得太紧，平白惹人厌。

郭导带他下去吃晚饭："晚饭是自助，邱总怕我们剧组演员吃不惯，说找几个厨师过来，这两天先将就，过几天就有中餐吃了，等剧组开机，每天送盒饭过来给工作人员吃。这里是餐厅，有个室内的，有个室外的，早餐晚餐都在这儿吃。"他指着道。

剧组各个部门的人，加起来有五六十个，都是邱明找来的专业班子，有个别房间两个人一起住，空了几间给其他还没进组的演员留着。

"这是副导演，周导。"

"您好。"庄钦看这头发半秃的中年副导演，觉得眼熟，但郭导没提大名，他也没想起来。

"这位是林松老师，在剧中饰演黑帮大哥。"

"这位是……"

每个人都对庄钦很热情，是那种带点小心的友好，他在这个剧组里，就是最大的腕。

庄钦挨个把剧组里所有人认全了，小连默默地记下每个人的名字。

夜里，庄钦在陌生的国度，陌生的环境入睡，不知道是认床还是太兴奋了，折腾到半夜才睡着。

第二天起来，熟悉了一下周围环境，走出去就是路，郭导介绍说："片场很近，步行过去也就十五分钟，这里很小的，你走到海边的话，要四十分钟。"

他带庄钦进了这部戏最主要的片场——安可的家看了一圈："还没完全布置好，有些东西还缺。"

这是一栋小楼，两层楼，隔壁就是街道，连杂货铺也神还原了剧本。旁边被租了下来，用作化妆间，以及堆放摄影器材的仓库。

光是前期的这些布置，几个月的酒店租金，几百万就搭进去了。

郭宝箴问："对了，你下午是想出去逛逛，还是在酒店休息？晚上有剧本围读。"

"我去逛逛。"庄钦说。

"第一次来泰国？"

"嗯,第一次。"

"那是可以好好逛逛,有很多好吃的,不过我是不能陪你了。"

"没关系,小连陪我一块儿。"来到一个陌生的地方拍戏,还是异国他乡,融入当地环境是首要的。

周围人的面貌,口音,穿着打扮,这座城市的面貌,一切都和他的表演是息息相关的。

而且在逛街的时候,可以买到一些能作为道具使用的物品。

虽然是在非旅游城市,庄钦仍不敢冒险,全副武装地遮住出门,结果逛了一下午,买了点小玩意儿,剩下的时间全花在了吃上。

下午六点郭导在群里提醒说七点开始剧本围读,庄钦才抱着新鲜椰青回酒店。

"回来啦?正好,还有半小时咱们就开始剧本围读。晚饭吃了吗?"

"在外面吃过了。"他说自己去冲个澡,十五分钟后,换了一身衣服下楼,看见几个演员都坐在了泳池旁的休闲座。几把椅子围成了一个圈,这种围读氛围虽然有些不够正式,但很放松。

李慕也在。

《藏心》除了两个主角颜值设定逆天,其余都是中老年演员,一群人里,李慕身上简直飘着仙气。

他这回穿得休闲,短袖长裤,和其他人坐一起,姿态略懒散,背脊放松地向后靠,因为坐在最边缘,长腿得以舒展,大腿微微分开,手上正拿着剧本。

他不说话时,就有种很惊人的气场,微光扫在英俊的侧脸上,庄钦在娱乐圈里见过不少的美人,各种类型都有,可李慕这样的,真是独一份,是一张完完全全360度无死角的电影脸,不挑角度。

庄钦望过去,两人目光接触,他点了下头,算是打招呼。

而邱明悠闲地躺在伞下的休闲躺椅上喝啤酒,好像是来围观的。

"好了,所有人都到齐了,虽然大家手里都有剧组人员的资料了,不过咱们还是再介绍一遍,然后就开始围读。"

庄钦看见空位,落座,椅子是藤椅,放了两个靠垫。他倚靠着,听郭导说:"那就顺时针来,先从我自己开始吧,本人郭宝箴,是《藏心》的导演,及编剧之一,另一位编剧是我的好友,今天没过来,下回再介绍。"

他说完就轮到副导演:"我是周言文,从业二十多年了。"

听见名字,庄钦才想起这位周导的大名。

拍了二十多年的商业片,经验非常丰富,怎么到他们剧组来当副导了?

介绍完一圈,围读开始。庄钦特意拿了笔记本,围读主要的目的就是把不合理不通顺的台词改掉。

围读的演员就几个人,而前面的台词大部分都是李慕和庄钦的。

周围还围着一圈剧组各部门的人,庄钦刚开始有些不好意思,但很快就拿出了专业的态度。

他一出声,周围人都讶异了。

"小鲜肉"台词功底这么好?!

之前看他的电视剧都是配音,还以为他台词不怎么样,原音居然这么厉害,一说话,马上就有内味儿了。

不愧是科班出身。

那天庄钦已经和李慕对过一次台词了,这是第二次,他们对话非常娴熟流畅,两人都入戏了——李慕这个完全没见过的新人,更是叫周围人吃惊。

进组后,小道消息不断,李慕是带资进组的事,不是什么秘密。给郭导投了几千万捞的角色,谁知道见了本人,居然是个放在娱乐圈里,都能称得上是拔尖的英俊样貌,气质像名门贵公子,话很少,语气很礼貌,台词也说得蛮好,根本不像是带资进组的演员。

当然,大家都是专业演员,心里惊讶,面上却不显。

庄钦台词太多了,而且他太专注,整个人都是绷着的,一直流汗,小连去拿来风扇,对着他吹。

开到最大档的风力拂起他的黑发,说到不顺口的地方,庄钦就停一下,郭导就会提出修改:"这个词得换掉。"

到后面台词卡了好几次。郭导翻了下后面的剧本:"今天就到这里吧。"

九点半,庄钦嗓子都有点哑了。

"明天咱们继续围读,把剩下的剧本搞定,后天是开机仪式,然后定妆,13号那天正式开机。"说完后,剧组人员各自散开,郭宝箴单独留下庄钦和李慕:"你俩台词都挺顺,是对过?"

李慕:"嗯。"

庄钦:"前几天对过一次。"

郭宝箴用剧本给自己扇风:"我刚开始还怕你们俩会不好意思呢。"

庄钦笑:"我是演员,这是我的职业。"

"好,够专业。"郭宝箴语气带了欣赏,"不过有些部分还是有点卡,我把你们对戏的部分单独划出来,明天下午就咱们三个人对,其他的晚上一起进行。"

庄钦松了口气,人一多他紧张,人少会好很多。

"谢谢郭导。"

"没事。"

郭宝箴转向李慕:"你们对手戏太多了,13 号正式开拍,私底下多交流多相处,第二天的戏,头一天必须对一对,这是我对你们俩的要求,不过你住那么远……"

李慕答:"以后我在这边活动,晚上要睡觉再过去,早上也会提前来,郭导放心。"

郭宝箴点头:"既然这样,你的房间我就不给你留着了,你俩要是对戏,就自己找地儿。"

剧组的事情还很多,他已经忙昏头了,跟主演说完,又去找摄像,然后找美术指导,挨个交代。

夜深,蓝色的泳池倒映着明亮的灯光,空气闷热,电风扇的声音呼呼的,两人坐在原位,庄钦正打算说话,邱明从一旁挤进来,热情对庄钦示好:"庄老师,台词说得太好了!"

庄钦的手忽然被他握住,很不适,又想到那些传闻,他下意识把手抽回来——但邱明只是握着摇了摇,和粉丝的亲近差不多,很快就松开。

"刚才我在旁边看得呀……"话还没说完,邱明被李慕拨开了。

邱明后退几步,看向他。

"我有话跟他说,你去那边待着。"

"……嗯?"邱明看他冷冽的眉眼,缩了一下,"哦。"

邱明走了,李慕却没说话,庄钦有些纳闷,说个话酝酿这么久吗?

两人沉默地对视片刻。

李慕道:"今天先不对戏了,后天晚上再对,你嗓子哑了,有润喉糖吗?"

"带了的,"庄钦说,"你带了吗?我那里还有很多。"

李慕说没带,庄钦道:"你等等,我去给你拿下来。"

"明天给我吧。"

两人简单道过晚安,庄钦上楼休息。

第二天的围读结束,剧本做了一些修改,庄钦只是稍有迟钝,就流畅地接了台词。

郭宝箴认为他台词功底不错,所以也没给他讲戏:"方向也是对的,感情呢也有,就是不够到位,13号的戏,能准备好吗?"

"我和李慕明晚提前对一下,应该没问题。"

定妆的部分,就更简单了,电影讲究的是质感,妆容一般只突出人物特点就够了。化妆师连底妆都没给他上,扫了一层修容:"镜头会把人拉宽,安可这个角色要更瘦削一些。"

庄钦想到这几天他吃得有些多,还没怎么练功,有些心虚。

住这种酒店,弊端有,他只能在房间里倒立,别的做不了,也不能早起吊嗓,会吵到别人。

好在拍摄只需要三个多月,很快就能结束。

主要演员挨个拍了定妆照,正副导演都看过了,没有问题,就算结束了,晚上是开机宴,中途,庄钦提前离场,在路边站着给李慕发了消息:"我们现在要回去对戏吗?"

"等我,我出来。"

不一会儿,李慕就出来了,他修长的手指勾着车钥匙,微侧头,喊他:"上车。"

剧组租用了很多车,但李慕这一辆悍马,应该是现买的。

庄钦坐上车,小连也上去,关好车门,李慕发动汽车:"回酒店?还是去我那里。"

"去我那里吧,郭导说,明天的戏就是从早吃到晚,买这个吃,买那个吃,只有几句台词。"庄钦从随身的包里拿出了剧本,翻到拍摄计划上安排的那场戏。

李慕"嗯"了声。

明天要拍摄的戏份,是在室外拍摄,是一场江琢带着很少会出门的安可出去逛街买东西的日常剧情,也是一场为后面反派找上门埋下伏笔的剧情。

就这么多,按照庄钦做剪刀手的经验来看,这场戏最多保留三十秒钟的镜头,其余的在成片里都得剪掉。

尽管如此,拍摄下来,还是需要一天。

到酒店,进房间,庄钦让他进来,把地上的行李箱踢开:"我这里有点乱,你别介意。"

李慕才知道他们房间环境居然这么简陋,衣架上挂着少量夏天的衣服,电子产品都堆在桌上,还有些袋装小零食。三个人都在房间里,就立马显得拥挤了。

他不着痕迹地蹙了蹙眉,住这样的环境,能好好休息吗?

庄钦打开平板电脑,把郭导昨晚上发他的分镜图打开,剧本也摊开:"我们是在走,这个镜头是推轨,从我们背后,经过右肩,到正面中景、特写,然后我们停下⋯⋯"

庄钦先是根据自己的理解讲了一遍,起码讲了三分钟,说完发现李慕没说话,低头看着自己,目光显得幽深,就臊了:"我随便说的,我们直接开始吧。"

李慕评价:"你有做导演的天分。"

一场戏很顺畅地对了两次下来,李慕离开了,庄钦睡前又自己琢磨了几次,觉得明天戏份问题不大,就安心地睡了。

片场设在街头,剧组各部门都在,还有一大堆当地人,乱哄哄的。

庄钦已经化好妆、换好衣服了,他坐在车上吹空调,低头看了一会儿剧本,又抬头去看窗外被围起来的片场。

郭导正在给现场入镜群演讲解:"镜头来了,你们千万别看它,看见演员也别特别关注,平时什么样,今天就什么样,没有区别,等拍完,大家都有红包。"

翻译如实转告给周围人。

庄钦下车,走到停在另一条街道旁的悍马车旁,敲了敲车窗。

门从里面打开来,庄钦探头道:"估计还要好一会儿才开拍呢,我们先对一对戏?"

李慕手扶在车框顶,让他上来。

"喝冰水吗?"

"要。"

李慕从车载冰箱里拿了一瓶给他,台词就几句,翻来覆去对了几遍,却好像差了点感觉。

李慕看他焦躁:"不紧张,我们再来。"

庄钦沉住气,点头。

两个小时后,郭宝箴叫他们下车,开始讲走位:"先走到这个摊位,买东西会吧?"

"好的。"庄钦是一听就明白,他只看分镜图,就知道要往哪里站。

"都准备好了?"

"好了。"

场记打板:"《藏心》,第七十场,第一镜,Action!(开拍)"

安可出门时有些退缩,江琢说:"不要怕,跟着我。"

两人一前一后,江琢扭头确认他跟着的,接着,两人走到摊位前,安可嗅了嗅食物香气，问这是什么。

江琢看了眼泰语，翻译给他。

前几个镜头都很顺利，只 NG 了两次，就过了。

对于第一天拍戏，这是个很顺利的开头。

直到江琢发现他好奇心实在是太重了，经常跟着就不见人了，要拉着他的手："跟紧我。"

"Cut！"郭宝箴从取景器后面抬头，"攥着手腕干什么，拉着他啊！"

李慕低头看了他一眼，庄钦点头表示导演怎么说就怎么拍。

"《藏心》，第七十场，第四镜，第二条，Action！"

"跟紧我。"李慕牵住他的手。

"Cut！"

"不对不对，很不自然，再来第三条！"

一条又一条的 NG，让在场的人都汗流浃背，太阳顶在头上，庄钦被晒得整个后背都是烫的，手心冒汗。

庄钦这才发现，郭宝箴在片场导戏的时候，是多么苛刻严格，显出非常专业的态度，和他平日那副傻里傻气又透着精明的模样很不一样。

第十二条 NG 后。

"Cut！"

"你们是演员，牵个手都这么扭捏！"他大喊，"先休息半小时！"

他从取景器后面看见，庄钦和李慕两个人的状态都不对，问题似乎是出在了牵手这个动作上。

庄钦去旁边喝水，小连把小风扇给他，郭宝箴喊他过去。

"还有李慕！你们俩都过来！"

李慕也出了汗，上衣前胸后背都被汗水浸得贴着皮肤，充满爆发力的肌肉线条一览无余："是我的问题。"

庄钦忙道："郭导，对不起，我状态有点……不是故意浪费大家时间的。"

"我知道，你俩都有问题，就是别扭，牵个手身体都是僵的，感觉不对。"

"感觉不对"这个形容很微妙，他不能直说，因为那不是演出来的，是演员去体验出来的。

庄钦又一次道歉："我会调整好的。"

郭宝箴摆摆手:"今天第一天,我理解,不过要拿出专业的态度来,大家休息,你们不准休息,去旁边站着,多去体会两人之间互相依靠的兄弟感情。"

04

庄钦下意识去看李慕。

在出戏后,李慕变得更让人不敢接近,别说牵手,就是靠这么近,都能感觉到冷冰冰的压力。

但大热天的,和冰块站在一起,暑气都凭空蒸发了大半。

他犹豫了下,没有违背导演的命令,慢慢把手伸过去,李慕低头看着他缓慢的动作,右手够了过去,两只手不是很自然地牵在了一起。

李慕的手和他的人不一样,是很烫的,而且和在戏里不同,在戏外做这样的动作,庄钦显得高度紧张。

除非必要,他连跟人握手的动作都很少做。

他想李慕应该也很不适,目光带有歉疚地看向他,带有一种"完成任务"的意味。

郭宝箴伸出食指和中指,指了指自己的眼睛,又指了指他们俩,像在说:我看着你们的,给我牵好了。

郭宝箴去找摄像组了,庄钦方才小声对李慕说:"郭导不让松开,对不起啊。"

李慕并不明白他为什么道歉:"不用道歉。"

小连拿着风扇和矿泉水凑过来,拧开瓶盖给庄钦,庄钦接过,没喝,直接递给李慕:"你喝吧。"

小连马上就去又拿了一瓶新的过来拧开。

见状,李慕接过瓶子:"谢了。"

"不用,"庄钦问,"片场要做的事很多,一个人是很不方便的,怎么不请个助理?"

李慕仰头喝水,闻言回答:"正在考虑。"

"请个助理方便很多。"庄钦脸上挂着的墨镜滑至鼻尖,额头一层薄汗。他摘下墨镜挂在领口,让小连把自己的书包拿来,然后对李慕说:"我们去车上吧?"

片场来来往往都是人,和李慕牵着手站这里太招摇,谁过来都要看一眼。

李慕点头,拉着他走到路边,打开车门先让庄钦坐上车,随后自己上去,关车门,其间手一直没松开,庄钦把尴尬的情绪抛开,开始琢磨到底是什么问题。

电影剧本都是经过专业设计的。每一个角色、每一个场景、每一个动作都有其特有的意义,对专业的演员来说,每一个动作手势、每一个眼神,都是经过精心揣摩的。

这场戏相对简单,是因为他是戴着墨镜外出,戴墨镜也就意味着没有眼神戏,加上这场戏台词也少,所以动作就显得攸关重要。

郭导叫自己跟李慕牵手,问题是出在"牵手"这个动作上?

他单手拉开书包拉链,从里面把红色的笔记本拿出来,这是安可的日记本。

他翻开日记本,翻到空白的一页,又去书包里摸索了一支笔出来,牙齿咬开笔帽,扣在笔后端,右手握着。

李慕看见了他的笔记本,以为是秘籍之类的,也没说话。

他闭上眼睛,所有的场景在脑海里过了一遍。

从杀手这个合租客第一天入住时,嗅觉灵敏的他就知道了这个人不是什么好人,因为合租客身上有很重的血腥味。

叔叔有个朋友,身上就有这种气味,但这个人身上的味道要更浓烈。

而安可很聪明地没有去招惹他,假装什么都不知道,把他当成普通租客,并努力伪装成一个真正的瞎子,杀手设下的每一个陷阱,他都老实往里面跳,希望他快点放过自己离开。

而杀手也很有意思,他是在这里养伤,做饭的同时,像喂猫一样分一小口给住在这里的少年,直到有一天,警察上门了,去询问安可知不知道附近的枪杀案,见没见过外来人口,安可手抓住门框,说听说了,没见过。

他如实回答了警察的每一个问题,隐瞒了这里的确存在着犯人的事实。

安可还是怕这个人,但已经不像一开始那么怕了,因为邻居说,死的是一个贩毒的。他觉得这个杀人犯还不如叔叔的那些朋友坏。

庄钦完全进入了角色,在日记本上写下今天发生在安可身上的一切,自从搬家后,他就很少像这样出门了,更是没有像这样信赖过其他人,所以"牵"这个动作,不是像剧本里写的那样,而应该是由他发起更合理。

但这个动作还需要做出处理。

他旁若无人地写日记,李慕发现自己已经完全被他忽略了。庄钦甚至毫不在意他们的手还牵在一起。

这让从不和人肢体接触、也不习惯于被漠视的李慕有种莫名的情绪。

这小朋友的手,长得很漂亮,李慕刚才没事观察了下,手背皮肤很好,手心很滑,手指修长白皙,指尖却有薄茧,是吃过苦的。

　　顾不得去看那一场早已背下来的剧本了,李慕反而是侧头看他的表情,看他写写停停,脸上的表情有很细微的变化,停笔的时候,他闭了闭眼,好似在思考,笔就从日记本上滑了下去,掉在了车厢地毯上。

　　庄钦发现笔不见了,下意识弯腰在光线并不算好的车后座底部摸索,让李慕正打算弯腰的动作一顿。

　　他头顶抵在李慕的膝盖上,李慕打开手机给他照明:"好像掉我这边了。"

　　庄钦摸到了笔,抬头的时候,来自车窗外的光映出他的眉眼,睫毛在脸上投下阴影,同时李慕看见了他的眼睛。

　　一双入了戏的眼睛,因为没有佩戴特殊美瞳,而饱含情绪的眸子,漆黑如墨而深处又潜藏着亮光的双眼,让李慕失神一瞬,意识到这个小朋友年纪虽然小,却是一个不折不扣的演技派。

　　不是技巧型的演技派,而是通过和角色共情,加以分析达到效果的演技派——在影视戏剧表演技巧上,有个更专业的名词,叫体验派。

　　李慕定神,也开始代入角色。

　　不一会儿,时间到了,小连过来敲窗,两人下车。

　　从空调开到17摄氏度的车厢里,忽然进入40摄氏度的室外烈日下,庄钦有些睁不开眼,他维持住好不容易才进去的情绪,戴上墨镜,问:"有半小时了吗?"

　　小连说有了。

　　庄钦就把牵了半小时的手抽出来了,李慕并未阻拦,只是看了他一眼。

　　郭导看见了,招手让他们过去。

　　"牵够半小时了?"

　　"嗯。"

　　"没松开过?"

　　庄钦:"没有,我厕所都没去。"

　　郭导:"那这回准备好了?"

　　两人都点头,郭宝箴说:"行吧,那你去上个厕所,上完回来开拍。"

　　很快,庄钦回来,化妆师过来看了一眼,正准备给两个主演补妆,郭宝箴抬手制止了:"不用上妆了,他们流汗流得正好。"

片场各组人员就位,场记打板:"各就各位——"

随着场记板敲响的那声"咔",站在镜头前的两个演员一前一后,庄钦戴着墨镜,跟在他背后,步子不得不有些急,他视力很差,只模糊看见前面宽大的背影,犹如一团马赛克构成的障碍物。

他伸手去抓了一下,手臂在空中的动作,完全像是一个视力不好的人,最后晃了晃,抓到了他的衣角。

剧本里没有这个动作。

郭宝箴眯着眼审视着取景器,发现李慕背影略僵,似乎也意识到他没有按照剧本来演了,他没有转头,手向后一摸,看起来好像是要把那只抓着自己衣服的手打掉。

庄钦的手掉下去,那一瞬间有落寞、失望,但不过一秒,迎面来了个骑着小电瓶的泰国人,李慕的手掌立刻放下来,把他的手心牵住了,往里面一拽。

"Cut!"郭宝箴说,"这一条过了,再拍一条备用。"

开机后每一分钟、每个镜头都是钱,郭导舍不得钱,但他太精益求精,明明已经觉得满意了,却认为还可以更好。

好在演员配合,没有任何不服从的情绪。

一天的时间,就拍了这么一场戏,十几个镜头精雕细琢,太阳下山,拍摄结束。

郭宝箴本来还在想,要不要加一场夜戏,结果看庄钦浑身像脱了水一般,脸上都是汗,就打消了想法。

算了,明天再加。

"收工!"

片场所有人欢呼,在这种天气下拍摄一个小时,相当于在棚内拍两三个小时的压力。

郭宝箴和他坐一辆车回酒店:"今天那场戏,你怎么想着改动作的?"

"郭导,我知道擅自改戏不好……"

"庄老师,我没有骂您的意思,就一个小动作而已,没看我都没让NG吗?"郭宝箴离开片场,又恢复了平日的模样,"嘿嘿,是不是我让你们牵手,激发了你的灵感?"

庄钦摇头:"不是……"

郭宝箴:"?"

"你们牵了半小时手,你没有一点被启发的感觉?"

庄钦茫然:"没有啊。"

其实他并不明白,郭宝箴此举有什么用意。

郭宝箴惊了,有点上火:"那你以后打算怎么拍感情戏?误打误撞?"

李慕下车,看见前面的导演、小朋友、小朋友的助理三个人。

还隐约听见了对话。

"郭导,没有相似的经历,不代表我拍不好感情戏,虽然是很难,不过我会努力的。"庄钦走着,突然看见站在墙头的一只花猫,那猫从墙上跳下来,抢走了他的注意力。

两人并肩朝里走:"努力?光是努力可不行,你作为一个演员,要和另一个演员搭档拍摄感情戏,你要演好,演得让观众跟你一起代入。"

庄钦"啊"了一声,刚刚走神了两秒,没听清楚郭宝箴在说什么。

就听见一句"光是努力可不行"。

他很认真地答:"嗯,您相信我,我会尽量调整自己的!"

听见了全部对话的李慕,一向平静的心,忽然就泛起波澜,他在背后看着庄钦,思考郭宝箴说的话。

似乎是有道理的。

既然另一个演员都决定为戏牺牲,那自己……

05

郭宝箴似乎是被他的精神所感动了,拉着他一直聊自己以前采访过的演员,等于是聊八卦,说某导演为了把女演员拍得好,私底下交往过密,竟然有了真感情,拍完戏好一段时间都还在搞暧昧,但是仅仅维持了半年,最终还是分开了。

庄钦好奇地问:"那那部戏后来怎么样?拍得好吗?"

"偷偷告诉你,"郭宝箴压低声音,"那个导演是×××,那个女明星是××……"

庄钦张了张嘴。

郭导提到这两个名字,让庄钦马上就想到了那部非常出名的电影:"是那个……"

"对,就是那部。"他很小声地说,"我的瓜都是货真价实的,你可千万别告诉别人。"

听见郭导声音有些哑，庄钦上楼冲澡下来，给他带了一盒润喉糖。

今天晚饭是邱总特意从国内请来的大厨团队做的，整个酒店餐厅都挤满了人，还有专门从国内带过来的服务员，郭宝箴算是见识了什么叫有钱人，每张桌上都放着一份今日菜单，可以选菜点菜，菜式有家常，有豪华海鲜，粤菜川菜，热菜凉菜，品种还不少。

邱明看见了正在聊天的导演和男主角，就拽着李慕走了过去，坐在他们那一桌："不介意拼个桌吧？"

郭宝箴停下讲八卦的声音，说不介意。

李慕默默地坐在庄钦的对面。

邱明一边在李慕那边的桌上喷消毒水，然后用纸巾狂擦，一边问："你们俩聊什么呢这么高兴。"

"聊选什么菜。"郭宝箴看着他称得上是"伺候"的举措，问，"邱总，为什么晚餐不像早餐那样做成自助餐形式，点菜的话，大家都饿坏了，要等很久。"

"厨师下午就把菜做好了，把菜单给服务员，他们五分钟就能上菜。"

郭宝箴问："这和自助餐有什么区别？"

"当然有啊，自助多不卫生。"邱明知道李慕要过来跟庄钦对戏，对完了才回去睡觉，那晚饭可能就会在这边解决。

李慕是绝对不会碰自助餐这玩意儿的，虽然有公筷和公共用的夹子，但那么多人在几盆菜面前走来走去，邱明几乎可以想象李慕到时候的表情。

这种形式，勉强还可以让他接受。

邱明抽过菜单，挨个问他们要吃什么，然后选了交给服务员，最后说："这几样菜，单独用小盘子装。"

郭宝箴还不明白他此举是为了什么，直到看见饭菜上桌，李慕面前单独几份菜。

邱明说："别介意，他这个人有洁癖，别人吃过的东西他不会碰。"

郭宝箴"哦"了一声，心想，有洁癖下午还和庄钦认真牵手牵了半小时？

牵完还没拿消毒水喷手？

他保持怀疑态度。

除了李慕以外，其他人都不介意在一个盘子里夹菜，庄钦饿了，但吃得不多，因为拍完这部分他就要开始减脂，不如从现在开始慢慢调整。

饭后，郭宝箴问李慕："明天要拍的那场戏，你看了吗？"

李慕："嗯。"

"你呢？"郭宝箴问庄钦。

"看了的。"庄钦回答，"我和李慕说好了，等会儿对两次戏。"

明天的戏是延续今天的部分，也是街头戏。因为泼水节的缘故，街上人太多了，很多奇奇怪怪的味道混在一起，一向是靠障碍物和气味认人的安可，最后还是不小心走丢了。

江琢四处寻找，见到他因为视力看不清，也没有带盲杖，墨镜不知道被谁挤掉，只能害怕无助地站在原地后，心里头浮起的焦躁和不耐烦等情绪就下去了。

这场戏本来是安排在今天一起拍的，因为前两场拍得不是非常顺利，耗时太久，天色都暗了，这才挪到明天。

郭宝箴又说："除了这一场，我还打算加一场夜戏。"

"嗯？"

"你俩先跟我出来，我们去泳池那边说。"

泳池里，不知道是哪个部门的人在游泳，郭宝箴翻开剧本道："这一场夜戏，是我临时决定要加的，在55页，你们看看。"

庄钦扫了一眼："啊，是这一场……"

安可晚上脱衣服睡觉，江琢正在抽烟，从门缝里看见了，他嘴上叼着的香烟在来回晃动，神情透着冷漠。

本来还有脱裤子的，但是现在已经被划掉了，郭宝箴跟庄钦商量的是，镜头拍一下他的腿就行了，衣服还是要穿的，而且只拍后背。

这场戏，对两个人都是个小挑战。对李慕的演技有很高的要求，而且庄钦也要做出裸露的牺牲。

郭宝箴先做出保证："不过明晚拍这场戏的时候，我会清场，只留下一个摄影师，用手持镜头拍。"

"谢谢郭导。"

"时间不早，你俩上去对两遍，对完早点休息。"郭宝箴做了个加油的动作，看向庄钦的眼神里是"我看好你哦"。

庄钦并没有接收到他真正的意思："好的郭导，我会加油的。"

和李慕上楼去，庄钦从小连那里拿了刚激活的房卡进门，电卡是另一张，放在玄关位置上，插上电，房间亮起。

演技派

　　庄钦早上起来没叠被子，阳台的晾衣架是他问前台借来的，晒了几件衣服，一条内裤。

　　他立刻大步过去把窗帘拉上了："干脆明天我问郭导申请一间新房间来对戏吧……"

　　自己住的房间是很私人的，有很多小隐私，比方说他爱吃什么零食，爱穿什么颜色的内裤，他床上的小黄人公仔……都让他觉得很丢人，有种无所遁形的尴尬。

　　小连作为助理，无论艺人是对什么戏，他都必须在场。

　　来之前，苏玫就这么要求过他。

　　他搬了个小板凳，坐在卫生间门口的位置，看庄哥正在给另一个男演员讲镜头。

　　因为讲了镜头，才知道走位的问题。

　　他们花了半小时的时间，把明天白天的戏对了一遍，小连已经开始坐着打瞌睡了。

　　对完这一场，再是夜戏。

　　庄钦说："郭导说这场夜戏用手持镜头拍，所以摄影师肯定是站在这个位置，他对着我门缝里的背影，转身再对着你的正侧脸，你这么站……嗯，具体的站位明天再看。"他怕自己说太多惹李慕不高兴，毕竟很多演员，都不可能会喜欢另一个年轻演员来给自己讲戏。

　　自己也得改改这个总是喜欢充当导演和剪辑师的毛病了。

　　"对了，道具，我这儿没有烟，你带烟了吗？"庄钦问。

　　李慕说没带。

　　庄钦就从零食堆里扒拉了一根棒棒糖给他："将就用吧。"

06

　　两人对了一会儿戏。

　　庄钦看见李慕正面无表情地叼着棒棒糖。

　　庄钦："刚才那段怎么样，还要不要再来一次？"

　　李慕礼貌地摇头："不必。"

　　再看一次，恐怕要这么心平气和地说话，就不容易了。

　　李慕说不必，就代表对戏结束了，庄钦道："那我送你下去吧。"

　　李慕说不用，庄钦说就送到楼下，李慕才点了头。

坐在凳子上抱着膝盖睡觉的小连终于被惊醒了:"庄、庄哥……"

"快起来,难为你了,去睡觉吧。"

小连看见他穿鞋,迷茫道:"对完戏了吗?庄哥你要去哪里?"

"送他下楼。"

小连擦口水道:"别忘了房卡啊!"

"你不说我差点忘了。"庄钦拿起房卡,把李慕送到楼下,"你要一个人走出去啊,要不要我陪你?"

外面有一条要走一分多钟的小路,黑漆漆的,一点光都没有,旁边就是荒地。

李慕愣一秒,摇头。

庄钦:"那你到了给我发个消息,注意安全。"

李慕已经开始感觉到他的认真和体贴了。

这小朋友似乎是真心地把郭导的话听进去,打算跟自己培养一下互相照顾的感情?

李慕想自己若是太冷淡,小朋友会不会觉得挫败难受?但他这个人,在戏外就是个面瘫,笑这种情绪很少有。

他开始想,若自己是江琢会怎么样。

庄钦看他一直不动:"是忘了什么东西了吗?"

"没。"李慕站在楼梯口摸了摸他的头发,手收得很快,表情仍然很冷漠,"走了,晚安。"

头上的触感稍纵即逝,庄钦发蒙:"哦……晚安。"

他挥了挥手,李慕"嗯"了一声,不禁觉得他有点乖。

李慕离开了,他上楼,虽然诧异,但也没太当回事。

次日的拍摄,又是从早到晚一整天的高强度,晚上,在室内片场,郭宝箴清了场,留下摄影师,只有四个人同处一室拍摄。

"Cut——庄老师,刚刚那条有点怪,您给我的感觉就像是知道后面有人,有点刻意,放松一点。"

庄钦:"好的。"

郭宝箴:"第二条,过。"

继续拍摄下一个镜头,庄钦要把外裤脱下来,只拍腿。在泳池里怎么穿,在这里就怎么穿,短裤下两条修长匀称的长腿,郭宝箴也嘀咕:"身材怎么这么好,这比例,还白成这样。"

演技派

片场没两个人,庄钦并不在意露这么一点皮肤,非常配合。

等摄影师拍好,郭宝箴一看还有时间,提议:"要不要再加一场?"

李慕指间夹着道具烟,他看庄钦已经够精疲力竭,正准备提出异议,就听见庄钦那个助理先开口了:"郭导,这不行吧,违反了我们签的拍摄合同了,今天已经拍一天了……"

"没事!"庄钦打断,"郭导可以再加一场,我完全可以配合。"

郭宝箴:"你现在状态没问题吗?"

庄钦说:"我现在状态正好,明天拍还得重新调整状态呢,不如现在就拍了,省得明天又重新布置打光。"

郭宝箴为他的敬业精神折服,问李慕:"你呢,还能拍吗?"

李慕看了眼时间,冷漠发话:"到十点,如果这一条没过就不拍了。"

"好的,十点准时收工。"郭宝箴也不知道为什么要听他的,可能因为他是投资人吧。

庄钦把衣服都穿回去,翻开剧本。

临时加的这场戏有意思。

庄钦扫视这场戏的内容,几秒就看完了,自己没一句台词。

这一场镜头只有五个。

空镜头定格在房间旋转的电扇上,转了几秒,电扇缓慢地停了下来。

江琢从床上站起来检查,风扇不动。

江琢出去了。

安可躺在床上,在床上翻身(望向门)。

房间里没有光,江琢进来了(望着床上):"是我。"

为免拍摄下一场穿帮,每一场戏拍摄前,都会先用相机存档,拍摄接下来的戏份前,会调出存档的照片对现场复原。

郭宝箴找了几个剧组员工回来,花了一会儿时间布置,开拍。

李慕拍的时候,庄钦也在旁边看着。

昨天拍对手戏还没觉得,今天旁观了,才知道他其实有非常多的表演技巧在里面,在拍摄这种只通过外在动作表现出人物心情的戏,上手得很快,能细微地捕捉到镜头的方向,从而调整自己。

这种类型一般被称为天赋型演员,首先从长相上就可以区分,李慕是一张完美的"电影脸",不过还是偶像包袱三斤重,因为庄钦没见过他演过脱离他本身,跨度很大的角色,这是戏路窄的缘故。

庄钦又绕到镜头后面看,李慕长相上带来的压力,在后面看,不如直接在镜头前看来得强烈。但尽管只是平面地看,那种逼人的英俊,也快要跳出屏幕,跃至眼前了,足以说明他外在的表现力有多好。

很快轮到庄钦的那一个镜头。

一条过了,收工。

郭宝箴说:"庄老师,明天上午不排您的戏份,可以多睡一会儿。拍戏还是要劳逸结合。"

庄钦说好,但正在帮他收拾东西的小连闻言却蹙眉:"郭导,下次要加戏,提前就得说,不能这么临时来了,不要看我们好欺负就欺负我们!"

他心里还是认为,庄钦接这个戏,是给了导演很大的面子,不然哪个上升期的演员会跑来接这种小众题材,而导演却想一出是一出地临时加戏,违背合约,搞得演员作息都乱了,还好意思扯劳逸结合!真是不要脸!

郭宝箴被噎了一下,想不到这个助理这么有脾气。

庄钦把他拉回来:"好了,加拍一场戏,我后期就少拍一场,你还怕我吃苦吗?郭导,您别介意,他得了我公司那边的命令,不舍得让我吃半点亏,不代表我个人的想法。"

"是我考虑不周,"郭宝箴承认自己觉得庄钦好说话,也有点尴尬,"这不是怕您后面有其他活动安排,您的新剧预告今天都上了,不回国配合宣传吗?"

庄钦说要回国宣传:"不过郭导放心,不会耽误剧组拍摄进程的。"

他是一部剧火爆后签约的经纪公司,去年一年的时间,就只拍了一部戏。

今年四月上线播出了。

收工后,庄钦见郭宝箴上了李慕的车,怕他是真的生气了,还特意发了消息,跟他解释缘由:"郭导,我作为演员,拍戏就是我最喜欢做的事,您尽管加,我没有任何意见。"

郭宝箴坐上李慕的车,回复他的消息:"哎呀,你别这样,本来也是我的问题,太想早点拍出来了,现在一想着急也没有用,戏呢,就慢慢拍,不急。"

庄钦:"我也想早点拍出来,早点送奖,早点上映。"

郭宝箴:"慢慢来慢慢来。"

庄钦和他发了会儿消息，感觉郭宝箴确实是不在意，还对自己有愧的样子，这才收了手机："小连，你下次可别那样了，郭导比我辛苦多了，你顶撞他，你不怕他给我穿小鞋啊？"

"庄哥……我错了，我还不是怕您太辛苦。那个导演……明显就是觉得你好欺负啊！"

"演员不辛苦怎么拍出好电影？你当我那么多片酬是拿着玩的啊。下次你再那样，小心我让玟姐召你回国——"

小连马上求饶，然后转移话题："庄哥，新剧的预告您看了吗？"

另一台车上，郭宝箴也上了微博，点开庄钦的新剧《等你爱我》预告片，问李慕："要不要一起看看？"

在预告片里，明明是男二的庄钦，出场镜头却比男主角多。

而且他的"咖位"甩那个男主角一大截，粉丝也多是冲着庄钦来的。

郭宝箴一边看一边疯狂吐槽这剧的滤镜太厚："男女主角这个接吻，这借位借得也太明显了吧！"

李慕偏过头去看："他不是男主角吗？"

"你说庄老师吗？他是男二啦！男主角是这个苦瓜脸，不过庄老师这个男二，人设比男主角好，更吸粉，估计他的经纪公司还没准备好让他跟女明星炒作CP吧，毕竟庄老师…他在感情上还是白纸一张，而且他还是当红小生，不知道有多少女友粉，这时候和女星炒作绯闻非常不可。昨天我问了，才知道他真是单纯，都没谈过恋爱，这也是他第一回拍这种戏份……"

说完，郭宝箴一本正经："我的戏，可别想着钻空子给我借位！要拍就给我真刀实枪的！"

07

两辆车先后在酒店外围空地停下，这里停放着七八辆剧组用车。

郭宝箴下车后，李慕也下来，隔着一段距离问从另一辆车上下来的庄钦："今晚还要对戏吗？"

"庄哥，已经十一点了。"小连提醒他道。

庄钦想了想，对李慕说："明天下午的戏，我们明天中午在车上对吧。"

李慕点头，上车，庄钦让他注意安全，然后挥了挥手。

李慕开车离开，从后视镜里看见三个人渐渐走进小路，背影消失不见。

邱明上午接到猎头电话，订了下午的机票就回国去了。

这个冷门的海滨小城，夜晚显得静谧，路上几乎没有车流，五分钟后，李慕把车停在别墅外，输入密码打卡外面的大门，进入园区。

这是一个由专人管理的度假别墅区，除开李慕买下的那一栋，另有两栋隔着一片热带植物的别墅，其中一栋还没完工，剩下的那个是作为民宿用途。

这边的地价便宜，房产经纪人带着李慕过来，开了一个超出本地房价四倍的价格，李慕压了一半，买下了它。

从大门进去，一路有地灯，要走三分钟才到。

别墅是木质结构，两层楼，层高超过六米，加上尖顶式的穹顶，两层一共有十四米高，一楼通体的落地窗，李慕用钥匙开门，感应灯亮，从中心的旋转楼梯上去，整个木结构的建筑都在摇晃。

他的房间有个大露台，露台下就是亮着夜灯的泳池，李慕拉上四周的窗帘，进浴室洗澡，雕塑一般的身躯泡在浴缸里，他戴上AR眼镜，光屏显现在眼前。

李慕打开邮箱挨个处理积压的邮件。

他这人很不时髦的一点是，不喜用社交软件，一切工作都用邮箱搞定，回国后邱明让他装了微信APP，至今里面只有三个好友。

浑身的肌肉在热水浸泡下彻底放松，退出邮件，李慕打开浏览器，继续看昨晚没看完的采访视频。

主持人问："一个人的时候喜欢干什么？"

庄钦穿一件黑色印花卫衣，坐在一张米白色的布艺沙发上答："看电影。"

"去电影院还是在家里？"

庄钦："都会。"

主持人："你会养宠物吗？喜欢什么宠物？"

庄钦："以后可能会，我喜欢猫。"

主持人似乎在翻提问的卡片："你打算什么时候结婚？"

他迟疑了下："这个……等时机成熟吧，也是以后再说，我还没到法定结婚年纪。"

"哈哈哈。"主持人，"这么说现在还没有对象，有喜欢的人吗？"

庄钦："有啊，喜欢我的家人，还有所有爱我的人。"

"嗯……"主持人沉吟,"那你的理想型是什么样的?"

"理想型啊……"视频里,庄钦的眼神望向一旁,似乎是在看经纪人的手势,"圈外的吧。"

"性格呢,长相有要求吗?"

"性格,希望她厨艺好,因为我厨艺不好,如果她厨艺也不好,那我就努力学厨。长相的话,没有要求,顺眼,她喜欢我就行了。"

主持人马上抢答:"我会做饭,你看我觉得顺眼吗?"

庄钦:"嗯……"

又是眼神往场外瞟,然后笑着答:"你好看。"

好看,未必顺眼。

主持人笑起来。

后面又是一些很琐碎的问题,琐碎到如果不是粉丝,估计根本就不会有耐心看完。

李慕泡澡的时候,把这个视频当作打发时间来看完了。

对他又多了一点了解。

喜欢看电影,喜欢旅游,听歌,还有喜欢……倒立?

这是个什么爱好。

李慕摘了眼镜,从浴缸起身,长腿迈出去,浴缸放水的声音咕噜噜的,他披上浴袍,水珠顺着黑色发丝滚落。走回卧室,过目不忘的本领叫李慕很难忘记每一个细节,哪怕关掉了视频,仍然在脑海里回放。

喜欢的动物是猫,喜欢的零食是仙贝,喜欢的饮料是××牌酸奶。

第二天庄钦是十一点来的片场,来之前特意先洗了澡洗了头,在片场看了一会儿李慕拍动作戏,他应该是学过射击,持枪拔枪的动作很帅气,面对镜头目光锐利,冷静得不像话。一个镜头NG,旁边的动作指导在给他说要领。

到十二点,这场戏还没拍完,庄钦在片场和工作人员一起吃的盒饭,他饭吃完了,李慕这场戏才结束。

四十摄氏度的高温下拍摄动作戏,自然是汗水涔涔,一个剧组给李慕安排的临时助理拿着冰毛巾冲过去,要给他擦汗,李慕歪头躲开了:"我自己来就好,谢谢。"

女助理脸微红,道:"剧组盒饭都抢光了,李慕老师,我打电话叫附近的餐厅送过来吧?您喜欢吃东南亚菜吗?"

李慕摆摆手,表示不用,视线掠过她,看见庄钦在跟场务说话。

庄钦手里拿着盒饭，微微低着头，泛着象牙色的脖颈，连弯曲弧度都很漂亮，场务拿着一张表格，似乎在跟他确认什么。

李慕以为他还没吃，便抬步朝他走过去，正好听见庄钦在跟剧务大哥说什么请假几天回国的事。

"你要回国？"李慕问。

庄钦抬头看他："你拍完了？我有个剧组发布会要参加，还有别的乱七八糟的活动，三天就回来了。"

剧务大哥在旁边提议道："那庄老师，这三天的戏份我就往后挪，您看行吗？"

"这个……"庄钦这时看了李慕一眼，又对剧务道，"罗哥，后面的戏全都排好了，那这三天的戏份往后挪岂不是打乱了整个拍摄计划？您看，要不然就挪到下个月，下个月的拍摄计划还没出来呢，正好下个月再拍。"

剧务和气地笑着，也不敢直接拒绝："这个我得问问郭导去。"

庄钦点头，剧务大哥走了，庄钦顺手把手里盒饭递给李慕。

李慕没接："给我的？"

"是啊，你不是还没吃吗？"庄钦刚才特意多抢了一份。

李慕以为他没吃，把他的那份让给自己，颇为意外，注视他那双格外黑亮的眼睛："你吃吧。"

"我吃不下了，给你。"庄钦心想我又不是猪，把盒饭和一次性木筷塞给他，"应该还没冷，趁热吃。"

他们剧组的盒饭标准高，是五星级来的厨师团队做的豪华午餐，连快餐盒都显得很高档，同理，剧组人员的幸福指数也高，累归累，拍戏哪有不累的啊，但投资人给力，伙食好，光是这点就比不知多少剧组强了。

李慕心想庄钦是不是在故意为了后期要拍的戏份，不吃东西减脂，他看了眼快餐盒子，是上下两层分开的。

庄钦说："我去车上等你，你吃完我们就对戏。"

李慕点头，转身去找发盒饭的工作人员："盒饭没了吗？"

工作人员点头："不知道谁多拿了，您没吃上吗？我可以回酒店再装一份送过来。"

李慕摇头表示不用，问工作人员要了一双一次性筷子，端着盒饭回到车上。

庄钦戴着耳机在看下午那场戏的部分，李慕上车后开了一道窗透气，打开盒饭，不是很熟练地把盒子分成两半，拆了一双筷子，把里面装的饭菜分了一半出来，递给

演技派

庄钦。

庄钦摘下耳机，疑惑地看着他。

李慕："我吃不完了。"

庄钦打量他高大的身材："……"

李慕面不改色："不能浪费粮食，这一半你解决。"

刚吃完一份豪华午餐的庄钦，迫于压力只能接过来，用新的筷子又把快餐盒里的鸡腿和炸虾全夹给他："我还没碰，你多吃点，拍动作戏辛苦了。"

从出生起就没吃过盒饭，更是从来没有在这种简陋环境下，这么跟人分过食物的李慕心情意外地不错，注视他几秒，发现那双眼睛在暗淡的光线中反而被映衬得格外明亮。

李慕说服自己接受了："不辛苦。"

庄钦吃得有点撑，下车漱口，心里后悔，早知道该拒绝的。

下午这场戏有点特别，家里淋浴器坏了，安可躺在沙发上，江琢打来热水帮他洗了头。

这一段台词很生活化，也很少，两人很快进入角色，对了一遍台词后，庄钦录音听回放，找出哪里语气不到位，然后再改过来，再说一遍台词。

两人对了三四遍，就找到感觉了，庄钦看了眼时间道："下午是两点半开拍，还可以休息一个小时，你上午拍了那么久，要不要在车上睡一会儿？"

李慕把剧本放在一旁："不会打扰到你吧？"

"我听歌。"他指了指耳机，"你介意的话我可以回我车上去，这样你还可以躺下睡。"

李慕说不介意："你在这里待多久都行。"

庄钦笑笑："那等会儿我提前十分钟叫你起床。"

李慕戴上颈枕，闭上眼睛，说好。

他昨晚睡得很迟，早上起来慢跑了一圈，开车去的片场，一上午高强度的拍摄，饶是他这样每天锻炼的，也会感觉到精神上的累。

不一会儿，庄钦就听见他呼吸平缓，是睡着了。

睡得也太快了吧？他扭头看一眼，李慕头稍稍歪着，脸压在 U 型枕上，两手分开放在腿上，拳头虚握着，侧脸英挺，闭着的眼窝很深，睫毛密长，带着不明显的混血特质。

122

庄钦顺手把自己这边的窗帘拉上,然后微微起身,手臂伸长去把李慕那一侧的窗帘拉上。庄钦动作很轻,嗅到他身上有股很淡的汗水味,还有一股男士淡香的气息。

拍个戏居然还要喷香水,太精致了。

庄钦重新戴上耳机,闭着眼听剧本。

他把剧本导入手机,用语音慢速播放,那机械钝感的男声异常催眠。

庄钦头歪过去,很缓慢地靠着皮质座椅靠垫,滑向李慕。

睡眠一直就浅的李慕被旁边靠上来的重量弄醒了,起床气让他很不高兴地蹙眉。

过了一个小时,小连过来叫庄钦,结果刚一打开车门,就看见了坐在这边的另一位男主演李慕,闭着眼像是睡着了的样子,高鼻深目,很是养眼。

小连忍不住多看了他一眼,虽然在圈子里见多了,但李慕这种贵气的英俊类型,是真少见。

庄钦呢?

小心翼翼地探头一看,果然——自家那不省心的艺人,又睡在别人的肩膀上了。

早上没睡够吗?怎么能睡得这么香!想到玟姐的叮嘱,小连刚要叫,那看起来是睡着的男主演,伸手把车门拉了过来,像是被打扰了不高兴,很不客气地把门直接关上了!

08

关车门的动静不小,庄钦晃了晃,似是被惊醒了。

小连在外面愣了有几秒钟——不知道为什么,竟然没有勇气再开一次门,他抬手敲了敲窗:"庄哥,片场里在布景了,一会儿就开拍了,化妆师正在找您呢。"

"嗯,知道了。"庄钦从李慕肩膀上起来,心虚地跟他道歉,"我不是故意的,对不起啊。"

他知道李慕是不喜欢跟人接触的,虽然两人在戏里的对手戏拍了这么几天,熟了很多,但绝没有熟悉到戏外的时候,能靠在肩膀上睡觉的程度。

李慕捏鼻梁,起床气下去一些了。仍是那副礼貌过头了的模样,疏离地道:"没关系。"

看在庄钦把午饭都让给他的分上,李慕刚才才忍住没有叫醒他,只是推开了一次，庄钦过了会儿又倒了过来，让他不禁怀疑是不是故意的。

方才他盯着庄钦睡觉的模样确认了一会儿，才能确定不是装的。

李慕拿了两瓶冰水，递给他一瓶，车门打开，两人下车，庄钦揉了揉脸，用手抓了抓睡得有些乱的黑发，在阳光下眯眼。

小连拉着他去找化妆师："庄哥，你怎么又睡别人肩膀上了，还好是在车上，没人看见。"

庄钦说："我以为是你。"他自己也意外，李慕怎么没把他推开，就这么让自己睡了？

小连接不上话了，庄钦是有好几回靠着自己睡觉，有一次甚至在节目组的后台化妆间里，睡在另一个合作过的男演员肩膀上，还被人拍了照，还好没传出去，不然得引起轩然大波。

"我给郭导说一声，让他在化妆间里购置两张沙发吧，沙发上休息比车里休息舒服。"

庄钦说好。

在东南亚这种地方拍戏，有个好处就是不必担心采光的问题，哪怕是在雨季，那雨很快就会结束，乌云飘走，又是阳光普照。

这场戏的采光尤为重要，所以拍摄时间定在下午两点半开始，拖一拖就是三点，而四点钟是一天当中最适合拍摄的时辰。

蘸取了眉粉的化妆刷轻轻扫过庄钦飞扬的浓眉，化妆师打一层薄薄的阴影在他的脸侧和眼窝，然后在脸上给他化了瘀青和红肿，接着用提前准备好的稀泥巴糊在庄钦的头上，脸颊上。

这场戏，是他在外面惹了点小麻烦，跟人斗殴后回家，本来是要洗澡的，结果淋浴器已经被江琢暴力损坏，江琢看他脸上有伤和泥巴，帮他洗了头发和脸的剧情。

化妆的时候，庄钦闭着眼，酝酿情绪，入戏，找到自己的位置，场务打板："各就各位——"

洗头，手穿过头发，这部剧后期的调色郭宝箴都想好了，前期是冷色调，从这里开始阳光温暖，变成暖色调，后面独角戏的复仇部分，又变为饱和度低的暗色调。

镜头对准厨房，水壶呜呜作响。

一只手抓住水壶把手，提起来。

随着"滋滋"的倒热水声音，切镜，江琢端着冒着热气的瓷盆放到凳子上："去那里躺下。"

安可站在门口,浑身是伤,衣服也脏兮兮的。

"沙发吗?"他循着声音走过去,面对障碍物停住脚步,江琢的手掌放在他的肩膀上,把他按着坐下:"躺上来。"

镜头切换,安可已经躺下了,江琢修长的手指抓住他的头发,让他:"往前面睡一点。"

他照做,身体还有些发抖,眼睛睁得大大的,漆黑但没有焦距。

阳光爬到他的脸庞上的时候,他眼睛才缓慢地眨了一下,江琢的手捧起热水,从他的头顶浇下去。

水珠顺着黑发滑落。

干净的冒着热气的水,变得浑浊了。

"谁欺负你了?"

"……没有人欺负我。"声音带哭腔。

"那你是摔泥巴地里了?"

"我揍别人了,我还手了……"

"是该还手,为什么打架?"在杀手眼里,少年还是个小孩子,会跟人打架的小孩。

阳光凝固在他的脸庞上,金色的光晕让他看起来干净剔透,江琢沾了水的手掌抚上他的脸,把干掉的泥搓掉了。安可做了个龇牙的怪表情,好像有点疼,声音低落地回答:"我叔叔卖粉给他爸爸,我不应该还手的,他毁了别人的家庭。"

"错的是别人,你没有错。"江琢的声音听起来像是风,漠然的满不在乎,"记住了。"

阳光完全镀在了演员身上。

郭导和周副导,站在取景器后面看,两个人都很专心,周副导问了句:"郭导,你是不是私底下给他们讲过戏?我在片场从来没见你给演员讲戏。"

郭宝箴声音低:"没,私底下我让他们自己对来着,演员自己都能演好,我提点他们干什么?看这演的,不是挺自然的吗?"

一个下午,顺利地拍完了几场室内戏。

结束的时候,小连立刻冲上来给他递毛巾,把湿透的头发包起来。

刚才拍戏的时候,水溅在庄钦的白色上衣上,有些透。李慕就站在他面前,挡住他说:"你跟在我后面,跟我去化妆间。"

庄钦低头看了一眼，也发现了自己现在的造型狼狈。

"谢谢。"他跟着李慕快步进了化妆间，李慕拉开抽屉给他找吹风机，庄钦用毛巾擦着头发："刚刚让你给我洗了那么久的头，实在不好意思。"

李慕找到了吹风机，回头看他："拍戏需要。"

庄钦从他手里接过吹风机，打开开关，想了想要怎么补偿，然后忽然想到了，便关掉吹风机："下回哪天放假了，我也给你洗一次头。"

李慕应道："好。"

晚上对戏是换了个房间，庄钦重新让郭导给自己拿了一张新房间的房卡，就在自己房间隔壁，是原本留给李慕的房间。

两人坐在两个单人沙发上，桌上几包小零食，两个插了吸管的椰青，一盒切块的芒果。

拍戏消耗大，庄钦还是想吃点夜宵。

他和李慕不断地对台词，磨合台词，琢磨语气、心理和人物感情状态，庄钦觉得和李慕相处是挺舒服的一件事，拍戏也是如此，因为李慕太聪明了，似乎根本不必下什么狠功夫，就能在镜头面前表现得很完美。

把李慕送走，庄钦回房休息，看见了郭宝箴发来的消息。

"刚刚剧务那边跟我说，你23到25号都请假，26号回组，你还打算把请假三天的戏份挪到下个月去？"

庄钦："是。"

"我没记错的话，23号和24号有两场感情戏。"郭宝箴哪里不明白他的想法，庄钦摆明了是有些抗拒这些戏份的。

庄钦："嗯……"

郭宝箴："你对这些戏份，是不是有点抵触？"

"不是的。"他敲了几个字，又删掉，直接发语音过去。

"郭导，我之前没有拍过类似的戏份，我跟李慕拍这个，我觉得……"他还没说完，手一滑，就发送了出去。

"怎么，你看他不顺眼？"

庄钦赶紧解释："没有，怎么可能不顺眼，特顺眼！虽然他不爱说话，但我们相处得还比较融洽，就是感觉，还没到那个份上，我没准备好呢，怕拍不好浪费大家时间，再给我一点时间吧……"

"你的意思是,还要再培养培养感情?"

"对对对,我就是这个意思。"

"那行,那就给你排下个月。"郭宝箴倒是觉得没什么,毕竟 26 号拍,和下个月 1 号拍,只隔了五天而已,换个顺序也无所谓。他只是担心演员抵触,开导开导。

在剧组拍戏的时光过得很快,庄钦离开的前一天,李慕才知道他是 22 号晚上的飞机。

23 号……是不是有一场感情戏?

李慕翻了下拍摄计划确认,的确是有一场。

他莫名就想起来,那天听见庄钦在跟剧务商量,说能不能把这三天的戏份挪到下个月去。

都不用思索,就想明白了庄钦的意思。

是不想拍感情戏?

李慕第二天在片场找到郭宝箴,把他叫到了一边去,问他:"郭导,23 号排的这场戏,就删掉吧。"

"不要啊!"郭宝箴大惊失色。

李慕:"我记得我们的合约里写着,我是可以要求删改戏份的。"

"我知道……可是不能删,真的不能删,你为什么要删它?"

他痛心不已,郭导知道李慕有改戏的权利,根据合约,自己还不能拦,李慕要删的戏,他就不能拍。

可这剧本是他呕心沥血写出来的,筹备了那么久,怎么可能说剪就剪!

李慕说:"我不想拍。"

郭宝箴简直匪夷所思,抬头盯着他:"可是庄老师想拍啊!"

李慕:"嗯?"

"真的,他想拍,他肯定不会同意删掉的,我虽然是导演是编剧,但你们俩是主演,你要删掉,至少要问问他吧?"

李慕思索地看着他:"我以为他不会想。"

"谁告诉你的?庄老师很敬业,他才跟我讨论了这场戏份挪到什么时候拍,等等……我找找聊天记录给你。"

两人站在遮阳伞下,郭宝箴掏出手机开始翻记录:"这是上周的,我以为他有点抵触,我就问他,他说是没准备好。"

李慕看着他的手机屏幕。

郭宝箴的消息是：你的意思是，还要再培养培养感情？

庄钦的回复是：对对对，我就是这个意思。

李慕看完聊天记录，目光从培养感情，挪到"特顺眼"三个字上。

"这儿还有呢，更早的。"郭宝箴继续翻给他看，"就是你们洗头那场戏，那天我问了一嘴，问他对你什么感觉，他说很舒服，觉得你感受力特别好，跟你搭戏很愉快，你看看，我没有P图哈，都是他亲口说的。"

李慕定睛看了几秒钟。

郭宝箴："他说了要培养感情，你还要删戏？那他知道了，得多难受？"

李慕眉心拧了起来，似乎这是个很难办的问题。

半晌说："暂时不删。"

郭宝箴松了口气。

大部分拍感情戏的演员，戏外都会各种培养感情，一起吃饭。

郭宝箴说："我看庄钦在这方面是个乌龟性格，你戳他一下，他抬头看你一眼，你不动他他就一直缩着脑袋。他说要培养感情，没准还是岿然不动。你要是再不主动，这戏咱们到时候就难拍了。"

当时他一眼看中李慕，是因为那天晚上庄钦来酒店套房试戏时，两个人站一起，就能让人明显感觉到很搭。这种感觉可遇不可求，让庄钦和陶冲站一起，就没那个感觉了。

"你知道怎么主动吧？"郭宝箴说道。

不过郭宝箴觉得李慕这个性格，应该是能做到的。

感情要怎么主动培养？

送礼物？

李慕想了一下，低声说："知道。"

等庄钦回来，给他送只小奶猫吧，就说是捡的。

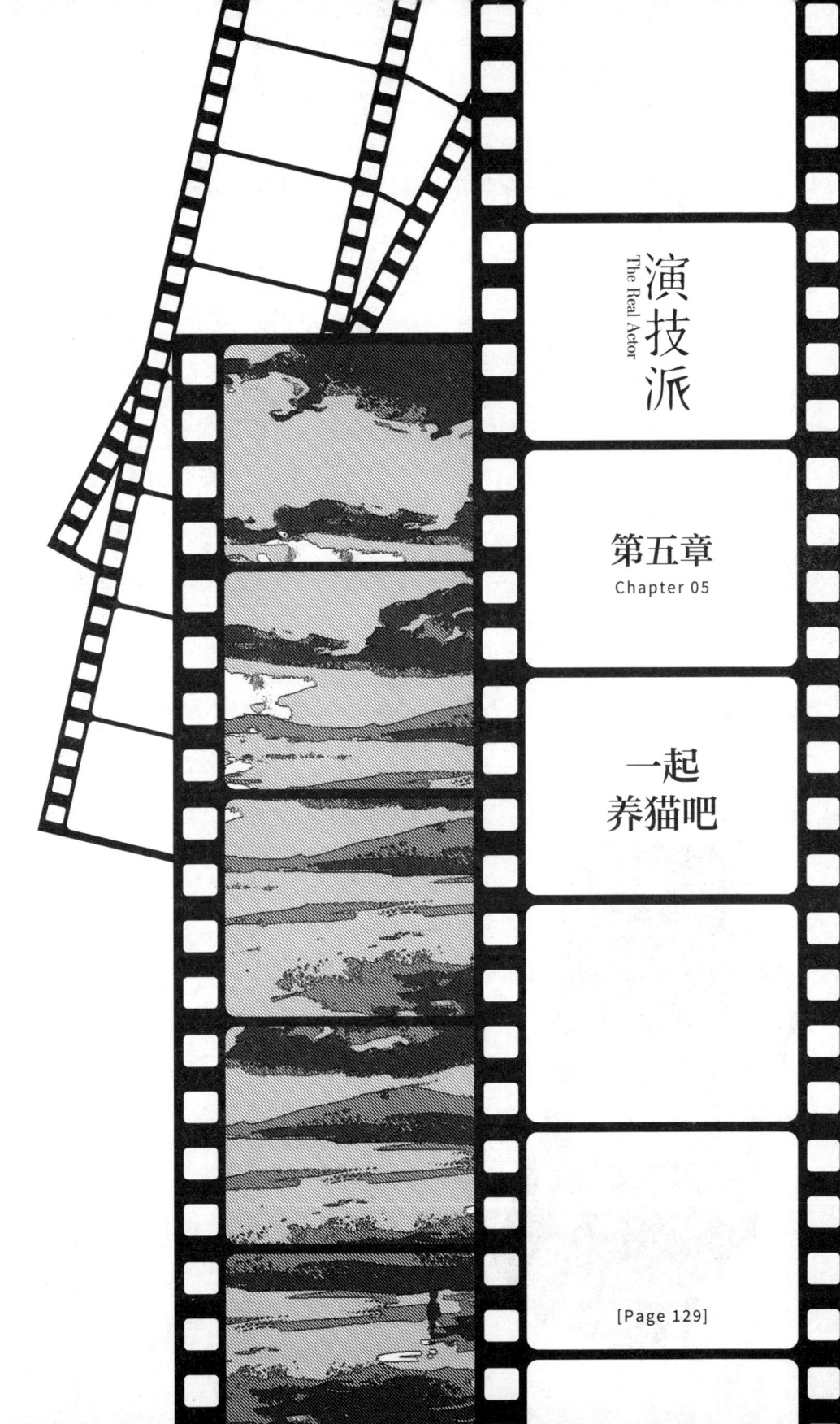

01

23号下午,庄钦坐保姆车抵达《青春纪念方程式》发布会现场。虽然他只是男二,但因为人气比那个男团出身的男主高,在媒体提问环节一直被现场媒体 Cue(提到)。

而且由于女主演同时捆男一男二下场炒作,现在搜庄钦的名字,后面跟的就是女主的名字,导致现场进来的媒体都很关注这件事,一直问女主角:"欧阳和东方你更喜欢谁?"

欧阳和东方,分别是男主和男二的那显赫豪门家族的姓氏。

在当下,非常流行这种调调,但到以后看,却是雷点满满。

女主演羞涩一笑,回答说:"欧阳是我官配哈哈哈,东方是给观众爱的。"

记者又问庄钦:"庄钦老师觉得这次跟李佳苒合作感觉如何,有擦出火花吗?网上路透看见你们有拍吻戏是吗?"

庄钦官方回答:"大家看剧都能找到答案,每周四、五晚上更新两集,记得观看哦。"

记者对李佳苒提问:"以前你和庄钦在综艺节目里是姐弟相称,现在《青春纪念方程式》的合作里却是学长学妹关系,很想知道你有没有为这种身份上的转变做一些调整?私底下又是怎么称呼对方的?"

李佳苒:"我们是专业演员嘛,所以身份上的转变不造成任何影响,而且他很照顾我嘛,虽然他年纪比较小,但性格却像大哥哥。私底下……我们都是兄弟相称的,哈哈哈。"

记者:"那请问庄钦……"

庄钦岔开问题："这个问题不如问问欧阳同学，他应该比我回答得好。"

站在女主演另一旁的那位饰演男主角欧阳的陆雨哲，拼命地管理表情，但还是肉眼可见的尴尬。

连主持人都看不下去，她收到下面编导的提示，打断那些一直问无关问题的媒体，让台下的工作人员配合起来问男主陆雨哲问题。

一场发布会下来，又是手机赞助商安排的台上自拍活动，又是做游戏，两三个小时才结束。

"我听说你在外面拍戏？还以为你赶不回来参加发布会了呢。"李佳苒伸手准备挽庄钦的胳膊，小连眼疾手快挤过去，"庄哥，玫姐电话来了。"

庄钦对女主角道："不好意思我接个经纪人的电话。"

说完就走开了。

卫生间里，庄钦从隔间出来，碰上正在洗手的陆雨哲。

"阿哲。"庄钦礼貌地跟他点头，似乎有话要说，结果陆雨哲没有理睬，甩手走了。

晚上的饭局庄钦没有办法推掉，因为桌上有某广播电台的大人物，剧组制片人，导演都是各种赔笑脸。

连庄钦这个不喜欢喝酒的，也不得不喝酒，他看见陆雨哲意志消沉，一直在喝酒，脸已经喝得通红了，忍不住把他的酒杯拿开："你少喝一点。"

陆雨哲扭过头冷冷看他一眼，把杯子抢回来："虚伪。"

声音虽小，庄钦却能听见。

他无言，过了几秒，拍了拍陆雨哲肩膀："跟我出来一下，我有话跟你说。"

"有什么好说的。"他眼神很冷，眼睛却是红的，眼白还有熬夜的红血丝。

"出来吧。"他声音放得很温和。

一开始进组，两人关系还不错，会私底下对戏，一起吃饭。直到后面导演有些区别对待，不管庄钦拍什么戏份，导演总是给他一条过，闭着眼睛夸："这条很完美！好，庄老师演得好！"

轮到同样水平的陆雨哲了，导演就开始挑毛病："这条重来，你别眨眼睛，感情不到位！"

以前的庄钦，是太过年轻，剧是因为他想演戏，公司给他接的，他那会儿一门心思要当演员，稀里糊涂地就接了，进组才知道是这么个玩意儿。

但编剧导演都对他好，给他各种加戏，庄钦才拍了下来。

他和男主角陆雨哲的矛盾就此展开，其间都压制住了，到今晚才爆发。

庄钦和他在一个剧组里待了几个月，自然知道陆雨哲非常刻苦，不是科班出身，但热爱演戏，梦想是磨炼演技以后，在电影院看自己主演的大片。

结果演了好几年，还是只能接《青春》这种雷剧。

酒店楼梯间。

"你喊我出来是想干什么，打架？！"陆雨哲揪住他的衣领，目光恶狠狠的。庄钦侧过头，没有还手："这部戏一直在给我加戏，导演也一直夸我，你觉得我演得很烂，是不是？"

陆雨哲似乎没想到他会这样承认，愣了一秒，旋即冷哼："你也知道？"

"我当然知道，你演得比我好，你也比我努力，抢了你的戏份，这件事是我的不对，抱歉。"剧组给他加戏的行为显然是不合理不公平的，那时候的他一点没有意识到，只觉得可以多演一点。

陆雨哲盯着他，仿佛在确认他是在嘲讽，还是真的道歉。

他手上的力道慢慢地松了。

庄钦握住他的拳头，温柔地压了下去："剧组就是这个娱乐圈的缩影，有很多不公平，我相信观众会看见你的勤奋的，他们也会看见你的演技，认可你……

"你知道我以前，也是做替身的，我十六岁就在剧组混了，一直都是演替身，演员拍不了或者不想拍的戏份，我挡住脸替他们拍。你经历的，我也全经历过。"

陆雨哲听得感同身受，双肩下垂，难过极了。

庄钦拍了拍他的肩膀说："你是个好演员，我看见了。"

娱乐圈里形形色色的人都有，也有一些一直很努力，但却戏路坎坷，星途不顺的演员，陆雨哲就好比另一个自己，庄钦心里的遗憾，包括了他在别人身上看见的悲观。

第二天出门参加活动，庄钦在看手机消息的时候，刷到朋友圈。自己配合剧组宣传转发的链接，有不少圈内朋友点了赞，留下评论，表示支持。

接着他看见，之前疑似把他朋友圈屏蔽掉的陆雨哲，这次竟然给他点了个赞。

庄钦接到电话，抽空从宋恪那里拿奖杯，他是第一次来宋恪家里，没想到他一个人住这么大的房子。

他坐在沙发上，宋恪把包在盒子里的奖杯给他："你真是什么东西都能忘，以后自己别揣东西在包里，全交给助理。"

演技派

"我助理忘性也大，不过比我好一些。"

宋恪给他拿了低卡饮料，低头瞅着他，奶白色皮肤晃人眼睛："你不是在东南亚那边拍什么戏？怎么没有晒黑？"

"大部分都是室内戏，加上我有涂防晒，就没晒黑。"

"你那戏讲什么的？好玩吗，好玩的话让我也去打个酱油呗。"

"是……犯罪题材的。"

宋恪惊讶："你怎么去拍这样的电影？谁导的？"

"一个你不认识的导演，你要是想客串，我很欢迎，我们导演肯定也很乐意。"

宋恪："可以啊，我下个月去泰国玩几天，你给你们导演说一声？就是想不到你会去拍这种题材的……你是不是为了拿奖？"

庄钦"嗯"了一声："以前一直拍电视剧，早就想拍电影了，就有这么个机会，我就接了。"

"不过国内也没办法上映，敢情你拒绝屈导的戏，就为了拍这个啊？"

庄钦没有问他怎么知道的，说："海外票房也多少能回点本，国内上映是个问题，不过是可以剪辑掉的。"

宋恪想了想："你拍完戏，是九月是吧？"

"八月底应该可以杀青。"

"我今天特意让你来，是有个节目，想问问你参不参加……你等等。"宋恪跑去拿来iPad，点开了PPT给他看。

屏幕上显示几个大字：《华夏好演员》第一季策划书，策划人×××。

"是我台里的制片朋友发我的，邀请我去，让我问问身边有没有合适的演员朋友可以加盟。"

庄钦对这个节目，有着很深的印象。

第一季制作水准巅峰，做得特别好，开创了一种新的真人秀流派。但从第二季换了总导演后质量就开始全面下滑，变成了真的"演出真人秀"，黑幕层出不穷，第四季就彻底没落了。

宋恪把iPad递给他："这个项目暂定是今年九月启动，估计会请很多老戏骨和大导演加盟，你看看策划内容，我觉得这节目不错，有前景，观众会喜欢的。正好，你不是喜欢演戏吗？没准大导的下部戏主角就请你了！"

"谢谢，学长有心了。"

这是个各类演员大型 PK 飙戏的节目,从那些不火的老演员,到年轻的新演员,每一季都会邀请一批人来,节目播出后话题度很高,让不少勤勤恳恳拍戏的、过得很低调的演员都因此翻红了。

真人秀就是在这两年间迅速崛起的。

宋恪看他看得很认真,也没有打扰,过了几分钟才问:"怎么样?感兴趣吗?你看制作人,这可是王牌制作人,王牌制作班底,收视率大火预定了。"

庄钦思考了一小会儿利弊。

不管怎么看,都是利大于弊的,只是真人秀势必会有些作秀成分,这是他很不喜欢的,但这一季的节目里,有太多让他向往的前辈,也有他向往的戏剧舞台。

"学长你参演吗?"

"参加啊,你参不参演?你要是来我们还能抱着取暖,你要来的吧?"

"好,我参演。"庄钦真诚地道,"谢谢学长。"

25 号下午,庄钦和小连一起赶往首都机场,坐飞机到曼谷,凌晨一点航班落地,半夜,庄钦才到酒店外。

他敲了敲门,在外面等了一会儿,酒店的员工来开门了,原来是郭导特意交代了,所以留了个人在门边等着,没想到等睡着了。

他放下新带来的行李,洗过澡后休息了不到五个小时,就被外面剧组人员陆续起床的动静吵醒了。

庄钦起床洗漱,打起精神看今天要拍摄的内容。

"你精神看起来有点糟糕,要不要休息一会儿,把这场戏挪到明天一起拍?"郭宝箴知道庄钦是半夜到了,有点于心不忍,也怕他状态不好。

庄钦说没关系:"我随时都能准备好。"

"今天这场戏,你把状态找回来就行了。"

昨晚郭导看了一集庄钦演的《青春纪念方程式》,结果没想到如此之雷,饶是庄钦美颜加持、演技也过得去,剧情台词却能把人雷到翻白眼。而且里面庄钦还是配音的,明明原声这么好,居然配了个和他不搭调的声音。

"对了,青春那部戏,你是什么时候拍的?"在餐厅吃着早餐,郭宝箴问他。

"去年暑假拍的。"庄钦一边喝粥一边道。

"去年暑假……那这才半年多啊,你演技怎么在这么短的时间里,进步这么大??"

在《青春纪念方程式》这部戏里,庄钦的演技倒是比其他配角好很多,但还是

演技派

看得出很尬,尤其是面对女主角的时候,那种深情的表现非常浅薄,尬到无法呼吸。

当然,这也是以他做导演的眼光来看,估计观众看的话,还是会被他的脸给迷惑住,忽略掉他生涩的演技。

酒店外,李慕手提猫包,进了大门,剧组人员分别跟他打招呼,李慕点头应好,拉了一个问庄钦在哪里。

"和郭导在餐厅吃早饭。"

庄钦对郭宝箴解释:"那部戏是没有拍好,所以拍完过后,我就努力钻研了演技。"

"你怎么钻研的,半年就训练成现在这样?我看你对那女主角笑的时候,马上就受不了关了。"可恨的是弹幕的粉丝全都在羡慕李佳苒,有两个骂演技的立马就被粉丝举报掉了。

而且这剧设定也很迷,男二是暗恋女主的,对女主非常好,但男二就是不说,直到女主角遇见她的男主角,男二才开始疯狂吃醋。

庄钦也记不得当时怎么拍的了,只有一点印象深刻,就是自己无论怎么拍,几乎全都是一条过,除非李佳苒表现得特别不好,他们俩的戏才会重拍一条。

庄钦想了想,说:"其实有很多原因的,和导演也有关系,在您的剧组,我就感觉很踏实,所以拍得也踏实。"

郭宝箴乐呵呵地受了恭维,心里舒坦:"不过这也和对戏的演员有关系吧,一般而言,跟有好感的演员搭戏会更顺利,如果你心里欣赏那个女主演,肯定演得就不会是那个样子。你在我这儿表现得这么好,跟李慕对戏也顺利,是因为你用了心。"他难得地开起了小课堂,说起了一二三四来,没有注意到自己背后有个高大的身影提着猫包进来了。

"不过,"庄钦说,"也有一部分原因是他演技好,能带我入戏。他是我见过的,感受力最好的,就是你看他,感觉不是演戏,是演生活……"

庄钦一直对他的评价就很高,甚至有些过于高了。

郭宝箴点了下头:"不过你也不差,他呢是技巧型的,你是体验派。演员如果入不了戏,演得让人出戏,其实和个人的喜好是有很大关系的,比方说你如果不喜欢李慕,你根本就不可能跟他好好拍这部戏……"

庄钦认真听着,忽然看见李慕走近,手里提着的软包里,探出一颗毛茸茸的小脑袋,是只几个月大的白色猫咪。

咦?

这格格不入的搭配让他以为看错了。

郭宝箴道:"所以基于你是喜欢他的这个前提,咱们这部戏才能拍好了。"

庄钦走神道:"哦对的。"

李慕把猫包放下,庄钦跟他打招呼:"你的猫啊?"

"嗯……"刚才不小心听见两句的李慕,不知道怎么心里有点高兴,"给你的。"

"给我的??"他诧异。

"是捡来的。"李慕说完,觉得这样做有点像推脱,把自己不养的猫丢给庄钦,于是顿了顿道,"我不是很会养,我们一起养吧?"

02

"……好啊。"庄钦找不到理由拒绝,他伸手去摸了下小猫,那猫咪胆战心惊地往软猫包里缩了一下,两只眼睛是蓝色的,很透澈。

他动作变得更慢,更温柔,只敢用手指轻轻地碰,猫胆怯地仰起头来闻他的手指:"其实我也没有养过,不过小连家里养,等会儿拍戏就把猫给他,这猫在哪里捡到的?感觉有些营养不良,太瘦了,喂过吗?"

"路边捡到的,买了猫粮。"

李慕还真没说谎。

昨天得了空闲,本来是想去宠物店买一只,结果出门就听见了猫叫声,然后他在汽车底下发现了这只白猫。

庄钦说:"猫放在家里比较好,不能带出门,我记得。"

李慕说:"昨天带着去做了检查,有耳螨,医生上了药。我买了猫砂,猫砂盆,猫爬架和玩具,放在家里了。"

"那你做得很好了啊,都买全了。"庄钦琢磨李慕带着猫过来找自己,说一起养,以为他不会,结果他什么都买了,那要自己干什么?

"给猫取名了吗?"

李慕:"叫酸奶。"

酸奶?

庄钦想到自己代言的温暖牌酸奶,之前给他们家拍广告,喝酸奶喝到吐,广告

演技派

商还往他家里送了很多,每个月都送,根据广告合约,他还不得不在外面推荐温暖牌酸奶。

庄钦想了想,还是算了,李慕取都取好了,酸奶就酸奶吧。

把酸奶交到小连手里,到了片场,小连就坐在导演背后,抱着猫挑它身上的跳蚤。

因为是刚回组,加上没有提前对戏,这场戏拍得格外困难。

【室内/洗衣房/白天】

空镜头,晒干的几件衣服挂在晾衣杆上,能听见水龙头流水的声音。

江琢嘴里叼着烟,在池子里用肥皂搓洗一件衣服。

安可在房间里踱步。

安可走到洗衣房外面:"我要委托你做一件事。"

水龙头关闭的声音,江琢把肥皂放回原位:"什么?"

"你帮我杀一个人。"

江琢挂起衣服,在太阳底下眯眼(站在风口):"你出多少钱?"

切镜,安可趴在地上,从床底摸出一个盒子,拿出所有的泰铢、美金。

他抠开墙壁的瓷砖,搜刮出里面的十几卷美金,抱在怀里。

切镜,桌子上堆放着他找出来的全部现金财产,然后一包袋子装的白色粉末,被丢在钱堆上。

安可:"你数一下,够不够。"

江琢看着钱。

安可:"这包东西可以卖几万块,本来还有不少的,被我冲进厕所了。"

江琢(语气平淡):"我不能接你的生意。"

安可(颤抖的声音):"钱不够吗?那你帮我绑架他,我自己动手。"

江琢把桌上的钱放在一个盒子里:"你拿着这些钱,离开这个国家,忘掉你的仇恨,我明天给你准备护照。"

切镜,光线昏暗,卫生间里,安可跪坐在马桶前,紧紧抓着那包值不少钱的粉末。

整洁的房间里,拉上了窗帘,缝隙里透着一丝光,屋子里因为香烟缭绕而变成了蓝色。

关门的声音响起,江琢在房间里抬起头。

他打开门。

桌上,钱和粉都不见了。

第五章

这两场戏，从第一个镜头开始便NG，一个镜头NG了许多次，郭宝箴终于招手让他过来，开始给他第一次讲戏了。

"我们生活当中其实不可能遇见剧本里的这个场景，所以你只能凭借想象去达到，你想有一个重要的人，很重要的人，他因为被人杀害而离开了你，这时你以为自己查到了凶手，你要买凶杀人，但是你找不到别人，他是你最后的希望。"

"刚才你演的，其实是不错的，情绪是够的。"换成其他导演，没准这一条就过了。

"你其实是有点导演和编剧思维在里边的，所以你会做很多余的动作，但是不要那样，就是不是你爽了就可以了。"郭宝箴看见庄钦是演得很投入，一直在撑戏，过于沉浸自我表达了。

"这可以是个小毛病，也可以是个大毛病，你首先还要考虑到观众，要站在观众的角度去思考，我刚才在后面就是你们的观众，你们俩对戏一直都挺顺的，就是一直缺点戏剧的东西……你能明白我的意思吗？"

庄钦没说话，低头在想刚才的问题。

郭宝箴说的毛病，他的确有，因为前段时间他再如何钻研演戏，终究是一个人在练习，他一个人设计剧本感情镜头，所以考虑的东西会多一些，沉溺于情绪。

但演戏不需要考虑那么多。

"我知道是缺乏一个爆发的契机。"庄钦说。

郭宝箴看他脸上有汗珠，明显是因为刚才拍戏太沉溺其中了，道："你跟李慕去化妆间对一会儿戏，休息十分钟？"

庄钦点头。

他和李慕进了化妆间，看见这里多了两张休息用的长沙发，是给他和李慕休息专用的，可以躺下睡觉。

刚才那场戏他感觉自己的表现其实是没有什么问题的，或许差的就是一点点，郭导想要的就是那一点点的情绪，可这差的一点，却是很难够着的，而且郭宝箴没有办法直接提示他。

李慕看他的助理还在给猫挑身上的什么东西，就打开冰箱给他拿了一瓶水，又从包里找了一小包仙贝出来。

他递水给庄钦，庄钦接过，放在了腿上，眼神看着某个点，好像陷入了深层次的思考。

李慕把零食给他，他没看见，李慕就打开包装袋，用纸巾裹着拿了一片递过来，马

演技派

上就回神了,忙伸手从他手里拿过仙贝,有点不好意思:"谢谢,你在哪里买的仙贝?"

"国内代购。"李慕丢掉纸巾,"要对台词吗?"

"不是台词的问题……"庄钦也说不上来,如果自己做导演,自己会希望演员表现出什么样的感觉?

正要去深想了,他又想到郭宝箴说,演戏不能用导演或编剧思维去思考,是完全不同的,他带着那样的思维,就会太刻意。

十分钟很快就过去了,庄钦重整旗鼓,结果这一次,却还是不对,仍然是NG,NG了十几次二十次,庄钦都算不清楚了。

但郭宝箴还在喊重来。

庄钦渐渐地失去信心,又有些绝望,越演越觉得不对劲。而他并不知道,摄像其实已经关掉了,郭宝箴在等他爆发的那一个情绪。

NG了有四十多次,郭宝箴感觉差不多了,才打个手势让摄像师开机。

"我要委托你做一件事。"他脸部肌肉,有一种看不见的颤动,声音也因为NG次数太多而变得哑了。

"什么?"李慕从他身上感觉到了压迫感。

"你帮我杀一个人。"语气平静底下,压抑着绝望和希望,就是在郭宝箴想要的那个方寸之间——

"Cut!"

庄钦以为还得重来,正准备重新开始,听见郭宝箴说:"这条过了,不用拍了,拍下一镜。"

"欸?"他回过头去,自己都莫名其妙,"过了吗?"

"嗯,过了,晚上再跟你细说,继续保持,拍下一场。"

一天的戏拍完,庄钦精疲力竭,郭宝箴这才跟他解释下午为什么一直NG他的缘由:"你来,你自己看一遍,你看看是不是状态从一个好,变差,你变得焦躁了,然后绝望了,最后情绪才到位。"

庄钦听他的,开始认真地看那些被NG的镜头。

半晌,他看完,不得不承认郭宝箴是正确的,他的确很有本事。

庄钦累得不行:"郭导,你再来这么一次,我真的撑不住。"

"哎呀,辛苦你了,知道你昨天赶路肯定累坏了。"郭宝箴之所以今天没给他取消,不仅是因为庄钦自己坚持,还因为那种精疲力竭的状态,其实正适合拍这一场戏。

为什么拍完才告诉他，因为若是提前告知，那就不可能出来最自然的效果，演员演戏有个很大的难点，就是观众看剧，不会知道后面的剧情，但演员不同，演员是看完了剧本的，而演员要演出来他们不知道，是难的。

回去的车上，郭宝箴蹭他们的车，摸了两下猫："这小猫都不怎么叫，还很害怕人。"

小连自己家里养，说："养熟了就好了。"

"你今晚好好休息一下，明天下午给你排了一场，所以明天不用早起。"

"谢谢郭导。"

回到酒店，庄钦继续和李慕在隔壁房间里对戏，其实今天状态一开始没对，和没有提前对戏是有一定关系的。

庄钦看小连抱着猫快睡着了，想到他昨晚也是跟着自己一路赶过来的，就让他先回房间休息："已经快十一点了，你把酸奶放这儿吧，回去休息，别玩儿了。"

"我才不是玩猫，庄哥，我给它挑一下午的跳蚤。"

"所以让你去休息，我们这儿马上就对完了，听话，回去吧。"

小连把258的房间门卡留下给他后回房去了，房间里只剩下他和李慕，两人最后对了一次明天的台词，李慕准备提着猫包离开，才看见猫不见了。

"酸奶！"他喊了两声。

这只刚捡来的小猫咪没有回应。

"去哪儿了？"庄钦去检查门锁，道，"小连走的时候把房间门关好的，阳台门也关好的，这猫小，应该是躲墙角，或者床底下……"

房间就这么大，结果还是翻来覆去地找了一会儿，庄钦才找到——原来是躲进掉在地上的浴巾里，因为颜色一致，外表根本看不出。

时间更晚了，庄钦还想多看会儿小猫，要送李慕下楼，李慕没让："回去吧。"

"没关系，我先送你下楼，你一个人……"庄钦担心他一个人照料不好这种浑身都是病的小猫咪，心里还在想李慕有没有买错猫粮。

小朋友关心自己，李慕心里头感觉到了柔软："我一个人没关系，听话，回去吧。"

庄钦："……"

他隐约感觉这句话刚才自己对小连说过。

由李慕这么个酷哥说出来，特别地让他不适应。

庄钦："那你开车注意一点，我回房间了。"说完，他从手机壳里把房卡摸出来，

演技派

在 258 外面刷了一下。

黑漆漆的门锁连灯都不闪一下，庄钦又刷了一次，两次……刷了几次后，确认是房卡没用了。

李慕站在旁边问："是消磁了吗？"

"……是的，但酒店员工好像都睡了，没办法叫起来帮我激活。"庄钦道，"没事，我去小连房间里将就睡一晚。"

李慕："你和你助理，睡一张床？"

"啊，没什么，我们都比较瘦。"

李慕指了下 257 的门："灯关了，他可能都睡了。"

庄钦也没辙了，他想着要不要去对戏的房间睡，但又很犹豫，这间房的床具因为不用，所以从来都没换过，不知道有多少灰尘细菌，他来这边生活用的都是从家里带过来的床单。

李慕看着他道："你跟我回去，去我那里住一晚，有个没住过人的空房间。"

庄钦摇头："不了不……"

李慕："晚上你来喂猫吧，它好像不怎么理我，但是很喜欢你。"

庄钦其实感觉这猫谁都不搭理，反而黏小连。

但他还是动心了。

李慕观察他动容的表情："明天早上没有戏，我十一点叫你起床，你早上一般喜欢吃什么？"

03

坐在李慕的车上，庄钦发消息给小连留言，解释因为房卡消磁，去了李慕那里，明天中午就回来。

结果小连压根就没睡，看这条消息还了得，立马翻身起来："庄哥！这可不行，跟别人住太危险了！"

"李慕又不是什么坏蛋，他房子有个空房间，放心吧，又不是睡一间房。"

"那也不行，快回来回来！"

庄钦刚要回消息，听见李慕的声音："到了。"

"这么快？"他从手机页面抬起头，看见了面前有一堵墙，和一扇大门，车子是停在外面停车场的。

李慕熄火，下车，绕过来给庄钦开车门，顺手把猫包提起来。

庄钦："我来提吧？"

李慕："没事。"小猫而已，不重。

庄钦好想提猫，但也没有跟他争。

大门是有人看着，李慕回来前打过电话，现在特意给他留了一个小门，两人走进去，庄钦看着眼前的一大片稻田，旁边有栋看着非常原始的小屋，问了句："这里算是别墅区吗？"

"不算。"李慕跟他解释，"只有三栋别墅，一栋还在修建，还有一栋在那边，主人租出去当民宿，平时基本没人。"

所以现在只有他一个人住，所有设施也只是他一个人使用，白天拍戏他不在家时，会有园区雇用的清洁工上门来打扫，隔一天换一次床具，服务类似于酒店，但每个月要额外出钱。

庄钦隐约听见了潮汐的声音，但是在夜里也看不清晰，就问了句："海在那边吗？"

"是，在别墅前面，隔了一片棕榈，明天白天你可以去看看。"其实这边的海不怎么样，沙子也不细，但由于游客少，看看日出日落，听听海浪声也不错。

庄钦："来这边拍戏这么多天，就只有第一天去街上逛了逛，海边我还没去过。"

李慕："你喜欢海吗？"

庄钦说："我不太会游泳，所以不敢下去，但是喜欢看。"那天来的时候，他就趴在舷窗看着飞机下降，底下茫茫的一片深蓝色。

走了有两三分钟，才到，庄钦仰头看着这个造型和一般别墅不同，建筑风格很特别的建筑。

灯是亮着的，门也是打开的，庄钦就问："这里还有别人吗？"

李慕说："刚才我打电话让管家过来把新床具送过来，让他留了灯。"时间已经很晚了，这边人休息大多很早，李慕见管家人还没睡才让他送来。管家房就在稻田旁边，很近，不过李慕没让他帮忙换。

李慕给他拿了一双干净的拖鞋，庄钦换了鞋，李慕放下猫，去左手边的厨房洗手，开冰箱给他拿了瓶酸奶。

庄钦看见中间有旋转楼梯，右边属于客厅区域，有各种造型的沙发，躺椅，摇

演技派

床，地毯，一边的架子上放着泰语的书籍，以及各类手工艺术品。角落还有新买的猫爬架和猫窝，大片的落地窗外面，是一个随形的泳池，池底有灯光，水看起来是透澈的浅蓝色。

李慕走过来把温暖牌酸奶给他："上面还没收拾好，你在楼下坐十分钟，楼下的卫生间在那里，门比较隐蔽。"他指着楼梯后面的区域道。

庄钦还以为有人在上面收拾，闻言注意力只放在了温暖牌酸奶上，单是看见包装，表情就凝固了："这个牌子的生意都做出国了？"

李慕："昨天国内送过来的。"

"又是代购来的？"庄钦讶异地看着他，"你喜欢这个牌子？"

李慕昨天喝了一口就丢了："还可以。"

庄钦想，难怪给猫取这个名字，原来是他自己喜欢啊："其实我之前给他们家拍过广告。"

李慕说知道。他上次在视频采访节目里看见庄钦说喜欢喝这个品牌的酸奶，后来搜了一下，居然喜欢到自己亲自跑去代言的程度。

庄钦接过酸奶也没喝，很认真地道："广告商每个月都要送一批酸奶给我，还有他们家新出的口味，新的包装，还没上市就先送给我，你要是喜欢的话，等之后回国了，我每个月都让他们给你送过去。"

庄钦听他不答，以为他客气："别跟我客气，真的，你随便喝，广告商从来不跟我客气的。"

语气非常真挚，简直有种迫不及待。

不喜欢喝酸奶的李慕："好。"

李慕抱着管家放在门外长桌上的床具上楼，庄钦坐在下面，看他抱了东西，还以为是浴巾和毛巾。

他赶紧把酸奶放回冰箱，一打开，他看见满冰箱的温暖牌，瞬间眼前一黑——简直有种被广告商支配的恐惧。

喝这么多这种东西，李慕真的不会恶心吗？

楼上，李慕对着床单被套有些发愁，但这其实不是什么难事，只是他很少做而已。因为不熟练，所以换得很慢。而庄钦以为李慕是回房间休息了，而自己的房间是有其他人在打扫，就没上去，反而在楼下喂猫，他很喜欢和动物独处的感觉，宠物是有生命的，它们不会说话，会很认真地看着你，眼睛蓝得很清澈，只是看着，便会觉得心里头温暖。

"酸奶啊酸奶。"庄钦摸了摸他，但是猫要躲，他就越发小心，"你别怕哥哥，你别怕啊……"

哄了一会儿，把小猫哄得温顺了，庄钦接到了视频电话。

是小刀打来的。

庄钦手上没有耳机，只能开很小的外放："喂？怎么给我打了视频电话，我们发消息吧？"

"师哥你说话怎么这么小声？你那边是晚上吧，你不是在剧组拍戏吗？现在还没休息？"

"我马上休息，但其他人已经睡了，说话太大声了会吵到别人的。"说完，庄钦听见了楼上走动的声音。

因为建筑结构和材质的问题，楼上的动静在楼下就会被放大，脚步声是咚咚咚的。

庄钦不确定是打扫的人，还是李慕在走，随即就马上想到——刚才进来可没听见什么脚步声，整个别墅安静得不得了。

见他又开始走神，小刀在视频里叫唤："师哥？师哥？喂你听得见吗？你这里看起来不像是酒店啊，你跟其他演员一起住的吗？师哥！！"

他师哥终于回神了："等会儿跟你说。"

把视频挂了，庄钦顺着楼梯快步上楼，两边的卧室门都开着的，楼上总共三个卧房，庄钦顺着声音过去，门是开着的。

李慕果然正在那里换床具。

庄钦先是在门边问："这是你的房间吗？"

李慕把枕头塞进枕头套，抬头答："我的在另一边。"

兜里的电话铃响个不停，庄钦没接，他已经反应过来了，自己在楼下的这十分钟，是李慕在楼上帮他打扫换床具。

"我来吧我来，我不知道是你在帮我换，这怎么好意思。"

李慕："快换完了，你去接电话吧。"

电话铃响了又停，又响了一次，然后停下。

庄钦是真的感到了很不好意思，不好意思加心里意外："好像是快弄完了，那最后一个枕头我自己装吧。"

他拿起枕头套："下回你要换床单了就叫我，我来帮你……嗯，不对，我明天就回酒店了,那我让广告商下个月寄两箱酸奶来泰国?你喜欢什么口味的?原味的还是巧克力,好像新出了咖啡口味的,你不是喜欢咖啡吗要不要试试……"

他看见橱柜那里放着很多罐咖啡豆,应该是来自不同地区的烘焙豆。

李慕表情紧绷:"不用太客气。"

庄钦没有继续扯酸奶的话题,想着他喜欢就直接买过来就是了,又不是什么大事。他换好了枕头套:"我那里带了很多润喉糖,还有胖大海,明天分你一半。"

李慕:"胖大海?"

庄钦:"泡水喝的,应该算是药材?你应该没见过,不过没有什么怪味,润嗓的,我师父很喜欢喝,我以前总是吊嗓,就每天都喝这个。"

李慕应了,随后告知他卫生间和浴室的方向,告知他沐浴露和香波分别是哪个瓶子,还给他说:"房子我买来是没人住过的,邱明上回住的是你隔壁,浴缸也没人用过,我刚才放了热水和消毒水冲了一遍,你待会儿可以泡澡,香薰是这个,点在房间里助眠。"

庄钦表示知道了,道了谢谢和晚安。

李慕点头,冷冰冰的眉眼在灯光下有了几分温度:"晚安,明早会叫你。"

送礼其实就是有来有往,人情就是这么交往下去的,他给自己送胖大海润喉糖,自己下回又有理由送别的了。

庄钦把他爱喝的爱用的都主动大方分享。

李慕感觉自己完全领悟了郭宝箴说的,什么叫主动培养感情,这就叫。

04

今天下午那场戏,NG 了太多次,确实拍得挺累的。庄钦在浴缸里放了热水,脱了衣服泡进去,闻得见香薰催眠的淡香。

李慕在一墙之隔的浴室里,也赤着身躯在泡澡。

庄钦这才有时间给小刀回消息:"你怎么刷屏发了那么多消息,我刚刚不是说等一下。"

"你一下就把电话挂了!我当然担心你有什么事啊。"

小刀:"刚刚是什么事情那么重要?"

庄钦:"没什么事。"

小刀:"你有事可别瞒着我,是不是剧组里有人欺负你了?你千万别瞒着!"

庄钦:"你想什么呢,我在剧组好好的。"

小刀不可避免地想到了上回见到师哥的时候,他眼里的那种情绪。

分明是受到了很深的伤害,小刀觉得,师哥喜欢演戏,如愿以偿地演了,可是师哥一点也不快乐。

他点了视频通话键,庄钦正在泡澡,通话来的铃声很吵,他立马就接了,然后手遮住摄像头,换成了语音:"小刀,你干什么?"

一墙之隔的李慕,不免听见了他的声音。

小刀问:"你不方便讲电话吗?你难道是跟别人一起住的吗?"他想到娱乐圈里那些脏事,就很担心师哥是不是遇见了这种情况。

"我是一个人住。"庄钦声音压得很低,"但是我隔壁房间有其他演员,会吵到人家的。"

墙面的材质非常轻,什么都听得见的李慕非常尴尬,想起身,怕庄钦听见以为自己在偷听;什么都不做,确实有偷听的嫌疑。

小刀大声嚷嚷:"破酒店隔音这么烂的吗?你不是在酒店吗?"

庄钦随口骗他:"不在原来那个,今天出了外景,就住的其他酒店,好了,挂了……"

"别别,先别挂,没出事就好,师哥,你别嫌我烦,我就是担心你,怕你出什么事不告诉家里……"

庄钦叹息:"我知道你担心我,没关系的,剧组很好,没有你想的那些事,很干净的。"

"导演怎么样?跟你一起演戏的演员怎么样?"小刀不知道他拍的是什么戏,只知道他现在人在东南亚那边。

"导演对我很好,对戏的演员也很好,你放心,我在这个剧组绝对不会挨欺负的,偷偷跟你说,我是这个剧组片酬最高的演员,所以大家对我都很好。"

"可是你一点背景都没有。"小刀说,"之前你上那个什么破综艺,不是被节目组为难吃了很多芥末吗……"

那期节目播出他看了,庄钦吃得掉眼泪,旁边主持人还在哈哈哈,有一个同台的艺人给他递了纸巾,他说没事,背过身去擦了一下眼睛。

小刀一边看,一下就哭了,他还不敢跟爹娘说师哥在那个娱乐圈里,到底受了多少欺负。自己看见的都这样，没看见的地方呢？

"吃很多芥末那是因为做游戏受惩罚，"那是很久以前的记忆了，庄钦回忆起来并没有什么太大的感觉，只是那之后吃日料再也不吃芥末了，"我当时不是刚出道嘛，现在不会了。"

"那前段时间晕倒呢，还不是看你好欺负！"

"我是做明星的，做游戏是为了观众开心，观众开心我的职业才有意义。"庄钦泡在热水里，低声解释，"晕倒那回和节目组关系不大，是我之前没好好休息……"

小刀控诉："你不好好休息，还不是因为劳累过度，你公司给你接了那么多的工作！你倒好，从来都不抗议一下！"

庄钦没有办法解释自己根本无力抗议，因为他签了合同，他和公司的合作关系就要求他必须完成到份额的业绩。

"现在不会了。"他只能这么说，"我和公司签了新的合同，我可以接自己喜欢的戏，和喜欢的导演演员合作，我现在很开心。你放心吧，不用太担心我。"

"真的？"

"真的。"

后面庄钦把电话挂了，他把水放了，跟小刀说自己要睡觉了，然后用沐浴露把今天穿一天的衣服裤子全洗了，挂在夜里温度也超过三十摄氏度的露台。

他换上李慕说没人穿过、消过毒的浴袍睡觉，伴随着潮汐起落的声音，一会儿就睡着了。

没等李慕叫自己，庄钦自己起来了，晾在外面的衣服已经干了，他顺手回了小连消息："我起床了，过会儿我直接去片场，你那里有润喉糖和胖大海吗？带一点来片场吧。"

他买的润喉糖是他试过市面上绝大部分品牌后觉得味道最好，效果也最好的枇杷润喉糖。很多时候他都会安利给合作过的主持人、演员朋友。

庄钦打开房门出去，左手边是楼梯，右手边是大片的棕榈科树木，正准备下楼，他看见李慕从外面的小道跑过，脖子上搭着毛巾，穿着短裤和运动鞋。

庄钦看见了他，他也看见了庄钦，步伐慢了下来。

"早。"李慕朝他挥了下手。

"早。"太阳很大，庄钦忍不住眯着眼睛，阳光直射在李慕仰着的英俊脸庞上，他出了大量的汗，黑色的上衣和宽松的运动裤都贴着身体，短发汗湿，很性感。他趴在露台问:"你多久起来的?跑了很久了?"

李慕仰着头大声地回答:"刚看完日出,跑了一个小时。"

庄钦:"猫喂了吗?"

"喂了。"

他招手让庄钦下来:"我现在让厨房去准备早饭,你洗漱了吗?要下来跟我一起去海边跑一会儿吗?"

"好啊。"待在剧组的这些天都没办法运动,只能在房间里倒立,踢腿。

他下楼去,看见李慕在挤防晒霜。

李慕看见他下来,把手伸过去:"正好,我挤多了,你弄一半走。"

这边的人普遍比较黑,就是气候原因,日照太足,李慕不怕晒黑,但还是不喜欢晒得太黑,而且这种太阳容易晒伤。

庄钦从他手心里刮走一半:"谢谢,我正在愁防晒的问题。"他是背了包的,但包里只有剧本和笔记本。

"要不要再来点?"

庄钦摇头:"我只露了脸和脖子,这么多就够了。"

他也没照镜子,随手把白色的防晒霜在手里搓开糊上脸,手法很粗暴地抹开了,李慕也在抹,除了脸、脖子,还往露在外面的手臂、腿上,都抹了。

李慕问他要不要热水:"厨房做早饭要半小时,我刚刚喝了咖啡,你喜欢喝咖啡吗?"

"热水就好,咖啡我喝多了容易睡不着,白天提神用。"但他今天很精神,不需要喝。

李慕洗了杯子给他倒水:"我这里没别的,有酸奶和吐司,要不要吃一点?"

庄钦:"不了不了。"他拒绝酸奶。

李慕把水递给他,注意到他脸上的防晒没有抹匀,鼻尖有小块的白色,他忍不住抬手过去,在他鼻尖轻轻地抹了一下。

正在喝水的庄钦抬眼。

李慕指了指自己的鼻子:"防晒。"

庄钦:"哦哦,你脸上也有。"

李慕:"哪里?"

庄钦伸手,手又顿在了半空中:"下巴这里。"

演技派

李慕看他把手收回去，心里不知怎么有点失望，伸手随意在下巴抹了一下："现在好了吗？"

"你再抹一下。"

庄钦看着他点头："嗯，这次好了。"

李慕递给他自己的墨镜："走吧，去海边走走。"

刚退潮的沙滩面很软，适合光着脚跑，李慕穿着运动鞋，在沙滩边缘脱下鞋，庄钦也照做。

二十分钟后，李慕接到电话，说早饭做好了，庄钦捡了一些漂亮的贝壳捧在手心里，两人脚底都是沙子，提着鞋光脚走回去。

李慕打开泳池旁边的水龙头冲脚，让庄钦把脚也伸过来一起："你很少出来玩吗？"他看庄钦捡贝壳捡得可开心了。

"很少，工作太忙了。"退圈后，他也只敢待在屋子里，不敢出门，怕被人认出来，怕被骂，后来小刀过来把他接走了，但小刀在忙生意，不让庄钦一个人乱跑，庄钦终日都是一个人在房间里看电影，那段时间每天都看很多。

"你喜欢这份工作？"李慕就想到了昨晚上听见他打电话说的那些。

"我喜欢当演员。"

李慕："不喜欢做明星？"

二者是有区别的，李慕很聪明地就理解了他的意思。

庄钦很少这么跟人说这些话，可能是刚才太高兴了，这会儿就想到什么说什么："当明星不自在，我喜欢别人夸我，但不喜欢人骂我，可是我做了这行后，有人喜欢我，有人不喜欢我。"

水冲干净了左脚，他换了右脚继续冲，裤腿都被打湿了，声音却很平静："我只能接受每一种声音，接受那些赞美和批评，有些很负面的东西，在我们这行是被放大了的，普通人难以承受，所以我学会了不去听那些声音。活在闪光灯下是很累的，意味着我要对每一个人都笑。

"没办法的是，为了自己喜欢做的事，我得接受不喜欢的事情。"他说完，看向李慕，笑着把这个问题抛了回去，"你呢，你喜欢做演员还是明星？"

李慕看着他此刻是在笑的表情："都不喜欢。"

庄钦："我猜也是。"

两人回到别墅，在一楼的餐厅吃了早午饭，时间已经是十一点半了，李慕从冰

150

箱里拿了一瓶酸奶出来，递给他。

庄钦的表情一下就不好了："你喝吧。"

李慕又拿了一瓶出来，动作自然地装在放剧本的包里："我拿去片场喝。"

庄钦接过："好，我也拿去片场，下午喝。现在吃饱了。"

李慕满意地打开冰箱："再给你拿一瓶，晚上喝。"

庄钦开始反胃了："……好。"

他把两瓶酸奶都丢在包里："到了我们就去化妆间先对会儿戏。"

走出去，李慕开车，庄钦坐在副驾驶座，掏出剧本看。

到片场外，小连一看见李慕这扎眼的车，立刻激动地扑上来："庄哥！你没事吧！"

"没事啊，我又不是被人绑架了。"庄钦把猫包递给他。

小连拉着他上上下下地看了一圈，又看了眼下车、戴着墨镜表情冷漠的李慕。

小连拉着庄钦就走了："庄哥你昨晚怎么不敲我的门，你来我这里睡，我打地铺不就好了，再说要不就把前台叫醒，他们酒店本就该24小时服务，怎么能因为郭导包了酒店就睡得这么早。"

"你也别这么担心了，我和李慕又不是睡在一起，是两个房间。"

"那你吃东西了吗？"

"吃了的。"早饭是泰国人做的，李慕点的是西式，就是吐司牛排什么的。

庄钦突然想起来什么，拉开书包拉链，看了眼四周，偷偷摸摸地把两瓶酸奶掏出来："给你的。"

小连："……"

不知道为什么，他涌上了一种反胃的情绪。

庄钦是去年六月拍的广告，打那以后，广告商就常常送货上门，庄哥不爱喝，这些酸奶大部分都进了他和玫姐的肚子。

刚开始小连还挺喜欢，还拿回家给家里人，现在家里人都喝得要哭了。

"庄哥……这个你哪里来的？"他有些腿抖，温暖牌的广告商居然这么狠毒，把酸奶寄到泰国给庄哥吗？

庄钦压低声音说："别提了！你快拿着，藏好别让李慕看见了，他好像很喜欢喝这个，今天给了我两瓶，我也不好拆广告商的台是不是？"

小连忙把酸奶藏在随身的包里，不知道怎么有点高兴："李慕喜欢这个牌子啊？那以后都送给他吧！"

"我也是这么想的!"庄钦和助理对视,两人心里打的鬼主意都是一模一样。

那边,李慕趁着没人注意,把酸奶递给一个路过的泰国小孩:"送你了,中国酸奶。"

小孩马上接过,高高兴兴地跑了。

庄钦去化妆间,李慕也在,两人开始对戏。

片场。

小连看见庄哥去化妆间对戏了,一时半会儿应该出不来,立马跑到郭导那里:"郭导郭导!"

"欸?小连,"郭导正在和周副导分析今天的分镜,"什么事?"

小连偷偷从包里拿出一瓶酸奶:"这个请你喝。"

"咦,这个酸奶是不是庄老师代言的那个?你们从国内带来的啊?"

小连:"嗯嗯,专程给您带的。"

"谢谢。"郭导不客气地插上了吸管,"还挺好喝。"

旁边的周导看见了,就打趣道:"哈哈,小连,怎么就给郭导一个人啊?搞特殊对待啊?"

小连激动地打开书包:"周导,我这里还有!管够!"

05

小连盯着两位导演把酸奶喝完,就把瓶子收走拿去很远的地方丢了。导演们继续讨论今天拍摄内容的分镜,而化妆间内,庄钦和李慕在对下午的戏。

两人对了几遍台词,庄钦掏出笔记本安静地坐在沙发边缘记笔记,李慕看他把本子摊在腿上,写得很辛苦,就出去给他找高度合适的桌子搬进来。剧组工作人员看见了,马上要过来帮他,李慕摆手:"我自己来就行了,你们去忙。"

庄钦在钻研一件事的时候,整个人就完全陷入了自我的世界,别人进来出去,他根本就不会发现,走到他面前说话,可能也要好一会儿才反应过来。

李慕把桌子搬到他面前了,庄钦都没发现,是包里手机响了一声,他才抬头。

李慕道:"趴桌上写,别低着头,对脊椎不好。"

庄钦把笔记本和剧本都放在桌上,问他:"咦,桌子哪里来的?"

"剧务那里搬过来的。"

"你一个人搬的啊?"庄钦刚才完全没注意到,他想到李慕的洁癖,就从包里拿了湿纸巾出来,"你擦下手,刚才怎么不叫我,剧组里没人帮你吗?"

"看你写得入迷了。"李慕擦擦手指说,"剧组人都在忙,桌子不重,可以一起用。"

"这是实木的怎么会不重,你该叫我的。"庄钦挪了个位置,擦了下桌子,"这边你用。"

李慕坐下了,庄钦看手机消息。

是一个主持人朋友发来的,问他最近有没有时间。

"我在上海的一家日料店开业了,亲爱的有时间你带朋友过来捧场,给你免单。"

庄钦秒懂。

他和这个女主持关系还算不错,经常上她的节目,但也只是互相关注加点赞的那种人际关系。

庄钦发消息道:"谢谢蓓姐,我现在在外地拍戏,等下回去上海,一定去照顾你生意!"

庄钦:"我等下给你的店录个视频!"

"哎呀!那就太感谢了,姐这家店叫'鳗鱼的味道',主打就是鳗鱼三吃,河鳗是从新加坡当天新鲜空运过来的,厨师是从日本老店请来的学徒,老师傅偶尔会来店里坐镇,姐上回在这家老店吃过一次念念不忘,就寻思自己开一家……"

她发了一长串的消息,估计也是复制来的,还有各种蒲烧鳗鱼饭的配图、视频,酱汁淋在肥厚的鳗鱼上,下面盖着白色的珍珠米,配一碟翠绿葱花和海苔丝。

庄钦看得都有点饿了,不禁怀疑她是不是故意的。

庄钦那视频点开后声音太大了,一个女人的声音在说:"好好吃!这个太好吃了,入口即化我没了!"

李慕不小心晃到了一眼。

鳗鱼饭?

这么快就又饿了?

庄钦不得不陪聊了十分钟,不过蓓姐也忙,庄钦说自己导演叫了,就跟她拜拜了。

李慕出去了一趟,他出去的时候剧组配给李慕的助理进来了,问他:"庄老师,李慕老师呢?"

"他好像出去了,应该是去卫生间了,你找他什么事儿吗?"

演技派

"哦哦,没什么事,就是问问他有没有要我帮的,我挺闲的,他什么都不让我干。"这个被安排来做助理的小姑娘貌似是剧组某个员工的亲戚,刚毕业不久来泰国玩,发现亲戚在剧组工作,就觉得好玩想来。

进组后因为她没有专业经验,就配给李慕当助理,结果没想到演员这么帅,更没想到会这么闲。

庄钦想了想就说:"那你去找我助理,小连你认识吧?"

"我认识连哥。"

"他手里有只猫,是我们养的,你会养猫吗?"

小助理点头:"我家里有只布偶。"

"那你过去帮帮他,谢谢你了。"

"没事没事!"她终于找到事做了,很高兴的样子,"那我去了啊。"

"等等。"庄钦叫住她,她回头,庄钦笑着问,"还没问你叫什么呢。"

"我姓童,您叫我童童就好了。"

"好的童童,麻烦你了。"

李慕提着711购物袋进来的时候,正好看见那个女助理在跟庄钦聊天,似乎聊得不错,两人都在笑。

"李慕老师回来啦?"童童喊,"您去便利店啦?下次有什么要买的,吩咐我去就好了!"

李慕也没看她,淡淡地说:"你先出去吧。"

童童讷讷地"嗯"了声,转身走了,关门的时候特别小心,怕李慕生气。

庄钦放下笔来,看见他提的口袋里都是零食,问了句:"你买这么多吃的?"

"嗯,有点饿了,一起吃?"李慕拿了一包海苔出来,"你喜欢海苔吗?"

鳗鱼饭在这里比较难买到现成的,李慕已经打电话去曼谷找了厨师,下午就赶过来。

"我吃一片。"庄钦伸手接了一片,嘎吱嘎吱地咬,很快就化在了嘴里,海苔非常香,李慕又给了他一片,庄钦继续吃,然后说,"你刚才对童童太凶了,把她都吓一跳。"

"凶?"李慕蹙眉,"童童?"

"就是剧组给你安排的助理,她刚才进来找你。"

"找我干什么?"李慕不解,嘴唇都抿成了一条线,"我凶吗?"

"你刚刚语气有点,但你平时就那样了,倒也没关系,不需要改。"其实他也知道,这就是李慕的性格。不过他平日倒是非常礼貌,刚才就显得没那么礼貌了,反而有种上位者的感觉,让人感觉到很重的压力。

李慕表情稍微好了一丝,一片海苔递到他嘴边,低头看着他道:"我对你不凶。"

"嗯,对,"庄钦对此有体会,李慕性格绅士,尽管不怎么笑,但一直都很有礼貌,态度也温和。他摆摆手表示不用投喂了,一边舔手指一边点头说,"我们是合作得挺好的。"

合作?

李慕不是很喜欢这个词,在一个剧组里共事,的确是合作关系,但他们演的内容却不一般,对手戏份又很多,总该有点超出合作情谊的友谊吧?

李慕擦了擦手指:"你以前跟别人合作拍戏,有我这么好的吗?"

"啊?"庄钦没想到他问这种问题,一时觉得不像他的性格,转念一想上午两人还在海边玩,其实他并非看起来那么冷冰冰的一个人。

庄钦也摸出湿巾擦手:"我没拍过几部戏,前面就两部有跟人合作,不过不算特别愉快吧。"

他的第一部戏,因为一开始是郑风柏的替身,没想到真的替代了他,剧组里对他又有些同情,又有点看不起的意思,郑风柏在剧组里的友人刁难他,而第二部戏,他已经红了,但仍不是什么美妙的回忆,什么都是一条过,导演拼命给你加戏的感觉,其实并不好。

闻言,李慕想到昨晚上不小心听见的,嘴角稍微勾了一个很细微的弧度:"跟我拍戏愉快?"

"挺愉快的。"

李慕满意地点了点头,坐下来问他:"还吃不吃其他的?"

庄钦说不吃了,两人继续对戏,过不久就开始换衣服上妆,化妆室里布置了一个在墙角的试衣间,就是一片布帘拉上的小空间,虽然简陋,但也只能如此了。

下午开始拍戏,场记打板,各部门就位。

下午的戏拍得挺顺。

有大片的对白,又是个长镜头,但却没怎么"吃螺丝",就NG了一次,两条过。

周导就看着郭导发号施令指挥,心里头觉得这个新人导演,很没有章法,但偏偏两个演员选得真是特别恰当,若不是演员选得好,他看这个导演是不行的。

一场戏拍完休息，周导看他审镜头，这才忍不住问："郭导，庄钦你是怎么签下来的？"

郭宝箴头也没抬："去年他们学院期末会演，我去找演员，给他发了剧本，本以为没戏，结果前两个月他突然给我打电话了，说对我的剧本感兴趣。"

"那你还真是……"周导眼神有些奇怪，"运气很好了。"

"是啊，本来走投无路，遇见了他，不计片酬要拍我的戏，当我的男主角，还有李慕，他好朋友邱总给我投资，这部戏现在才能这么拍。而且选角啊，选角真是出乎我意料地合适，"郭宝箴看着刚才的那几个镜头，浑然天成，越看越觉得激动，"庄钦那么年轻一个演员，戏没拍过两部，居然那么老练，你看他一演戏就进去了。"

"那你昨天怎么一直给他 NG？明明第一条就很完美了。"周导对昨天他浪费时间浪费镜头的行为特别不满，认为没有效率，而且浪费钱，拍电影，时间就是金钱。

"你觉得完美？但我不觉得，剧本我准备了很久，我知道要怎么拍。"

他筹备剧本那段时间，做梦都是这部片："我昨天让庄钦 NG 的原因，就是因为他演技太好，太老练了，其实他恰恰缺的是生涩感，我以为他会有，没想到他表现过于好，就少了那点味道，我不磨他，当然也是一个好的镜头，但如果我不磨他，他要怎么去进步。反而是李慕身上，多了那种人情味烟火气，有那种纯真的味道，他气质克制，演戏就像禅师，特别高深莫测，就是你可以忽略掉他的存在，可又无处不在的气质。整个圈子里，我没见过几个有这种气质的男演员。"

郭宝箴道："我知道是不能去打破那种味道的，所以你看我很少 NG 他，不教训他，就是不让他做出修改，出来的效果是最好的。"

周导跟他意见相左，此刻也没有说，每个导演风格不同，没必要去争论，他蹙着眉道："那你今天怎么就让庄钦一条两条就过了呢？不是要让他进步吗？"

"一直折磨演员也没好处啊，"郭宝箴语气理所当然，"这部电影很长，镜头很短，不用每场戏都用这一套，用多了也不好啊。"首先就是浪费钱。

七千万拍这部电影，现在看起来是有些吃力的了，郭宝箴控制自己的任性，不那么苛刻地对待两个主演。

"看不出来，郭导，这是你第一次正式拍电影啊，这么懂行？"

"别看我这样，我采访过很多导演演员的。"郭宝箴说完，叫场务老师去叫演员来，继续拍下一场。

下午收工，晚上还有一场夜戏要拍，小连提前帮庄钦抢了盒饭，庄钦问："你没给慕哥拿？"

小连说："我只有两只手。"

庄钦看了他一眼，旁边的李慕一边接电话一边摆手说："没事，你去化妆间等我一会儿，我马上回来。"

庄钦看李慕走了，以为他是自己跑去抢盒饭了，只好训小连："下次别这样了。"

小连："哦……"

庄钦端着盒饭回化妆间："你怎么，不喜欢他吗？"

小连低着头说："我觉得他……是想抱您大腿吧，总之我得看好您了，这是玟姐交代我的。"

"人家哪里至于抱我的大腿？"

"您是大明星啊！"

"别人还是投资商呢，你别想多了。"

"那我反正觉得不对，他对你太好了点，对别人是爱答不理的，对导演都甩脸色呢。"

庄钦进了化妆间，关上门数落他："我们那是互相尊重，你也得学会尊重其他演员，玟姐说话比我管用吗？你听她的不听我的？"

小连摇头："我还是听您的。"所以哪怕这段时间，他发现了这部戏有些戏份不符合庄钦的人设，而且他看了剧本后，知道有需要裸身的戏份，也没敢跟玟姐说。

戏拍到这个程度，他再去说，是两面不是人。

庄钦没有开盒饭，小连问他，他说等李慕："一起再吃，这样才礼貌。"

庄钦想到要给蓓姐的鳗鱼饭店铺拍开业祝福视频的事，只是现在的自己有些狼狈，不适合拍这种视频。

过了一会儿，李慕回来了，似乎是跑着回来的，进来时步子还有点急，高高的个头差点撞门框上。

他稍一低头，进来了："你们没吃？"

庄钦："等你一起。"

李慕大概是笑了一下，但因为稍纵即逝，根本看不清。他把手里提着的食盒放在桌上："厨师做了几份蒲烧鳗鱼。"

小连吸了吸鼻子："咦……"

庄钦也睁大眼，中午蓓姐才发了那些图，勾起了他的馋虫，现在就能吃到了？

演技派

"邱总请了日料师傅来?"

"我请来的。"李慕面不改色,"我想吃了。"

"厨师从曼谷过来,只来得及做五份,另外两份我给导演了。"

食盒有三个,小连惊了,似乎不敢相信:"还有我的吗?"

李慕打开食盒看了一眼,给他:"这个。"

鳗鱼饭卖相相当漂亮,沉甸甸的食盒里有茶壶,小碗,山葵和研磨板,葱花和海苔,是典型的鳗鱼三吃。

小连对李慕的印象立马一百八十度大转弯:"谢谢李总!"

李慕说:"我刚刚看见猫在外面,它有点孤单,你去陪它。"

小连把食盒端起:"好的李总!"

剩下两份,李慕是打开看了一眼,才给庄钦的。

庄钦食欲大增,哪怕李慕此刻在煞风景地喷消毒水,他也完全不介意:"谢谢谢谢,我刚好想吃这个,闻起来好香。"说着,他发现了自己的食盒跟李慕的有点不一样。

"欸,我这个没有山葵。"

李慕抬眼看着他:"山葵比较辣,刺激。你要的话,我这里有,分你。"

"不用不用,我刚好不喜欢这个。"他很不喜欢芥末,研磨后的山葵就是日本芥末。

庄钦比较喜欢茶泡饭的吃法,李慕看见了,就问他:"喜欢日料?"

"还可以。"

李慕:"你最喜欢什么菜式?"

庄钦说家乡菜。

李慕把葱花和海苔倒进鳗鱼饭里,用木筷拌匀:"你家乡是哪里的?"

"在广州。"他不知道自己是哪里出生的,但他是在广州大四喜班长大的,对他而言那里就是他的家乡。

李慕想,或许可以请个粤菜的厨师过来。他自己也很喜欢粤菜文化里的汤文化。

两人一问一答,问题很随意,并不逾矩,但又能拉近关系,庄钦现在是渐渐开始觉得,李慕这个人其实不像他想象的那么不可接近。他看起来依旧是个冰冷的人,但并不是不可冒犯的,甚至可以开些玩笑。

庄钦也真是什么都说,在戏班里的小事也会说。

李慕听他练功很苦,问他:"怎么想着去学唱昆曲?"

"我师父和师娘都是唱昆曲的,他们说我是个好苗子,所以从小就栽培我,想让我当昆曲艺术家,结果我喜欢演戏,就去做了演员。"

李慕又想,什么样的父母会送小孩去唱戏,而不去上学?关于这点,他在网上是没有搜到的,庄钦在公开场合里,只提过师父和师娘,没有提过父母。

李慕没有问,只说:"你聪明又厉害,这个年纪有这么多人喜欢,师父师娘应该很为你骄傲。"

"我运气比较好。"一开始那段时间,的确运气好,庄钦不能否认,"刚开始他们都不同意,我师父反应比较大,要把我赶出戏班,师娘不让,因为学表演挺花钱的,我那时候都是自己在家看电影学,然后听说可以去影视城跑龙套,我就去了。"

他长得太好了,出头就更快,一边学习文化一边学习表演知识。

因为庄钦身材也很不错,加上还会武打,就去做替身,替身没做两年,居然走运混上了主演。

庄钦之所以跟李慕说这些,一是因为这也不是什么秘密,二是觉得李慕这人绝对不可能嘴碎,跟他说话可以放心。倒不是说可以交心,起码跟这种人聊天是很放松愉悦的,因为他受过很好的教育,有涵养懂分寸,说话聪明,会带点幽默,跟他这个人看起来其实不太一样。

夜戏拍完,从第二天开始,李慕就开始给庄钦带酸奶。

庄钦每次都迫于压力不得不接受,好几次都想说他喝太多了喝腻了,结果对上李慕那真诚的表情,就说不出口。

算了算了,好歹是份好意。

他偷摸拿给小连,让他偷偷喝掉。

一连几天都是如此,庄钦给他送了一些小礼物,润喉糖胖大海之外,还给他送蒸汽眼罩,说:"这牌子我喜欢用,没味道,我睡前戴,这个耳塞也是我用过最好用的,两个尺码,你看你用哪个合适。这个降温贴,我拍戏贴身上,你也可以试试,这个防晒喷雾很方便,我给你喷一下……"

都是些很小的东西,单价没有超过五十块的。

李慕很少收人礼物,但这些小东西,却让他很喜欢,认为非常体贴。

月底那天,放假,李慕进组后休息得少,这才是第一天完整的假期。

他在泳池边捡到一大堆的贝壳,是庄钦那天在海边捡了,忘记带走的。

李慕挑了一下,把最好看的捡出来,放进抽屉,另外拍了一张发给他:"这些贝壳还要吗?"

演技派

"要的!"

"我那天还想问你来着,我以为被我弄丢了。"庄钦连续拍了几天也很吃力了,好不容易休息了下来,就在酒店床上躺着,虽然环境一般,不如李慕那里度假般的神仙别墅,但睡着了也就无所谓了,反正空调一样的凉快。

李慕换了条泳裤,游了几个来回,从泳池里冒头,在岸边擦手拿手机,看见消息一下就有了画面感,回复他:"你是经常弄丢东西,冒失的小朋友。"

庄钦:"?"

这称呼让他略微不适,虽然两人在戏里面关系是亲密,但戏外不能这样。

"……也不是经常……偶尔。"他打字回复。

在他想事情比较多的时候,容易出现这种情况。经常拿着手机问手机呢,戴着耳塞到处找耳塞。不过最近都在剧组,也就没怎么丢东西。

李慕想自己撞见就有几次了,如果不是知道,会以为这种巧合是故意的。

庄钦发消息给他:"那我下次来拿吧。"

李慕打字:"我等一下给你送过来。"

庄钦:"……明天给我吧。"

李慕从泳池里出来,浑身都是湿淋淋的,水珠从黑发滚落,在健身房锻炼出来的男性身躯上短暂停留,很快就在高温下蒸发。

他一边擦头发一边回:"明天的戏,你想今天提前对,还是明天直接拍?"

他不提还好。

一提起,庄钦就想起了,原本定在 23 号那天应该拍的那段需要裸身的戏,在自己的干预下,被调到了 5 月 1 号。

庄钦如临大敌,整个人都不好了——就是明天。

06

他到现在,都不明白是哪里出了问题,李慕为什么不删掉那些戏份,虽然不删自己的戏份更多,但心底他是抵触拍这些的。

庄钦不断给自己做心理功课,他是演员。

这么一想,果然是好受多了。

自己是敬业，李慕也是敬业，自己心里感觉不适，别人一个洁癖还没说什么呢，说不定李慕比他还痛苦。

庄钦这边没回复，李慕靠在泳池边的沙滩椅上盯着手机等了一会儿，又发了一条消息给他："明天直接拍你会不会紧张，郭导不让过怎么办？"

庄钦："……提前对一下就不会紧张了吗？"

李慕："分情况。"

这还能分情况的？

庄钦："有哪几种情况？"

李慕："看你心理素质。"

庄钦："？"

想了想："那我去问问郭导。"

他直接出房间门，下楼去118敲门。郭宝箴开门，身上穿一件白色短T恤配同色的短裤，乍一看很大爷的穿法，但他是张娃娃脸，就很像个学生。

庄钦："郭导在忙？"

"没，在画分镜。"郭宝箴让他进来，"我房间里乱，不过凉快，有什么事吗？"

庄钦进来，就站在门边："不是什么大事儿，就打扰您几分钟……"

他看见郭宝箴房间的墙上，贴满了手绘分镜图，两面墙都满了。自己拍戏累，但实际上剧组里哪个人不累，导演也非常累，他是剧组的重心，所有人都等着他发号施令。要想的要做的是最多的。

庄钦收回目光："明天的戏……"

"嗯？你说裸戏？"

庄钦想问李慕是不是没提过删戏，但性格使然，他没直接问，只说："有提前对的必要吗？"

"剧本预习好了吗？"

"预习好了的。"其实剧本那里就写得很详细了。

他一个人琢磨的时候，可是从来没琢磨过这种戏。

郭宝箴摸了摸下巴："可以提前对，也可以不用提前对……"

庄钦："……"

"来。"郭宝箴喊他，"这个镜头的分镜是这样的，两个机位，大特写一个，定焦，另一个是中景，你们的身体也在画面里，所以不是说站着就完了，身体也得调动起来，一个人状态不对，表情有丁点的不对，就NG。"

庄钦想了想，不知道想到了什么："那调动不起来怎么办，不拍了？"

"如果感觉不到位的话，那只能过两天继续补拍这个镜头了。"按照郭宝箴的想法，情感激烈的戏都集中在一块儿几天全拍算了，但他怕两个演员现在还拍不好，准备看完明天的状态再下决定。

庄钦："哦……还是得拍。"

"是的，所以你想办法一次就过吧，一条过不了，还得多吃点苦头，当然了，如果你先把自己这关过了，其实是没关系的。不过作为导演，本着不能浪费镜头的考虑，你俩还是给我一次过吧。"

"那……"庄钦顿了顿，"我就去给李慕说？"

"嗯，你要不愿意私下对我不勉强，但丑话说在前头，你明天拍不好浪费我镜头，拖剧组效率，我不客气的啊，别周导回头上邱总那里打我小报告。"

拖剧组的进度，这种事庄钦是绝对不会让它发生的。

要拍就得一次过。

庄钦："我给他发个消息吧。"

郭宝箴重新打开门："你俩今天对戏多找找感觉。"

庄钦点头，听见郭宝箴说："明天就留两个摄影师，周导我都要赶出去的。不用怕。"

庄钦说："我不怕的。"

他一边上楼，一边给李慕发了消息："还是在259对戏吧？"

李慕却不得要领地回他："你助理要看着吗？"

庄钦："我不让他看着。"

李慕正在换衣服，猫凑到他的脚底，他看见消息笑了："那好。"

他打字："要不来我这里对，我过来接你。"

庄钦打字："不麻烦了……"消息还没发出去，李慕："我这儿来了个粤菜师父。"

庄钦删掉重打："我自己过来吧？"

"你认识路？"

"认识，应该找得到。"

李慕："会开车吗？还是让司机送你来？"

李慕："我在路上了，等我。"

庄钦回了个好。

他换了件衣服，把剧本塞在胸包里，塞不下，就换回了书包，他认真地漱了口，在包里塞了口香糖，口气清洗剂和漱口水，这些都是从国内带来的，平时也会用到。

庄钦外面穿了件防晒的外套，是打着伞出去的，碰上了在楼下走动的剧组工作人员，跟他打招呼，问他是不是出去玩。

庄钦说出去买个东西，一会儿就回来。

工作人员给他拿了个新鲜的椰青："上午我们几个去买了一堆回来，给您一个。"

"谢谢。"庄钦一手撑伞，一手抱着椰青出去，正好撞上李慕的车停下，他下车来，稍稍垂着头，戴着墨镜。他的侧脸、喉结、脖颈和下颚，在五月初的午后烈日下呈现出完美的轮廓，整个人精神饱满，一点不像每天高强度拍戏作业的人，他看起来根本没有一丝一毫的"累"的感觉。

庄钦看了看他，低头看了看刚刚剖开的椰青，顺手给他了。

"给我的？"

"嗯。"

"谢谢。"李慕接了，嘴角是有笑意的，咬着吸管喝了一口，墨镜后面的眼睛完全注视着他，"贝壳在家里，我送你回来的时候再给你。"

庄钦收了伞，坐上车。

几分钟后，就到了，他是第二回来，李慕捡来的白猫酸奶正慵懒地蜷缩在阳光底下的地毯上睡午觉。这猫每天吃得很好，带去宠物店洗过，毛发都亮了一圈。

日光直射进玻璃，在房间里空调开了很低温度的情况下，也称不上冷。庄钦是喜欢阳光的，喜欢阳光带给他的温暖感觉，所以坐在沙发上，并没有去拉窗帘。

李慕给他拿了冰水和酸奶："稍等，我上去拿剧本。"

庄钦眼角一抽。

拿了一包纸把酸奶挡住了，眼不见为净。

他有些坐立不安，一路上都没吃东西，就怕吃了嘴里有味道，这么想着，从包里把口香糖拿出来吃了一个。

嘴里嚼着口香糖，低头看这段昨晚上开始就反复看过的片段。

他扮演的角色安可人物感情状态他剖析得差不多了，但要配合上动作，难度不小。

庄钦起身，把落地灯搬来，李慕洗漱后，拿着剧本下来就看见这幕："拿落地灯充当摄像机？"

"嗯……两个机位，分别在这两个方位。"

有了机位，就知道要怎么面对镜头，要怎么演，他脑海里的画面会更加清晰，就像有一帧帧图画般了然于胸。

李慕就说："你挺适合去做导演的，你大学学过导演？"

"导演系的知识我们大一也上过课，不过不全面，以后有机会的话，我也想去试试看导一部戏。"

李慕注意到了什么，问他："还有口香糖吗？"

"……有。"庄钦手探进书包，"你要吗？"

"要一片吧。"

庄钦"哦"了一声，显然有点不自在，从一条里抽了一片给他，李慕接过，放在嘴里，漫不经心地道："花十分钟的时间先找状态？"

庄钦："好……"

他坐在了庄钦的旁边，两人翻到同一页，看同一段。

李慕的剧本相对干净许多，不知道是不是他不喜欢在本子上做批注的原因，不过翻动的痕迹很明显，看得出他每天至少会翻几十次。

庄钦的剧本就有点乱了，不是不爱惜，是他习惯于在上面写东西、画重点、标注心得、贴荧光色的便笺，李慕总是看见他的剧本上花花绿绿的，但字迹潦草，看得也不太清晰。

庄钦努力地进入状态，把心底那个"次人格"挖出来，他闭着眼，眼睛没看剧本，是用心在看。

李慕注意到他垂着头，浑身都绷得很紧。

很想提醒他放松，可以躺下，但李慕没有干预他。

他的方式和庄钦是很不一样的，在李慕看来，感情是无法再造的，虽然小朋友很努力地在入戏，在听导演的话，戏里戏外都付出感情，但李慕认为拍戏只有透过具体行动或形象，去刺激观众的感官，才能使得观众产生同感甚或不同的感受。

很多抽象的感情要怎么表达？是要靠具象的情境刺激的。

所以他觉得肢体表达比入戏更关键，但不表示他不享受入戏的感觉，因为这次拍片实在是很好玩有趣的体验，人活在想象的世界里，工作给他带来的兴奋感和冒险感，是什么运动都比不上的。

大多数的演员，都是因为喜欢这种感觉，才会在这行里走下去。

十分钟很快过去，李慕把口香糖丢掉，庄钦睁眼，眼里的情绪变得很强烈，让人感觉到他已经入戏了。

庄钦也把口香糖吐掉了，李慕放下剧本："还紧张吗？"

庄钦摇头："开始吧。"

这次对戏非常顺利，很快就把明天要拍摄的剧情顺完了。

人的大脑真的很奇妙，能通过想象，构造出这种从未有过的情感。都说演戏是演生活，如果没有经历是很难演出来的，但却能通过体验把情感复原了。

他拿起水走到了另一边去，两人都很默契地没有说话，李慕其实是早就回过神了，想跳进泳池里冷静冷静，他心底很质疑，刚才只是演戏吗？

不对吧。

庄钦坐在地毯上，望着窗外午后阳光下安静的泳池，两种情绪在搏斗，一个是假的，却很像真的，另一个是真的，却很像假的。演员最怕的，就是入戏后分不清真和假。

他用力地咬了自己一口，不知道有多用力，痛感强烈地刺激了神经，方才回神。

"还好吗？"李慕在身后问。

庄钦面对阳光眯着眼，回过头道："还好。"

他对戏太认真了，不该这么认真的。

李慕走到他面前，弯腰："你嘴破了？怎么有血？"

他忍不住伸手，庄钦望着他"啊"了一声："有血吗？"

李慕手指轻轻地按在他的嘴角："你自己咬的啊？痛不痛？"

庄钦："我没……"好像是有这么回事，但就痛了一下，没感觉到血腥味。

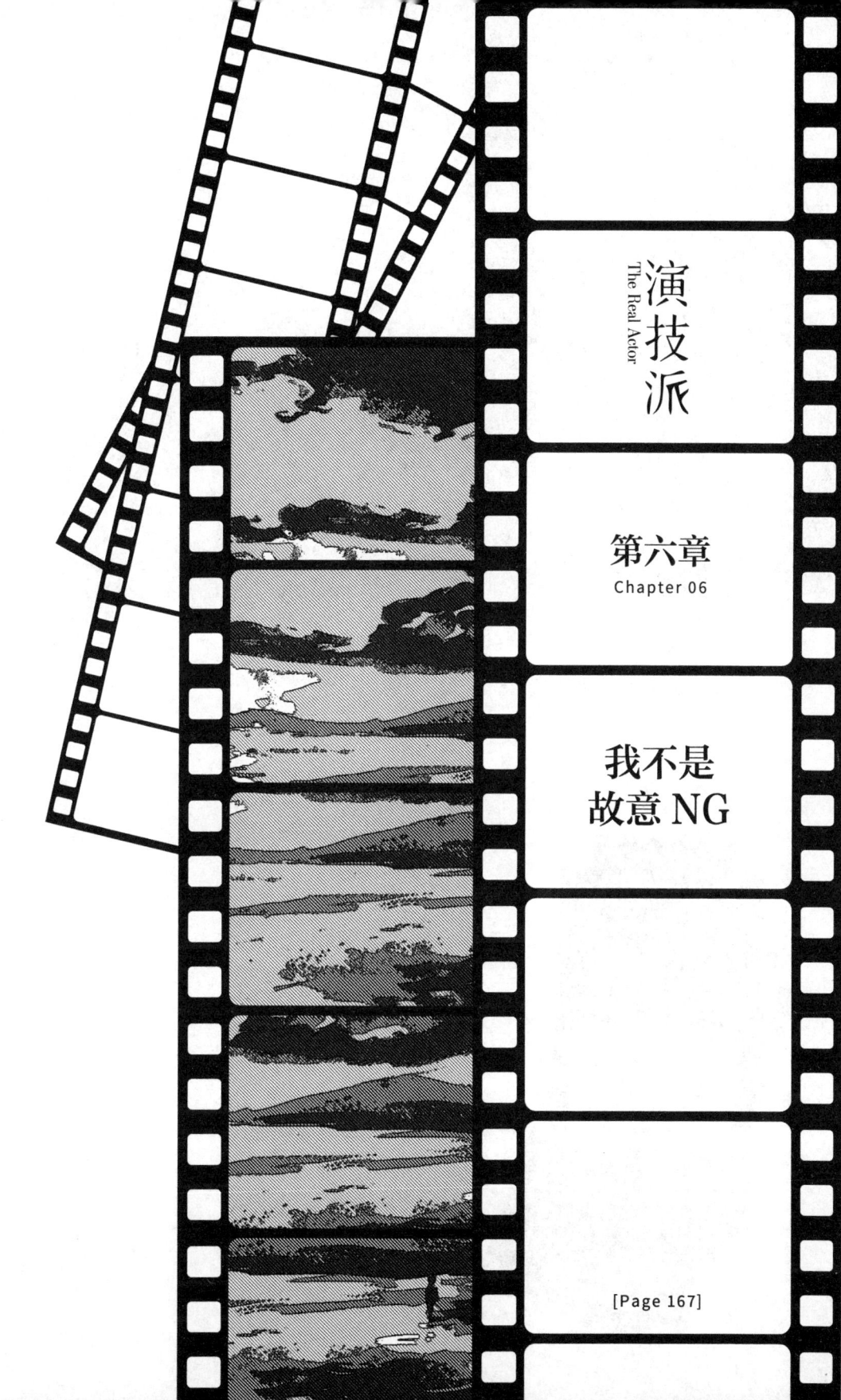

01

"不能怪你。"庄钦说。

"真是你自己咬的啊,没事为什么咬自个儿。"李慕看他这还没怎么,就咬自己,后面还有那么多场戏要拍,还不得哭?

庄钦解释:"刚才是我太沉迷了,陷进去拔不出来,就刺激一下痛觉。"

太沉迷了?

李慕这两天看了两集他演的那部青春偶像剧,里面的庄钦常常都不在状态,也不是说演得特别差劲,李慕带着滤镜去看,反正比其他演员要好一些。

"你跟其他人拍戏,有这样过吗?"

庄钦说没有:"我就只拍过三部戏。"第一部是找不到那种感觉,只凭借本能去演,第二部因为本子烂,导演捧他,次次一条过,他想用心都难。有时候完全没演到位,也给他过了,现在这剧播了,庄钦自己都不想看。

"这么说,我是唯一一个让你这样的?"

庄钦没听进去他话里隐含的意思,目光落在白猫身上,点点头:"可以这么说吧,跟你对戏是很过瘾的,以前都很少,几乎没这种感觉的。"

李慕低头看着他,坐了下来,也坐在了地毯上,也好像明白这种舒服的感觉从何而来了,就是庄钦说的过瘾,但不是过戏瘾,反而游离在戏剧之外。他演戏就是为了获知普通人应有的情绪,就在刚刚,他觉得是现实是能感觉到的。

"嘴还痛吗?"李慕问他。

"有一点,还好。"庄钦起身,"我去照下镜子。"

他去卫生间对着镜子看了看,表面上看不出来,结果漱口的时候才能感觉到刺痛，吐出来的水掺杂着血丝。

庄钦方才后知后觉，自己咬得太狠了。

他出去，李慕给拿了医药包："还好吗？我帮你看看。"

"没那么严重，破皮而已，不痛了。"

李慕也不知道怎么处理这种伤口，闻言放下医药包："还对戏吗？"

庄钦说不对了，激烈的感情戏份非常耗费精神，他没那么多精力："明天还有其他的戏，我们休息一会儿，再来对下台词吧。"

他现在看起来好多了，情绪也平静了下来。

一个人的时候他经常会这样，沉迷于角色后，会在不自觉的情况下做某些事，做完之后自己都记不清了。如果真的说一整部戏他都保持这种状态，难度大不说，危险也大。

所以但凡是个好的导演，都不会频繁地要求演员一定要入戏到完美无瑕的地步，一部电影中有那么几个高光时刻也就够了。所以在戏外投入一些，反而比戏里投入更加安全，但两种方式都是有缺憾的。

下午时分，庄钦跟李慕专心对着台词，接到了小连火急火燎的电话："庄哥，你怎么不在房间里？我刚刚问工作人员，他们说你出去了！你别又一个人乱跑啊！"

"不用担心我，我在对戏，吃过晚饭就回来。"

"哦哦，是对戏啊，那我放心了，那我六点来接你？"

庄钦问李慕："几点吃晚饭啊？"

"你肚子饿？饿的话我现在让厨师去准备，吃完我送你回去。"

庄钦其实有点饿了，精神耗得有点太多，比做什么运动都累人。

"饿了。"他老实地说，"不过不用送我回去，等会儿小连过来接我。"

"就几分钟车程，他找得到路吗？"

"小连跟我不一样，他不是路痴。"况且开车的也不是小连，是剧组雇用的司机。

下午五点，太阳渐渐下山，李慕说这边日落还不错，两人就一起去海边看了日落，厨房打电话说菜做好了，这才回去。

李慕从国内特意请的厨师，显然也是位大厨，满桌的名菜。

"我们两个人吃这么多？"

"花样多，分量不多。"李慕现在是知道他喜欢粤菜，但不知道他喜欢什么。

"怎么想的请粤菜师傅来这边？你祖籍……我记得在河北，你又是在国外长大的。"

李慕说："这个厨师八大菜系都擅长，粤菜做得好，其他菜系也不差，我记得那天你说过，你喜欢家乡菜。"

"那天？"庄钦这才想起，是有这件事，手里捏着的筷子一顿，看向李慕，"你特意给我请的厨师啊？"

李慕审视他的表情，说东南亚菜吃几天就腻了，他上个月就想找个厨师过来，所以是凑巧，凑巧这个厨师八大菜系都做得不错，又尤其擅长粤菜，凑巧庄钦的家乡就在广州。

庄钦听见是凑巧，才放心开始动筷。

"怎么样？菜还合你胃口吗？"

庄钦夹的是一道客家酿豆腐，分量少，一盘里只有四块。

"有点烫。"他把豆腐咽下去，"我师娘就是客家人。她很喜欢做这道菜。"

"你师娘是客家人？你学艺的戏班叫什么，不在苏州吗？"李慕先前以为，庄钦祖籍在广州，出于一些原因去江浙一带学昆曲。

"叫大四喜班。原先是在江浙，后来是老班主逃难逃到了广州来重新创立的，我师父就是老班主最小的徒弟。"庄钦并不避讳跟他聊这些，而李慕问到这里，就打住了。

饭后，庄钦才想起给小连发消息，给他说自己要回酒店了。

"收到！"小连说，"我去找司机大哥，他好像吃饭去了，我出发了给您回个信。"

太阳几乎完全下山了，只留下一丝的晚霞余晖，别墅里亮着灯，李慕前两天让人过来安装了投影和音响设备，还没用，他想着庄钦喜欢看电影，就去调试设备。

庄钦坐在沙发上，看见小猫从猫砂盆里爬出来，似乎想爬上李慕旁边的那张躺椅，但奈何它太小了，四只爪子不够有力，庄钦看酸奶爬了几次，忍不住掏出手机来拍照，下午他就抓拍了好几张，现在他整个手机里都塞满了萌宠的照片。

正在调试设备的李慕拿起遥控器，听见"咔嚓"的声音，稍一侧头，发现庄钦是对着自己在偷拍，就装作没发现，嘴角轻轻地一勾，转头继续调试，让他拍个够。

设备调试好了，但还没来得及点一部电影来看，庄钦也要走了。

小连过来接他，因为实在是太近了，反而绕了一圈路，花了二十多分钟才找到。

庄钦上车的时候，又想起贝壳还没拿，李慕朝车里说："明天给你带到片场，下次你要看电影了，或者想游泳了，随时过来，你的房间给你留着。"

庄钦点头，说谢谢，然后挥挥手："拜拜。"

小连没能进去，就在最外面的大门朝里头张望，司机掉头，小连知道司机听不懂中文，说话也就没那么注意："庄哥，李慕买的别墅就在那里面啊，大不大？"

"挺大的，有个超大的泳池。我今天还拍了一张。"庄钦打开相册朝后面翻，小连看见他好多照片都拍的是猫，也有拍泳池的，庄哥似乎是随手一拍，也没有讲究什么构图和技巧，好几张把李慕的腿也拍了进去。

小连本来是要看别墅的，结果注意力被酸奶吸引走了："哎呀，这张好可爱，神态抓得好！"是猫跳起来抓沙发巾的一张，两只湛蓝色的猫眼很亮，犹如两颗昂贵的蓝宝石。

庄钦点点头，用专业的眼光看："这张是挺可爱，就是我用手机没有开大光圈，后面背景太杂了，但构图正好在黄金分割线上，不好裁剪。"而且目前手机的拍摄功能还远达不到以后那么厉害。

"这有什么，"小连马上打起精神，让庄钦把原图发给自己，"我用美图秀秀帮你P掉！"

到酒店，小连还在用祛痘工具P李慕的那条腿，妄图把整条腿都P成干净的背景。甚至于回到酒店，还打开电脑用PS的图章把整条腿都盖住了。

把图片P好，他再发给庄钦。

庄钦看见腿是P掉了，但李慕的影子还有残留，就自己上手开始P，终于在睡前把图毫无痕迹地P好，满意地存成了壁纸。

第二天一早到片场，剧组人员有条不紊地准备就绪，场记打板！

"《藏心》，第八十五场，第一镜，一次！"

"《藏心》，第八十五场，第二镜，一次！"

前两个镜头，都是一次过，郭宝箴随后清了场，留下两个摄影师，把周导也赶出去，周导有点不满，但也不想插手拍摄事宜，他只是冒着一个副导演的名头，干的是监制的活。

"前两镜都不错，有默契。"郭宝箴先交代了摄影的路线，然后去问两个演员，"都准备好了？"

庄钦有点紧张，说："再等我两分钟，我酝酿一下。"

"没事，不打紧，昨天对过了？"郭宝箴问。

李慕说对过了，没有问题。

"那就等你们五分钟，好了就说一声。"

庄钦点点头，深呼吸，扭头看向窗外。

郭宝箴为了拍这部电影，是花了大价钱，不是随意搭个摄影棚拍摄，而是直接实地取景，这样花费更多，优点是只要肯在摄影上花钱，就肯定比棚拍要更有质感。而且实景实地，演员更能代入。

李慕问他："嘴还痛？"

庄钦说已经好了："剧本里怎么写的，我们就怎么拍。"

李慕说好，过了几分钟，庄钦说准备好了，郭宝箴又问了李慕："你好了没有？"

李慕点点头，郭宝箴自己打板："第三镜，一次！"

一个摄影师缓慢地靠近了，李慕却忽然感觉到了不适，李慕稍一走神，节奏就错了。

"Cut！"郭宝箴火大地说，"李慕你挡住他的脸干什么！这里要拍安可的特写啊！"他暴躁得要命，刚才那个镜头拍得正好，再来三十次，也不一定有那么精彩的！

庄钦看见他表情不是很好，以为他因为 NG 而难受，毕竟开拍以来郭宝箴大多时候脾气都很好，不会像今天这么发火。

"没关系的。"庄钦说。

李慕看着他，这句台词，和戏里的重合了。

"没关系，我去给郭导说。"庄钦认真道，"我们再来几条，上回你陪我 NG，这次我陪你。"

他揉了揉太阳穴："抱歉，我不是故意 NG 的。"

02

庄钦倒一点没怀疑他是故意的，毕竟李慕不喜欢跟人接触、有洁癖这事儿有目共睹。

庄钦看他隐约带着低气压的面孔，猜他可能也拍得不舒服了，说："我们争取下一条就过吧。"

李慕："好。"虽然他觉得一条可能过不了。

那边，郭宝箴喊来化妆师给庄钦补妆，同时把李慕叫过来："刚才那一下，你故意挡人摄影师干什么？"

郭宝箴克制着把手里的场记板放下了，免得他忍不住挥起来打李慕，虽然可惜第三次的镜头,但还是不敢骂投资人。

李慕默了下说:"不是故意的。"

郭宝箴狐疑,正要说些什么,给庄钦补妆的VV姐拿着刷子跑来:"郭导,庄老师嘴巴好像伤得挺重的,今天要不不拍了?"

郭宝箴:"……"

李慕:"……"

郭宝箴看向李慕,一副"你说怎么办"的发脾气模样:"我知道这也不是故意的,对吗?"

"嗯。"李慕点头,也想不到什么好的解决方式,而郭宝箴不肯单独补拍那一个镜头,他需要的是一个完整的一镜到底,最后这场戏不了了之,郭宝箴情绪低迷,看了眼这个月的拍摄计划说:"就明天补吧。"

"啊,不拍了?"庄钦愕然,"为什么?"他都牺牲这么多了,好不容易入戏了,要重新拍?

李慕看他似乎很不情愿,还想继续拍的模样,心里笑了笑,没有说真正的原因,而是说:"是我的问题,郭导认为我状态不对,再拍也是浪费镜头,拖进度。"

"这样啊……"庄钦心想,干脆删掉不就完了,哪儿那么麻烦的。

李慕见他失落,沉吟了几秒,低声说:"你不介意的话,等会儿这场戏结束,我们可以继续练习。"

"练习吗?你是说……"庄钦乍一下以为说这种话的是郭导,不像是李慕提出来的,"……郭导说的吗?"

"郭导没说。"李慕注视着他,"我说的。"

庄钦想了想:"能不能明天直接拍?就……不练习了。我昨天的状态你也看见了,这种激烈的感情戏部分,对我稍微有点难,我很容易沉迷进去。如果提前能准备好,不需要练习也能一次过。"

李慕没说什么,同意了。他认为有个安静的、不被打扰的环境,才能好好拍这场戏,可问题就是,这是戏,需要摄像的存在,需要在片场拍摄。就算不喜欢片场环境,也只能在心里讨厌一下。

当天的戏份拍得很不顺,庄钦依然发挥得很好,嘴周围用粉压了压,没有那么红了,但李慕却有些不在状态了,卡了又卡,把郭宝箴弄得没脾气了,想发火又无处可发,最后跑出去踹了垃圾桶一脚,把自己踹得脚疼。

周导劝他消消气："您啊，第一回拍商业电影……"

"我这是文艺片儿！"他反驳。

周导："好吧文艺片，文艺片也是一样，再好的演员都有发挥失常的时候，看开一点，这两个都是新人，拍到今天才出现这种问题，放在其他剧组，导演都该烧高香了。"

郭宝箴："是我的问题吗？"

"当然是你的问题，"周导说，"今天别拍他俩的对手戏了，你去拍配角的戏，拍了你就知道这两个主演有多好，至少他们不挑镜头角度，你随便一拍都是好看的。"

剧组提前给两人放假，庄钦在化妆间把嘴周围的遮瑕给卸了，看明天的那场戏。

这场戏是之前三个人围读的时候，他和李慕都提出要改的。

庄钦的合约里有写到，不能出现全身的裸镜，而明天的戏份接的是今天的戏，郭宝箴一开始是想给两人一定喘息空间，才没有安排到一天，结果没想到最后还是安排到了一天里。

这一场戏有裸身戏，郭宝箴也解释了："不是我写的，另一个编剧加的，他现在还不知道我们删掉了的情况。

庄钦现在有些头疼，哪怕已经删减到这种程度了，可仍然叫人难为情。他对着镜子稍微琢磨了一下动作，在脑海里构想了镜头，这也太……！！！

庄钦痛苦地挠自己的头发，把头埋进摊开的剧本里，额头哐哐地撞上桌子。

这时，李慕抱着猫进来了，却发现他在无力地撞头，嘴里发出类似小猫的呜咽声。

李慕脚步顿在门口。

庄钦浑然不知，还陷在剧本里，他现在不适合拍裸身戏，光是想想就令人羞愧！

直到额头撞在了温热柔软的手掌心，庄钦呆了下，额头被那只大掌托起，对上李慕深邃的眼睛。

两人安静对视，谁都没有说话。

李慕手放在他的额头，没有挪动，低头看见了剧本的那一页。

老实说，最开始他看见这种桥段，只有一个想法，就是删掉。

结果昨天对完戏，心底又有了不一样的感觉。那是在他接这部片子前没能想到的。

"在看剧本？"李慕的手从他的额头捋到头发，像抚摸小动物那样轻轻地摸了摸他的黑发，"脸怎么这么红？"

庄钦扭头看镜子，果然很红——

他不答话。

李慕："是担心明天要拍的戏份？"

庄钦点点头，搓了搓脸，试图平静下来："我不知道要怎么拍，又没有台词，就只能自己想，结果……"

光是想脸就这么红了？

李慕坐下来，坐在他身旁的化妆椅上："我也是第一次拍，没有经验。"昨晚也想过，自己还要拍这场戏吗。

"我也不会……而且……"他垂着眼，咬了下嘴唇。

而且庄钦还担心一些很小的细节。

李慕："而且什么？"

庄钦停顿了下，道："我肯定会出汗的……"他是这种性格，如果和朋友约会，朋友迟到他不会太烦躁，会等下去，但如果自己迟到，就会一直焦虑。

他心里由衷地祈祷李慕最好是觉得不舒服，赶紧去找郭导删掉吧！

原来是担心这种问题，竟然担心到了用头撞桌子的地步？

"我也会出汗，这些都不是问题，至于冒犯……"李慕挑眉，"不用难堪，如果对象是你，我没关系。"

03

这话说得让庄钦觉得有点不对，身上鸡皮疙瘩都起来了，他不自在地搓了下胳膊，冲他一笑，礼貌回敬道："如果是你的话，拍这些我也觉得没什么。"

在片场拍戏期间，和演对手戏的演员保持这种良好的关系非常重要。

"真的？"李慕把猫放下，心里却有种很奇异的感觉，很不受控制。他三番五次接受了庄钦的示好，听见过几次他在背地里说喜欢自己。

"当然是真的。"若是让他和一个陌生男人去拍这种，庄钦一时半会儿很难过自己心里这关。跟李慕认识后戏中进展飞快，熟络了不少，拍戏也会更放松。

"那怎么在这里撞桌子？"李慕的目光扫过。

戏里的滋味很难忘却。

庄钦道："不都跟你说了，怕出汗，不过你放心，我明天到片场就擦一下换衣服，绝对不会让你不舒服的。"

李慕说没关系，这些天拍戏，两人经常都会出一身汗，还没洗澡就被要求拍夜戏，庄钦身上有自带的苦杏仁气息，他已经习惯了，反而觉得很耐闻。

"拍戏嘛，你比较爱干净，我就弄干净点，这都是基本的。"庄钦说完，那边门就开了，是小连和周导。

欸？平时周导根本就不管事，怎么来这里了？

小连说："庄哥，周导他找你有话说。"

李慕："需要我回避吗？"

周导走进来："不用，正好是跟你们俩说的。那个……小连啊，你去找下郭导，让他等我会儿。"

"好的周导。"小连带上门出去了。

周导坐在沙发边，庄钦在饮水机下面给他找了个纸杯，正准备接水给他，周导说："不用不用，我就几句话，说完就走。"

庄钦仍然接了冰水，走到周导面前递给他。

周导接过道："今天你们拍戏，我都被请出去了，不知道什么情况，不过你们郭导发了一次火是不是？"

李慕坐在他对面："是我的问题。"

周导问："你俩戏外都聊什么？"

庄钦回答："聊剧本。"

李慕："其他的也聊。"

周导："不能光聊剧本，确切来说，除非对戏，其他时候都别聊剧本了，还有庄老师，你也是啊，我老看见你抱着剧本在吃，你剧本上写得密密麻麻的功课，当然了这是你的方式，不过老这么看没多大好处，基本上除了背台词，你看一遍就成了，记住你的第一感觉。"

庄钦点头："我背台词比较慢，就怕自己记不住忘词。"

"这些都是小问题，重要的就是人物的感情，不过之前看你们都拍得不错，肯定都知道进入人物的方式。"

李慕在旁边听得很认真，拍戏自己是门外汉，只是看过很多相关的书，加上那过目不忘的本事，他做什么都比普通人轻松。

周导："今天你们卡的戏，确实是有些挑战，如果拍不好的话，就得去找一个让

演技派

你们兴奋的点,你们拍戏不是对自己的折磨,说到底做演员不就是自己去享受这个表演过程吗?"

庄钦若有所思地点头。

李慕想,自己是找得到兴奋点的,也很享受,但自己拍不好的原因有很多个,是一种不明不白的心情。

周导喝了口水,继续问:"你俩平时都怎么对戏?"

"就是……对台词,卡壳就重来,情绪不到位也重来。"庄钦拿着手机,"对的时候我会录音,然后重听。"

"这是方式的一种,"周导说,"我给个建议,就一个建议啊,你们要是觉得不好用,那就不用。"

"没事儿,您说。"周导说话温吞又小心,庄钦对这位导演也有印象,是专拍商业大片的类型。

周导徐徐道来:"你们每天对戏,效果也有,但对戏太多也会进入僵局,就好比在片场NG次数多了,就越来越找不到状态,是不是?"

庄钦:"是,我最近有这种感觉,您有什么好的办法吗?"

"就一种小方法吧,你们对视过吗?"

李慕下意识抬头看庄钦的眼睛,庄钦点头:"拍戏的时候经常有。"

"我是说戏外,没事的时候坐在一起,坐一张沙发,或一张床上,多对视一会儿,眼睛是最能传递人感情的地方,你们戏外这样做的时候应该会有出乎意料的效果,我这么多年跟组拍戏,这套方法也是我跟另一个女演员学来的,她就拍戏特别灵,演什么像什么,跟谁搭起来都能演得很默契。"

庄钦觉得周导可能理解错他们NG的原因了,他自己觉得戏外和李慕的交流还行,不过导演的话,还是得听一听,现在不用,以后也能用到。

周导继续说:"所以我听见你们NG,我就琢磨,是不是用的方式不太对,因为郭导说交给你们的任务是每天对戏……其实对一遍两遍,也就差不多了,剩下的时间别浪费,花在交流上。"他语气委婉,但说明了他和郭宝箴表面截然不同的,本质却很相似的想法,"比方说我说的对视啊,或者拥抱,你们抱过自己的家人吗?"

庄钦:"有过。"

李慕:"很少。"在懂事后,他只抱过外祖父一个人,这辈子只抱过那么一次,他是个感情很内敛的人。

"你们抱自己的家人，亲人，有什么感觉？"

"很……温暖。"庄钦想到了自己不久前下飞机，看见庄学久的那一幕，他拥抱住庄学久，两人身上都是厚厚的羽绒服，可那种亲情的温度，却很奇妙地通过这个动作传递了出来。

李慕手指放在膝盖上，眼神敛着，没有答话。

周导说："拥抱和对视带来的感情是很奇妙的，我们中国人，含蓄一些，见面是握手，尽可能地避免了跟人长时间对视，或拥抱，如果试着去看一下父母的眼睛，几秒钟后可能就会想哭。眼睛能传达的情绪，是语言不能代替的。"

"当然了亲吻也是，不过那仅限于情人之间，你们不用。"

"说得有点多了。"周导站起，他比两个人都矮，要抬头说话，"差不多就这样吧，对了，庄老师，您代言的那个温暖牌酸奶挺好喝的……"

庄钦心里不妙。

周导笑呵呵地："这几天老是给我送酸奶，怪不好意思的，回头我回国了，多买点支持。"

庄钦："……"

他甚至有点不敢看李慕的表情。

就知道早晚要"翻车"！

把周导送出去，庄钦回头收拾剧本和笔记，不可避免地撞上了李慕的眼睛。

果然像周导说的那样，会下意识去避免对视。

庄钦不敢看他，目光凝在他突出的喉结位置："那个……酸奶……"

李慕蹲下，把猫放进猫包，提起。

庄钦挠挠头，绞尽脑汁地想，也想不出怎么解释，旋即老实道："这几天你送我的酸奶……"

"都给周导了？"李慕下颌绷紧。

"我有喝，但是……"庄钦小心地看了眼他的眼睛，带一点蓝色的瞳仁，情绪很内敛，睫毛很长地垂着。

他摸了摸鼻子："之前拍广告的时候，广告商让我喝了很多很多，你能想象一天喝了两箱这种奶是什么感觉吗，我本来很喜欢喝的，打那之后就……"

李慕声音很沉："你应该早点告诉我。"

"你老是给我送，每天带一瓶，我不是怕你不高兴嘛……"毕竟还要拍三个月的戏。

庄钦道歉:"对不起,我应该早点说的,我不该让……不该拿去给导演。"他是拿给了小连,估计小连转身跑去送导演了。难怪今天周导这么客气地跑过来指导,原来是拿人手短。

这时,小连进来了:"庄哥,车子准备好了,咱们走吧?"

庄钦就去看李慕那冷淡的表情,密长的睫毛在顶光的照耀下,于眼下投射出扇形的阴影,挺直的鼻梁和唇线让他的侧脸看上去完美至极。

"小连,你先坐车回去吧,我坐他的车,我们对台词。"

"……啊,"小连略一犹豫,"我能跟着吗?"

庄钦:"我等会儿就回来了。"

小连看了看他,又看了看李慕,想到了那顿鳗鱼饭,忍了:"好的庄哥,有什么事联系我,那不如先把酸奶给我,我先带回去……"

酸奶……

庄钦现在听见这两个字,就有浓浓的内疚之情。

李慕把猫包给他了:"猫粮你那儿还有多少?"

"还有一大袋,放心吧李总。"小连白天在片场没事,就是一边撸猫一边上网指挥粉群,庄钦现在新剧热播,对家黑太多了,自家连"水军"都没有,战斗力减半,已然是全网嘲演技发黑料的现状。

庄哥还跟个没事人一样,根本不看手机,沉迷拍戏。

小连提着猫离开了,庄钦把桌上东西收在书包里,一边收一边道歉:"对不起啊,真的,我一开始没想到……"李慕居然每天都送,后面就更不好说了,他明白虽然就是一件很小的事,可往大了说,就是把别人的礼物心意不当回事,转送给别人。

庄钦想到周导方才的指点,试着抬头去看李慕的眼睛,神情非常真挚:"我郑重道歉,你不要生我气好不好?"

李慕低头,看见了他的眼睛。

拍戏的时候会有眼神接触,但在戏外很少这样。

庄钦的双眼是很透澈的漆黑,眼神很亮,表面上是阳光的类型,可实际上李慕觉得他身上带点很多这个年纪的人不会有的暮气,是种厌世的情绪,他一个人坐在角落的时候给李慕的这种感觉就会很强烈。

可庄钦身上同时还有朝气,在拍戏的时候能感觉到始终是向着阳光生长的,他的努力认真，很打动人。这是个矛盾的性格。

对视了起码有五秒以上，李慕先在他祈求的目光中败退："不生你气。"

"那太好了！"庄钦松口气。

李慕嘴角微勾："走吧，送你回去。"

两人走出片场，太阳正在落山，天际边缘的橘红色慢慢染上紫色晚霞。庄钦跟在他背后说："这事是我做得不对，不过你很喜欢那家酸奶吧，我已经给广告商那边打招呼了，月底我要回国一趟，过来的时候给你带他们的新包装新口味……哎不对，酸奶好像带不进机场，不过可以托运，就怕在我箱子里挤坏了……"

他自顾自地说着，一头撞在李慕忽然停顿下来的后背上，确切说，是撞在了后颈，被他那刚修过的黑色短发给扎了。

李慕回过身："不用给我带。"

庄钦抬头。

李慕不再看他，拉开车门："这些天喝多了腻味了，我买那个，本来是以为你喜欢。"

"啊？"庄钦从另一边上车，"你怎么会这么认为，是因为我代言吗？"

"嗯。"李慕摸出墨镜戴上，心道才不可能告诉他自己是看采访栏目知道的，私下这么偷偷地关注人，是个不可告人的秘密。

"哈哈哈，广告商找我那会儿，我还挺喜欢喝这个牌子，结果一天就腻了。你也别说出去，"庄钦一边说，一边拿出手机来拍晚霞，他自己做剪刀手剪辑视频，有个好习惯就是拍照片拍视频，"别告诉别人我不喜欢喝温暖牌，不然传出去了下回广告商不找我续约了。"

"嗯。"李慕高挺的鼻梁上挂着的黑色墨镜，倒映出晚霞的色彩，"不告诉别人……问你个事。"

庄钦侧头："嗯？"

"我送你酸奶，是送错了，你不喜欢，会觉得烦吗？"

"有点苦恼，不过不是烦，别人送礼物给我，我是很高兴的，不管是送什么吧，送一颗糖我都开心。"

李慕就想到庄钦送自己的那些，都是小东西，可反而觉得比收什么贵重的东西，都要窝心。什么是买不到的？是送礼物的这个人。

两人一路聊着，车子开得很慢，不知不觉还错过路口多行驶了十几分钟，到了

演技派

停车场,李慕下车,庄钦问:"今天你要吃酒店厨师做的菜吗?"

"嗯,陪你一起。"

"好的。"庄钦看出他心情好起来了。

他们回来得晚,但厨房还剩了不少食物,两人在没什么人的餐厅吃完晚餐,出来的时候,李慕顺手在前台那里拿了一颗椰子糖。

李慕跟着庄钦上楼,庄钦以为他是来抱猫的,结果跟着他一块儿进了房间。

庄钦惊恐:"今晚不是不对戏吗?"

"是。"李慕问,"我用下卫生间行吗?"

原来是借用厕所。

庄钦帮他打开门:"随意。"

李慕进去洗了洗手,面对镜子里的自己,审视了几秒钟,整理了仪表。

随即出来,言简意赅:"周导说的方式,你想试试吗?"

庄钦:"⋯⋯"

他想我俩 NG 的问题也不在这里啊。

他走神地想,算了,抱就抱吧,他还抱过玫姐和小连,抱个李慕也没什么,人洁癖都听导演的话,他有什么不能听的。

"好的吧,来试试。"庄钦刚把手臂张开,很快放下,"要不我洗个澡换身衣服再⋯⋯"

这边的天气不是盖的,从片场出来他就在车上了,但还是热出了一身汗,他自己都很介意。

"没关系。"

"就一下,"李慕张开双臂,"来。"

庄钦犹豫了下,见他动作如此干脆,便向前走两步,投入他的怀抱内。

04

敲门声响起:"庄哥,你在房间吗?"

庄钦忙往后退,挣脱开来。拿起剧本回答:"在呢,在对戏。"

小连:"哦!场务让我给你说一声,咱们隔壁那间 259 得腾出来给新来的摄制组住,明天开始就不能在 259 对戏了⋯⋯"

"好，知道了。"

剧组人员常有流动，除了签了长期劳务合同的，其余人员偶有离组，或有更多新人进组，一部电影的摄制，通常需要十几名甚至二十多名摄影师，以及其他的收音师灯光师做辅助。

也就是这片子现在拍的全是主演对手戏，到后期配角龙套从国内调动，这个酒店根本不够住的，得全部弄成标间才勉强够。

外面的脚步声依旧在，能听见小连进了隔壁房间，刷卡开门、关门，然后哄小猫的声音。

"隔音太差。"李慕说。

"是比较糟糕，不过也凑合……"隔壁住的是自家助理倒也无妨。

送李慕下楼，走过泳池，把他送到酒店门外，李慕从裤兜里摸出一颗糖："给你解馋。"

庄钦："……谢谢啊。"

他接过来，笑，这不是酒店前台的椰子糖吗？

李慕颔首："不客气，就送到这里吧。"

庄钦跟他拜拜，看他走到路口上车，才转身。李慕坐在车上，倒车的时候看见他才走进去。

他把车开到附近的便利店，由于对泰语一知半解，只能看图识物，挑了几个口味的糖果、冰激凌，又奔赴水果店买了各类水果。

翌日片场。

拍摄任务吃紧，昨天的挪到今天拍，庄钦早上五点半起床，昨天半夜似乎隔壁有人来入住，难免弄出一些动静，他凌晨三点被吵醒后就辗转反侧没能再睡着了。

庄钦很迷迷糊糊地下楼去吃早饭，剧组的员工看见他都喊："庄老师早。"

"早……"

庄钦吃完早饭，也没看见导演，剧组有人说："郭导五点不到就起来去片场了。"

庄钦打了个哈欠，下楼吃饭这十来分钟，就出了汗。

他上楼快速冲澡，又换了一身，塞了一块毛巾在放剧本的包里，坐车出发去片场。东南亚天亮得很早。

十分钟后，车子抵达片场外，本地人都还没怎么起床，片场已经开工了。庄钦进化妆间，VV姐给他化最简单的妆，然后李慕就进来了，身上穿的又是一件没见过

演技派

他穿的潮牌，李慕衣品不错，并不执着于穿正装，各大品牌新品在他身上，全都能穿出秀场模特的味道。

两人互道早安，李慕带了切好的水果给他，庄钦说你好贴心，然后摇头："等会儿要拍戏。"

李慕打开冰箱把保鲜盒放进去："拍完有空你吃。"

化妆师看看他，又看一眼坐到旁边化妆椅，在化妆镜的死亡 LED 灯光面前，依旧帅得令人发指的李慕。

两位男主角戏外关系也很好啊！

VV 姐给李慕化妆，嘴里还在跟庄钦聊天，庄钦比较平易近人，李慕不是那样，她不敢跟这位讲话，但敢和当红明星聊他的新剧。

"我最近每天都在追您那部方程式！"

"我在里面演技很烂。"庄钦自己都没眼看。

"拍得挺好的，造型很帅，弹幕都在夸帅呢。"

庄钦在那部青春剧里演技尚可，结果弹幕里不知道是涌入了谁的水军，一个劲地黑他演技差，直接把路人给洗脑了，以为是真的差。

被她在用刷子扫脸的李慕来了句："弹幕是什么？"

"就是视频屏幕上流动的评论，现在视频门户网站都在做这一块儿，在屏幕左下角可以开启。"

李慕点头，打算晚上就看看。

庄钦去角落换衣间，用湿毛巾擦了一下上身才换上的衣服。有十套一模一样的服装，都是地摊货——这片子在服装上很省钱。

庄钦出来，李慕去换。

他在外面等李慕一起去片场，却看见化妆台上放着的手机亮着，以为是 VV 姐忘记拿走了，准备给她拿出去，才发现其实是李慕的手机。

他的手机是最普通的黑色，也是大众的某品牌，并没有非常高端，也没有手机壳，很容易认错。

不知道是不是不小心碰到了返回键，屏幕上跳出刚搜索过的词条。

庄钦愣了一秒，手忙脚乱地把他的手机丢回原位，拿出剧本佯装无事发生。

李慕换完出来，瞥见他坐在那里看剧本，化妆镜里映照出来的一张脸通红。

看剧本又把脸给看红了？

"走吧。"李慕喊他,"去片场了。"

"哦、哦……"庄钦站起,看见李慕把黑屏的手机丢进抽屉,庄钦就说,"你要不把手机放我助理那里,你放化妆间的抽屉里其实不太安全。"

"好。"李慕把手机拿出来给他。

"怎么这么热?"

由于天气缘故,片场其实是开了空调的。

剧务说:"郭导让人把空调给关了,说要热点这场戏才能拍出氛围。"

郭导:"你俩来了啊?准备得怎么样啊?"

"昨天没对这场,不过剧本有好好看。"

郭导:"今天要拍一整天,辛苦你们了。"

庄钦说没事。

郭导看向庄钦的嘴唇:"消肿了,挺好的,那就开拍吧,你们先过去站位,把灯光布置好了,就清场。"

这一场表现的是昏暗的房间,窗帘紧闭,但灯光还是得打。

很快,清场过后,两人都进入状态,A机位和B机位分别都对准演员,麦克风和打光板都固定好。

05

两人这场戏进行得很顺利。

"郭导,刚才那条过了吗?"

"过了过了,拍得可以。"郭导说完顿了顿,"拍得挺好的,李慕呢?"

"他在化妆间休息。"

郭宝箴摇摇头,招手让他来,低声说:"今天大早他来片场,给周导送了十几瓶酸奶,就你代言的那牌子,是你给他的?怎么我一瓶没有,我没做什么遭他厌了吧?"

庄钦:"……可能,昨天周导说自己喜欢,他就全送了吧。郭导您要喜欢这个,等拍完回国,我那儿有很多,全给你。"

郭导眼睛一亮:"这怎么好意思……"

"不用跟我客气,广告我代言的,合约今年年初刚续的,所以广告商那边每月

演技派

都给我送很多，我分你一半。"

"既然你都这么说了，那我就……"

随后，庄钦问他下一场戏是几点拍，郭宝箴看着他说："汗出得够多的，回去洗个澡再来吧。现在快十点，我去补拍几个空镜头，你们洗完澡可以休息一会儿，十二点过来，吃完午饭就开工，下午晚上一共还有三场戏要拍。"

在其他片场，一般是没这个待遇的，一是因为片场离住的地方特别近，二则是郭宝箴是个新手导演，多少要更有点人情味，而且今天第一场戏最难，但演员居然一条过了，这才有这样的待遇。

庄钦得了临时放假两小时的消息，马上跑回化妆间，没有直接进去，他敲了敲门："我能进来吗？"

过了几秒，门从里面打开，庄钦瞥见他衣服已经换了一件，不由抬头看他冷峻的面容，又低头快速扫了眼，一时竟然分不清是好了还是没好。

庄钦："郭导说刚才那条过了，允许我们放个短假，就两个小时，回去洗个澡，休息一会儿回来再开工。"

李慕睫毛低垂："嗯。"

庄钦眨了眨眼："你要回去吗？我帮你叫司机师傅过来。"

"嗯。"

庄钦就去找小连，让他把两个手机都给自己，然后就去打电话找司机了。

他觉得李慕肯定是热得不舒服了，话比平日要更少。

过了几分钟，庄钦就去叫他："司机过来了……"他把手机递给李慕，拿起书包。

李慕出场总是墨镜一戴，谁都不爱的架势，也没什么人会跟他讲话。

庄钦甚至忘了知会小连一声，高度紧张地扮演着贴身保镖，把李慕送上车，正要离开，李慕坐在车上伸手，把他的手腕攥住了："跟我一起。"

庄钦思考不过两秒，弯腰抬腿，上了车。

和司机沟通好，车子发动，这车虽然是剧组包的，但也是从租车公司包来的，车上仍有种令人不舒服的皮革味道和清新剂气味，让人眩晕，庄钦虽然累，但也没有靠上去，坐得笔直，湿润的头发贴着脸颊，他胳膊撑在膝盖上，手托着下巴，昏昏欲睡。

李慕戴着墨镜，看不清表情，也看不出他的视线在看哪个方向。

只是默不作声地伸手，把车载空调往他那边拨了一下。

186

冷气冲到脸上,庄钦侧头,轻声问他:"现在好点了吗?"

李慕点头,留给庄钦一个抿着唇的侧脸弧度。

本身不去想它,放着过一会儿就会好,只是这下庄钦坐在他旁边了,李慕不由得去多想,一向平静的心情变得浮躁。

然后礼貌地让摄影师出去一下,说给他们留个私人空间。

年纪明明这么小,但在做这些事的时候却非常温柔。

车子到了,两人下车,李慕在管家房那里找了一把遮阳伞,让庄钦过来。

走到别墅外面,李慕用钥匙开门:"你的房间你住过后就没人来过,平时会打扫换洗床上用品,可以休息。"

门外玄关桌放着新的洗过的浴袍和浴巾,李慕递给他两条。

庄钦道谢,和他一起上楼。

两人分别进了不同的房间,不多时,两个挨着的浴室都传来淋浴的声音,庄钦这才意识到,这里隔音非常差,李慕就在自己隔壁冲澡。

他速战速决,洗完才发现自己只有浴袍穿,脱下来的那身已经没法穿了。

不得已,他只能穿着浴袍开始洗衣服,旁边正在冲澡的李慕疑似也想到了这点,说了句:"衣服你放着,我这里有新的,你可以穿。"

庄钦窘道:"好……"

这么说着,仍然是动手简单地把衣物搓洗干净了。

晒衣服的时候,庄钦听见脚步声,门外有人敲门。

他打开门,李慕穿着一件黑白条纹的夏季短浴衣,交领微微敞开露出带着水珠的胸膛,黑色短发是湿润的,把折叠好的新衣物给他,外带一盘热带水果:"衣服我没穿过,消过毒了。"

"我衣服已经洗好了,外面太阳这么大,半个小时就能干。"

李慕却走进来,不由分说把衣物放在了柜子上:"肚子饿吗?"

庄钦摇头。

李慕"嗯"了声:"过一个小时叫你起床。"

庄钦再次道谢,李慕说不用客气,转身回房间。

这别墅的房间构造,根本没有设计过隔音,隔壁房间的人翻身下床的动静都能听见。

李慕坐在床边,打开手机给郭宝箴发消息。

"郭导，刚才过的那一条，拷一份给我吧。"

那边，郭宝箴看见消息，回复："过都过了，你还看它做什么？"

李慕打了一串，什么后面还要拍，看一下找找感觉，最后都全部删掉，换成几个字："我是投资人。"

郭导不得不向金钱势力低头："好的，晚上导出来就发给您！"

李慕："OK。"

下午回到片场，三场戏拍到晚上十点才结束。

庄钦饿疯了，想到化妆间的冰箱里有吃的，就打开把保鲜盒拿出来，里面的水果种类很多，切得很工整，他觉得应该不是李慕亲自切的，因为里面还贴心地配了几根牙签，或许是买来的果盘。

"明天还是八点开工。"郭宝箴看庄钦和李慕先后离开，本来都要走了，想起要导出早上那一场戏的视频给投资人，就把摄影师叫住了。

庄钦蹭的是李慕的车回去，在车上，他打开保鲜盒开吃，又问小连吃不吃。

正在专心致志撸猫的小连："庄哥，我吃一块就好。"

前面开车的李慕在后视镜里扫了一眼。

庄钦拿了一根新牙签，叉了一块菠萝给他。

他抬头问李慕："你要不要来一块？"

李慕："我开车。"

庄钦心想果盘是人李慕买的，自己要是吃完了多不够意思，就换了一根牙签，叉起一瓣橘子，伸手过去凑到他嘴边。

李慕目视前方，眼睛下瞥，他不喜欢橘子。

好吧，就这一次。

李慕勉强说服自己，张嘴把喂到嘴边的橘子吃了。

庄钦以为他喜欢，又挑了一瓣橘子给他。

李慕："……"

李慕皱眉，犹豫了下。

好吧，最后一次。

他叼在嘴里，橘子的酸涩甜味占据了整个味觉："不吃了，你自己吃。"

把庄钦送到停车场，看着他进去，李慕开车回别墅。

手机里弹出消息："视频发你邮箱了，收到没有？"

"那什么……你最好一个人的时候看。"

是郭导的消息。

李慕打开邮箱查看,看见了新邮件提示。

"收到。"他回复,点击了下载。

上楼,李慕在浴缸里放了水,他脱下身上穿了一天的衣服,戴上 AR 眼镜,操纵点开刚下载好的视频,眼镜在视线前方投射出一块清晰的大屏幕,是除了他以外,其他人都看不见的。

视频加载,李慕戴上耳机。

整个片段很短,李慕看得神经都绷紧。

李慕把眼镜摘下来,浴缸里还在哗啦啦地放水,他推开门大步从露台出去,抽开浴袍的腰带,从二楼的跳水板纵身一跃,身体落入冰冷的深水池。

从水底浮起,李慕的手掌抹过削短的黑发,脸上的水珠还没滚落,再次浸下去,一头扎进水里。

06

这一夜李慕睡得很差,每当闭上眼要睡,就想起了白天的戏。

记忆力太好,以至于在脑海里留下了很深刻的画面,半夜的时候他起了一回,下楼喝了冰水,打开手机撰写信息,要求郭宝箴删除白天拍摄的那段戏份。

他并不想让其他人看见这段戏,甚至想把导演和摄影师抓起来洗掉记忆。

消息没发出去,他又想,这一段戏删了,后面的还要不要拍了?

庄钦也没睡好。

他原本神经衰弱,总是睡半个小时,就被一个小动静给惊醒。又睡、又醒,戴耳塞也不起作用。后来这个毛病好了不少。

不知是因为最近压力大,还是因为隔壁新住进来的摄影大哥打呼噜的动静太响,庄钦凌晨便醒过来,在黑暗的房间里打开微信,找到郑风柏。

二人加微信是前年拍摄《剑如虹》的时候,他是替身,但没和郑风柏互发过消息,反而和他的助理发得更多,每天都叫他来上工,这个让他替,那个让他替。

庄钦当时挺高兴,上工的时间越长,钱就越多。

演技派

点开郑风柏的朋友圈,不知是不是屏蔽了自己,竟没有一条关于《定东风》剧组的消息。

而这部戏的导演屈导,也是个极少发动态的人,闹过不愉快后,庄钦再三道歉,屈导也没再回复。

他只能从另一个认识的、同在《定东风》剧组拍戏的女演员梅清秋那里看了下动态。

这部戏到目前为止,拍得挺顺利。

翌日一早。

郭宝箴起床,就看见了投资人李总发来的消息。

"发我的视频,不允许传出去。

"我的意思是,

"剧组的其他人也不能看。"

昨天中午那条"我是投资人"的消息往上一划就能看见。

郭宝箴根本不敢提出任何异议:"……好的李总。"

他洗漱一番,出房门吃早饭,正好就碰上了无精打采,看上去很疲惫的庄钦。

"庄老师昨晚没睡好吗?"

"有点失眠,"庄钦摆手表示无碍,舀了一碗白粥,"不会影响今天拍戏进度的。"

有时候疲惫更容易找到状态,在精神紧绷的时候,能演出更精彩更忘我的片段,但这是有区间的,超出这个范围,就什么也做不好了。

这个月很快就在拍戏忙碌之中过渡到了月底。

庄钦要请假回国了,郭导听说是粉丝给他筹办了一个二十岁的生日会。

忽然提起年纪,郭导才有了真切的感觉:"这也太小了点,比我小快一轮了。"

庄钦说:"其实我的真实年龄应该是要比身份证上大一些的,以前户口办得晚,年龄填得小。"

"你看起来也就不到二十。"郭宝箴整日拍戏面对他的脸,免疫了些,可偶尔也会惊叹造物主的恩赐,但不知道为什么,或许是演员这个职业天生就容易让人多想、敏感、脆弱,郭宝箴经常看他一个人坐着,如果没有人和他说话,他就安安静静坐在角落发呆,像个被抛弃的孩子。

所以他觉得庄钦气质有少年感,眼神也通透干净,可却总让人觉得他心里承受了很多沉重的东西。

不过，很多演员都会这样，他们要演好人物，就要承受不属于他们的情绪和割裂的灵魂。忧郁孤独是常态，庄钦不是个例。

小连本以为庄钦是回首都参加生日会，到了机场一看："杭州？去杭州做什么？"

"去金华。"庄钦戴上墨镜，低调地过了安检。

"横店吗？"小连摸不着头脑，"见组还是探班？有剧组邀请您了？"他这个做助理的怎么不知道。

"探班。"

五个小时后，飞机落地。

庄钦身上没有行李，剧本都没带，两人干净利落地下飞机，庄钦几乎是遮着全脸出去的，渔夫帽下还有口罩加墨镜，还是因为遮得太严实且气质非凡外加身材太好差点被认了出来。

庄钦面不改色，也没敢跑，低头装作玩手机。

好在机场里的人都来往匆匆，倒没人真的把他认出来。

小连慌忙开始打车："您应该早点给我说的，哪会像现在，熟悉的司机都约不了，只能在机场坐出租……"

"放心，出租车司机不会认识我的。"就是拿着他的照片贴到人家司机师傅脸上，师傅都不一定认识。

"您来横店给一个女演员探班，不给我说，也不给玟姐说……庄哥，《定东风》剧组会欢迎咱们吗？"

"我只是去探个班，又不是去砸场子的。"屈导有风度，赶他不至于，不欢迎肯定是会的。

两人终于坐上了出租车，小连拿着手机问："这事儿我能给玟姐汇报吗？回头你探班的事见新闻了，她还不知道肯定要骂人的。而且还是给女星探班……这要是被狗仔拍到了……"

绯闻有时候就是这么捏造出来的。

"不用，不会见新闻的。"庄钦提前给梅清秋说了要探班，她很意外，以为庄钦的团队终于要找女星炒CP了，庄钦说："不是，清秋姐，我是偷偷一个人过来，别放消息出去。"

她爽快地应了，还开玩笑说："你不会要进来客串吧？我们屈导整天在片场骂郑

演技派

风柏，说他演得差劲，一点都不敬业，还不如上一个……我没记错的话，男主角本来定的是你吧？难不成是屈导请你回来的？"

"不……我是来给屈导道歉的，"他撒了个谎，又问，"柏哥演得不好吗？他找替身了吗？"

"当然找了，本来那个角色武打戏就多，他又不像你，练杂技的……"

庄钦的手不由自主地捏紧了手机，细听连声音都有些微微地颤抖："清秋姐，明天有几场戏？有武打戏吗？我大概晚上到横店，明天一大早我来探班行吗？"

"我明天一场早上的戏，一场晚上的戏，要在片场待一天，"她声音抱怨，"我没有武打戏，郑风柏好像有吧，不过肯定替身上啦，他最多是拍几个正脸镜头……"

庄钦结束和女演员的电话，小连才吱声："庄哥，是不是其实你也在可惜那个角色？"

他摆摆手，头靠在车窗玻璃上。

五月底的天，外面蒙蒙地飘着细雨，天色很阴沉。

小连看他脸色苍白，透着无力感，还以为说了什么不小心惹他不开心的话，半晌才想出怎么安慰他："我觉得您去拍电影是个正确的选择，咱们剧本有深度，您的演技是有目共睹的好，拿最佳男演员指日可待啊！"

庄钦看向他，小连压低声音说："更何况邱总和李总不是很有钱吗？后期宣发肯定不会差了，那肯定使劲地捧你。"

"我又不是他们公司签约的艺人，捧我干什么？"

"您拍了他们投资的戏啊！"

另一边，顶着泰国的烈日，邱明在廊曼机场打车到了另一个城市。

片场，夜深了，李慕收工。

"你们经常拍戏都拍到这个点才收工吗？"戴一顶巴拿马草帽的邱明正倚靠在门边，在跟郭导说话，看见李慕换了衣服出来，就忙上前去帮他拿随身物品，"车钥匙给我，你拍戏辛苦，我来开车。"

坐在车上，李慕调整座椅，长腿仍然伸展不开，只能委屈地曲着。他仰着头，天窗的风灌入，吹乱他本就短的黑发。

车上连着邱明的手机蓝牙放着歌，李慕只听了几秒钟："吵，关了。"

邱明关闭蓝牙，跟他口头报告之前就在网上报告过的工作进度，一个多月的时间，他收购了其他的娱乐公司，电影公司，还接触了各大媒体，签约了几个艺人，还拿下了一档九月开始录制的电视台真人秀综艺的赞助以及合作。

李慕只是听着,也不说话,他对这些并没有太大的兴趣,邱明是有这方面头脑的,加上他还请了其他外援,要做什么不需要自己来插手。

报告完毕,车子开到了目的地,李慕下车,听见邱明问:"对了,怎么今天没看见庄钦?"

"他回国了。"李慕打开手机看,他发给庄钦问他生日会在哪里办的消息,到现在还没回。

"这么不巧啊……"邱明失望。

李慕抬眸:"找他有事?"

"有啊,我前几天给你发的语音你听没听?"

"没。"超过二十秒以上的语音,他都不会听。

邱明无可奈何,邱明说:"他缺钱,我给他报酬,想捧他。"

"他缺钱?"李慕音调拔高。

"是啊,我最近刚听来的一个'瓜',庄钦和他们那个小公司签了个两亿的对赌合约,具体反正记不清了,就是他对赌失败,一个时限内没赚到这么多钱就得卖身给公司,你说……我要不直接给他砸两个亿捧他拍电影?"

两人走到了泳池边。

"滚。"李慕忍着没有把他踹下水,"你不知道我跟他什么关系?"

"……什么关系?"邱明发蒙。

李慕没答话。邱明也没再继续问,翻身直接倒入泳池,溅起巨大水花。

他欣赏的人,要捧也是他捧才对。

随即,他看见一双夹脚拖浮出水面,接着是邱明的脚,僵尸一般扑腾着。

李慕皱眉,转身发消息给管家预约明天上午的泳池清理,打开手机,看见一条来自庄钦的语音消息。

该语音长达三十秒。

李慕点开语音,放到耳边。

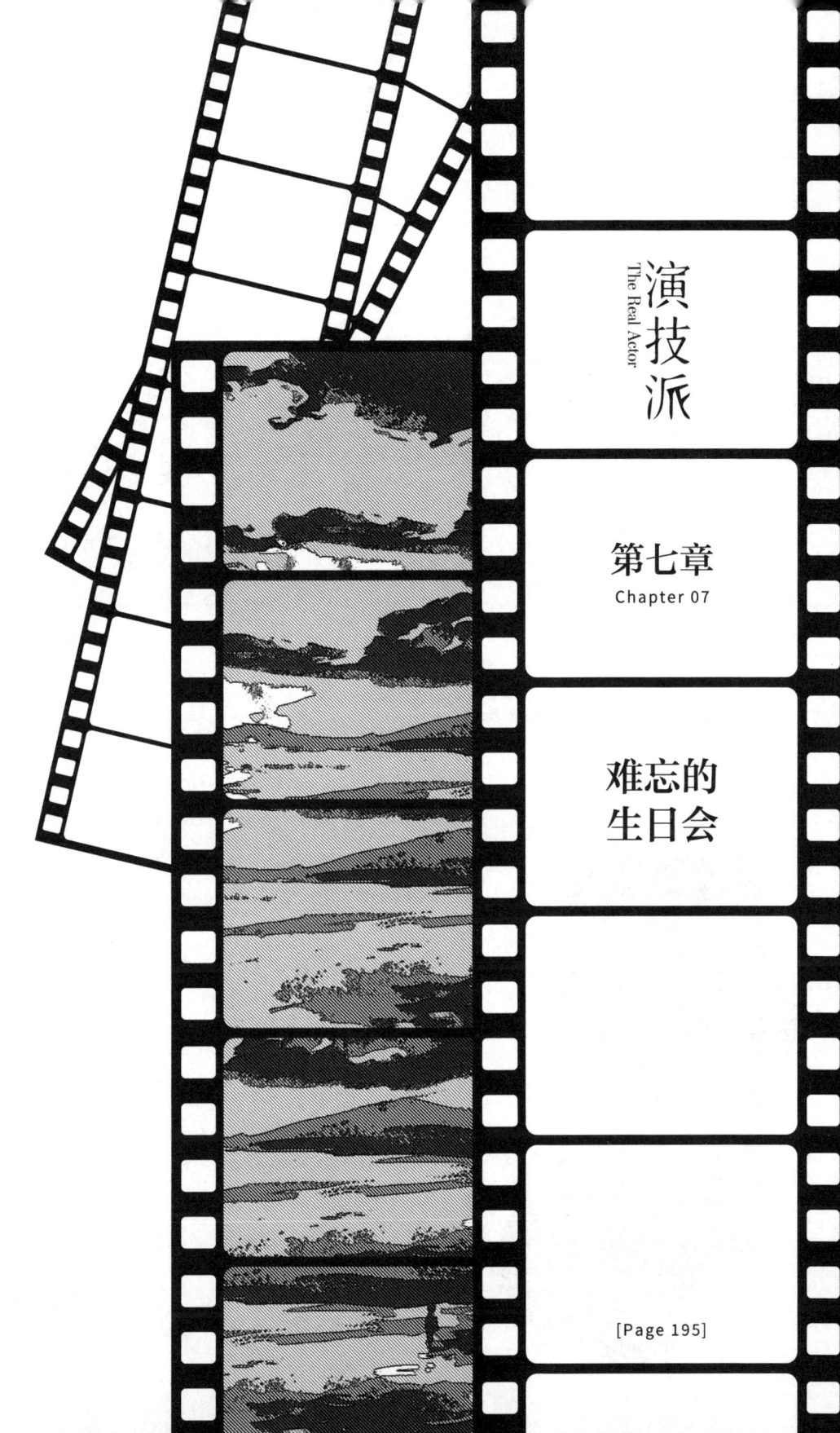

01

从机场出发去横店,开车要三小时左右,那司机师傅果然不认识庄钦,但是看他遮住脸的打扮,又是去电影城,就闲聊般问了句:"你们是演员啊?"

小连低调地说:"群演、群演……"

"群众演员?跑龙套的吗,当演员赚钱吗?"

小连耐心解释:"普通群演每天开工八小时,是八十块,特约群演看剧组结算,一般是八九百,或者一千块……"

"小伙子长得挺俊,是特约群演?"

"是的……"

庄钦听司机师傅问小连话,头靠在车窗玻璃上昏昏欲睡,过了会儿又侧过头睡到了小连肩膀上,到了的时候刹车,小连轻轻地摇了他一下:"庄哥,到了。"

庄钦抬起头,眼睛都睁不开了。他迷迷糊糊地下车,小连在车上检查有没有遗失物品,这回没有,就跟着进去办理入住。

庄钦的身份证护照这些证件,都是他在保管。

他去前台的时候,庄钦站在旁边看消息,他先是发短信给师父,问他师娘身体如何了,然后打开微信,看见小刀发来了十几条,还有李慕的一条,也有梅清秋的,庄钦挨个看,小刀的语音是:"师哥,我看网上有你生日会的预告片,在哪里办啊!我可以来吗?"

"在首都吗?"

"你要演昆曲吗?"

"要唱什么剧目?"

演技派

"我来帮你化妆？"

"你那儿有戏服吗？我给你带过来吧……"

"舞台，舞台布景我可以！"

"唱哪一折啊？谁跟你一块儿唱啊！没人的话我来啊！"

庄钦正准备回，听见小连叫自己："庄哥，这个要扫一下脸。"

庄钦便摘了墨镜走过去，横店这边的酒店前台，经常见到明星，但这会儿看见庄钦了，那前台小姐还是忍不住偷看，庄钦扫完脸，重新戴上墨镜，也冲她微笑。

前台脸一红："好了，身份证还给您。这是房卡。"

"谢谢。"庄钦接过房卡，前台匆忙拿了张纸："能要个签名吗？"

"可以啊。"庄钦接过纸笔，在右下角签下名字，又问她名字，想要什么祝福，随即在纸上写了祝××天天开心的字，得到了前台惊喜得快要晕过去的感谢："我一定好好珍藏这张签名！"

他签了几张，一张纸被油性笔填满，没有剩余空间，这才得以离开。

庄钦进电梯，发语音回复小刀："你不用特意跑一趟了，跑一回太远啦。我已经联系过苏省昆剧院那边，戏服和演员，舞台都不用担心，在保利剧院举办，准备唱《南柯记》……不过就唱一个曲牌，你别乱跑啊，乖啊。"

消息发出，电梯到了，庄钦抬步出电梯，看见外面有好几个人，就把手机揣回兜里，没再继续说话。

李慕走得远一些，不理会泳池里邱明的大喊大叫。

庄钦那自小唱水磨调的轻软声音从听筒传出："你不用特意跑一趟了……你别乱跑啊，乖啊。"

嗯？

最后一个音调落。

是发错人了吗？

自己不就问了一句，生日会在哪里举办么。

李慕又听了一遍。

那好像是在哄小孩子的语气，和平时一样温柔，但还有些不一样，带着熟稔，像是发给家中亲人小辈的。

他没回复，想等庄钦撤回，结果两分钟过去了，这条消息还是没被撤回。

真的是发给自己的？

李慕自己坐在泳池边的秋千上，又把那语音反反复复听了两三次，越听越喜欢，认为那就是发给自己的，虽然觉得好像被当成小孩子了，可他心里受用，嘴角一弯，想着怎么编辑回复。

"好的。"

删掉，不妥。

"嗯。"

删掉，太冷淡了。

"我乖……"没打完，删掉了。

"我……"

正当他皱着眉纠结怎么回复才妥当的时候，那边来消息了。

"我发错了啊啊！

"完了好像没办法撤回了……"

李慕瞬间心灰意懒。

不远处，邱明从泳池里爬出来了，浑身湿淋淋的，犹如落汤鸡。

李慕身上干爽，可感觉和他相似。

那种一盆冷水从天而降的感受。

李慕面无表情地打字："还没来得及听。"

"我不听20s以上的语音消息。"

庄钦："那就好那就好，打扰了不好意思。"

李慕："嗯。"

李慕："发给谁的？"

庄钦回："是发给我师弟的，我生日会在首都这边办，办完就回组。"

李慕："好的。"

原来是发给师弟的，是戏班子的师弟？那就是一起长大的了。

李慕有些不高兴，但还在跟他发消息，问他多久落地的，到家没有，吃饭没有。

庄钦如实回答："到酒店了，飞机上吃了的，刚刚还点了餐，正准备休息。"

李慕："早点休息。"

庄钦："你也是，晚安。"

这两个字带着温度，稍微减淡了些许李慕受到的打击。

但他无法完全释怀，进门后，找到电脑，邱明已经把湿衣服脱下来了，光着上楼去换，李慕提醒他："你别走错房间了，右边那间是给你的。"

李慕在搜索框里敲下"大四喜班"四个字。

用这个名字的戏班不止一个，李慕浏览了一番，加了地名。

楼上，邱明找了李慕衣柜里的衣服换上，进自己房间一看，连床具都没有，他进另一间客卧看了眼，是有床具的。

"这间房住的谁？庄钦？"邱明在楼上问。

李慕找到了广州大四喜班的资料了，也没回邱明，自己安静地看。

李慕怪毛病很多，极度讨厌人吵他睡觉，吵了必发火。很多大事李慕都可以忍，唯独这件小事很不能忍耐。

邱明下楼："那你不让我住，我那屋什么都没有，床单呢？我怎么睡觉？"

"床具在这儿，你自己铺。"李慕随手指了下玄关柜，视线凝固在屏幕上，大四喜班的介绍说，班主叫庄学久，上一任班主姓昂，是这家戏班的创始人。

庄钦和庄学久什么关系？

这个姓氏不算常见，那亲缘关系的可能性很大，可庄钦经常提到的是师父和师娘，这二人都是昆剧演员，也姓庄？

李慕顺着继续搜索，但网络上资料很少，他也没用其他的黑客手段，本意只是来查一下庄钦的师弟的，无意探究庄钦的隐私。

可庄钦从来没提过父母，在网上也没提过这件事，这让李慕有些在意他的身世问题。

翌日一早，五点半庄钦就起床了，小连都搞不明白，庄哥去探个班而已，怎么去得这么早。

拍摄古装剧一般就是这个点起床，庄钦跟过屈导的组一个月，常常都是这个时间起，坐车去片场，化妆换衣要花两个小时，演员准备好，八九点就开拍。

一集的戏份，要从早到晚地拍，连续拍一周以上。

坐在前往片场的车上，庄钦一直没有说话，显得忧心忡忡。

小连偷偷地看他，觉得他今天状态很不对劲，心事重重的模样。

梅清秋回消息了："你来这么早？？天！剧组还没开工呢！"

庄钦："不小心起来早了。"

"我以为你说早上来探班起码也是十点过后……我人都没到片场呢,我还在车上。"

"我也在车上。"

"那你到了等等我,我带你进去啊,不然你不好进的。"

过了会儿,两人在片场外碰面了,庄钦穿得很普通,一身没有超过三百块的单品,只有鞋子贵一些,身上没有一件饰品,他戴着渔夫帽和墨镜,口罩半遮住脸。

"清秋姐。"他喊道。

"你来得也太早了,我这还没化妆就见你……你探班的事,昨天我给屈导打过招呼了。"

一前一后跟着梅清秋的两个年轻助理都在看庄钦。

梅清秋今年三十二岁,未婚,十二岁就入行,到今年二十年的戏龄了,可偏偏老是接到烂片。她多是拍古装剧,戏路窄,演的都是敢爱敢恨但又在背后作恶多端、叫人恨得牙痒痒的女配角,或是位高权重的皇后、女皇这类的角色。

两人是在综艺节目里认识的,梅清秋作风非同一般地大胆,直言喜欢和"小鲜肉"约会,一开始对庄钦也撩过,庄钦当时刚出道不久,虽然遇见过暗示的,但没遇见过她这样的。

他拒绝后,梅清秋也不恼,笑眯眯道:"你不喜欢我就算了,姐也不强求,不过我们还可以做朋友嘛!"

说完转头找下一个"小鲜肉"去了。

庄钦后来也发现,梅清秋只是贪恋美色而已,喜欢年轻鲜活的帅哥,但不跟他们谈恋爱。她是个彻头彻尾的不婚主义者,只求当下的快乐。

跟她接触,庄钦也有压力,怕她开不合适的玩笑。

可自己出事后,所谓的圈内好友要么沉默要么插刀,她出来说了句实话。

"庄钦在剧组拍戏这么多天,我是亲眼看着的,除了水戏他几乎不用替身,那天是凑巧他请假,因为有无法推掉的通告而请假。就没人想过,如果他没有请假,是不是死的人就是他了?"

结果惹来众怒,有的说他俩有私情,编造在酒店见过他们开房,有的说自己是某某小区业主,知道自家小区有一套房是他们同居的,甚至有人骂:"怎么死的不是你,替身就该死了??"

她开始怒喷键盘侠,还以侵害名誉权起诉了几个,过了许久风波才停,可因为此事,她和背后牵扯的资本直接对抗,也对她的事业产生了不小的影响。

演技派

一件事，不仅改变了他的人生，也影响了周围很多人。

庄钦一边跟她闲聊片场日常，一边进去，见到了屈导，庄钦微微弯腰："屈导。"

梅清秋："我昨天跟您说了啦，小钦要来给我探班。"

屈导看都没看他，很不高兴地说："你，去化妆。"

梅清秋拉着庄钦跑了，庄钦低声问了两句今天几场戏的安排，知道武打戏是排在第二场，他陪着梅清秋化妆，这是一间很大的化妆间，过了会儿，他就看见了郑风柏。

郑风柏还没注意到他，他助理先看见了，因为庄钦的背影和郑风柏是很相似的，助理扫过去一眼，看见那双鞋就把他给认出来了。

他一双鞋要穿很久。

"柏哥！你看那里！"

郑风柏扭头，看见坐着跟梅清秋说话的那个人，表情立马就变了。

"你来这里干什么？！"

"柏哥，"庄钦抬头跟他打招呼，却因为心里装着事，有些笑不出来，"早上好，我来探班的。"

上次两人那番话后，并不算是完全达成和解，而且因为自己的助理私自跑去损坏了庄钦走红毯要穿的正装，郑风柏心里有愧，只是每次一想到当初他踩着自己上位，以及最近拍戏，每次自己没拍好，就被导演贬损说不如庄钦，他就很难对庄钦有好脸色。

"你也真的厚脸皮，居然还好意思来这里？！"两人早就撕破脸皮过，郑风柏对他的说话语气，就没有好过。

反而把正在化妆的梅清秋弄得很不高兴了，直接教训他："这里是片场，不是你的地盘！"

庄钦丝毫没听进去。

因为他看见不远处，穿着里衣在化妆的那位替身。

——这是庄钦最担心的事，现在看见了，确认了，庄钦一颗心就沉到了谷底。

他从替身海阳身上收回目光："柏哥……等会儿第二场戏，是要拍吊威亚的武打戏吗？挺危险的，你还记不记得我给你做替身的时候，有一场水戏，因为威亚出了点小问题，我差点溺死。我辞演这部戏的原因你也知道。"

那时庄钦游泳技术不好，可郑风柏不肯拍那么危险的戏，最后还只能他上。

水下摄影棚有八九米深，演员要潜到五六米的位置，摄像机在透明玻璃外进行拍摄。

郑风柏听他提这种事，表情更难看了，他助理"呸"了一声，瞪他："你说这个干什么！？不吉利！"

"我的意思是……柏哥，等下拍武打戏，一定要检查好威亚，要彻底检查，我听人说这边武术组安全设备老化，很容易出问题。我只是不希望再发生类似的事情了。"

助理："你是不是有病，我们不知道检查的吗？！"

"你怎么说话的！"小连实在忍不住了，大声骂他，"你才有病呢！"

那助理表情微变，记得一年多以前，庄钦只是个小替身，听自己发号施令的，转头却踩着自家艺人的头上位了。

他对庄钦态度一直就很差，庄钦也是脾气好，不说什么，只是尽量避免打照面。

"闭嘴。"郑风柏训斥助理，"现在就去找武术组检查，检查仔细了——这场戏，我亲自拍。"

"柏哥，您要亲自……"助理张大了嘴巴，"可这场戏很危险！您别冲动啊……"

"叫你去你就去，废什么话！让武术组好好检查去！"郑风柏脸黑着，想起屈导整天骂自己的那些话，是十万个看不上，他越拍就越没心情，这会儿庄钦来了，好胜心又被激起，非得要让人看看，自己没比庄钦差到哪里去，不就是武打戏吗？

他也能拍！

助理不敢大意，忙不迭就去找武术组了。

梅清秋问："哎，你跟他什么过节，他助理都那样了，你还不发火？"

庄钦说："清秋姐，您忘了，之前我做过柏哥的替身。"

"我知道的啊，那还不是他自个儿不敬业，真是什么人都能当演员了。"她不屑，"我瞧啊，屈导的忍耐力已经到达上限了。"

庄钦虽然听着，可注意力却在不远处的替身身上。

他和替身交流少，因为他几乎用不上替身，不过偶尔要拍自己实在没办法拍摄的戏，和海阳打照面的时候，庄钦都对他很和善。

"我以前跟你一样，也是做替身的。不用这么客气。"

海阳由衷地说："很佩服您，从替身做到演员真的太不容易了，对了，我妹妹是您的粉丝，能不能……"

"要签名还是发语音？我去找纸笔。"

演技派

很快,梅清秋化好妆,各部门就位,开拍第一场戏。

今天天气不冷不热,这种天气拍摄古装剧正合适。

遭遇了演员忘词、镜头不准等问题后,三个小时过去,第一场戏拍完,屈导没让吃午饭,直接招呼换场地,去拍第二场戏。

庄钦跟着一起过去,结果就看见郑风柏的助理,在跟一个吊在威亚上检查测试的工作人员吵:"不行,你们这种安全设备,都用多久了!谁放心演员去拍啊!出事了谁负责!"

那工作人员都不敢大声,一边弹跳一边道:"没问题的,一直用下来都没问题,钢丝是新的,你看我用着不是没什么吗……"

"怎么了?吵什么呢?"屈导大步走过去。

庄钦心定了定,发现问题了……发现了就好。

其实他自己都不知道,那场事故到底是人为还是意外,后来警察调查了一段时间过后,判定应该是事故,可仍不排除人为故意用老化设备害人的嫌疑。

但最终还是以整个武术组都被开除掉,庄钦背上因不负责任不敬业害死替身的锅,成为结局。

屈成益上前去查看,然后问:"这钢丝用多久了?"他话音刚落,细小的缠绕在一起的钢丝瞬间绷断,吊在不到一米高度的工作人员"哎哟"一声,掉在了地上。

几个工作人员立刻去扶他:"没事儿吧?"

那助理立刻得理不饶人了:"看吧看吧!我说了你们这设备安全有问题!!要是演员上了,那么高摔下去是不是要摔死了?!"

屈成益表情也不好,郑风柏也是脸色一白,冷汗都下来了,他看了旁边站着的庄钦一眼,然后把助理拉开,不让他骂脏话了。

屈导:"这肯定不行!马上给我换掉!"

庄钦就站在导演后面,抬头望着武术组的工作人员,这回照着向来是说一不二的导演的话做了。

"还好……差点就出大事了。"

"还好是仔细检查了,有惊无险……"

"好吓人……"

"差点又一次……"

剧组工作人员纷纷低声议论着。

204

庄钦心里的大石落地，脱力地后退一步，差点摔倒。

他蹲下来，心脏狂跳不止，嘴唇抿紧。

"庄哥？"小连连忙问他，"你怎么了，不舒服吗？"

"嗯……低血糖犯了。"庄钦脸色白着，头深深地垂在了胳膊里。有种劫后余生的喜悦，更有一种，说不出来的感受，像是释怀了，像是难过，事故得以幸免，许多人的命运在此转弯，走向了完全不同的结局，他鼻头酸涩，眼前一阵眩晕。

前段时间拍戏没休息好的后遗症，终于迟到地来了。

"您好，请问是……庄钦老师吗？"

下午，庄钦要离开片场的时候，听见熟悉的声音，回过头去。

"您好，庄老师您好……听说您过来了，没想到真的是您！"他激动地道。

"您好。"庄钦露出一个笑，目光带着复杂，"你是……柏哥的替身对吧，我听他们叫你海阳。"

海阳意外极了，似乎从来没遇见过这样和气的演员："啊……庄老师，您太客气了！"

"我以前跟你一样，也是做替身的。"庄钦说。

海阳由衷地说："很佩服您，从替身做到演员真的太不容易了，对了，我妹妹是您的粉丝，能不能……帮我签个名送给她，她快过生日了……"

"没问题，"庄钦问小连要了纸笔，"你妹妹叫什么名字？多大年纪，她几号的生日？"

"她叫媛媛，过两天儿童节满十八岁。"

庄钦握着笔的手顿了顿："真巧，跟我一天生日。"

"是的……"海阳不好意思地道，"她说过，和您一天生日，很有缘。"

"还在上学？放假了吗？"

"没，她过几天就高考了，这个礼物啊，我不能直接给她，怕她太激动了发挥失常，嘿嘿。"

庄钦又是一顿，接着在纸上写下："祝愿媛媛高考顺利，金榜题名。"

坐在回机场的车上，庄钦打开车窗，风吹得他额前的黑发往后飘，露出光洁的额头，眼眸倒映着高速路外流走的枯燥风景，心里想，夏天真的来了。

庄钦回首都当晚就猝不及防地生病了。

上次生病住院，就是在节目组现场晕倒了。

演技派

这回原因也差不多,也是超负荷工作的缘故,庄钦自己心里有数,随便喝了包冲剂,就趴上床,但还不能休息,他生日会就在几天后,因为公司的态度,他的团队现在都差不多散了,很多事情要他自己忙活,好在小连很可靠,指挥后援会粉丝,做好了大部分的准备工作。

玟姐上午看见他去《定东风》剧组探班女演员的新闻了,有动图和照片,两个人有说有笑,标题是"惊!梅清秋庄钦疑似姐弟恋曝光!"

她第一时间打电话骂,听他说话才感觉不对:"怎么回事?声音怎么哑的?"

"没事,拍戏拍得嗓子哑,台词说多了。"

苏玟就没发大脾气,克制地问他探班是怎么回事,庄钦解释是去给屈导当面道个歉:"闹得很大吗?"

"也还好……郑风柏发微博澄清说你是去给他探班的,正好碰上了梅清秋,说话被狗仔拍了。"

"欸?柏哥?"

苏玟一听他语气,就知道他肯定不知情:"话说他怎么会主动帮你澄清?居然没有落井下石,太意外了。你什么时候跟他和好的?"

"我不知道……"庄钦自己也想不清楚,不过他知道,郑风柏其实不是坏,可能是良心发现了吧。

他脑袋钝钝地思考着,感觉转不动了。

苏玟就叹气:"反正解决了就好,我这儿有个演员实训类真人秀的本子,回头发你看看。"

庄钦模糊地记得宋恪给他看的那个策划案,猜测就是这个,他也没问,就应了。

苏玟:"本来说去泰国看看你,我这儿实在走不开,上面又给我塞了新人,我忙得团团转。"

庄钦就怕她来。

看见他拍的到底是什么剧情,自己偷偷改剧本发给她的事可就兜不住了。

"没事的玟姐,我一个人也没事的。"他坚定地说。

"我知道你没问题,可我到现在还不知道你那个剧组底细,什么导演啊,名不见经传的……"

庄钦咳了两声:"我困了。"

苏玟招架不住:"……好了别撒娇了,看你状态也差,好好吃饭,好好休息,我就不打扰你了。"

"拜拜玫姐。"

挂了电话，庄钦躺在床上，开始核实生日会赠送给粉丝的大礼包的细节，让小连联系剧院那边确认，自己也给苏省昆曲剧团的牵线人发了消息确认。

这场生日会从半年前就开始策划了，生日会门票是免费的，但是只有一千个座位，所以只允许铁粉进入现场，这一方面是他后援团和上百个站姐在管。

另一边，李慕买好了回国的机票，正在搜索庄钦生日会的门票购买方式。

结果，压根就搜不到，全网都没有购买方式。

最后他找了半天，看见一个已经关闭的报名入口，还有什么转发微博艾特一位好友抽取三位幸运粉丝（仅限老粉）赠送二十岁生日会门票，备注门票实名认证不可转让。

李慕摸索着注册了账号，按照要求转发@了庄钦本人，完了再去看，发现上个月就抽完奖了。

忍不住要骂脏话了。

他坐在地毯上，被新鲜的猫屎味臭得上楼去，窝在房间里继续研究。

还要进群？

什么1群2群3群4群……这么多个，加哪个？

李慕不厌其烦地下载了QQ软件，花时间注册，申请加群，没想到还得先加外部群，然后通过审核才能进官方内部群。

可外部群一个个都满了，还有验证问题，查了半天，不确定地随便回答了一个，过了会儿就被拒绝了。

答错了？

再次申请。

过了几个小时，管理员回复："小号不加群。"

李慕弄得头都大了，一向引以为傲的智商在这种琐碎的、不理解的规则上，变得不那么好用了。

粉个明星还有这么多事的吗？

为什么有钱会买不到一张门票？

"问个事。"

庄钦看见了李慕的消息，打起精神回复："怎么啦？"

演技派

"生日会的门票怎么买,我有朋友要。"

李慕打字的手指夹杂着不可名状的荒唐和委屈:"他好像进不了你的粉丝群。"

02

李慕的朋友?

生日会?自己的粉丝群?

庄钦这会儿思考不利索,眼睛都快闭上了,慢吞吞地打字:"那个票不是卖的。"

打这么几个字就累到了,换成了语音:"票是免费的,群里应该也买不了,我也不太清楚。你朋友我就送一张给他,我去问问怎么弄一张。"

李慕听他说是免费票,重点却歪了:"声音怎么回事,生病了?"

庄钦去问了回来,回复说:"没什么事,我问了,因为是赠票所以审核比较严格,是实名制的,需要身份证号。"

"没有生病为什么声音哑?"又哑又疲惫,鼻子可能堵住了,又瓮声瓮气的,整个人的状态听起来就很可怜。

"没什么的,就是困了而已……"庄钦不知不觉地,眼睛也闭上,感觉没力气睁眼了。

"去睡了,不要跟我聊天了。"

李慕也发了一条语音。

庄钦闭着眼点开听了,也听不出什么,只觉得他比平时温柔许多,便回他:"那我就去睡了,你朋友如果是外国人,没有身份证的话,到时候就直接从后台进来吧,我给他发工作证。"

结束和李慕的对话,庄钦一时半会儿也还睡不了,他整个人窝在被窝里,在不通风的密闭被子里发消息,小连找他说团队账目不够开销了。

他的团队,目前不剩什么人了,而团队的开销就是日常的水军营销,工作订票,以及这次生日会筹办需要的成本,这些都是庄钦的私人账户里转过去的。

去年一整年他都在拼命工作,在经纪条约上的分成苛刻的情况下,也赚了不少,但开销也很大。

比方说生日会的筹办,因为不收取门票,很多就得自己掏腰包,保利剧院的一整天的租借费用，赠送给一千多个粉丝的大礼包要花心思设计，每个礼包成本是600，卖价却接近2000，这加起来就几百万了，还有杂七杂八的各种费用，庄钦自己也不太清楚。

给团队账目转账的时候，庄钦收到短信消息提示，才知道自己没多少钱了。

从对赌合约即刻生效后，他接下的所有工作都算入两亿的范畴，按照合约要求自己能自由支配其中的百分之五十，另外一半只能在两年后合约终止那天，对赌成功后提出。《藏心》的片酬是一千万，庄钦全部投资进入电影后，自行转了五百万到公司账上。

至于剩下接的工作，几乎可以忽略不计。

他感觉头更疼了，一方面住的这个房子也要到一年之期了，现在和公司闹成这样，他同时又在物色新的公寓，想买一套自己的小房子；另一方面两亿的对赌压在头上，私底下他也在接触导演，想接点片子，片酬高的本子又看不上，片酬低的填不了这个无底洞，算来算去，还是接代言最快。

小刀也说要回国，现在已经不回消息了，说不定人已经坐在飞机上了。

庄钦浑浑噩噩处理着杂事，也没处理完，就累得睡过去了。

李慕在通信录里翻了翻，没找到庄钦的助理。他认为无关紧要的人，连个号码都不会存。

给郭宝箴发了消息，李慕从他那里拿到了小连的电话，给对方拨了过去。

小连这里倒是存了李慕的电话，是从庄哥那里拷贝过来的，但是从来没有打过。

接到来电他很意外："李总？"

李慕说："你和庄钦在一起吗？"

"没，我在外面办事，庄哥在家。"

"他可能生病了，你通知一下他家人，去看看他。"李慕自从前两天听见邱明提到两亿的对赌合约，就觉得很不放心了。想到他是一个人住，生病了都没人照料。

"啊……我不知道！我忙晕了，我马上就去。"

"他家里人呢？"李慕站在露台边，低头看着泳池里划水的邱明。

"他家人都在美国。"小连说，"他这几天是太累了，是我的疏忽，谢谢您的提醒！"

家人在美国……李慕想到上次庄钦有提到，说去明尼苏达州看望师父和师娘，师伯在那边创业。

那父母又去哪里了，也在美国？

演技派

"你很忙吗？"李慕随口问了句，"我知道他家里人，他师父在国外，没有别的亲人在首都吗？"

"都在国外。"小连不会跟他说那些，他嘴很严实，他再次感谢李慕的提醒，"因为过几天的生日会，有很多事要忙，我现在就打车过去看看他。"

李慕："你找个医生过去，有熟悉的家庭医生吗？"

"这个倒没有……公司好像有这个服务，我马上问问看！"

李慕："我叫一个过去。"

随即，他打电话给航空公司改签，通知郭宝箴修改拍摄计划，准备提前回国。

考虑到国内天气不定，李慕抓了件外套，外套兜里放着证件，他带上手机和充电器，以及之前就准备好要送给庄钦的生日礼物，下楼了。

从泳池里出来，邱明看他一副要出门的模样："上哪儿？"

"回国。"

"……回国干什么？"

"不关你事，"李慕预约了车，"小明，这几天别走，帮我照顾好酸奶。"

"你的猫？可是它拉屎好臭。"邱明嫌弃，看他行色匆匆，"行吧……有需要帮忙的就给我说。"

听到这里，李慕想到了什么，问道："有悦动传媒这家的收购策划案吗？"

"悦动传媒？听起来有点耳熟，让我想想……"邱明最近接触了大量的娱乐公司，已经收购了几家，这些大同小异的名字在他看来没什么区别，有些难以分辨。

"想起来了，这不是庄钦的公司吗？我好像从这家挖了个金牌经纪人过来，但是收购方案还没做，你想收购这家？这家的规模，不是很好办啊……"

"收购的方案不用着急，"李慕说，"先帮我查一下庄钦合约的问题。"

李慕出发去机场，邱明迫不得已开始捏着鼻子铲屎。

黄金海岸小区，17楼，庄钦的家里。

医生提着医药箱上门来，小连带着医生上楼，进了庄哥的房间。

"他发烧了。"医生看一眼就知道，用电动的体温计在他脑门上挨了一下，"是低烧。"

小连忧心道："那要打针……或者输液吗？"

"暂时不用，我开点退烧药，吃了看看情况。"医生说，"没什么大碍，注意窗户保持通风，但不能直接吹风，吃上面也要注意，要吃清淡的，忌生冷和辛辣刺激……"

医生交代了一通,小连全都记下了,把医生送走,小连开始给他准备晚饭,收拾餐桌看见他早餐只吃了麦片和沙拉。

庄哥不是不会下厨,是他做东西怎么都不好吃,小连要么过来给他做饭,要么帮他订餐送到家里,但这种情况都少,因为过去一年多的时间里,大部分时间小连跟着他在全国各地跑。

李慕飞机落地是晚上九点多,他没有行李,出关很快,打开手机,是邱明发过来的消息,还有庄钦的助理回了一句:"庄哥是低烧,没事了。"

李慕提前就叫来了自家的车,司机也是家里的,管他叫"少爷"。

李是一个很大的姓氏,在他老家李家渡这个地方,从旧社会传承下来的大宅子,还沿袭了古老的做派与称呼。

他爷爷是商人,外祖父是文人,李慕自小就跟着外祖父在学习,所以他骨子里有诗人般的天真烂漫。

在飞机上的五个小时,李慕就在想,自己怎么这么冲动,没有任何道理。

坐在车上,他打开邱明的消息,邱明给他发了几张聊天记录,里面是在聊庄钦的合约问题。

里面那个目前已经离职的知情人说:"是,他签约的时候还没火,签的是C类合约,就是跟公司分成是三七分。"

"他拿三成,公司抽七成走,然后助理的工资也是他出。

"我走的时候,听说了对赌的事,他也是傻,自己什么资本都没有竟然敢签,恐怕会被吃得连骨头都不剩。

"他没什么心眼啊,我没怎么跟他接触过都知道。

"最近有个节目开价挺高的,好几千万吧,来接触他的经纪人邀请他,高层说不行,要捆绑公司里几个新人一起才同意,捆绑后钱内部分,可能就剩个八十万一百万给他,你说他拿什么跟公司那群高层打?心眼都不会耍。

"是对他不太好,不过公司里艺人大部分都是这个待遇,也没好到哪里去,外面其他的公司也都这样,差不多。不过他运气不错,有红的命,如果跳槽待遇肯定能提升不少。但这个对赌太可惜了,肯定要被玩死了啊,怎么可能让他白白拿走两亿解约。

"这么说吧,那些高层有上百种方式玩死他。"

演技派

被邱明挖过去，原属于悦动传媒的知情人，就说了一些他知道的内幕。

或许也称不上是什么内幕，是很多人都知道的事。

但李慕之前是不知道这些的，不知道他身上其实有这么多麻烦。

不过最近一个月里，他的确感觉得到，庄钦是在高压工作。

小连接到李慕电话说让自己下楼来帮他开门的时候，都蒙了，李慕人不是在泰国吗，怎么就回来了？

但因为他帮忙叫来医生的事，小连对他态度还不错，下楼来接他，还偷偷看了眼四周，生怕有狗仔埋伏。

他仔细地扫了一圈，李慕问他在看什么。

"那些娱记很烦人的，不过你是男的，拍到也没事。"

刷卡进电梯，李慕问："他住这里，经常有娱记偷拍吗？"

"也不是经常啦……小区安保还不错的，就是庄哥身上有绯闻，怕他们跑来探查情况。"所以他连垃圾都不敢丢，怕狗仔翻。

"绯闻？"

李慕显然是不知情的。

小连："李总你是不是不爱上网啊？"

"不常关注这些。"李慕拿出手机搜索，电梯到了，小连突然想起什么，问："对了，李总你怎么回国了，怎么知道庄哥住这里？"

李慕简短地答："有事，来过。"

来过？什么时候？

小连诧异，又扭头去看他，李慕的侧脸轮廓和喉结，在灯光下显得近乎完美，接近于俊美的雕塑。

李慕搜到了今日的娱乐版新闻。

#梅清秋的新欢竟是当红小鲜肉？！庄钦深夜连发两条动态秀恩爱#

#十二岁年龄差姐弟恋！庄钦和中年女友甜蜜旅行……#

#网友：梅姐求保养秘籍！#

都是什么跟什么，李慕跟不上这些报道的节奏，一看评论全是乱七八糟的字母缩写，就更莫名其妙了。

小连拿钥匙开门，李慕问了句："这些是假的？"

"当然是假的。"小连给他拿鞋套，气得磨牙，"庄哥去剧组是找导演道歉的，这些媒体一个比一个会编,开局一张图,剩下全靠编。"

"找导演道歉?"

小连意识到自己可能说得有些多,就含糊地解释了两句:"庄哥和那个剧组的导演闹了点不愉快而已。"

李慕敛眉,看楼下没有人,问了句:"他睡了吗?吃药了吗?"

"刚才醒过来,喝了粥,药也吃了,然后上去睡了,还有一道药没吃呢,不过也差不多退烧了。"小连说,"现在庄哥在楼上休息……"

他说完觉得有些尴尬,不知道该不该带李慕上楼,于情于理,人家特意过来看了,总不能把李总赶走吧,毕竟也是一片好心。

小连想了想,道:"我带您上去看看?"

李慕点了下头,借用他家开放式的厨房洗了手,才跟着上楼去。

上回来,他就在楼下活动没有上去,小连走路步伐很轻,李慕也不由得放轻了,怕吵他睡觉。

房间里没开灯,小连打开门让他看了眼:"在睡呢。"

黑漆漆的什么也看不见,就看见一张被子,把人盖得都没了。

"什么时候醒的?"他声音很低。

"三个小时前醒过一次。"小连抬头看他,"好了,庄哥没事的,您是大忙人,要是有事的话,就去忙……"

言下之意是请他离开了。

"没事,我不忙。"李慕望进房间,"你不是有工作忙吗,你去忙吧,我看一眼他就走。"

03

小连见他胳膊上挂着外套,手里还提了东西,想他应该是等会儿有事。

那么怀疑了一下,才看在他是庄哥的同事的分上,放他进去:"小声一些。"

李慕顺着门透的光,走进去。

本意也只是看一眼,哪有来看病了,人没看见的道理。

他站在床边,看见庄钦的半张脸都被被子遮住,因为光线昏暗而看不清脸色,

演技派

却能看出此刻的他并不好受。

呼吸都闷着，能好受才怪了。李慕蹲下，伸手把他的被子往下掖了掖。

小连差点就冲进来了："你干……"

"嘘。"李慕站起，最后看了眼他，走了出去。

房门被掩上，两人下楼。

房间里，庄钦翻身，迷糊地睁眼，看见天色昏暗，把耳塞摘了。

他看了眼床边的手机时间，有几条消息，他先看了小刀的，小刀是三个小时前，自己刚睡下的时候发的信息，还有未接来电，却因为他手机静音而漏接了。

"师哥，我到了……可是我发现一个很严重的问题。"

"师哥，我好像不知道你家住哪里。"

"你应该住公司附近？"

"师哥你睡了吗？"

十分钟后。

"我先打车去你公司啦，等你醒了记得回我！"

庄钦正准备回复，却听见了楼下的动静，似是两人在交谈。

欸？

他揉揉眼睛，从床上坐起，也没穿拖鞋，直接打开门出去，从二楼向下望："是小刀来了？"

"庄哥你醒了啊？"正在听李慕交代照料病人须知的小连抬头。

庄钦和下面的李慕对视上，以为自己眼花，又揉了揉眼睛。

那个能把斑马纹T恤和破洞低腰牛仔裤穿出顶奢秀场味道的男人不是李慕是谁。

"你怎么……来这儿了？"

"顺路。"李慕看着他穿一身薄的棉质睡衣，领子很宽松地露出锁骨来，就怕他着凉，"过来看看你，你穿得太少了。"

"这都要六月了……"庄钦下楼，李慕看见他不穿拖鞋，又说他："你生病了，把鞋穿上。"

"刚刚就退烧了，小事。"饶是如此，庄钦还是去把拖鞋穿上了，顺手给师弟发了地址。

小连去给他热粥，李慕和庄钦就坐在沙发上，李慕除了关心，也想不到要说什么，因为他们的话题除了剧本似乎就没有其他了，他甚至根本就不了解在片场之外的庄钦。

而李慕也不想显得过于关心了。

"你声音这样了,过两天还要演昆剧吗?"李慕看他尽管精神不是很好的模样,可眼睛依旧黑亮,里面蕴着光。

"过两天就好全了。"他哑着说,"对了,你问我要的票,那个我给你工作证吧,你给你朋友就好,可以直接从后台进来的。"

李慕点头,庄钦又问他地址:"我手上没有,我给你寄过去,你回国来,要待几天?"

"几天。"

庄钦:"……"

李慕含蓄道:"或许可以正好和你一起回剧组。"

"我去泰国的票还没订,到时候我再提前问问你,可以就一起买票了。"粥热好了,小连让他去餐桌那里吃,庄钦起身:"现在已经很晚了,你还是住的酒店吗?"

"嗯。"他在首都是有房子的,以前外祖父还在大学当校长时的四合院,他父母也在三环有一套别墅,李慕自己名下在市中心有一套大平层,但因为很少来这边,就一次都没去过。

李慕住酒店,不过是出于方便的考虑,毕竟是家里的。他跟着起身,顺手把手里的手提袋给他。

"给我的?"

"给你的,是生日礼物,过几天再拆开吧。"

李慕虽然打算去他的生日会,但并不打算声张,他只不过想听一下传统的昆剧罢了。

"谢谢你,"庄钦接下,有点不好意思,就也拿了一个礼盒给他,"这个给你,别嫌弃,拿回家玩。"

两人互送礼物,李慕看见袋子上印了设计的图案,沉甸甸的,还有庄钦的名字,不知道是什么:"是你生日,怎么还给我送东西?"

庄钦:"不是什么贵重的,小玩意儿。"这是他过几天要送给参加生日会的粉丝们的贴心大礼包,是他半年前就参与设计的礼物。也是小连今天下午特意给他拿过来让他看看的,庄钦还没来得及看。

李慕点头,接过来,没推辞。

演技派

庄钦:"你吃饭没有?"

李慕说吃了一点。

庄钦:"要不要跟我一起喝粥?"

李慕看他粥不多,怕他吃不够,就说不必。

"那我送你下去?"

"不用,我知道路,你吃饭。"他礼貌地道。

庄钦说没关系:"我师弟快到了,我正好得下去接他……我穿个衣服,你等等我。"

庄钦噔噔地跑上楼去,火速换了衣服,在夜里也不忘戴上帽子。

两人下楼去,李慕垂首看他:"你身上有绯闻,不怕被拍?"

"你也知道了?"

"刚听你助理说的。"李慕装作不太清楚的样子,"去剧组给女明星探班?"

"其实有别的原因,然后说去给她探班而已,结果不小心被拍了……"也怪他大意,毕竟这几个月也没怎么遇见过那种穷追不舍的狗仔。

"网上说的恋情,都是假的了?"

"当然假的啊。"庄钦就笑,"我跟谁多说句话,或许就笑一下然后被拍了,只要他们想炒出绯闻,就能炒出来。每次连我这个当事人都要信以为真了。"

他身上是难免有一些绯闻,但都因为没有后续证据,被粉丝誓死捍卫,让那些蹭热度的营销号滚回了老家。

"比如现在,我们这样从我家出来聊天,要是被拍了……"两人正好走出去,庄钦对镜头敏感,似乎有所感觉,侧头朝某个方向看了一眼。

"现在被拍了没事,"庄钦收回目光,"但等明年我们的片子上了,可能会引发一些小问题。"

李慕脚步一顿:"那边有狗仔吗?"

"哎,没事,你别看他们,虽然我也很烦这样被拍,但也没办法啊,我要骂他了,回头就曝光我骂人。"他稍微把帽子往下压了压,天生喜欢镜头的人,却很畏惧这样情境下的镜头。

李慕蹙眉,忍着没有过去找麻烦:"那你该换个房子了。"

"我这里租约也要到期了,正准备换,不知道换到哪里去,还在看呢。"庄钦说完就接了电话,是小刀师弟。

"我马上出来,你带了很多行李吗?"

李慕听他讲电话,在心里想他师弟是多大的小孩子。

只是出去看见了,才发现是个和庄钦差不多大的男孩,甚至看起来还要年长一两岁,神采飞扬,英姿勃发。

"师哥!!"小刀要冲上来抱他了,庄钦往李慕身后躲:"别来,这周围有狗仔队。"

小刀:"……"

他拖着一个29寸的大行李箱,注意到了李慕,感觉不像是助理保镖,就多看了一眼:"这些狗仔怎么这么讨人厌!"

李慕的司机开着车从停车场出来,到小区门外停下。

他的车低调不起来,很显眼,庄钦一指:"慕哥,那是你的车吗?"

"是。"李慕对庄钦颔首,"接到了师弟,就回家去吧,我离开了。"

庄钦说拜拜,目送着李慕上车去,又跟他挥了挥手。

师弟瞅着那车,很警惕地问:"这是谁啊?"娱乐圈这些乱七八糟的事,小刀整天都在网上"吃瓜",还加入了庄钦的粉丝群、对家群,闲来无事吹师哥,在对家群里当卧底。

"你不认识,和我在一个剧组拍戏的演员……我帮你背包。"庄钦道。

"不用了我自己背……那他来你家做什么?"

"对台词而已。"

"哦。"他放心了,"师哥,你有房间让我住吗?"

"有。"

李慕在车上,打开了礼物盒。

盒子是用心设计的,质感很好,外包装印了一句英文,大意可以翻译为"你是我眼里的光",另外还有庄钦签名的工艺设计,在昏暗的车内倒映着镭射的光芒。

打开这个比一般鞋盒还大一些的盒子,看见里面分为两个部分,一个方形,另一个很窄,一个个地拆开,其中小的那个是手表,图案是卡通简笔画,设计很简约,透明表盘下的线条有点毕加索的味道。

李慕对这个品牌有些印象,上次在商场看见过大屏广告,似乎是庄钦自己代言的。

手表上还有一些小细节,都在彰显着送礼物的人的身份,而底部有庄钦名字的缩写。

李慕感觉到这个礼物的用心。

尽管手上已经有了手表,但他还是把自己的摘了下来,换了送的塑料壳手表戴上，心里很高兴。

另一个盒子是有些大的，李慕打开看了眼，没弄明白，不过他找到了一张说明书，表示这是星空投影仪，用光盘播放的，要求是在黑暗的房间内操作。

李慕就关了盒子，打算回去再玩。

一路上，他都在看那个表，研究功能。

嗯……表针是有荧光的。

大概是因为前座和后座之间的挡板是关上的，反正司机看不见，他也没有隐藏对手表的好奇，还抬手凑到耳边听了听秒针走动的声音。

……似乎是静音的。

李慕打开手机，想了想，没有给庄钦发消息，转而给邱明发了一条。

"查一下悦动那家公司的股东，一个一个地查，有股份可以高价买，再收一些散股。"

邱明："收到。"

李慕到酒店，办入住，进房间。

酒店送来晚餐，他一个人吃了一顿烛光晚餐，餐盘收走，香薰蜡烛还亮着火光，李慕在灯光下花了一分钟就把这个星空投影仪的用法搞明白了。

他把光盘放进去，打开了开关，调整焦距。

灿烂的星河在整个黑暗的房间里亮起，倒映在李慕眼中，一条白色流星快速地划过，整个投影仪的逼真度做得不错，有一眼惊艳的真实感。

不是什么太贵重的东西，可是他感觉到了庄钦的认真，是认真挑选的。

流星再次划过，李慕仰着头，手掌放在脑后，投影照耀在他的脸庞上、身上。

随即，李慕看见一行花体的英文字逐渐浮现。

大意翻译是："和你相遇，我是如此的幸运。"

署名庄钦。

04

虽然新手表和他的气质不大符合，但挡不住李慕喜欢，故而把那枚旧的、戴了许多年的保罗·纽曼迪通拿摘下，由于人在外地，住的酒店，一时也不知道该放在哪里。

这么想的时候,脑海里思索着,要不然送给庄钦?

对方都给自己送了这么用心设计的手表了,自己也得送个用心的……不过这是自己戴过的古董表,或许他不会喜欢,那就买个新的?

李慕发了一条信息给庄钦:"你送的礼物,我很喜欢。"

正在剧院里彩排《南柯记》的庄钦回到后台看见消息,回复:"哈哈哈,喜欢就好。"

配图一张猫咪卖萌表情包。

李慕问他在做什么,那头回复说:"在剧院彩排呢,不过现在正在中场休息。"

李慕抬手,挽起袖口,拿着手机拍了一张。

"我换下了我以前那个。"

庄钦:"嗯,好看!"

这个手表的厂家是他代言的品牌,半年前定下方案后,这批手表就作为赞助赠送给庄钦,不过要在生日会上插播手表的广告。

该品牌日常的售价在一千块左右,品牌方准备在生日会过后,就上架这款设计作品,作为限量联名款销售,价格也会相对优惠一些,预计会迎来一波疯抢。

李慕左等右等,还是没等到,就又发了一条:"星空仪很漂亮。"

"对哒,我也超级喜欢,昨晚上我也用了。"庄钦一边背昆剧的剧本,一边抽空回复他,李慕的回复速度有些慢,但并不影响什么。

"你的心意我收到了,谢谢。"

"不客气,不过你送的礼物我还没拆,明天生日再拆。"

又配了一张满眼爱心求抱抱的猫咪表情包。

生日会当天。

上午,庄钦开始穿着常服彩排,下午四点,大量拿着应援牌的追星女孩,已经集中在崭新的保利剧院之外,热火朝天地讨论着自家"墙头",讨论着都是怎么千辛万苦,才最终幸运地拿到了赠票的事。还有一些没拿到票的,得知了在追星这件事上,她们的热情是一致的。

剧场外的超大海报是一张全新的硬照,庄钦的半张脸用油彩上了妆,眼睛吊起,厚重的黑色油彩在眼尾向上扬,脸颊傅粉,另外半张脸是没有上妆的,气质完全不同,眼睛黑亮、干净而毫无杂质。

粉丝站在底下狂拍不说,还和立牌各种强行合影,剧院外设有凭票免费领取酸

演技派

奶、饮料和零食礼包的摊位，另有几家快餐店，此刻也是人满为患，大部分都穿着统一的应援服，还拿着代表城市的发光板，什么成都后援团，广州后援团……目不暇接。

李慕是自己开车过来的。

开车路过找停车场的时候，他大致看了下，发现都是一群相当年轻的女孩子，也有男生，但非常非常少，李慕把车停在路边，都不知道怎么下车。

他手里有庄钦两天前寄到酒店的工作证，可以凭借这个从后台进去，也给他安排了座位，只需要后台进入，然后到观众区坐下即可。

李慕抬起手看了眼新手表校准后的时间。

五点半。

官方公布的时间是六点半开始入场，八点半结束。

他从来没有参加过这样的大型追星活动，曾经连毕业舞会都是提前离场，只因很不喜欢人多吵闹的场合。

现在居然主动来了。

李慕给庄钦发消息，那边回得很慢，庄钦说："师弟在给我上妆，眼睛要闭着。"

"你师弟也要演出？"

"是，他跟我同台。"

李慕之前做过功课，查过《南柯记》的背景，是个悲剧故事，汤显祖根据唐传奇中的《南柯太守传》改编，用大量笔墨展示了淳于棼与公主梦境当中虚幻的爱情。

李慕："你演的角色是男主角，还是公主？"

他想到庄钦的师弟，似乎更高也更壮一些。

庄钦回复："师弟是反串。"

他也不是没有反串过，只是考虑到可能直播会被人拿来做文章，哪怕闺门旦的扮相一定更惊艳，最终也选择了演小生。而且淳于棼的境遇，也能把握得更准确。

小刀也很少反串，这回是为了跟师哥同台拼了，化闺门旦的妆，戴假发，贴一整套的古董头面。

两人真正在舞台上演出昆剧的次数很少，《南柯记》是早年间师父和师娘排的，也教给了戏班里的学徒，但却没有登台机会，因为当时已经没有观众了。

庄钦记得最后一次见到师父和师娘登台，是在只有一个观众的场演完《锁南枝》，观众离场，戏院一个人也没有，只有两个人在雾蒙蒙的戏台上，演绎着悲欢离合、人生如梦。

那时候还不懂，年幼的他只是莫名地感受到了悲伤，长大了才明白是为什么。

六点十分化完妆，又花时间换衣服，庄钦面对化妆镜，整理身上价值不菲的珍贵戏服。

他的妆称之为俊扮，是清水脸，描眉勾眼，眼眶染红，眼梢吊起，眼线上扬——在近代昆剧表演里是很淡的妆容了。

小刀的妆就要艳丽得多，他本就不女气，五官是英俊气，帮他化妆的昆剧团的化妆师都在笑，说你俩演反了："庄钦老师的脸更明艳，适合反串，声音也柔一点。"

各部门就绪，舞台早已布置好，粉丝陆续持票入场，通过扫脸验证和安检后进去，找到座位后，每个座椅上都放了一个手提袋。

"这是送的吗？"有人问。

"是，是庄钦特意给粉丝准备的礼物。"工作人员回答。

"天啊，这么大的盒子！"

"可以拆开吗？"有粉丝问。

工作人员提醒："当然可以拆，不过离场的时候记得拿上。"

还有人问："我们给弟弟买了礼物，怎么送给他？"

庄钦的粉丝群体，十几岁的居多，但能在这个时候跑来首都参加他的生日会的，大部分都是大学生或工作人士。

人在泰国铲猫屎的邱明，刷到了一条朋友圈。

备注为方女士的他母亲，拍了一张和庄钦立牌的合影，身穿应援服，手持生日会门票，烂漫笑容如同二八少女。

配文是："来庆祝崽崽二十岁生日！"

邱明惊得不行，又觉得好笑，这个追星的劲头，比逛街打牌还热情。

六点半，剧院外人已经很少了，有几人不知道票丢在了哪里，正在外面翻包，急得快哭了，工作人员正在安慰："再找一找，不着急，还要等二三十分钟才开场呢。"

李慕持着工作证，低调地从后台入口进去。

他戴一顶帽子，下半张脸用口罩遮住，除了高大的身材显眼，没有特别的。

进入嘈杂的后台，候场正在准备的是昆剧演员，还有其他伴奏师以及伴舞，李慕环顾一圈，才从一大堆的昆剧演员里找到主角。

身上穿的是苏州戏衣，最好的苏绣工艺，全在那身薄粉色的戏服刺绣花纹上了。

演技派

但李慕的角度只看见一个安静的侧颜,那侧脸弧度精致到极点,也不说话,然后他就看见,演旦角的、应该是庄钦师弟的那位,端着插着吸管的饮料杯喂了他一口。

庄钦喝了一口就摆手表示不要了。

上台前半小时不说话,这是习惯。

灯光暗下来,演员要上场了。

李慕这才绕一圈,从侧门入场,在昏暗的剧院厅里找到座位。

四周黑压压的都是人,这种环境让他有些不舒服了。

落座后,李慕注意到了放在座椅上的手提袋,印着颇为眼熟的花纹。还没来得及细看,全场熄灯。

在倒计时的嘘声里,幕布缓缓打开,伴随着全场的尖叫,应援灯牌全都亮起,箫管的伴奏师坐在侧面舞台,一整个伴奏团里,有月琴、笛子、笙及琵琶筝瑟。

剧院大舞台上,先出场的是小刀演的公主,尖叫声停了几秒,妆容缘故,大家也不知道是不是庄钦,有人认出:"好像不是庄钦弟弟……"

"但这个好漂亮……"

昆剧是什么,大部分的粉丝都不清楚,如果不是受"爱豆"影响,或许一辈子也不会看一场这样的演出。

"应该是男的吧?"

小刀英俊的五官被艳妆削弱了雄性气息,可仍然透出身上的男性特质,不过唱腔足以柔美,以假乱真。

看过《南柯记》原著的李慕听出来是《瑶台》,唱了两分钟,灯光变幻,侧面幕布后,又走出一佩戴冠巾的演员。

庄钦露正脸,亮相,眼神落在观众席,转向舞台,面对师弟张口唱出台词,水磨小调很软,因为是小生,听在耳朵里又清亮又绵软。

"梆!"伴奏师敲锣。

他的扮相太好看了,妆容淡更突出五官的俊俏明艳,平时温和的气息,仍在这个人物上保留了几分,堪称面如冠玉。

场下几声尖叫,但很快就下去了,没人想破坏演出。

现实中的淳于梦是落魄的,从他醉里醉外的失意唱词便可听出,因得罪了主帅辞官,过着与酒为伍的生活,他对现实有着满腹牢骚,饮酒无度。这种颓废的生活中能得到只不过是更大的空虚……可在难辨真假的梦境中,却对梦中的人产生了感情!

一场戏演完接另一场,十分钟后,直接跳到最后的独角戏。

走出梦境中的大槐安国的淳于棼不愿与梦中的一切一刀两断,梦中的虚幻延伸到了现实,他眼神悲怆、惊惧,或许是现实中的一切让人失意,甚至已经到了惧怕的程度,也或许是梦中所经历的一切太过真实,以至于庄钦难以割舍:"[生升阶介][望见榻作惊介]不要近前,我怕也。"

这时,他已经和人物内心合二为一了,那种害怕的情绪,所有人都能看到。

他留恋梦境中的荣华富贵、天伦之乐,回到人世后,仍对梦中的一切强烈眷恋,想要回到那时。

观众席上大部分的粉丝,提前没有做功课来听,或许不清楚这出戏的背景和意义,却能感觉得到舞台上的庄钦试图传递的强烈情感。

有感情充沛的,莫名地被感染,开始擦眼泪。

整出戏不过短短十几分钟,却演尽了一个悲剧的镜中之像,人生很多的欲望,在自然大道中只不过是一个又一个的幻象。

庄钦停在舞台上,戏该落幕了,他站着出神,久久不能从里面逃出来。

李慕虽然听歌剧,舞台剧,但几乎没看过昆剧。

庄钦的表演大大出乎了他的意料。

他自然发现了庄钦的异样,在这么多人面前走不出戏,直到师弟上台来,提醒了他一下,方才醒神。

师哥师弟二人面对观众席鞠躬谢幕,庄钦说:"这是我第一次在这么多人面前演昆剧,很紧张,谢谢大家的捧场,也谢谢苏省昆剧团演员的付出,谢谢我的师弟今天特意反串和我演这场《南柯记》——"

台下忽然有人喊:"钦宝!生日快乐!"

异口同声的生日祝福响起,喊什么的都有,庄钦心里汹涌的情感止不住了,又一次鞠躬感谢。

"我下去卸个妆,等会儿上来跟大家见面。"

"我爱你!"有人喊。

庄钦和师弟下台,观众席上的灯光便亮起,工作人员上来收拾布景的砌末,李慕的眼神还停留在化妆间的那扇门上。

这种人生的大悲剧有很深刻的、超越现实的意义,不知道是不是错觉,或许只是庄钦太入戏了,李慕认为,这小朋友身上似乎天生就带着让人怜悯的悲剧色彩,仿

演技派

佛受尽了磨难,可庄钦不过二十岁,又有什么磨难?

有时候拍戏也能感觉到,他眼睛是明亮的,但情绪总是安静低沉的,李慕心忽然抽了一下,升起一种怜惜他的冲动。

想着这个问题,同时也注意到周围人拿出了手提袋里的包装盒。

非常熟悉的盒子,大小、上面的印花、那句英文"你是我眼中的光",都和庄钦特意送给自己的一模一样。

"哇,这手表好可爱!"

李慕听见有个女生的声音。

抬头去看,看见她从盒子里拿出白色的卡通表,戴在手上。

环顾一周,四周的小女生纷纷掏出盒子里的小礼物:"手表是弟弟设计的吗?好特别啊!"

"这牌子不是弟弟代言的吗?我记得好贵的……天啊!"

"这个星空投影仪!是不是日本那个牌子,我看见有博主'PO'过,超漂亮的!"

"好感动,太有心了啊啊啊啊,我爱弟弟!!"

"你们是我眼里的光。"有人念出包装盒上印的英文句子。

05

庄钦在后台卸妆的那几分钟,上台唱歌的歌手是他的一位朋友。

全场灯光都暗下来的时候,没人注意到有人已经站起离场了。

李慕的确对人多吵闹的场合喜欢不起来,听歌剧坐在楼厢,倒也不至于吵,也可以忽略其他观众。但周围女生的尖叫声一个比一个高,如果不是为了听庄钦唱昆剧,他是不会来的。

他拿着工作证绕到后台,看见庄钦已经卸完妆,换了一身红色的服装,准备上场。那衣服或许是工作人员帮他准备的,红色丝绒材质,款式宽松轻薄,露出清晰的锁骨,衣服表面还镶了一些碎钻,在灯光下不时折射出碎光。

李慕站在远处,看他似乎正在背歌词,助理在帮他检查身上的耳返录音等设备,不知道是又化了新的妆,或是方才的妆容没有卸干净,眼尾仍然蕴着红。

李慕在原地站着,看见庄钦上台,歌手下台。

第七章

"大家都收到礼物了吧？"庄钦的声音从隔壁的剧场音响传来，有些不真实。

李慕下意识低头看手表。

"收！到！了！"全场异口同声。

"是送给你们的儿童节礼物。"

这时工作人员把蛋糕推上了台，李慕听见他说："原来我也有礼物。"

他站在幕后看，庄钦在那么多人的注视下吹了蜡烛，许愿，大家又一起说生日快乐，很其乐融融的画面。

李慕离场时，听见庄钦唱歌的声音，他不是专业歌手，唱歌还有点跑调，但声音特别好听，歌声温暖动人。

脚步顿了一下，随即就看见几个人推着车进来，挨个给后台工作人员发蛋糕，说："庄老师给大家买的，每个人都有。"

"每个人都有"这句话，一下戳到李慕的痛处。

脖子上挂着工作证、正准备离开的李慕也被强行发了一盒小蛋糕。

李慕不爱吃，拒绝表示不要，从后台出去，他回到停车场，坐上车却没离开。他记得之前有看见说生日会将在某个平台直播，李慕下载了APP，充值了会员才能看直播。

直播要延迟几分钟，正好播到他唱完这首歌，舞台上方降落玫瑰花瓣雨，过了有好几十秒，他一直独自站在舞台中央，整张脸在舞台打光下显得精致立体，最出挑的是眉眼，尤其是眼睛，是最动人的。

台下尖叫声不停，他也一直不动，握着话筒说："下面这首歌，送给一个重要的人。"

重要的人？

李慕把音量调大了。

"送给最重要的——你们每一个人。"

李慕关掉手机。

生日会结束了，李慕还上网搜了一下，发现有大量的粉丝在晒礼物。

各式各样的配图，各式各样的表白。

"还有蛋糕送！！！哥哥不要门票钱，居然还送这么多东西……"有人晒了蛋糕的图片，蛋糕很小一个，上面写着6.1快乐[心]。

"那个星空投影仪网上要一千多，这个手表也要一千块，加上送的零食、蛋糕……我好担心弟弟亏钱啊……"

"我发现了彩蛋！！这个星空投影仪你们用了吗？？我看见这个是特别版，就是有一张盘是特别定制的，我就放了看，果然发现了一句彩蛋，但是太快了不好拍照，就是有一句英文告白是藏在投影里的，不注意看都看不见，我看了好几遍，确认这句话的意思是'遇见你很幸运'！！！我想知道只是我有，还是大家全都有？"

下面有了几条没能到现场的粉丝评论："我好羡慕啊啊！！"

"酸了。"

"高价求，博主出吗？"

"姐妹，不是我打击，那句话应该是'遇见你们很幸运'的意思吧？醒醒！我看见官方都发了。"

"PO 主"回复："我不管，这句话就是说给我听的！不要叫醒我！！"

李慕在浴室冲澡的时候，庄钦还没离开保利剧院。

今天来的粉丝其实都很有素质，但外面可能守着一些疯狂的，工作人员担心他的安全问题，先派了几拨人开车离开，兵分几路引走了大部分的粉丝。

庄钦换了一身最朴素简单的衣服——今天现场光是衣服他就换了七八套了，歌也唱了好多首，还有舞蹈表演，加上下午一直都在彩排，现在整个人都累得直不起身，连说话的力气都没有。

在车上和师父师娘打了一通长达四十分钟的视频电话，挨个回复朋友圈好友的祝福，微博上的祝福他就不用管了，是玟姐在用他的账号。

晚上十一点半，庄钦到家。

他这一天收到了不少礼物，大部分都寄到了公司去，几个工作人员检查过后，小连送了一部分到他的家里，大多是信，或者自己做的小礼物。

检查的时候工作人员非常谨慎，比方说信，会有情书疯狂示爱或恐怖信，这些都会直接处理掉。

还有些会送很不干净的东西，有的布娃娃会被特别检测，怕上面有监听或针头监控，这些都不会拿给庄钦，至于食物，工作人员确保安全后会给他带过去一点，知道他不会吃，而非常贵重的就联系退回了。

小连走了，家里只剩庄钦和小刀。

小刀不知道送到他家里的这些礼物已经是检查过的了，在疑神疑鬼地帮他检查、试吃。

"没有毒的,不用吃得那么小心。"庄钦看他吃就弄一小点,在舌尖上尝,一副要中毒的模样。

庄钦不想让小刀担心,就说:"没有那么夸张,你别上网看那些乱七八糟的。"

他走过去,拆了一份礼物,然后突然想起什么,从桌上一堆礼物底下,翻出了几天前就放在他这里的礼物盒。

差点忘了,还没跟李慕道谢呢。

"小刀,早点休息,明天你还要赶飞机。"他拿起礼物上楼。

"哎——我知道,我还想跟你一起去泰国看你拍戏的。"

庄钦站在二楼栏杆处,对一楼的他道:"好好学习,别老翘课。"

小刀不怎么提学校里的事,庄钦知道他上大学开始,就开始做私房菜外卖,刚开始自己做,后面做大了开了中餐厅,学校里不管是中国留学生还是外国人,都经常点他的外卖,有些留学生甚至不要钱免费开着豪车去帮他送外卖。

几年下来学习没有落下,钱也赚了一些,但小刀觉得还不够,连师哥拍一部电影的钱都不够。

庄钦回房间,把李慕送的盒子拆开。

似乎是什么高科技产品,看起来是眼镜,但造型比较酷,玻璃片偏厚,还带了充电器、手套之类的配件,弄不懂到底是什么用处。

他没找到介绍,摸索着把充电器连接上了,自己研究了一会儿,发消息先发表情,然后问李慕:"睡了吗?"

李慕躺在床上,无视掉他的卖萌表情:"没。"

"谢谢你送的礼物,我很喜欢。"

李慕回复:"喜欢就好。"

庄钦看他的消息,觉得他是不是要休息了,刚打了"这个是什么"几个字,就删掉了。

李慕猜他应该弄不懂那个东西,故意把说明书拿掉就是为了让他问的。

看见对方"正在输入",等了十几秒,等来了一句:"不打扰你休息啦,晚安。"

嗯?

他弄懂了自己送的东西怎么用的吗?

怎么问都不问一句!

真的拆了吗?

庄钦不知道他想这么多，很快就睡了。第二天，他亲自把小刀送到了机场，摸摸师弟的头发："好好上学，下回不要这么自作主张跑回国了。"

虽然知道有被人拍的风险，但小刀还是忍不住抱了他一下："我是怕你一个人孤单……"

"孤单什么啊，我朋友很多，昨天那么多礼物你没有看见吗？"一部分是粉丝送来的，另一部分是圈内好友送的。

小刀好一会儿没说话："要是你累了，就别做明星了，我可以赚钱的。"

庄钦放软了声音："快去过安检吧，别误了登机时间。师哥还不用你赚钱养，照顾好自己就行了。"

小刀鼻子一酸："那我走了啊……"

小刀进去登机，过了海关，收到一条短信，显示收到了五十万的转账，都不用去查看，他就知道是师哥给自己打的。

庄钦知道他在创业，初期非常困难。

小连把庄钦送回家："庄哥，明天我们几点出发？"

定了是明天回泰国，不过庄钦机票还没买，他想了想说："我问问人，等会儿订了给你说。"

小连："那今晚需要我留下吗？"

"不了不了，你回家去，陪陪家人。"

小连这段时间跟着他在国外拍戏，一个月都不能回家一次，庄钦哪里舍得让他好不容易回国一趟了还住自己家里给自己做饭的，虽然自己也给小连加薪了，但别人父母都要有意见了。

"那晚上想吃什么？我给你点餐。"

庄钦最近开始减脂了，吃得比之前要少，昨天的蛋糕看似每人都有，他这个寿星其实就吃了一小口。脑海里浮现出炸鸡、火锅、烧烤……

庄钦说："吃沙拉。"

小连愣了一秒："好吧，给你点三文鱼的沙拉。"

庄钦上楼，在电梯里先给郭宝箴发消息。

"郭导，我明天回组，你要不要点什么，比如老干妈，我从国内给你带。"

昨天两人说过话，郭宝箴给他发了生日祝福，庄钦消息太多挨个回了谢谢，后面的消息都没看见了。

郭宝箴问他:"国内的事都忙完了吗?"

"暂时忙完了。"

庄钦:"对了郭导,李慕回组了吗?"

郭宝箴:"他?他还没呢,也不给个准话,他心情好像很不好,跟他说话都不理人。"

心情不好?

庄钦犹豫了一下,最后实在拖到必须要订票了,才出于礼貌发消息给李慕。

"慕哥,你回组了吗?"

李慕过了一会儿才回:"没。"

"那你人还在国内?"

"在。"

"什么事?"

庄钦已经习惯了他这种聊天方式,又问:"你明天有空吗?"

李慕看着消息。

"有。"他回复道,牢牢盯着手机。

庄钦:"我明天要回组,就想问问……你什么时候回去,如果你不介意,我这边帮你一起订票,我们一起回去。我的车明天可以过去接你一路。"

和自己一起坐飞机?

李慕心情瞬间开心了好多。

06

李慕自然不能让他帮忙出钱买票,而是问他买哪个航班,火速预订后,庄钦跟他约好时间,明天上午十点过去接他。

庄钦看他似乎心情还可以,就顺口提道:"其实你送我的那个东西,我没有弄明白。"

李慕刚想说这个很简单,庄钦就飞快地打字又发了一条:"我有点笨,研究了好久都没懂,网上也搜不到……"

李慕:"我教你。"

李慕："我一开始也不会，这个的确有一些复杂，不是你笨。"

庄钦拍了张眼镜的照片给他："我已经充好电了。"

"找到开关。"

庄钦："开关在哪里？"

"开关在……"

两人文字沟通了半天，李慕说："你开视频我教你。"

"好，马上！"庄钦拿着眼镜下楼去，下面亮一些，收拾得也干净。

找了一个手机支架，庄钦把手机架起，打开视频，开了外放。

手机屏幕上出现李慕的下巴，这人估计是很少跟人聊视频，顶多开一下视频会议，完全是直男角度。

李慕看见庄钦坐着，旁边一堆配件，此时注意到了自己角度不好看，便把手机拿起，正对着自己，又往侧面挪了一下，这样鼻子看起来更高。

李慕在那头各种细微地调角度，庄钦这边有些卡，完全没发现，问道："这个手套是要戴上吗？"

"是，手套要连上线使用……"

"手套是做什么的？"庄钦戴上眼镜，打开开关，眼前浮现出一个巨大的屏幕，显示了一个开机 Logo（标志）。

他有些惊讶，他知道有这种投影技术，但是不知道效果可以这么好，在这么亮的环境下竟然这么高清，如果在全黑环境下，效果或许可以直逼电影院。

"手套是触控光屏的。"李慕解释，"用法简单，不过隔着屏幕我不好解释。"

庄钦正像个好奇宝宝一样摘了眼镜又戴上，如此反复几次，李慕道："只有你能看见屏幕，别人是看不见的。"

"这个叫什么？是不是很贵啊……"开机时间有些长，进入主页后，显示出多个 APP。

"嗯……暂时就叫它移动家庭 AR 影院吧，"李慕现编了一个名字，"是个概念机，我这里有一个是一代，你的是二代产品，多了一个智能语音模块。"

"概念机？听起来很高级，很贵，不行，我明天还给你吧……"哪怕在七年后，庄钦也没用过这样的产品，他只玩过普通的 VR 游戏。

"还给我干什么？"李慕自我感觉已经调整到了最佳的角度，再一看庄钦，他注意力根本不在自己身上，"你先试用，等未来上市了，你再帮我打广告。"

"没问题……这个概念机,是你投资研发的?"

李慕:"我参与研发的,也投资了一些。"

"好的,等我给你试用。"如果说给他免费打广告,庄钦就愿意收了试用了,毕竟自己签一个普通的广告都要数百万,代言合同更是要好几千万才能签。

不过倘若他稍微了解一些现在的投影技术,就会知道这个概念机由于造价缘故在几年内是根本无法量产的,只能实现更低端的产品量产。

李慕正在告诉他耳机怎么连,音响怎么连,电影怎么播放,另外还有3D功能、办公、看剧本都可以,等等。

庄钦有时候听不明白就小心地打断他,问他能不能再说一下,他有点没懂。李慕就耐心地再讲一遍怎么用,碰哪里的按钮,语气很温和。

正当两人聊得起劲,外面忽然传来了敲门声。

很小的一声,如果不注意甚至可能听不见。

顿了有几秒钟,又敲了两下,这回声音更大。

庄钦脸色一下就变了。

李慕见他不出声:"怎么了?"

庄钦就伸手去挂了视频聊天,握着手机坐在原位没有去开门。

他希望只是有人敲错门了。

可过了一会儿,又是几声敲门,然后是门铃,"叮咚"的声音响起,庄钦脸色煞白。

公司给他租的这个房子,用的是可视门铃。

他站起,脚步很轻地走过去,打开可视门铃。

监控画面是黑白的,显示外面站着一个不知是男是女、戴着口罩遮住脸的人。

"叮咚。"

"滴、滴、滴……"传来了输入密码的声音。

庄钦不知道自己锁上门没有,但他下意识的举措,就是发着抖去摸反锁的旋钮。他的密码是经常会换的,但并不确定会不会有人知道。

这时,传来智能门锁提示密码错误的语音。

他吐出一口气,甚至不敢去关灯,拿起手机,强迫自己冷静下来,先按了110,过了几秒,拨给了物业,请他们派保安上来查看一下。

"可能是……有人敲错门了,但他一直在外面,你们来看一下吧。"他进了卫生

演技派

间，声音压得很低，"快一点来。"

门铃声消失了。

庄钦也没有去看，水果刀就放在旁边。

之前有一段时间，他经常遇见这种情况，没过几天他就搬家，永远离开了这里。

他默默地坐着，也不知道给谁发消息，他想小连应该睡了，看见李慕的未接来电和消息，问他："我听见有人敲门？"

"是谁来了？"

"？"

"出什么事了？"

李慕或许是意识到有问题："我帮你报警。"

"没事了不用报警。"庄钦回他，"是有人喝醉了敲了下我的门，我以为是谁……就挂了。"

"走了吗？"李慕不太相信他的话，直觉是出了事，人已经起来换了衣服，拿上了车钥匙。

庄钦不知道走没有，他不能确定。

"走了。"他回，"没事了。"

"叮咚！"

门外，再次传来了刺耳的门铃声。

庄钦一个激灵，拿起了水果刀。

"我们是保安。"门外的人道，"庄先生，接到了您的电话，请问您现在安全吗？"

庄钦看向可视门铃，的确是值夜的保安，是他见过的。

但庄钦这时却仍然不敢开门。

他犹如惊弓之鸟，隔着门道："我在家很安全，刚才敲门的……你们有看见吗？"

"我们上来的时候没有人。"

"可不可以查一下监控？他是怎么进来的？"

"好的庄先生，我们等会儿就查，有消息立马通知您。请问您是一个人在家吗？"

"不是。"庄钦脱力地靠着墙，"我和我朋友在一起。"

保安道："请您早点休息，放心吧，今晚我们会在这单元轮流值夜的。"

"太谢谢你们了……"保安的话让庄钦稍微安定了些，没有那么害怕了。

其实他想，自己一个人肯定能保护好自己，对方很可能是打不过自己的。

可他仍是很害怕发生这些。

那边，李慕走出酒店，到停车场，打开车门。

"真的没事？"他一边开车，一边分神发了语音。

"没事。"打字的时候，他手都在抖。

李慕说："你开视频我看一眼。"

像庄钦住的那种小区，出入要门禁，进电梯也要门禁，谁会来敲门？

除非是坐的货梯上楼，可如果是敲错门的业主，怎么可能坐货梯？

视频最后一幕，庄钦抬着头望着门的方向，突然就没声了，表情也不对，伸手挂断视频，显然是不希望有什么动静让门外的人听见。

庄钦上楼，关好门并反锁。

他坐立不安，想下去改个密码，又觉得怕，最后把门阻器翻出来放在了门口，再次上楼。

受到惊吓、跳个不停的心脏还没平复下来，庄钦打开手机，看见李慕给他发了好几个消息，他挨个点开来听。

"你助理呢？"

"他跟没跟你在一起？"

"我在路上了。"

"等我一会儿。"

李慕的声线沉稳，通过耳机传出，莫名地带来了安全感。

"不用啦，谢谢你，不过真的没有事。"

他手指微微颤抖，点了一个猫咪表情包发过去。

夜晚的公路上，车流不太多。李慕踩油门，发语音："我快到了。"

庄钦小区的停车场进入需要门禁卡，或者扣押身份证，或者是联系到业主，门卫会询问业主这辆车是不是来探亲的。

他第一回来的时候，司机就把身份证交给了门卫然后进入的。

庄钦手放在触摸屏键盘上，蒙在被子里，又有点鼻酸，明明李慕和自己非亲非故，也只是普通朋友而已，居然大半夜直接过来了。

放在以前自己对他的印象上，是很不可思议的。

庄钦知道，如果这时候自己给小连打电话，小连也会马上过来，还可能找玟姐，找公司的保镖上门。

可李慕不属于以上任何一种。

"你进来的时候要让门卫联系我，然后你上楼给我发个消息，我给你开门。"庄钦想，今晚可能自己是睡不着了。

李慕来……又不能叫人白跑，来了又走。

庄钦下楼从冰箱拿了饮料和水果零食出来，他看了看门的方向，又看看手机。

李慕几乎是隔几分钟给他发一条消息："还在吗？"

"嗯嗯。"

李慕："再等我几分钟，拐个弯就到。"

"谢谢……这么晚了，你还特意过来，其实没什么事的。"

李慕："你不是不会玩手套吗？我亲自教你。"

庄钦看一眼时间，都十二点了。

唉。

他叹气，太阳穴突突地跳，心里止不住地感谢。

回想过去两个月拍戏，相处是还挺愉快的，或许李慕真的拿自己当朋友看。

李慕到了，进门报了房号，门卫联系庄钦，问了几句，庄钦说是朋友，他的车牌号被自动拍下来，就放行了。

李慕没有门禁卡没办法上楼。

他猜庄钦应该不敢出门，就找到了货梯上去。

刚一进去，就看见里面坐着一个穿保安制服的中年人，头靠着光滑的电梯壁，疑似在打瞌睡。

李慕进去，他就醒了，很警惕地压了下帽子，盯着这个身材高大的男人："你住哪层楼？"

"我去十七楼，找朋友。"

"十七楼？"保安更警惕了，甚至摸了对讲机。

李慕："我朋友刚才打电话给我，他遇见了变态。"

保安仍不敢掉以轻心，哪怕对方长了一副英俊高贵、不可能犯罪的模样，但是不是变态还说不准。

他解下对讲机："货梯货梯，十七楼等我。"

庄钦正在给李慕发消息，就听见一个保安在外面喊："庄先生，您是不是打电话给朋友让他来了？"

他看向可视门铃，李慕就在外面。

庄钦开门，看见他的那瞬间，就安定了许多。

伸手把李慕拉了进来："是的，是我朋友。"

保安马上给李慕说了声抱歉："我们在这一栋增加了警卫，正在查找可疑人员……"

李慕颔首："不碍事。"

庄钦道："辛苦你们值夜了。"

保安："没事的，保护业主安全是我们的职责。"虽说庄钦只是租户，但人家是明星，而且房产还是别人公司购买的，谁也不愿意真的出事。

保安继续道："监控那边今晚查不了，明天才能查，查到消息了，我立马通知您。"

庄钦看了李慕一眼，说好。

刚才自己还在跟李慕说没事，这会儿保安就说查监控的事。

保安离开，李慕仍站在门边，在灯光下仔细地查看、摸索门外墙角区域。

庄钦经常看电影，一看就懂："你在找……什么监控器之类的吗？"

"嗯。"李慕摸了一阵，没有摸到，进门道，"你之前说搬家，早些搬，下回回国就搬走，这里不能住了。"

"我还在看合适的房子。"他自己身上钱不多，首都房价惊人，任他是明星，也不可能在一年的时间赚到买房子的钱。

庄钦拿了上回给他穿过的拖鞋："你不介意的话，晚上就住我这里吧，有个客房，我去给你换床具。"

李慕停顿了一会儿，应了一声。

"晚上还睡得着吗？"李慕跟他一起上楼。

庄钦自知是瞒不过去了："没那么夸张，困了就睡着了。"他回头笑道："谢谢你今晚特意过来陪我。"

李慕望着他的脸，明显是受到惊吓了，却还在强颜欢笑。

"没关系。"他说，但是说不出这么做的原因。

"总之，谢谢你。"庄钦从衣帽间里拿了新的床具出来，"我给你找一件我没穿过的衣服当睡衣……"

他翻了一会儿，找了宽松的短裤和短袖出来："你穿可能会有些小。"

李慕接过，帮他抱着床具下楼去，两人开始给客房的床换床具，庄钦怕他洁癖发作："我用吸尘器和除螨仪把床收拾一下。"

"太晚，不用折腾。"

"那你饿不饿，要不要吃点夜宵？"

十分钟后，两人一起坐在客厅那张沙发上，李慕开始手把手地现场教学这款概念眼镜怎么玩："只能戴上手套触控，我现在看不了你的屏幕，没办法共享，你抬手。"

李慕把庄钦的手抬起来："看见光标没有？这个就是鼠标。"

透过眼镜，庄钦仍然能看见家里的家具，看见李慕，看见自己的手。

同时也能看见自己用手操控光屏上的光标。

"好神奇。"他说，"现在科技这么发达吗？"

毕竟是不了解的领域，他并不是特别清楚，只觉得李慕这个礼物，是真的很不一般。

李慕："所以这个只是概念机，以后会量产的。"

庄钦搜到电影了，效果非常出色，李慕关了灯，黑暗里，光屏的效果更惊艳，比影院只差一面高墙了。

随即他想到，其实这个东西应用范围很广，在外面的时候，戴上眼镜和遮光镜片，别人甚至都不会知道他其实在看电影。

两人挨在一起研究了一会儿，庄钦显然放松了很多，整个人软化在沙发上，李慕这时候的陪伴，有非常安心的作用。

"看的什么电影？"李慕有些后悔送这个了，但看他喜欢，也只能忍了，"好看吗？"

"我关了，我点开了游戏。"

"好玩吗？"

"好玩，你要不要玩？"庄钦摘了眼镜，他发现这个眼镜，其实只适合独处的时候玩。

李慕摇头："你多玩会儿。"

"我不玩了。"

"困了？"

"没。"他把眼镜关掉，捏了捏鼻梁，看了时间，担心李慕睡眠不足，"已经一点半了，其实我们应该休息了。"

刚才发生的事到现在他还没有彻底平复，人已经很疲惫了，可精神还是紧绷着的，太阳穴一阵一阵地痛。

李慕察言观色，又想到今天上网，看见他生日会的消息热度炒得很高，李慕不懂什么热搜,他只是发现了网络有很糟糕的一面,一些充满恶意的网友,肆无忌惮地在网络上谩骂着明星。

他稍微看了下,发现是唱英文歌被人嘲笑了,原因是之前他上一档节目,英语发音有问题被笑了很久,这回竟然敢唱英语歌,还跑调。

可大部分笑话他的人自己都听不出来,其实庄钦唱歌时的发音是很标准的,没有什么错处。

李慕下午看得不舒服,就想办法关掉了,封了几个号。

他想,庄钦整日遭受这样的非议,压力一定很大。

可表现出来的,都是阳光的一面,只有一个人时才会呆呆的,显得孤单。

李慕的语气便温柔了许多,声音很低:"我还不太困,你要睡的话,就开着灯,我就在楼下。"

"在楼下做什么?"

"看电影,不睡,帮你守着。"

"那我陪你一起。"庄钦感觉到了他这种温柔,发自内心地觉得李慕是个很好、很值得认真对待和信任的朋友。

他打开电视机:"你想看什么?"

"大部分我都看过了。"

"那推荐一部。"

庄钦选了又选,最后点了动画片。

电视屏幕上浮现迪士尼的经典开场动画,庄钦盘腿坐着,怀里抱着抱枕,撕开一包薯片,放在腿上和李慕一起吃。

庄钦歪着头靠在巨大的沙发靠枕上,看起来看得认真,从电视屏幕透出的微光笼罩在他的脸庞上,密长的睫毛在眼周打下一圈弧形阴影,漆黑的双眸在暗淡的光线中被映衬得越发明亮。

戏曲演员其实就是靠眼睛说话,他的双眼能传递出很深很特别的情感。

电影一直播,庄钦睡过去的时候,李慕很快就发现了。

他把电视音量调到最低,小心地站起身。

歪着头靠着枕头的模样,像极了暴雪来临那天,陌生的小孩在酒店的酒吧里伴着红彤彤的壁炉昏睡的那一幕。

李慕站在他旁边,片刻,弯腰把人抱了起来。

庄钦最近减脂，体重下降了一些，李慕的手臂绕过他的腿弯和后背，能清晰地感觉到骨头的重量。

这动静让庄钦稍微醒了一分，一种半梦半醒的状态和根深蒂固的害怕，让他模糊地支吾了几声，李慕垂首，仔细去听说的什么。

"别走……"

李慕听清楚了。

"不走。"他就坐在床边，低头挨得极近地注视着庄钦，"别担心，陪着你呢。"

07

后半夜，李慕是坐在他床边的单人沙发上睡的，长腿搁在脚凳上，胳膊抱着一只放在座椅上的海绵宝宝玩偶，李慕脖子后仰，棱角分明的脸庞接受窗帘缝隙透出的第一缕晨光的照耀。

李慕闭着眼伸手，去拽了下窗帘，把光遮住了大半。

他换了个姿势，继续在沙发上睡觉。

早晨八点，闹铃响起。

李慕被吵醒，不悦地半睁开眼，看见床上的人蒙在被窝里，一只胳膊抻出来，到处摸索。

最后床头的闹钟被碰倒，掉在地上，停了。

估计是设置的贪睡模式，不会一直叫。

李慕见床上又没了反应，只一颗毛茸茸的头压在枕头上，动也不动一下。

李慕揉了揉自己的脖子，再次靠回去。

闹钟又响了一次，李慕便看着庄钦到处摸，最后把手伸到了地上，半个身体掉出床外，伸手把闹铃摁掉了。

在床上滚了好几圈，庄钦坐起身，眼睛都没睁开，居然连房间里多了个人都没注意到，顶着乱糟糟的头发进了侧边的卫生间洗漱。

李慕并不作声。

他没有亲近的兄弟姐妹，也没有这种和其他人住一个房间的经历，所以从来没有见过这么有趣的画面，原来小朋友喜欢赖床，起床的时候反应像梦游一样。

李慕听见电动牙刷的声音，一抹晨光打在他的头顶。

感觉庄钦要出来了，索性闭着眼装睡。

总不能辛苦一晚上睡了小沙发，正主还不知道吧。

庄钦洗完脸出来，看见的就是这一幕。

他愣怔在原地，李慕怎么在他房间？

怎么睡在那么小的单人沙发上？

回想了一下昨晚上的事，最后他只记得看了电影……自己怎么上楼回房间的，都记不太清了。

李慕不会委屈在这个小沙发上睡了一整晚吧？

庄钦步子很轻地朝他走去，看见金色的阳光洒在他的黑发上，眼窝深而睫毛长，鼻梁高挺，鼻尖那点褐色的小痣让他冷淡的脸看起来多了几分性感。

不会真的在这里睡的吧？

庄钦心里有了更多的内疚，走到他旁边去，低头看着他也不敢叫，很犹豫。

庄钦看了眼时间，预计是十一点到机场，九点就得提前出发避免堵车，现在还有四十分钟。

算了，再等十分钟叫他。

庄钦去把窗帘拉上了，免得光太亮吵醒他，接着就下楼去接水喝，厨房杀手开始做简易早餐。

下楼了？

李慕听见楼下开冰箱的动静，站起来伸懒腰，活动发酸的筋骨。

"醒啦？"庄钦看见他下楼，身上穿的自己的家居服。

"卫生间有一次性的牙刷，我还找到了全新的剃须刀，你早上吃什么？小连等会儿过来，我让他顺路买了送过来，我厨艺不好。"

"你做的什么？"李慕知道他厨艺不好这件事。

"牛奶燕麦片……"庄钦说，"有牛排和鸡胸肉，你想吃我给你做。或者现在点个外卖。"

"我会做饭，要帮忙吗？"他不动声色地强调，"我做海鲜比较拿手。"

比如白灼北极虾。

庄钦意外他居然会下厨，毕竟李慕看起来就是十指不沾阳春水的类型。

"我冰箱里没有海鲜，你先去洗漱，我给你煎牛排，我只有这个做的能吃。"

演技派

"不麻烦，跟你吃得一样就好。"李慕面对镜子，用一次性的刮胡刀慢慢地把下巴刮干净。

两人坐在岛台吃麦片和白煮蛋，庄钦问他："你昨晚是在那张小沙发上睡的吗？"

李慕吃麦片："唔。"

李慕注意到他把麦片里的巧克力碎挑来吃完了："怕你做噩梦醒来，看见旁边没有人害怕。"

说不定做噩梦醒来看见有个人坐在旁边才要吓死——但庄钦仍然又感激又内疚："不好意思啊，你脖子酸不酸？"

李慕身体素质好，正想摇头，就听他道："我之前也经常在车上睡觉，肩颈就很不舒服。我从理疗师那里学了按摩肩颈的手法，等下我帮你按十分钟，就很有效果。"

李慕面不改色："可以。"

庄钦把碗和杯子丢进洗碗机，用香皂洗了手后擦干，绕到椅子背后道："我洗了手的。"

怕李慕洁癖发作，他特意强调，手才放上去，轻声道："我没给别人按过，把控不住力道，你要不舒服了就说。"

那手心刚碰过冷水，冰冰凉凉的，刚碰上脖子，李慕就有些不自在。

窗外阳光透入，李慕眼睛微眯，好似一只慵懒的大猫。

他这个人是很厌恶别人碰自己的，要知道手上的细菌是很多的，隔着衣服碰一下，李慕都会不舒服很久。

可没想到有时候，被别人触摸的感受会是这样。

庄钦握着他的肩颈线揉捏，没怎么用力："舒服吗？"

李慕喉结一动，下颌紧绷："……嗯。"

庄钦看他不适，觉得他肯定是不喜欢，又按了两下就停了："我上楼去收拾一下，快出发了。"

这就结束了？

李慕回过头，庄钦道："你的衣服我放洗衣机烘干，应该能穿了。"

十分钟后，小连来电，通知到地下停车场了，庄钦和李慕下楼："你的车还停在我们停车场的。"

"我等下找人来开走，顺便彻底检查一下你门外。"两人站在电梯里，李慕很自然地帮他拎了手提行李，道，"准备什么时候搬家？"

"还没看好,我再看看。下次回国……就搬吧。"庄钦了解过宋恪住的那个小区,除了价格贵,别的什么都好。他还有点犹豫,怕这样下去入不敷出,对赌失败。

李慕:"我有房子没住过,市中心,空着,你搬过去吧。"

"欸?"庄钦抬头看着他。

电梯到了,两人走出去,庄钦想了想说:"你房子出租的话,我可以去。"

"那就租给你,不用签合同,麻烦。"租金都是小事,庄钦硬要给,李慕觉得这么做他更自在,也就无所谓了。

不过小朋友工作压力很大,得想办法快点把悦动收购了才好。

悦动中等规模,但高层人多,没有上市,股份分散得很杂,要在没人注意的情况下收购散股需要一定时间。

车门打开的时候,司机和小连都震惊地看着李慕。

小连眼睛瞪圆,不知道发生了什么。

两人弯腰上保姆车,庄钦解释:"昨天我买票跟你说了,慕哥和我一起走。他早上提前开车过来的,怕我去接他麻烦。"

"哦哦……"小连也没怎么怀疑,就是多看了李慕两眼。

"在物管停一下吧,我交个物管费。"庄钦道。

小连:"我去交吧?"

"没事,这么早没什么人,我戴着口罩呢。"

小连:"我陪您一起。"

庄钦:"在车上等我。"

李慕下车:"我去买包烟。"

小连看着李慕和庄钦两个人一前一后走进物管处:"……"

出于对艺人负责的职业嗅觉,小连觉得有点不对。

"他是刷了一张卡进去的。"保安这样说,"是我们小区的门禁卡,但不知道是捡到的还是怎么的,也可能是网上买的……基本上没有拍到正脸,看身形可能是男性。"

物管这边非常重视这件事:"门禁我们会单独把A栋的换掉,业主再单独换卡,闲杂人员就不可能进去了。"

庄钦道谢,离开了物管处,李慕在旁边超市随意买了包烟:"之前出过这种事吗?"

"跟车到小区的有,一般都进不来。"以前是发生过更为严重的事件,所以庄钦昨晚上有点草木皆兵,很怕那个人知道自己的密码进入。

演技派

"没事了。"李慕接着说,"下次我陪你一起搬家。"

"谢谢。"庄钦想了下,把手机递给了李慕,"慕哥,你帮我换个密码吧,这样安全些。"

"我来输?"

"嗯,下次再告诉我。"

远程改掉了密码,李慕注意到壁纸:"酸奶啊,多久拍的?"

庄钦没来过他那里几次,图片看起来是在他的别墅,猫还很小。

坐上车后,庄钦看了眼照片,回想道:"上次去你家对戏?就是你在那里调试投影仪那天拍的。"

飞行途中,李慕坐在庄钦旁边,看他戴着眼镜看电影,又睡着了。

下飞机,李慕检查座椅和中间的地面:"你经常忘东西。"

"也没有……经常吧。"他心虚。

李慕抬眸:"忘了剧本怎么掉的?"

"那天……是因为我要转机,怕赶不上走太快。"庄钦艰难地解释,开始检查护照和登机牌,又找不到了,他有点抓狂,小连赶紧道:"在我这儿呢庄哥!"

庄钦吐出一口气:"还以为丢了,吓我一跳。"

李慕嘴角一弯。

庄钦却注意到了,李慕很少笑,这画面太难得了:"笑什么?"

李慕压低声音,侧头用旁人听不见的声音道:"不是嘲笑,我是想,你一个人不能出门,会出状况的……冒失的小朋友。"

庄钦嘟哝:"我自己会注意的。"

几人下飞机,坐在了剧组外聘的司机车上。

"李总,您跟庄老师在一块儿?"

手机响了一次,李慕看见了郭宝箴的消息。

"是。"他回复。

郭导:"前两天庄老师不是生日吗?剧组准备给他弄个简单的生日Party,也顺便聚餐,到时候车子开到餐厅,您就说想吃这家,我们准备了惊喜。"

李慕觉得庄钦需要休息。

"明天再弄吧。"

郭导:"你们不是都下飞机了?"

现在已经夕阳西下，到酒店估计就八九点了。

"明天还要拍戏。"李慕回。

"没关系，难得放松一下，明天戏份不重，邱总特意包了海边的餐厅呢，庄老师人来了就好！您可以提前回去休息。"

李慕有些不悦，考虑片刻后，同意了。

或许剧组的聚餐能让庄钦放松也说不定。

路上，车速缓慢，李慕发现庄钦睡在了助理的肩膀上。

李慕问道："他经常这样？"

"什么？"小连从手机屏幕抬起脸。

"这样，"李慕指了指，声音很低。

小连轻声回答："偶尔这样，是太累了。"

李慕又开始感慨，因为知道了他辛苦工作的缘由。

他蹙眉："他是不是很喜欢拍猫？"

"庄哥喜欢拍照片，猫也拍，什么都拍。"

"拍人呢？"

"嗯……好像也拍吧。"拍街头人文，小商小贩小孩子。

08

派对是邱明安排的，剧组所有人集思广益设计，庄钦根本没想过剧组会特意安排这样的生日派对，进这家餐厅的时候发现灯全黑他还以为是停电了，结果就听见几个人在唱生日歌，有人端着蛋糕走出来，一边鼓掌一边唱："祝你生日快乐。"

甚至有人在一旁弹吉他伴奏。

庄钦感动地道谢："谢谢大家。"

"寿星吹蜡烛！"

继而灯光全亮。

餐厅就建造在海滩边，从一个台阶可以下沙滩，分室外和室内，剧组花钱在室内布置了气球和鲜花，庄钦到这里的时候是晚上九点钟了，时间已经很晚了。

所以他一到，厨房立刻开始上大餐。

剧组六七十号人，把整个室内餐厅塞得满满当当。

而这张桌上，则坐着主演和两个导演，还有邱明这个制片。

小连都在别桌吃。

"郭导，这是你特意安排的吗？谢谢你，有心了。"

"我有这个心，没这个财力啊——是邱总特意为你安排的。"

"什么？谢谢？不用不用，"邱明正戴着手套在给自己剥龙虾壳，"你是我剧组的演员，我好歹是个制片是吧？反正也是请全剧组吃饭，借着你过生日的名头而已。二十岁了庄老师，都是大人了，能喝酒不？"

他作势要斟满酒杯。

"我喝一杯。"庄钦没理由拒绝。

"他不能喝。"旁边的李慕道。

邱明看了他一眼，立马道："好好好，不喝，差点忘了你俩明天还有戏。来，吃龙虾。"

他把剥出来的龙虾仁放在庄钦的餐盘里。

"谢谢邱总，我自己来就可以了。"庄钦非常客气。

他和邱明不算很熟，也仅仅是在剧组见了几面而已。

李慕看他吃了，很不高兴，在桌下踢了邱明一脚。

邱明看向郭宝箴。

郭宝箴白天拍了一天的配角戏，早就饿了，此刻埋头吃得很开心。

李慕也正准备给庄钦剥龙虾，他不是经常吃这个，觉得麻烦不方便，要自己用手，不干净，所以剥壳剥得不太熟练。

庄钦的手机铃声响起，是玫姐。

他擦擦手，接起电话："喂，玫姐？"

"你到泰国那边了？"

"嗯嗯，刚到剧组，在吃饭。"

玫姐："之前不是给你谈了一档综艺吗？《戏中百味》，有结果了……"

"稍等，我去接个电话。"庄钦站起身致歉，走到了旁边去。

"玫姐，我在听。"

苏玫道："是这样，那边出资……不是很理想。我帮你争取了很久。"

"多少？"

"三……百万。"苏玟自己都说不出口,顿了一下道,"小钦,你和公司高层,是不是有什么过节?"

"玟姐?"

苏玟想到拿到报价时的不可置信,太低了,但节目组不是直接联系的自己,估计是认识悦动高层的人,她先是问了公司无果,可心里觉得不对,又私底下找到了节目组制作人,这一找不打紧,找了才知道制作人给庄钦的通告费是一季打包两千万。

非常高。

可公司给苏玟的合同是一百万的合约,苏玟研究了一下才发现,这是捆绑合同。两千万大部分流到公司财务的账上,加上分成,本来庄钦能拿税后七百多万,现在只剩几十万。请个十八线小明星都不止这个价吧?

对庄钦目前的粉丝量和引流量来说,不是一般的低。

太离谱了!一看就有问题。

可她不知道缘由,去办公室问了自己的疑问却只得到模棱两可的回答,似乎是有意如此。

高层不愿意让他接触太好的资源,哪怕接触了,也不给太多的薪酬。近日来,苏玟的确感觉到了,庄钦现在还有热播剧,虽然口碑不怎么样可还是流量,但公司显然有在刻意地限制他发展,好资源都拿去捧几个新人去了。

苏玟只是个经纪人,也不敢去质疑高层,但还是努力帮手底下艺人争取。

只是高层不肯松口,谈了好些天,苏玟以"这个价格他绝对不可能接,但他喜欢这个节目,再多一些说不定会接的,他不接也就不存在捆绑合同,一拍两散谁也不占便宜"为由,帮庄钦多争取了两百万出来。

"三百万吗?"庄钦沉默了一会儿,"录几期?"

他也没觉得哪里不对,以为节目组准备第一期第二期就把自己淘汰掉。

为此三百万还算很合理。

结果苏玟说:"全一季,合同上写,一周播一期节目,估计要跟组录几个月,一共20期。"

就相当于录制一期节目的片酬十几万,还不如去拍电视剧,随便接一个都比这个强。

"说实话我不是很想让你接,如果你很喜欢的话……也不是不能接,钱少点就少点吧,我看这个节目的评委阵容什么的,还是能学到一些东西的。节目组不会轻易把

演技派

你淘汰,你可以走到很后面,我看了节目试播季,了解了模式,走到后面有量身定制一部剧的奖励。"

庄钦对这个奖励不感兴趣。

他是想学些新东西的。

如果没有对赌这事,说不定他直接就接了。

"玟姐……这个报价,是节目组那边的报价吗?"庄钦坐在远处没有光的台阶上,面朝前方深蓝到了黝黑地步的大海。

"不……"苏玟不敢在电话里说得太多,"小钦,你现在的情况很不讨好,听姐一句劝,如果是跟公司有什么过节,你最好是去道个歉,认认错,不然……你自己心里掂量着,什么都给你卡着,你还能红多久?"

海浪平缓有节奏地推着海岸线,平滑的海浪声就在耳边,海风吹起庄钦的黑发,他抱着膝盖,声音却非常地坚定:"玟姐,我不能道歉,我没有错。"

另一边,郭导去了卫生间,而周导去别桌,桌上只剩下李慕和邱明面对面坐着。

李慕往庄钦的餐盘里剥了好几个龙虾了,庄钦还没回来,李慕侧头去看一眼,看他坐在很远的地方吹着海风打电话,只能看到背影,不知道和谁聊。

"应该是他的经纪人。"邱明喝了口香槟,"他经纪人是叫苏玟,刚刚他叫玟姐。"

"你打听到的?"这些事李慕都没关注,他收回目光。

"这随便一问就知道了啊,你俩都是朋友了,这些事你还不清楚。"

察觉李慕似乎是生气了,邱明立刻认错:"是我说错了,我的错,我嘴贱。"

但邱明始终觉得,这两人关系还很生疏的模样,虽然挨着一起。

想到李慕独自出资由他出面收购悦动传媒散股的事,邱明在心里纠正了一下称呼。

是潜在朋友关系。

他没有直接说出来,只是以聊八卦的态度道:"前些天我从公关公司那里,吃到了一个瓜。"

李慕一副不感兴趣的模样,侧头看庄钦打电话的背影。

"就是有关庄钦的。"

李慕方才看他。

"公关公司的人说,他不是故意说的,是被灌醉才说的,我不知道真的假的啊——说的是庄钦刚出道不久,网上黑他黑得厉害,公司当时就准备买通稿洗白,给庄钦立小可怜人设,让网友对他产生同情心。"

李慕嘴唇挨着郁金香杯，用眼神示意他"有屁快放"。

"最后这个通稿没有发出去，因为艺人自己不愿意，闹了，所以我觉得啊，十有八九是真消息。"

李慕开始不耐烦了。

邱明加快语速："通稿内容大概就是，说他从小被抛弃，然后在戏班当学徒，受尽欺负，连书都不让读，饭也吃不饱，反正就是……很可怜吧。所以网友得理解他，为什么说人家没文化，还不是因为没有书读，况且后来他不是也上学去了，还考了电影学院。这么有本事的人，我都敬佩，网上水军还一个劲地黑他，什么英语不好，我瞧着英文歌不是唱得还可以吗，昆剧也演得好，演技也还行啊。"

邱明觉得他很不容易，才开了生日派对。

"小时候估计都没怎么庆祝过生日吧。"邱明叹气，"小可怜。"

李慕表情有了变化，他垂着眼，微抿着的嘴唇显示他有些凝重的心情。

"从公关那里听来的？"

"嗯，公关。说是艺人死活不同意发这种通稿，才压下去，看看，不就是不愿意让自己童年伤疤被揭穿吗？"

那这个消息，或许有编造成分在。

李慕抬眼："你别对第三个人说——你有没有对第三个人说？"

邱明捂住嘴："我没说，我跟谁说去？跟我妈吗？"

李慕点头。

他想到了庄钦和师弟的关系，想起他特意去美国看望了师父和师娘，想他为什么从来没有提过父母，网上也没有消息。

是在戏班子里长大这点没有假。

大四喜班的班主也姓庄。

所以被戏班收养这事，有百分之九十以上的概率是真的。至于挨欺负，李慕认为有百分之六十几的可信度，或许戏班里的人待他真的不好，但小孩知道感恩，所以长大后，冰释前嫌了。

而且小朋友身上有种阳光下的阴郁，看起来很阳光的一个小孩，性格也好，说话礼貌，又乖，可老是一个人坐着像个留守儿童似的，孤孤单单的不爱理人。

如果是在宠爱之下长大的，理应不会是这种性格。

李慕再一回头望，发现坐在那里的背影不见了！

■ 演技派

他起身。

邱明还没来得及问,就看见李慕大步朝沙滩方向迈开长腿。

郭宝箴回桌,看见场面很纳闷:"邱总,怎么吃着吃着,就剩你一个人了?"

邱明举起香槟:"郭导,陪我喝酒吧。"

李慕走到沙滩,先顺着台阶去找,没有看见人,他放眼在整个夜色下呈现出深蓝的沙滩望去,搜寻了好几圈,才看见人。

李慕立刻朝他跑过去,沙滩软,他穿一双皮鞋,几步就进了沙,隔着袜子磨着脚底。

庄钦平躺在这片不算很干净的沙滩上,望着夜空,海浪上来,打湿了他的裤脚,有时候海浪更猛烈,要冲到他的全身淹没他。

李慕走到他的旁边,蹲下:"吃饱了?怎么不吃饭了?"

他注意到庄钦的衣服都湿透了,紧紧贴着皮肤。

庄钦意外他会找来:"我吃饱了。"

"只吃了两口,饱了?"

"要减脂。"

"减脂不是你这么减的。"

两人在海浪声里对话。

李慕凝视进他黑白分明的眼睛,好像能感觉到他眼里的情绪:"不开心吗?"

"没……"庄钦只是产生了迷茫。

自己什么都没有,拿什么去跟公司这样的庞然大物斗,接片眼光吗?

他这段时间联系了几个制片人和导演,也商量好了七月去见组,如果试镜可以成功,会把明年的档期都全排满,假如片酬给得够高,零星再接两个代言广告,或许能赢两亿的对赌合约。

玫姐刚才给他说了很多,那种入圈的时候他就明白了的道理,一个人的力量是无法和资本斗的,哪怕说他有一定演技,不算太差,仍然会被资本的干预刷下来。

一波大浪冲向海滩,直接漫延过李慕的脚面,淹了庄钦的胸口。

"躺着舒服吗?"李慕问。

"有点硌背。"沙滩的沙不细,有各种细小的贝壳渣。

"那怎么还躺着不起来?"

庄钦没什么反应,眼睛抬起来注视着他:"不想动。"

提不起力气,觉得躺在这里睡觉也挺好。

"晚上涨潮,你就被海水冲跑了。"李慕接着说,"你不会游泳。"

"会一点,淹不死。"

海浪肉眼可见地越来越猛烈了,风吹得人头发凌乱。

每一次海水淹没身体的时候,那种被冲刷的感觉其实很舒服,仿佛身体里有一部分脏东西被带走了一样。庄钦都舍不得起来了,可生活就是这样,不能停滞不前,沉湎于舒适安逸。

"那我起来吧。"他用力一撑,海浪用力一推,他本就提不上什么力气了,被突如其来的大浪打得向一边倒去,李慕张开双臂把他接住。

"对不起啊。"庄钦没想到浪的力道这么大。

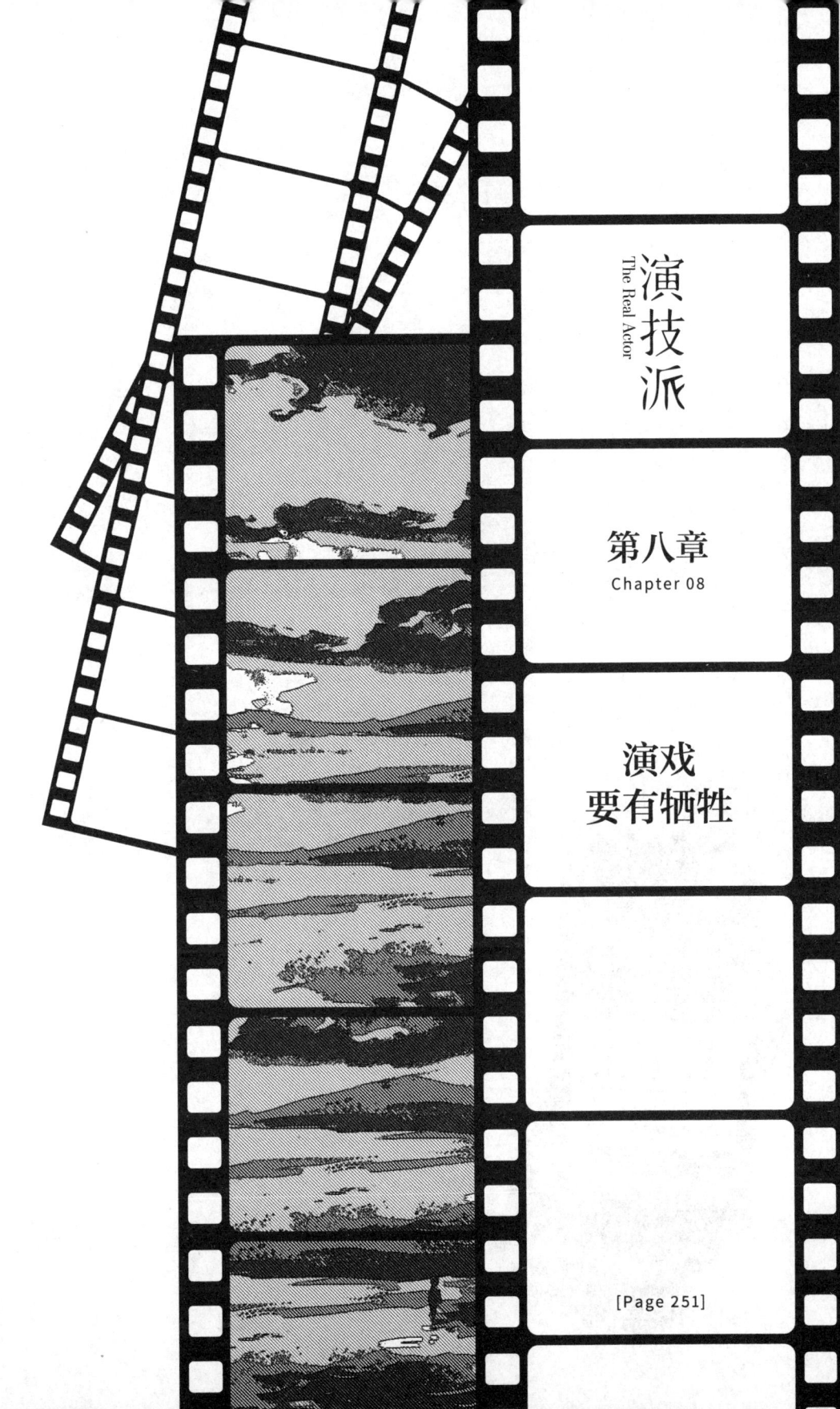

第八章

01

他意识到问题在哪里，沮丧的情绪消散，取而代之是窘迫尴尬："谢谢，不过我身上弄湿了，把你衣服弄脏了。"

"不脏。"李慕忙说。

李慕带着他往餐厅方向走："等会儿走到那里，你就在墙角等我，我给你拿衣服来。"

庄钦也不想被众人盘问怎么弄湿的，点点头，李慕侧头借着光亮看他："工作是不是压力很大？"

庄钦以为他指的是拍戏，放松地道："如果是拍我喜欢的戏，就没有什么压力。"

李慕感觉得到，他是真的喜欢做演员。

可热爱的事一旦变成工作，热情就会消减。

换好衣服回去，又吃了点东西，庄钦跟着剧组的车队一起走。

邱明开着车，有些纳闷："他回酒店那边？怎么不跟你一起走？"

李慕："嗯。"

嗯什么嗯？

几个意思？

邱明："我还挺喜欢他的。"

李慕瞥他："管好你自己的事。"

"我只是打个比方，不是真的对他有意思……"

"滚。"李慕知道他在开玩笑，但不喜欢这种玩笑。

好像是真的把庄钦当成朋友了。

253

演技派

"你的猫我帮你照顾得好好的,我容易吗?你居然还让我滚。"邱明又问他,"刚才你衣服湿着回来,是去玩水了?"

李慕就不答话了。

庄钦在车上看剧本,回酒店冲澡出来,在脑子里自己跟自己对了一遍台词。

两个角色的台词他都记完了,自己对完觉得没什么问题,就关灯睡了。

李慕拍了猫咪的小视频给庄钦,庄钦没有回复。

他进浴室洗澡,手机提示音响起,李慕都要出去看一眼。

又是推送。

睡前他还在看消息,可一直都没回复。

在剧组待了几天,进入状态后,庄钦就好多了,他想了好几天,还匿名咨询了律师,最后在电话里回绝了玟姐,说自己打算专心拍戏,暂时不接真人秀的综艺。

他不清楚里面有什么弯弯绕绕,也不知道有个捆绑的条约,苏玟很谨慎,不会在电话里直说。但庄钦知道背后肯定有自己不了解的事,这是公司代理的结果——倘若代理人是自己,根据后面签的对赌协议,公司是无法干预自己私下签合同的。

他签的两份合同存在悖论,按理说,第二份合同的条款效力是高于第一份合同的,他要这么做,公司高层是拿他没办法的,但一旦这么做了,就等于是撕破脸。

保不齐后面悦动另有其他的手段对付他。

至于怎么对付,庄钦也能想象得出——他已经经历过一次被雪藏的事件了。

庄钦一面借着朋友的关系,接了一些简单的工作,一面投入拍戏,半个月下来,庄钦又瘦了一圈。

"Cut!"郭导从监视器前抬头,精准地出声,"这一条过,休息一下来下一场戏。"

白天的两场戏就拍了一整天,第三场拖到了很晚,而镜头安排的第四场还没拍。

"郭导。"片场被清场了,庄钦从道具的床上下来,去看郭宝箴的监视器。

是刚才拍摄的画面。

"正好你来了,最近你们状态都还不错啊。"郭宝箴说。

庄钦认真地看屏幕。

其实他不常去回顾自己的表演,除非导演自己调色后让他来看成片。这会儿突然看见,反而有些不自在,明明只是裸了上身的一场戏,但让自己来看,不由觉得脸红:"郭导,是不是有点过了……"

"过了?"郭宝箴把这场戏退回去,还以为自己错看了什么,"怎么过了?"

"不是，我的意思是……"庄钦其实是注意到了一些小细节。

郭宝箴无言："害臊什么？拍的时候你都没害羞，怎么看的时候就不好意思？"

"当然会不好意思……我就是随口说说，您拍得很好。"

郭宝箴觉得这小演员太有意思了，明明拍摄的时候没有那么放不开。

忍不住笑着打趣："庄老师，让你看这个你都受不了，明天还有浴缸戏，拍完你还看吗？"

"不看了不看了，"庄钦哪里好意思，他拍戏入戏就不管那么多了，让他真的来看可就有些受不了了，"等全部拍完，您要剪辑的时候我可以看，我可以去剪辑室帮您。"

"你还会剪辑？"

"剪点小视频什么的，给剪辑师打个杂没什么问题。"

"算了算了，我可请不起你。"

庄钦正想说些什么，李慕从化妆间干爽地出来了，看得出他已经单独地打理过自己了，衣服也换了一身。

"在看什么？"李慕注意到两人在监视器面前聊，不远处剧组工作人员正在布置道具。

"刚才那场戏吗？"李慕走上前。

"对。"郭宝箴道，"庄老师看得不好意思，说我拍得太过了，李总您看看过不过？"

"我没……"庄钦很无力地反驳。

"我看看。"

监视器是郭宝箴坐着的高度，李慕得弯腰。

郭宝箴退回去点重播。

李慕注视着整个画面，整场戏不过一分多钟，全是对话。

遮得也很严实，腰以下全遮住，自己虽然也没穿上衣，但露得并不多。

他弄不清楚庄钦是觉得哪里过了。

"算了，你俩别看成片，去准备一下状态，拍下一场戏吧。"

第四场戏开拍，时间已是凌晨。

过一个小时，结束。

"收工了，今天辛苦大家了。"

"明天再辛苦一天，后天就轻松多了。"郭宝箴整日这样手持导筒地拍戏，好像有用不完的精力。

片场里稀稀拉拉地响起工作人员的回应声。

从早上六七点，忙活到凌晨一点多，大家都很累。

李慕和庄钦进化妆间换衣服，出来时，郭宝箴看见庄钦，问："对了，庄老师，你不抽烟吧？"

"不抽。"

"那明天可能会有些……"

"我明白。"在他话还没说完的时候，庄钦就接话了。

明天是一场浴缸戏，这一场戏光是看剧本，就知道很难拍了。

整体台词不多，但这种台词不多的戏，正是最难拍的，而郭宝箴恰恰就很擅长导这种戏份。

"那明天咱们先拍一次试试，抽烟很不好，一次要是能过最好，过不了……再考虑用道具烟。"

"我尽量一次过吧。"庄钦说完，和郭宝箴一起从收工的片场出去。

李慕穿普通的宽松白T恤，靠在高大的黑色SUV旁，脸上没什么表情的时候，看上去冷漠得要命，他嘴里正好咬着一根闪动着红色光芒的香烟，单手插着兜。

注意到庄钦走过来，李慕把烟灭掉，他很少当着人面抽烟，正准备找地方丢，庄钦说等等。

"还有烟吗？"

"你要？"李慕蹙眉，"别抽这个。"

"我不抽。"庄钦对这个毫无兴趣，因为庄学久就是抽烟太过才会有肺上的那些破毛病，"我就是试试，找找感觉。"

李慕打开车门，让他上车。

庄钦跟小连打了声招呼，让小连跟着郭导走，就坐他副驾驶座了。

李慕翻了一包烟出来，抽出一根给他，同时发动了汽车，但没有开走。

庄钦这辈子都没碰过这些东西，他先是闻了一下，再然后含着，咬在嘴里，双唇抿着烟头，仅仅这样就能闻到很重的烟草味，是经常在庄学久身上能闻见的类似味道。

平时见人抽烟，但真的到自己演，他就好像不会了，两根手指夹着烟身，以视线询问李慕。

"每个人习惯都不一样的，"李慕并不希望他真的去学这个，所以伸手道，"我给你做个示范，你别点火。"

"你要这个啊?"庄钦把烟从嘴里拿下来,"这个我含过了,有口水。"

"给我吧。"李慕并不在意。

庄钦看他好像真不在意,用手擦了擦烟嘴,递给他。

李慕没教过别人这种不学好的,他大致做了个示范,庄钦观察得细致,又说:"我给你点个火。"

李慕看他。

"剧本里这么写,就这么来吧,先试试看。"

李慕:"那这是对戏?"

"嗯,可以这么说,也可以说交流经验。"

庄钦在他车上顺利摸到了打火机,李慕嘴里含着香烟低头凑过来,庄钦点火,火苗燃起,点燃了烟头。

李慕深吸一口,身体退开。他手指夹着搭在方向盘上,烟雾飘在密闭的车厢里,李慕怕熏到他,打开了车窗。

"就当是给我上课吧。"

"上课吗……"

李慕摆出平时聊天的放松状态,眉眼带着懒散的神态。

庄钦还在关注他的表情和细节,把这当成是教学。

"没有。"他随口答。

"我也没有。"李慕把烟递给他,"含着,别吸进去了。"

像是对戏,又不像是对戏,因为剧本里有这个动作,却没有这些对话。

庄钦接过,真的听他的,就是含着,烟草味太重了,是很不喜欢的味道。

他含着没吸,却忍不住想,要表现娴熟,这时候他应该吸一口才对。

他便问李慕:"那我没经验怎么办?"

李慕发动了汽车,伸手把他的烟拿过来灭掉:"别真的抽烟,会上瘾的……去我那里试试。"

学个抽烟还专门跑他那里去试吗?

庄钦纳闷,半晌也不知是哪根神经搭错,应道:"好。"

明天一大早又要拍戏,说不定没时间对戏,自己提前学了,就少NG。

02

也是因为李慕是男演员，如果换成是女演员，庄钦是不可能大半夜去别人那里、在没人陪同的情况下练戏的。要是被拍到，说都说不清。而且人心是捉摸不透的，谁也不知道说着对戏，会不会有什么陷阱。

但庄钦却很相信李慕的人品。

小连拎着猫回酒店，一看他消息也是头大。

又单独对戏？

"庄哥……虽然李总是男的，我们也是在国外应该没有国内的狗仔跟着，但还是注意一些吧？"在圈子里待久了以后，什么事都见过了，男演员跟男演员，那都不叫事儿。但他可不想自家艺人摊上这种事。

正巧到目的地的庄钦看见他的消息。

"嗯，我会注意的。"他回复。

小连："庄哥，你别光嘴上注意啊……"

庄钦明白他忧虑什么，发消息道："等拍完这部戏吧，你不用担心。"

之前有个在其他电影里跟他拍过一点对手戏的女演员，不就是拍完戏不知死活拉李慕的名字炒作闹绯闻么，结果绯闻没闹出来，把自己的演艺生涯作没了。

他回完消息就开始想这些，李慕怕他跟丢，不时去看他。

两人进门，感应灯亮起，换鞋。

庄钦来这里的次数不多，上周放假那天来过一会儿，对了戏，还在他泳池里游了一会儿，晚上才走。

庄钦在下面坐着等他，因为拍戏拍得有些累，整个人都疲倦到不行，单手托腮，眼皮垂着，另一只手伸出两根手指，作势在抽烟。

会是一回事，要演出自然的娴熟又是另一回事。

有些看似生活中很普通的动作，到演戏的时候，如果是没有经历过的，只凭想象其实是很难演好的，因为会借以想象进行自我加工，做太多累赘的动作。

庄钦是下意识在避免做这种加法。

如果用他自己的导演视角来看，会愿意更多拍男人抽烟的模样。

老旧的卫生间，蓝色调的浴缸，平静的水和肥皂泡，水面上的小黄鸭，孤寂少年洗浴的画面。

一个从来不抽烟的人，要演出老烟民的娴熟不太容易。

李慕后来劝他说："算了，让导演把这一句改成第一回尝试，就不用演得这么辛苦了。"

"不用改，我能演好。"这只不过是演戏过程中遇见的一个小问题罢了，连难题都称不上，庄钦总是在遇上问题，但总能自己解决，没什么困难。

"我可以再来一次，演不好，就多来几次，这没有捷径。"

"怕你多来几次就上瘾了。"

"哪儿那么容易就上瘾了。"他嘴里还是那股味，有些嫌弃，起来漱了口。

03

两人对了一会儿戏后，就都各自回房休息了。

李慕平躺在床上，也想不了太多，今天已经花费了太多的精力。

睡了七个小时起床，是李慕叫的他，一看天大亮，庄钦以为是迟到了，很紧张地问几点了。

"不用紧张。今天开工时间推迟了。"

"啊……怎么推迟了？"

"导演要拍空镜头。"李慕早上起来，发现他的门没关严实，便进去看了他一眼。

庄钦睡得很香，因为最近拍戏进度的问题，眼下熬出了黑眼圈，整个人精神状态都不太好。

他并不知道庄钦在剧组酒店那边睡觉，经常会被隔壁的鼾声吵醒，吵醒后，他就起来看下个月要见组的几个剧本。

剧本只有片段，是几张纸，他反反复复地练习，练习了没一会儿，天就亮了，起来开工，又是一天过去。

李慕是瞧见他的黑眼圈了，这才给郭宝箴打电话，以投资人身份霸道地要求推迟开工时间。郭宝箴也没意见，反正花的是李慕和邱明的钱，他们想拖着就拖着吧。

所以庄钦这才有了七个小时的充足睡眠。

能睡这么久，庄钦觉得好幸福，看了眼时间，决定在床上赖半分钟。

半分钟一到他就立刻起来，刷牙洗脸，李慕给他拿来防晒喷雾，让他闭眼，然后帮他喷了一层："是你上次送我那个，挺好用的。"

主要是方便，李慕不喜欢往脸上抹东西，他的保养方式更侧重于锻炼身体。

有时候庄钦在化妆间敷面膜，要给他一张，李慕就陪他一起敷。

两人下楼吃饭，李慕冲了手磨咖啡给他，庄钦觉得烫，喝了一口就放在了旁边，说："不知道为什么，在你这里我就睡得很好，那个香薰很好闻。"

"等会儿拿一点……或者你直接住我这里，香薰送你，可以带回国用。"李慕习惯独居，突然要跟人住一起的话或许会不适应，但他想，如果是庄钦，自己是可以慢慢适应的。

因为开工时间推迟，庄钦漫不经心地把咖啡面上的奶泡和肉桂粉全舔光，闻言摆摆手："偶尔来一次没关系，一直住我不敢的。"

李慕挑眉，瞥见他嘴角一点白的奶泡，道："我又不会吃了你。"

庄钦呛到了，觉得李慕是无心开的玩笑，笑道："你不了解这个圈子，我们这个剧组，看似平和，其实私底下很多八卦的，剧组就是个缩小的社会，什么样的人都有，今天有人来，明天有人走，保不准你我的八卦就传了出去。"

"什么？"

"就……只说最简单的吧，我潜规则你，或者你潜规则我。"还有更离谱的，庄钦能想象得到，不过没给李慕说。

去片场的路上，庄钦接电话，李慕听见了一些，问他："遇到什么麻烦了吗？"

"不是什么麻烦。"是《戏中百味》节目组制作团队那边联系了自己，说是可以绕过悦动传媒和他签合同，不过质疑了这么做的合法性，庄钦解释是有协议在，所以合法。

那边说有一些细节上的条约要加，然后约了下个月自己回国的时间谈。

"听起来不太乐观。"悦动那边的散股托了人在慢慢地收，不出意外下个月这家公司就该易主了，李慕打着方向盘，开进了一条小路，车子微微颠簸："有麻烦的话，可以给我说。"

"没……对了，"庄钦问他，"你的香薰是什么牌子？和你身上的淡香水味道有点像，我想上网买一点……如果能买到的话。"

"你喜欢这个味道？"李慕下意识低头嗅了嗅自己的衣服。

他有喷在衣柜里。

"挺喜欢的。"庄钦经常在他身上闻到,不是通常的古龙水香,而是有点甜的,疑似碳酸饮料的气味,夹杂着玫瑰和香根草,中调是话梅的酸涩味道,庄钦认为这很像泡泡糖的气味,而后调是醇厚的黑巧克力,还混合着淡的烟草气,整个中性的香调让烟草的气味都变得柔和了。

他心情舒坦,把车停放好,道:"网上可能买不到,你喜欢的话,我分一半给你。"

李慕抽烟,也抽雪茄,对酒也情有独钟,所以他就更在意自己身上的味道了,但又不想和其他人撞香,因为男香的香调通常都很类似。所以李慕是请了调香师特意调配了几十种,他才从中选的一种最喜欢的。

04

这场戏进行得很顺利,很快就拍完了。

庄钦披着浴袍快步出去,小连正好买了冰激凌回来,看见他了,问他怎么不换衣服。

"衣服有点湿,等下再换。"

小连把冰激凌给他,是盒装的,庄哥喜欢吃这种。

庄钦坐在剧组的车上,挖着冰激凌吃,不是什么高级的车,但空调风力很猛,吹在身上很凉快。

看了眼日历和拍摄计划,后面还有一些兄弟之间的感情戏。

最后七月回国见组再回来,就拍摄从第一场开始的戏份了。

八月中就能结束,回国拍动作戏没自己什么事,等于杀青。

正当他这么想的时候,外面有人敲了敲车窗。

庄钦开门,李慕戴着大黑墨镜:"郭导说开工了,在找你。"

"这么快?"庄钦感觉才十几分钟。

李慕低头,闻到了他身上的奶油味,很香,像冰激凌。

李慕问他是不是吃冰激凌了。

"刚才吃了一盒,你要不要?"小连刚才买了一大堆,在剧组里挨个发,但李慕锁着门,估计是没有他的份的。

李慕摇摇头,他不爱吃这些。

后面两场戏都是生活场景，拍得不太顺，郭宝箴倒也没生气，就是一直反复拍，直到拍到了晚上，终于拍好了。

"收工！"郭宝箴拿着导筒站起，伸了个懒腰。

庄钦有时候也觉得拍戏累人，虽然充实，像一场冒险，但的确劳累，可他每次一看郭导，就觉得自己不算辛苦。

郭导才是那个一直没有休息的人。

回化妆间先是把衣服换下来，庄钦跟李慕说了拜拜，就马上跑了。

见他跑得那么快，李慕心就沉了一下。

他走出去时，正好看见庄钦和郭宝箴上了一辆车。

郭宝箴的声音通过车窗传过来："李总，明天是中午开工，可以好好睡一觉了。"

李慕远远地点了个头，透过郭宝箴的脸和座椅的缝隙，看坐在另一边的庄钦。

司机发动了车，李慕却大步走了过去，喊了停。

郭导探出头："怎么了？"

李慕："把猫给我吧。"

酸奶在庄钦怀里。

两人通过车窗一递，李慕接过小白猫，一个臂弯就能搂住整只猫咪。

"开车路上小心。"庄钦对他说了句。

李慕颔首，什么也没说。

车上，庄钦发了个文件给郭宝箴："郭导，后面的戏不是都排好了吗？我有一点小想法，可不可以调整一下顺序啊……"

"什么顺序？"

"我发了个文件给您，您下载看看。"

郭宝箴手机里全是分镜图，都快没内存了，就没有下载，何况他在吃冰激凌，腾不出手："你直接给我说，是怎么调整？"

"因为我发现单独拍，有些耗费精力，就像今天一样，后面状态就不太好……"他找了不少的理由，把郭宝箴说服了。

"行行行，不过我得提前给摄影和灯光打招呼，嗯，还得跟投资人打招呼。"

"嗯，得征求李慕的同意。"庄钦说，"您让场务大哥去通知吧？"

"好的，我过会儿看下你的文件。"

到停车场，几人下车。

另一边，李慕也到了停车场，他是一个人抱着酸奶从大门走回别墅的。

很小就习惯独居的他，认为一个人生活很自在，并不是不擅于去交际，只是不喜欢而已，他到这个年纪，就不爱去做自己不喜欢的事了。

李慕进了家门，开猫罐头。

这猫平时很安静，是剧组的团宠，不过不爱亲近陌生人。

但酸奶是他捡来的，故而很黏他，喜欢跳李慕腿上来，舔他的手指。李慕大掌顺着猫毛梳理，心情稍微舒服了一些——自己也不是那么地不受待见。

随后，李慕上楼洗澡。

过了一段时间，李慕走出浴室，单是在腰间围了一条浴巾，薄纱窗帘外能看见幽蓝色的泳池，远处是黑色的海浪，潮汐有节奏地涌来又退去。

正准备休息，李慕看见了信息。

是郭宝箴发来的。

"从后天开始，咱们的拍摄计划就进行了调整。

"明天拍摄计划照旧。

"[截图]"

拍摄计划调整？

李慕点开图，是一张表格截图，显示从后天开始未来一周的戏份。

每天拍摄的几场戏跟了概括。

郭宝箴回复："庄老师刚才跟我提的，说想提前拍。"

05

在庄钦看来，这对自己对李慕都是好事，集中拍完这几场感情激烈的戏份，后面再演刚刚相遇的陌生人，演员的幻觉，从戏里带到戏外的滤镜，都会消退许多。

第一天是拍车内的戏，该镜头只有两三秒，私底下也没有对过戏，但两个主演都很敬业，两条过。

第二天的戏，也是在三条内就过了。

李慕花了几天时间，重新建立起了两人之间友好的分寸感，若即若离。

演技派

化妆间，两人在为今天要拍的戏做准备。

庄钦拿着修改过后的剧本，一会儿坐在沙发上，一会儿又站起，然后打开门看一眼——他一直在等工作人员通知他们过去。

剧本他吃透了，知道该怎么演，拿在手里反复看，是越看越找不到感觉。

李慕见他把剧本倒扣在化妆台上，抱着腿坐在化妆椅上，便道："紧张？"

"不是，"庄钦先是否认，然后说，"有一点吧。"

"如果紧张的话，不要看剧本了。"李慕看着倒映在镜子里的白皙脸庞，最近庄钦减脂卓有成效，连脸庞都肉眼可见地消瘦了。虽然知道是拍戏需要，但李慕总认为他太过辛苦了些。

"我没看了。"庄钦站起来。

李慕坐在长沙发一侧，上午朦胧的日光透过化妆间的毛玻璃折射进来，模糊的光落在他的侧颊，棱角分明的轮廓变得柔和了些。他抬手让庄钦过来："现在休息，我们来聊聊你的职业。"

"我的职业啊……"庄钦以为他是想更多地了解演员，就坐在沙发另一侧道，"我的话，就是不停地见组，见广告商、拍戏、出席各类活动、拍广告。"

拍戏赚得少，花时间，但是他最喜爱的工作，出席活动是为了曝光，而拍广告才是收入的大头。

庄钦着重地讲了在内地做演员的工作日常："内地的剧组质量参差不齐，一个剧组三个带资进组，一个或两个不会演戏的当红明星，导演说话没分量，片子更是粗制滥造……"

这种混乱的业内状态已经开始了，庄钦知道未来还会继续保持，多年长盛不衰。

说着他也意识到自己在发牢骚，因为李慕根本就不可能会遇上自己所说的种种行业乱象。

"怎么不说了？"李慕听得正认真。

庄钦停顿，换了个好的方面讲："好的剧组也有很多，比方说我们的组，条件好，导演认真，工作人员也负责，演员敬业。"最难得的是特别融洽，是庄钦待过最舒服的剧组了。

李慕便问："你下个月不是要回国见组吗，见组就是试镜的意思吧，那几个剧本如何，你看过了吗？"

"没看过完整的，但都是很好的组。"下个月他要请假回国半个月左右，不只是要见组，还要见广告商谈代言，这半个月则着重拍摄自己演的角色"领盒饭"后，杀手的街头追杀戏码。

李慕听完道："剧组是你自己联系的，还是你公司联系的？"

"我自己找的。"他联系到的那几个剧组，都是庄钦有印象的、未来口碑收视或口碑票房双丰收的大制作。

"没有人帮你谈吗？"

庄钦摇摇头，抱着沙发抱枕："我找到了导演，他们愿意给我机会，有的给了我剧本，有的也没给我，估计要等见组现场看即兴发挥了。"

"都是谁导演的，什么类型的片？"李慕认为他是发自内心地热爱演戏，所以当初愿意五十万接下《藏心》这样的剧本，这回就怕他重蹈覆辙。

"有三个是古装剧，那边看我演过，导演是×××，他也比较喜欢我，说很欢迎我加入，当然了，我演技要是不过关，还是会被他踢走。"庄钦是记得这部剧收视率创了一个纪录，当时所有人都守在电视前收看，"还有现代都市剧，另外四部是电影，一个是公路喜剧片，导演是……"

庄钦大致地把类型和导演都说了，李慕一听就得出了结论。

都是商业片。

因为对内地演艺圈非常不熟悉，这些导演的名字在他耳朵里，只有一个是他听过的，至于其他的李慕就没什么印象了。

但是听他一口气要见这么多组，李慕就知道庄钦有金钱上的压力了。是对赌协议带来的压力。

"这些，你全部要拍？"

"我先试镜吧，档期不冲突的情况下，我可以全部接，如果有冲突就从中再选。"关键是不知道试镜会不会成功，而鸡蛋不要放在一个篮子里的道理他还是明白的。

李慕稍做思考："如果要谈合同，你公司和你的经纪人不参与的话，就请一个私人律师。没有必要把自己弄得那么累，找个律师帮你。"

庄钦点头，自己法律知识薄弱，就是被片方玩了文字游戏都不知道。

接着听他又道："如果找不到合适的，我介绍一个给你。"

只要自己找的律师帮庄钦把关，李慕在这期间回国，完成股权收购，变成了大股东，庄钦的对赌协议自然而然地转移到了自己身上。

协议生效自然不能作废，但不至于让这小孩一直和公司对立，自己私底下不知

演技派

道找的什么烂剧组，乱接戏接广告的。

庄钦犹豫，李慕看出他介意的是人情，补充："他按小时收费的。"

庄钦这才应了好，说谢谢你。

"不必。"李慕说，"不要给自己太大的压力。"说完，外面传来敲门声，喊他们准备一下。

李慕站起，阳光穿过毛玻璃，镀在他的身侧，垂下的睫毛被映照得燃烧起来，呈现出金色的光芒："安心，都会过去的。"

庄钦抬头去看他，这光并不强烈刺目，真正耀眼的是李慕身上自带的光芒。

对赌协议是他签的，签完有过迷茫，但不后悔，似乎没有一个人理解自己，身边人也都不知道这件事。李慕自然也不会知道，但李慕说的每一个字，都在安慰他对未来不确定的担惊受怕，这些话让庄钦感叹于他的聪明，他轻易地就能理解自己。

"别发呆。"李慕手掌在他眼前晃了晃，"要开拍了。"

"哦哦。"庄钦回过神。

06

在庄钦的印象中，这部片子最出彩的，除了精彩到每一帧都可以截图下来做壁纸的帅气动作戏，就是简单而传神的光影了。

室内的光影用得堪称出神入化，生活在黑暗世界里的、阴暗的小人物们的对抗，在各式各样的打光下形成反差，光是离他们最近的，又是离他们最遥远的。

拍完之后，两人正要换衣服，庄钦才发现衣服不知道放哪里去了。

李慕喊郭宝筬，进来了一个刚才在场拍摄的摄影师："衣服好像放这边柜子里了⋯⋯我来找。"

那摄影师绕了一圈到床背后，衣服就挂在床后的衣柜里，他打开柜门，柜门弹回去重重关上，顶上，一个方才就摇摇晃晃的箱子终于在这一下后向下滑动——

李慕常年在外做极限运动。

有时候他手攀着一块岩石，那块岩石不稳，他在岩块塌掉的前一秒，就会有本能的危机感。这种好比猛兽般的直觉，救了他很多次性命。

那箱子不大，是空的——摄影师也是惊呆，惊慌失措地一个箭步上去，保护摄像机。

但他速度显然不够快，箱子砸在摆臂摄像机上缓冲了下，给了李慕翻身过去把庄钦拉开的时间。

他瞳孔一缩，一下扑过去，庄钦还不知道发生了什么，就被李慕整个拉开，李慕弯着腰，用身躯保护着他的周全。

"咚！"

庄钦听见了很重的、连着两声巨响。

什么东西砸下来了？

有好几秒，庄钦都说不出话。

摄影师极其痛苦地惨叫了一声。

庄钦吓坏了，手碰到李慕的后背，是湿润的。他以为是血，整个人都不好了："慕哥，你，你……你受伤了吗？郭、郭导，我找手机，我叫救护车……"他语无伦次，以为李慕被道具砸成了重伤。

"没事。"

他的声音带动了胸腔共鸣，很沉稳，掷地有声地落在庄钦耳朵里。

"你……你没事吧？"庄钦说话声音都在抖，拍戏出意外，是一辈子都不想遇见的事。

更何况刚才李慕动作很迅速地把自己护住了。

听见他颤抖的声音，李慕稍一起身，光亮落在庄钦的脸庞上，李慕看见他脸上的神态，微愣。

眼睛里怎么有水花？

"真的没事。箱子没砸我身上，我把你拉开了，箱子刚好就落在那旁边。"

其实有挨着一下，因为他用手臂挡了才没砸在身上，现在手臂还是麻的。

"那……"庄钦想问工作人员惨叫什么，那声惨叫可没把他吓死，以为李慕血肉模糊。

紧接着，就看见摄影师抱着被砸下来的机器痛哭流涕。

庄钦："……"

庄钦听见似乎有人进来了，就急着问："你真的没事？别骗我。"

"没事。"李慕让他不要担心，"倒是你，怎么刚才哭上了？"

庄钦没有多想："我一听到惨叫，碰到你后背湿润一片，以为是血，就……"

李慕可疑地沉默了一下:"吓哭了?"

庄钦点头:"你真的没事吗?我感觉……你这只手是不是……"

李慕咳了声:"你摸到的不是血,应该是汗。"

"你把手给我。"

"哪只?"

"就……两只都抬起来。"庄钦盯着他的眼睛,"你要是哪里受伤了、疼了,别不说。"

就这么几句话的工夫,剧组里的工作人员全都进来了:"怎么了?发生什么事?"问过之后,才知道是道具的事故。

那摄影师还在哭,已经哭得泪眼模糊,上气不接下气。

场务问演员是否有事。

庄钦说没事,李慕也说没事,然后对摄影师说:"别难过了,设备我再买一台,明天就送到。"

摄影师抽噎几声,好像这才活过来,说对不起。

庄钦问那摄影师有没有受伤,摄影师摇头,然后想起来道歉:"好像是我关柜子那一下,才让箱子滚下来的,是我的错,对不起!李慕老师是不是还用手臂挡了一下,有没有受伤?"

李慕:"……"

庄钦看向他。

李慕说没受伤。

"手给我。"

李慕一个爱好极限运动的人,手臂被重物震了一下,他自己觉得不是什么大伤,当然为了保险起见他会自己去医院检查一下,但是要说出来,就感觉是件丢人事。

慢慢"吃力"地抬起胳膊,李慕说:"手给你了。"

庄钦看他动作心里就咯噔了一下,抬手抓住他的手心,像个摸骨师傅仔仔细细地查看有没有瘀青:"什么感觉?痛还是……"

"麻,"李慕的描述加重了自己的感觉,"好像没有感觉,使不上力。"说完还道:"没事,别担心。"

庄钦当机立断:"我去问问医院在哪里,下场戏不拍了,我带你去看看。"

本来李慕想拒绝。

又想到,这么长时间里,除了在海边,自己的别墅和片场这边活动,就几乎

第八章

没有去过别的地方了。

一到放假要么补觉,要么就回国工作了。

几分钟后,两人坐在车上。

这边附近的医院是公立的,没什么人,很快就看完病回来了,李慕得休息几天,被重物砸到的手暂时减少使用。

但麻烦在于这是右手。

李慕不以为然,一是因为自己左手可以自由活动,二是因为其实根本就不严重。

因为李慕的受伤,后面几天的戏份进行了调整,先把庄钦自己的独角戏拍完了,都是挺苦的戏,这么热的天要躺在后备厢里,被捆绑住,胶带封嘴。还要被反派小喽啰一直往水池里按头,看他呛水呛得特别痛苦,一直在旁的李慕心里很不好受,好在郭宝箴也不想让庄钦受罪,感觉差不多了就喊了"Cut"。

李慕享受了几天这种待遇后,就重新开工了。

这么拍了一个月后,终于到了庄钦的角色"领盒饭"了。

这场戏,他要演冷冰冰的尸体,也算轻松,只要躺在那里被人抱起来就行了,唯一值得注意的就是不能动,也不能做任何表情。

这场结局高潮戏的开端,对李慕而言才是有难度,因为他这个角色从头到尾都没有大感情,大多时候都是细微的情感波动,但这一场,角色内心的情感是极其复杂的。

天不亮,刚过凌晨三点,剧组租住的酒店便灯火通明,工作人员起来做准备。

清晨四点过,降雨设备启动,场务打板,化好妆的庄钦躺尸,李慕跪倒在地。

大雨滂沱,他身穿黑衣,和"夜色"融为一体,就跪在那里,一言不发,任由痛苦和孤寂蔓延,压抑不住的愤怒和复仇的浪潮不断涌上来。

李慕在看原剧本的时候,回想起的是外公去世那一天的感受。

这种为了另外一个人的情感从没有如此强烈过,他精疲力竭,此刻是这一生当中最为痛苦、最为纠缠混乱的时候。同时很矛盾的是,他憎恨自己,这发生的所有一切,都是自己的错。

他哭不出来,可谁都能看出他的悲伤,事实上也没有人知道他有没有哭,因为降雨设备的水珠落在了他的脸庞上,角色和场景融为一体了。

庄钦敬业地躺尸。

身上好湿,全是水。

还混了乱七八糟的血浆,黏糊。

李慕躬身，把他抱了起来。

再一抬头，脸上的神情就变成了冷静的肃杀，"Cut——"镜头卡在这一幕，强烈的镜头语言在说"惹谁都不要惹一个职业杀手"。

这场戏 NG 了两次，郭宝箴就让他过了。

天完全亮了起来，这回是出外景，连个临时化妆间都没搭，庄钦就跟李慕一起回到车上，他让李慕先换，李慕让他先换。

李慕这辆车可以拉窗帘，换衣服外面是看不见的，剧组租的其他车就不行。

庄钦便上去，把裤子换掉就开车门让他进来，李慕弯腰迅速上车，关上车门。

庄钦这才开始穿上衣，听见李慕问："你明天就要回国了？什么时候走？"

车里弥漫一股潮湿的水汽，李慕把散发一股不知道什么味儿的裤子嫌弃地脱下来，庄钦穿好衣服，回答："下午的航班，我早上吃了早饭就过去。"

他注意到李慕正在换衣，"我先下车吧？"

"不用。"李慕面不改色地在他面前把湿衣服湿内裤丢在车厢地板上，"毛巾给我一下。"

庄钦一言不发地把毛巾递给他。

李慕接着问："你回去就搬家？"

"先见组，再搬家。"

房子已经到期了，公司和他有矛盾，而且还出现了有人按门铃、输入密码的事件，庄钦不想继续住那里了。

李慕："之前说你搬我那里去，不，是搬到我名下的一栋公寓去，那里安保还可以。"

庄钦犹豫，不想占李慕便宜，但确实一时找不到合适的。

安保条件好一些的，交通方便的房子太抢手了，他加了中介，看了几个都不太满意，最后还因为他人不在国内，稍微回复得迟点就租出去了。

李慕察言观色："那房子我自己都没住过，刚交了一年的物管费，每月请人上门打扫，都是一笔开销，正好你住进去，帮我省钱了，顺便帮我照料房产。"

庄钦松动了，明白了他的好意："我会尽快找好合适的房子再搬走。"

他平时事情已经很多了，看房是很琐碎的事，他没怎么上心，也就没找到特别合适的。

李慕看了眼日历，随口道："我过几天正好有事回国处理，就来帮你搬家。"

收购的股份转到了他的名下,李慕现在是悦动传媒公司的第二大股东,但还不够,他要占股百分之五十一以上才行。

邱明私底下收购的动作一直很低调,但已经引起了其他高层的注意。

庄钦回国,一路旅途疲惫,回家的时候他想起自己没有密码,大晚上的给李慕打了个电话,问李慕他上回设置的密码是什么。

输入密码进门,庄钦独自在沙发上趴了一会儿,接着上楼去,好好地洗了一个热水澡,在床上躺着,发消息联系了剧组那边,确认了信息,他翻看了一遍明天要演的剧本。

剧本叫《山河破》。

古装剧,他出道第一部饰演主角的戏,就是古装剧。

这一部是乱世题材的古装剧,庄钦拿到的本子有男一有男二,说是让他都试一下。

那边或许有意想让他参演,但是又对他目前展露在人前的演技不怎么放心,这才安排了两个角色,看哪个能演得更好。

第二天上午,小连去了公司借车,没借到,就自己开车过来接庄钦了。

是庄钦给他发工资,所以严格来说,他也不是悦动传媒的人,而是庄哥的自己人。若是庄哥跟公司闹翻,自己也去不了别的地方,不如一直待在他身边给他做助理。

两人去往试镜处,庄钦遮得很严实,去的地方是导演自己的工作室,不大,有专业剪接室和配音室,还有办公室和会议室。

庄钦单独进了会议室,挨个尊称:"孙导您好,制片老师好,编剧老师好。"

单从礼貌这一点,庄钦就比很多当红小生要强了。

年纪小,又红,很多"小鲜肉"都会飘。

面前这个貌似不是。

导演点点头,觉得他气质很正。

"给你的两份剧本,你先演哪个角色?"

试镜结束,三个人似乎都没想到他有这种水平的演技和台词水平,窃窃私语了几句,最后说:"不知道庄老师对片酬……心理价位是多少?"

庄钦道:"我接电视剧单纯看个眼缘,我很喜欢这个本子,也很信任孙导您的导演功力,片酬的话,如果片方有意,我都听片方的。"

他这时候也不敢一句话说得太满,片酬低,等于自己的表演不被肯定,浪费了时间,如果没有对赌协议在,片酬的问题都是小事,只要不是太低都能接受。

演技派

可换句话说,如果没有这个对赌协议,他对古装剧是没什么兴趣的,即便电视剧拍摄比电影要更赚。

谈了一会儿,这边表示还要商讨一下,不过表达了欣赏之情,对他演技的赞赏,然后庄钦再离开。

下午又去见了广告商,要签合同的时候,他想起了李慕发给自己的律师电话,就联系了对方。

接连几天,庄钦都在不停地见组,这种状态很像他刚开始演戏,拿着群演资格证到处跑,他不是正式演员,但他知道自己的优势在哪里,所以容易被导演相中,抓他去演个有台词的群众。

而见组多也有优势,今天导演没看中你,认为你不适合这个角色,没准过段时间,又差个角色,然后想起你来,而且导演的圈子,是会互相推荐好演员的。

得到了多个片方的肯定,庄钦一点也不觉得辛苦,这天上午,《山河破》剧组终于联系了他。

"庄老师,晚上能不能吃个饭,咱们把合同、片酬还有和拍摄档期的事定一定。"

这就是有戏了。

庄钦马上回复了好,然后问:"是哪个角色?"

这部戏他试了两个角色。

"现在还……不能确定呢,投资商有要捧的明星,不过投资人表示很欣赏您,所以男主角的角色,应该还是您的。"那边隐晦地提了句,"不知道您酒量如何?"

庄钦愕然,随之而来的是愤怒,这是要陪酒的意思了?

李慕回国的时候,知道庄钦在剧组试镜,也就没给他打电话。

邱明开车来接他。

"聘司机了?"李慕坐上和邱明一贯风格不符的黑色豪华轿车。

"太忙了,害得我自己都没时间开车。"邱明抬手的时候,李慕忽然瞥见他手腕上戴的手表。

白色的,塑料壳,透明表盘下是卡通简笔画,设计得挺可爱——

和自己手上是同款。

他直接打断邱明的近期收购工作汇报:"你也去生日会了?"

他记得,庄钦生日会那天邱明分明就在泰国。

"生日会,什么生日会?你生日不是十月吗?"

李慕表情沉着:"你的手表,庄钦给你的?"

"啊?你说这个吗?"邱明抬起手,一下发现李慕居然也戴了个一模一样的,瞬间明白了过来,"不不不,我这是我妈给的。"

"你妈妈怎么有这个表?"

邱明:"我妈在网上买了几百只冲销量,拿回来到处送人,这个表不是庄钦代言的嘛,是联名款,我妈听见内部消息说,这种款出来给代言人是有一定提成的,听说还会增加下一季代言含金量,提高代言费。"

李慕拿出手机:"什么网站买的?"

"官网,旗舰店,都能买。"

李慕不知道旗舰店是什么,他搜了下品牌,顺利进入官网,一进去就看见庄钦代言的硬照。

虽说只是一般的手表品牌,但目前已经打入了国内销售市场,广告部门的审美也不错,海报上的庄钦双手合着放在面前,类似一个祷告的姿势,戴着代言的手表。

他侧着头,露四分之三侧脸,那镜头直接怼到脸上,没有过分精修,连眉毛都根根分明,但脸上仍然不见什么瑕疵,不像往常那么温和,眼睛黑白分明地望着正在看这张海报的人,纯净又有故事的眼神直击人心。

见他把别人手表库存都加完了,正要拍下,邱明惊恐:"你别冲动,理智一点好不好!买那么多,你哪有那么多认识的人可以送!把钱直接打给庄钦不好吗!?"

李慕冷冰冰地吐出六个字:"放家里,我高兴。"

邱明只觉得他像极了脑残粉。

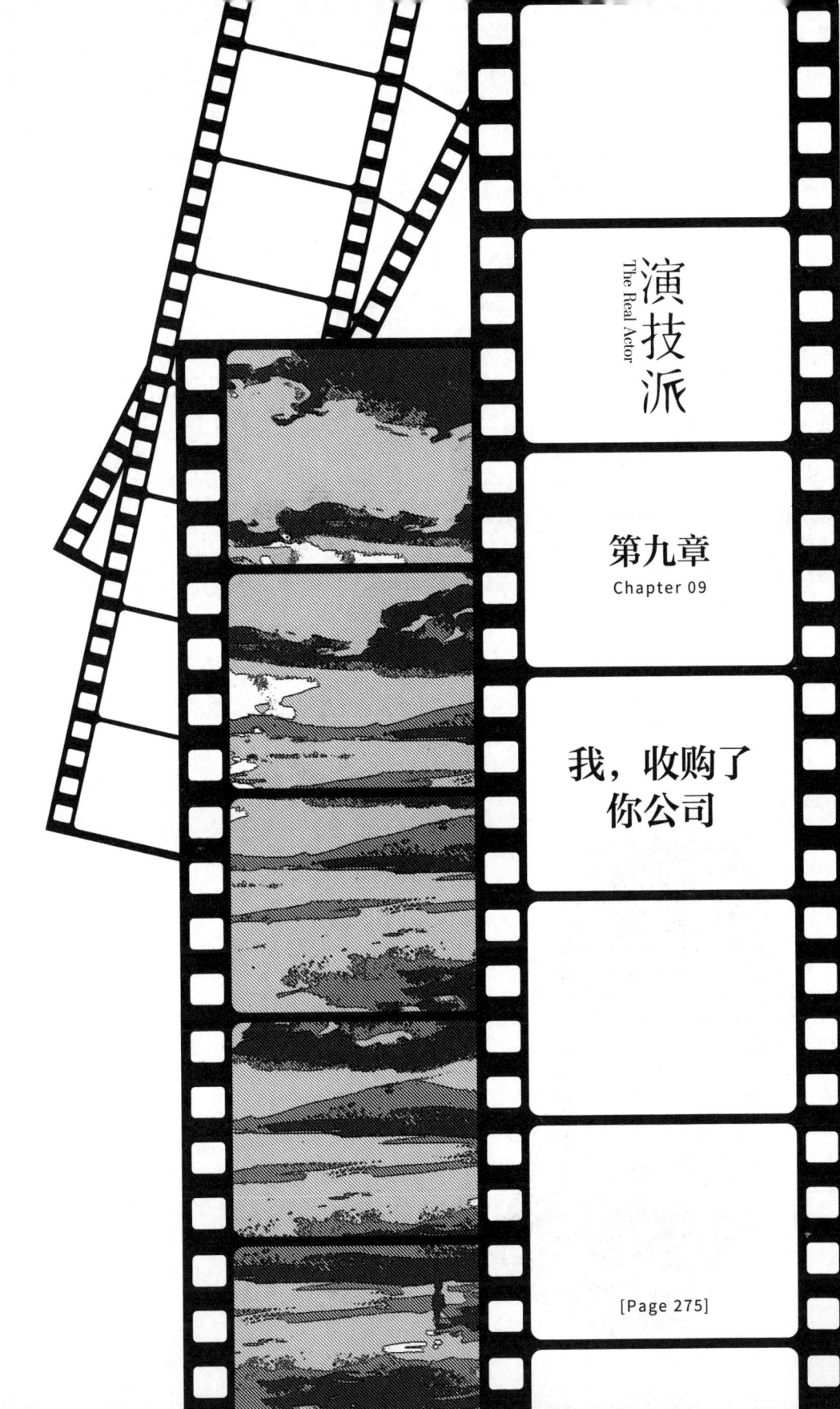

演技派 The Real Actor

第九章 Chapter 09

我，收购了你公司

第九章

01

"我不陪酒。"庄钦知道自己酒量糟糕。

电话那头顿了一下,旋即笑着说:"庄老师您误会啦!程总喜欢京剧,也听昆曲,您上次唱的昆曲,那视频不是传得挺广的嘛,酒可以不强迫喝,唱两嗓子就行了,而且制片人、导演、副导演,还有其他演员,我们特约的美术指导方画清老师都在,那么多人一起聚个餐您怕什么!"

庄钦也沉默,那边继续说:"程总是影视制作方的人,我也得罪不起。您就,唱两嗓子吧。"

越是大制作的剧组,里面的弯弯绕绕就越多,有些小演员为了在大制作里露脸,什么都愿意做。只要豁得出去,就能拿到资源。

庄钦不算是小演员,或者说他不是小明星,虽然没拍过多少戏,但他是当红小生。

可当红小生这个身份,在上层人眼中,没有背景仍然只是个小明星,或许不必沦落到为了接戏不要尊严的地步,但一般的饭局,根本就无法拒掉。

没有公司作为后盾了,接戏全靠他自己,庄钦发现,自己根本没有说"不"的权利。

拒绝了这一个,后面还有那么多个剧组,多多少少都会有类似的或者要求更多的社交场合,难道自己还能全部拒绝吗?

几秒钟的工夫,他想了很多。

"庄老师?还在吗?"电话里传来声音。

庄钦:"嗯,我能带上助理吗?"

"当然没问题了,不过助理不跟我们在一个包间吃饭,他们在另一个包间。"

演技派

"这个我知道,时间是几点?"

自他出道后,这种饭局是参加过不少的,有经纪人安排的,有合作方安排的,喝酒是在所难免,别的他假装什么都不懂,也不参与。

在正当红的时候,没背景的他还能有一点选择的权利。

七月的盛夏,庄钦穿黑色长袖薄款的针织衫,在这个天气穿有些厚,庄钦拉开抽屉,找到一枚胸针,研究了一小会儿戴上。

这是小刀去年送他的,有个录音开关。

下午时分,换好衣服,庄钦遮住脸出门。

小连一边开车,一路上都在感叹这回真的是大制作,导演编剧都有名,片方有实力,这剧扑不了。

他还以为,庄哥之前拒绝《定东风》去拍《藏心》,会在小成本文艺片的道路上一去不复返了呢。

小连不看好《藏心》,但他很看好这部《山河破》。

他话很多,在红灯前刹车,问:"庄哥,咱们这样瞒着公司接戏,是不是也该给玫姐说一声?"

"等合同签完再说吧。"

小连看了他一眼。

庄哥的身价去拍剧,一集片酬四十万上下,五十集的剧,税前两千万的总片酬。

庄钦坐在车上,在心里再一次算账,要怎么才能赢对赌,只有他的演技和收视号召力被认可,身价才能上去。

到目的地,小连把车停在车位上,两人从电梯上去。

片方选的这家日料餐厅在顶楼,会员制,进门前就得脱鞋。

庄钦坐着脱鞋,低声对小连说:"你在旁边吃饭,别喝酒了。"

"我不喝,我还要送您回家呢。"

"别人劝酒,你就去卫生间。如果听见我是在唱昆曲,那没什么,也别进来,合同还没签,这饭局我没办法中途离场。但最后,一定要是你把我送回家。"他见过不少类似的事,就越发谨慎,"小连,你要把我看好了。"

"接到任务,保证完成!"

庄钦发了条消息,很快,就有人来接他进去,是剧组统筹,对他也很客气:"庄老师,您好您好,这边跟我来。"

一进去，庄钦在包间里看见了不少人，大致一数，有十来个。有女演员，也有男演员——是在电视台见过，但并不熟悉的人。

他放心了不少，挨个打了声招呼，正准备找个空位坐下来，身旁的统筹老师给他指了一个座位："那个是给您留的。"他压低声音挨个介绍，这个是谁，那个是谁，很快地一口气说完了。

庄钦抬头去看，那个位置靠近窗户，左边的是方画清老师，对面是导演，右边那个四十多岁、手上一串佛珠加百达翡丽叠着戴的男人，似乎就是影视制作公司的那位老板，程总。

他过去坐下，跟身边人点头打招呼，制作人道："这位不用我介绍了吧，电视上大家都见过，庄钦老师。"

这娱乐圈有个怪现象，见谁都叫老师。

庄钦忙摆手说担不起："我只是个初出茅庐的小演员，各位老师都是前辈。"他态度谦逊，任谁都挑不出错。

"担得起，担得起！你一条微博，点赞比我们在场这些，加起来都多啊！"

庄钦假装没听出这话里的其他含义，一直说没有没有，制片又说："既然你来迟了，那就喝一杯。"他倒满一杯，递给庄钦。

庄钦没有接，看向开始打电话说酒可以不喝的统筹。

统筹给他打了个手势。

庄钦说："我对酒精有些过敏。"

"这是清酒，酒精很少的，喝一杯，就一杯。"

僵了有两秒，庄钦把制片人敬的酒接了下来。他酒量糟糕，一杯上脸，两杯开始晕，或许三杯就会倒。

看似是恭维的炮火先在他身上集中了一会儿，又转到了其他话题上。

包间是下沉式设计，人和人面对面地坐，脚都放在下面，庄钦很不喜欢这种不穿鞋的设计，因为谁碰了你一下，都不知道到底是谁。加上四周都是陌生人，简直不自在到了极点。

他的不自在也表现出了一些，就是不说话。来之前他已经吃过东西了，这种环境下，他就拿了一份土豆泥，一小点一小点地挑着吃。

他端着茶杯，往窗外望去。

玻璃推拉门外设计了几个平方米的日式园林，在尚未全黑的夜晚亮了石灯，氛

演技派

围十足。

目前的话题中心在剧组特约的美术指导老师身上，方画清在古装剧服化道上是专家，学历史出身，业余画家，近年来制作精良的剧，背后都有他的身影。

最开始是方老师和其他人在谈论画作，程总说自己家里收藏了什么什么，哪个朝代哪位大家的画作，谁画得又如何了，可这种话题也不是谁都能高谈阔论的。

庄钦从进门就开始装自闭，他性格如此，本就不喜欢在这种场合参与话题，结果聊着聊着，突然有人就说到了戏曲上。

是编剧老师提到的汤显祖。

"程总，您最喜欢听京剧，汤显祖的戏本您喜欢听吗？"

"听啊。"

"噢？您最喜欢的是哪一个？"

程总说《牡丹亭》。

"我看网上有个视频，庄老师唱昆曲儿的吧，是不是就唱的是《牡丹亭》？我没仔细听。"

庄钦忽然被Cue，闻言应道："是《南柯记》，不过也是汤显祖创作的。"

"哦哦，那是我记错了，我以为您唱的是《牡丹亭》，那，《杜丽娘》您唱过吗？"

庄钦知道这个话题可能是一开始就准备好的了，可还是得装作什么都不知道的模样接话："不，我一般唱的是小生和武生，旦角唱得少。"

不会要他唱《杜丽娘》吧？

旦角他不是不能唱，可在舞台上表演，和这种场合献艺，两码事。可真要说让他做什么了，也没有，就是唱个曲。

小连在隔壁被劝了酒，就跑出去，过了会儿又被人在卫生间看见，被拉回去，硬是喝了两杯，他又找机会跑出来，这回不敢往卫生间跑，先是在庄哥他们包间外面探头探脑地看了一眼，偷偷听了一会儿，就跑餐厅外的休息区坐下了。

任谁要出门，也得走这儿过。

邱明和李慕，还有律师，刚签完股份转让的合同，和悦动传媒的那位小股东说了拜拜，两人就在这家谈生意的会所点了几道菜，作为晚餐。

邱明饿了，吃得很快，一边吃着一边问李慕："怎么这么急着高价收股份了？"

再等一段时间，可以少花很多冤枉钱。

李慕言简意赅："拖太久了。"

两人面前的盘子泾渭分明地分为两份,各自的筷子不会挨着对方挑过的菜。

从会所出去,要走到电梯,路过一家日料餐厅的时候,邱明眼尖地注意到了一个人。

"那个是不是……那谁,庄钦的助理。"

"小连?"

邱明:"对,看着挺像他的。"

下巴一指,李慕看了一眼,就走过去。

小连坐在餐厅正对面的沙发上,发愁地盯着门的方向。

"在这儿吃饭?"

"欸?"小连抬头看见两人,"好巧啊!李总和邱总你们也来吃饭的?我陪庄哥来的。"

"他人呢?"李慕问,"怎么不跟着?"

"他跟片方的人一起吃,我没资格一起进去,在里面呢。"

"那你怎么坐这里?"邱明觉得奇怪,"你老板不让你吃?"

"不不,是我自己出来的,我们助理就在旁边吃,我不敢喝酒就跑出来了,等会儿还要看着庄哥,把他送回家。"这种场合一般不会有什么意外,但只怕万一。

"你没喝酒?"邱明说,"我怎么闻到酒味了?"

小连还没说话,李慕就问:"哪个包间?"

李慕听见和片方吃饭,还没想太多,直到他进去时,在包间外面听见了清唱昆曲的水磨调。

他站在外面,听见里面很安静,庄钦唱的调子婉转动人,又软又磨人,任谁听了都会酥麻。

但他不过唱了几句,就停下,问好了吗,结果有人让他再来再来,说唱得好。

"我……还来啊?这一折我都唱完了。"只是听他的声音,李慕都想象得出,庄钦似乎有点疲于应付了。

"嗨呀,别为难我们庄老师了,戏可以不唱,那就罚他一杯算了。"

庄钦似乎想拒绝,刚说了个"我……",就被其他声音盖下去了。

李慕听不下去,正要进去,小连从背后抓住他的胳膊:"李总,李总你别进去了。"

李慕转身,看着他。

"庄哥刚才就被要求唱曲,这会儿要把他带走了,就是白给人看笑话了。"刚才

281

跟庄哥发过信息了，庄钦说，估计要等到十点才会结束，辛苦他等了。

按理说，庄哥的这个"咖位"，怎么也不济于此，可庄哥最倒霉的一点，就是没有靠山，他们公司本来也不大，现在又闹翻了，一个人单打独斗，也只能如此了。

"我进去就行了。"小连在外面，敲了敲门。

"不好意思。"他把门开了一个缝，"庄老师，有个电话，是电影剧组那边的，您得接一下。"

李慕站在门外，看见里面亮堂的灯光下，庄钦穿一身黑色，袜子是白色的，他先是道歉，然后走出来，一张脸绯红，一副醉态。

他一出来，小连就把门给关上了。

"庄哥，你怎么喝这么多？"他扶着庄钦往僻静的角落走。

"就……几杯，实在拒绝不了，没事，快结束了。"庄钦说着，瞥见冷着一张脸的李慕，醉醺醺的眼睛就睁圆了。

小连解释："李总和邱总在隔壁吃饭来着，正好看见我了。"

李慕说："想来问你明天有没有空搬家的。"

"有空的。"他搓了搓脸，李慕问他："这几天你见了几个剧组？每天都要跟片方喝酒？像这样唱戏？"

"见了五个了，这个谈好了已经，明天就过去签合同。"是刚才出来上卫生间，那个编剧老师说的，说他唱得真好，领导满意，最少这个数，他比了一个六。

六十万一集。

"你明天签合同，还有时间搬家吗？"

"我东西不多的，衣服也少。一次搬不完，就搬两次。"他靠着墙，仰头去看李慕。

李慕说："我送你回家。"

庄钦摇摇头："等我回去，也快结束了，制片人喝倒了就结束了。我看他也快不行了。你现在让我走，我刚才的努力不就白费了吗？"

李慕表情更沉了，庄钦手掌撑着墙："我去里面洗个脸。"

他打开水龙头掬了一捧水，抽了张面巾纸擦了下，他端详镜子里的自己，视线有些模糊，只觉得里面好像不是自己了。

要回包间的时候，李慕的忍耐似乎到了极点，他攥住庄钦的手，把他往外拉。

"哎！你……我得回去，你……"

李慕："别说话了，你没发现自己眼泪都快出来了？"

庄钦沉默了一下："你别这么大力气。"

"抱歉。"李慕手上松了一些，语气放软，"你要拍戏，我和邱明做的公司有新戏要投资，你看剧本的眼光比我们在行，剧本你来挑，片酬你来定。"

"不行的……"

"你没的选。"李慕，"你公司已经易主了。"

庄钦发愣。

李慕眉眼冷峻："我。"

庄钦迷糊："什么意思？你？"

"我吞并了几个小公司。"李慕面不改色，看他把鞋穿反了，就提醒了他一句。

庄钦把左右换回来，重新穿鞋，听见李慕平静中带着强大的声音："刚看了艺人名单，你的经纪公司，好像不小心被我收购了。"

庄钦："……"

他知道邱明最开始进军影视行业，靠的就是收购小公司，是典型的仗着有钱不按规矩来，大鱼吃小鱼的案例。

李慕是他的合伙人。

他犯了下迷糊，也没说话，慢吞吞地穿好了鞋，听见李慕骂了句很不雅的脏话，那隐含着怒意的声音道："以后再有人叫你唱戏，叫他滚。"

02

庄钦只是坐在换鞋凳上，仰头看着他。

他以为李慕这种人，一辈子都不会讲脏话的。

小连追出来："庄哥……你要走了啊？要不要回包间解释一声。"他怕庄哥这么一声不吭就离开，会得罪人。

庄钦坐在那里，慢慢像是想清楚了这么做的后果，再次脱了鞋，李慕拉住他："我刚说什么了？"

"你不是让我，去叫他们滚吗？"

"你是去骂人的？"李慕放了手，好像不太能相信，他觉得庄钦应该骂不了人，"我跟你一起去。"

"不用，这种事我一个人做就好了。"

庄钦回到包间，说："电影剧组那边有点要紧事，大家抱歉，我得先离开了，下次再聚。"

"庄老师你这就不够意思了，才喝几杯啊？居然要提前离开，不行不行，再喝一杯才准离开……"

庄钦甚至不知道说话的那个是谁，他走过去，弯腰拿起杯子，倒满了一整杯，仰头一口喝了。

日式包间的鹅黄色灯光映照在他红彤彤的脸颊上，眼神环视一周："一杯够不够？"

一圈人似乎都不知道说什么。

最后孙导开口："既然有事，你就先离开吧。"

庄钦再次告歉，从包间出去。

"骂了？"

"骂了。"庄钦穿鞋。

"骂了什么？"

"我让他们，要听戏去戏院。"

"让他们滚了吗？"庄钦走路不稳，李慕单手扶着他的胳膊，"说出来爽吗？"

庄钦头脑昏沉，越发漂浮的想象力让他觉得，似乎自己真的有按照李慕说的那么做："嗯，爽。"

四个人一起坐电梯下楼，庄钦靠在电梯壁上，头垂着。

"哎，小连，哥给你找了个代驾，你这样哪能开车，我让代驾送你回家。你家住哪儿？"邱明问他。

"我家……不行，我得送庄哥回家！"

"问题是你不能开车啊，你醉驾。"

小连："……我没喝多少。"

"那也是醉驾，不能醉驾。"邱明道，"醉驾违反了交通法规。"

"我知道……那，那我叫代驾来开。"

"你家老板喝醉了，万一代驾回头上豆瓣发个帖发个微博啥的……"

"对哦！"

邱明想这助理真有点傻，除了忠心没别的优点了。

"来这种人多的地方吃饭，怎么就你一个人陪着？"

"除了我，庄哥在首都也没别的熟人了……"

"经纪人也不管？"

"玟姐有很多其他的艺人，她很忙的……"

邱明想，难怪李慕要急着高价收股份了，这庄钦处境太差了。

"你车停哪儿的？我把你送上车，代驾到了。"

"那庄哥怎么办？"

"你放心吧，我的车送他回去。"

小连马上警惕了起来，庄哥现在一句话也不说，帽子口罩也都戴着，看不见脸上的表情，模样看起来已经醉了。

邱总看起来不像是好人。

但是比片方的人要好。

可谁也不知道邱总会不会真的把庄哥送回家。

"不行不行，我送，庄哥给了我任务，让我一定要送他回家的！"

"可是你喝了酒，是醉驾……"

就这么一个问题，两人来来回回一个意思打了半天乒乓球，最后邱明被他的执着打败："这样，你这车代驾开，你坐车上，跟在我们车后，看着我们的车把你老板送到了，你就让代驾开走，这样行了吧？真是服了，我又不会害你家老板，而且李总也在这儿。"

"这跟李总有什么关系？"他担心的是邱明的人品，庄哥酒品还好，喝醉了也不说胡话。

邱明无言，摆了摆手："算了，说了你也不知道……"

车上，邱明主动让位，坐在副驾驶座，和司机挨着。

后座，是本就话少的李慕和喝醉了的庄钦。

李慕怕他觉得闷，帮他把帽子和口罩摘了，低声问他："要不要吃点醒酒药？"

他摇头，脑袋偏过去靠着车窗玻璃："不吃药。"

"不喜欢吃药？"

"嗯，不喜欢。"

邱明竖起耳朵，简直起了一身的鸡皮疙瘩——李慕的声音听起来就像在哄小孩。

这是前所未有的事。

庄钦看着车窗外的深夜车流，忽然呢喃了一句："我想回家……"

"很快就到你家了。"

"想回家。"他声音更小了，忆起在戏班子学戏，因为背不下来戏词在祠堂罚跪的那些年，那时候他根本不想唱戏，也不喜欢，可如今想来，那竟然是自己最美好的时光。

灯光流走，映在那黑白分明的眼中，李慕一看见他的眼睛，不知怎的也觉得悲伤："是想家人了？"

"嗯……"他很低地应了一声。

"你爸爸妈妈呢？"

庄钦说："在明尼苏达。"师父和师娘就是他的父母。

或许是对李慕有信赖，庄钦是有问必答，李慕问他戏班的事，苦不苦，有没有人欺负他，庄钦都摇头。

李慕耐心地，问出了一些事。

小孩的确是在戏班长大，也没有父母，看起来应该没怎么受欺负，戏班里的人都对他很好。

车子开到停车场入口，车窗摇下，庄钦露脸，对保安亭的保安道："车子送我……进去，等下就出来。"

保安认识他，知道他是明星，于是电子监控扫描了车牌号，就放行了。

汽车驶入地下停车场，停车，后面小连的车也跟着上来了，车子停下，代驾从车尾箱拿出电动小车骑着走了，小连下车。

车门打开，李慕手臂搭在庄钦的肩膀上，把他弄下车，小连冲上来："我来我来，李总你不要总是抢我的工作。"

李慕："……"

小连摸索门禁卡："我好像没带卡。"

李慕就问庄钦："身上带卡了吗？"

庄钦听完还反应了一下什么卡，接着摸了摸胸口的口袋，摸衣兜，最后摸裤兜："带了……"

几人正要进去，李慕忽然察觉到了什么，小连也觉得不对，扭头一看。

李慕说："有人偷拍。"

小连马上朝他感觉到的方向跑过去："那个偷拍的！我看见你了！"

果然，几辆车的背后，一个穿连帽衫的黑影快速地躲闪。

电梯门开了,李慕指示邱明:"你也去追,没追到就找到源头,看是哪一家,把照片买下来。"

"明白,我知道怎么操作。"邱明上车,让司机开车追。

李慕没再搂他,怕被拍了,是挽着胳膊,然后口罩和帽子都给庄钦戴上了。

进电梯,刷卡,上楼。

李慕激活门锁,拿起他的右手拇指摁了指纹,语音提示不对:"是哪根手指?"

庄钦尚且还有意识:"这个。"

小拇指摁在感应上,门锁打开,李慕擦了擦锁,才扶着他进门。

打开灯,鞋也没脱就把他扶进去,庄钦倒在沙发上,自己把脚上的鞋踢飞了,李慕去打开饮水机给他接热水,看见水池里还有没收拾的餐盘,垃圾桶里倒了绿色的沙拉。

因为这个月还要回去拍前面的那几场戏,庄钦到现在都还吃得很少,他真的太瘦了,瘦起来模样自认不会有以前那么好看,也不健康,但这是角色的需求。

"今天吃了几顿?"

"两顿。"庄钦平躺在沙发上,呼吸。

"都吃的沙拉?"

"嗯……"他脑袋埋在一张弹性十足的抱枕里,声音闷闷地说,"晚上还吃了点土豆泥。"那个发胖,但他因为讨厌芥末,就连带着厌恶刺身和寿司这类食物了。

李慕问他:"肚子饿不饿?"

"饿。"他诚实地说。

一直控制饭量,其实很不容易,饿是正常的,但也只能忍着。

"我看看你冰箱里有没有东西能吃。"李慕挽起袖口,露出一截胳膊,他在冰箱里找了一会儿,里面有矿泉水、果汁,放了一包火腿肠,几盒面膜,还有鸡蛋和水果。

李慕拿了鸡蛋和火腿肠出来,一边打蛋一边往里面加牛奶,打蛋器在玻璃器皿里搅动出清脆的声响,这时两人都没有说话,

但如果仔细听,似乎能听见庄钦念念有词,李慕感觉他是在唱戏,唱的是什么,却听不清,但那唱法,听起来就像梦呓一样,有凄苦的味道。

李慕做饭的时候,手机响了几次,是邱明的消息。

"狗仔抓到了。

"看我教训他。

"好了,我帮你把他助理也送回家了。"

演技派

李慕回了个 OK 的高冷表情。

过了一会儿,他把做好的食物盛出:"蛋羹和牛奶粥,你想吃哪个?"

他端着走过去,弯腰看庄钦。"吃哪一个?"

庄钦躺着说:"粥。"

李慕拿了一个枕头放在他脖子后面:"要我喂?"

庄钦摇摇头,李慕端着碗,庄钦伸手去拿勺子,结果因为眼花,几次抓空了,李慕说:"我喂你。"

李慕感觉会有些烫,搅了搅,才慢慢地一点点地喂到他嘴里。

让张嘴就张嘴,勺子喂到嘴边他就含着,李慕问他好不好吃,庄钦说好吃,说:"你人真好。"

庄钦说不吃了,李慕才收了,收的时候尝了一口他说好吃的牛奶粥。

结果发现米是夹生的。

就这种味道的粥,这小孩还对自己说好吃,还说自己好。

李慕没来得及收拾,准备先把他照料着弄上楼了,再下来把餐盘放进洗碗机。

李慕怕他摔倒,慢慢把他弄上楼了。

庄钦穿着袜子乖乖坐在床边,李慕让他坐着别动,他就坐着没动。

李慕去衣帽间给他找睡衣:"这个是不是你的睡衣?"

他拿起一件袍子,庄钦眼神聚不了焦,看了好久才点头:"嗯!"

李慕拿起衣服过去,蹲在他身前,声音越发地温柔起来:"自己能换吗?知道衣服怎么脱吗?"

庄钦慢半拍地说知道,什么都知道。

李慕嘴角的笑意又浮上来了,故意问:"那你认得出我是谁吗?"

"嗯……认得。"庄钦努力地分辨眼前的脸,突然声音就大了一号,"你是李慕啊!"

"我好喜欢你的电影。"庄钦好认真地说,"你演得真好。"

03

庄钦虽然喝醉,但也记得要洗漱的事,他换上睡衣要站起,整个身子摇摇晃晃的,李慕搀他去卫生间,保姆级地照料他洗漱完毕,又把他弄回床上去,把被子搭在他身上。

"谢谢你。"庄钦眼睛已经快闭上了。

李慕站起,去关了灯,下楼。

李慕看了眼时间,给他留了张便条,说上午十点半过来帮他搬家。

"我带了早饭,刚醒吗?"李慕进门,庄钦睡眼惺忪地打哈欠:"嗯……你还特意跑一趟,我不知道怎么说谢谢了。"

庄钦说晚上请他吃饭。

面前是大理石的岛台,两人面对面坐着,庄钦喝水,李慕不动声色地道:"昨天你喝多了,发生了什么你还记得吗?"

"记得啊。"庄钦开吃肉夹馍,"你送我回家的。"

他记得自己跟片方吃饭,唱了一晚上的《杜丽娘》。

李慕:"嗯,送你回家了,然后呢?"

庄钦开始回想,想了半天:"是不是遇见了狗仔偷拍,抓到他了吗?"

"……抓到了。"李慕,"别的不记得了?"

"我还记得,你做了吃的给我。"庄钦越是回想,越觉得李慕这人和看起来完全不同,以为是个大冰山,谁知道是面冷心热,脾气又好又友善。

业内有一些这样的案例,因戏结缘的模范好友,十几年雷打不动,不曾疏远,不曾背叛插刀。

李慕问他:"别的?"

庄钦摇头,复而想起一件很重要的事情来:"噢!想起来了!"

李慕惊讶。

庄钦:"你收购了悦动?"

"是。"

"那,我们公司是不是要和邱总的那个暮光合并了?"

"不。"他简短地解释自己只是控股,能左右公司决策,其他的一切照旧。

而且目前合同刚刚变更,悦动传媒不是什么上市公司,也不需要去证监局变更登记,所以实际上悦动传媒的其他股东,都不知道是谁在背后这么收购股份,到目前为止,他还没有正式露面。

"哦……"庄钦觉得,如果李慕成了大股东,自己是不能问那么多的,哪怕是朋

演技派

友也一样。

悦动虽然规模不是很大，但收购这么一家蒸蒸日上、业务发达的娱乐公司，肯定要花很多钱，至于花了多少，庄钦也没好意思去问。

上亿肯定是有的，很可能还不止。

只有一点，李慕现在等于是他的上司。

庄钦在想，自己和上司私交是不是不太好？

他开始走神，李慕呷了口咖啡，打断他的思考："听说，你们公司以前对你不是很好。"

"啊？"庄钦回神。

"要不换个经纪人。"

"不用不用，"庄钦忙道，"我经纪人挺好的。"

玫姐太忙了，但忙碌之余也经常关心他，问他拍戏近况，身体近况，怎么不发微博营业什么的。

庄钦道："不用给我特殊待遇，公事公办，我会好好给你赚钱的。"

虽然对这些老板们的事不是很了解，但庄钦知道自己的协议不是跟高层签的，是跟悦动整个公司签下的，李慕成为控股人，并不能影响其他的事。庄钦更是没有想过利用这层关系去达到什么目的。

对赌该完成的，他还是得完成。他不清楚李慕知不知道对赌这件事，或许是听说了，不然怎么会知道公司待他不好。

李慕认真地审视了他一会儿，"嗯"了一声："公事公办，不管你签了什么，我都会给你公平的待遇。"

庄钦抬头望着他，李慕慢条斯理地说："公平是指一切如前，以前你什么待遇，现在就什么待遇。剧本有人帮你看，见组有人帮你谈合同。"

李慕能做的当然不只是这些，不过没必要给他压力，公私要分明。

家具都是公司的，有些是庄钦自己买的，但也不多，庄钦打电话叫了搬家公司，最后也没多少东西，衣服和玩偶是最多的，塞了几个大箱子，还有些贵重物品，两只加起来六七十万的表，庄钦是放书包里，各类出门摆造型的奢侈品，都单独装着。

把东西都收拾好了，庄钦人坐在李慕的车上，前往新家，两人在车上算了房租的事，李慕不想计较这个，庄钦觉得不能不给，这不是请吃饭就行的小事，像他之前住的那一处，如果去外面租，怎么也要两三万一个月，给李慕肯定不能少了。

李慕摆摆手："等你搬家的时候再算，不用跟我签合同。"

车子进小区地下停车场前，有两道门卡着，一道门需要刷卡，一道门有保安站岗，车牌号被监控拍下来。

进停车场时，庄钦就隐约感觉到了，这小区安保条件非常好，住户都是有钱人，因为地下停车场里停放的都是不太常见的车。

刷卡上楼，电梯间修得豪华，和五星级酒店的电梯间差不多，一梯一户，双开门，李慕输入密码开门，进去就是一整面的玄关，左右双动线，空间开阔，一眼从左到右，目测就知道这里的面积起码是超过了五百平方米。

在这种地方，这种面积的小区，住的人非富即贵。

庄钦有点蒙："我们……没走错？"

"没。"李慕扫一眼玄关壁的白牡丹，说，"我也是第一次来。装修有点老，年轻人很少喜欢，将就住一段时间吧。"

住这里的大多是企业家，审美大多就是富丽堂皇，但又不能过于俗气，开发商设计的时候也花了很多心思，处处彰显富贵。

庄钦觉得不妥，这么大的房子自己给这么点房租哪能行，李慕头疼得很，也不知道怎么跟庄钦说只是举手之劳，房子不住就空着，物管费照常要交，没有区别。

最后他说："你只使用一个卧室，最多再用一下厨房和影音室。"

庄钦一想也对，在这种地方，租个卧室，似乎价格也差不多了。

搬家公司上门，事情还没搞定，剧组统筹来了消息，问他什么时候有时间过来签合同。

庄钦正在搬衣服，忙晕了，因为从门口到卧室的动线，搬东西要走半分钟。

他停下来，发消息问了细节，哪个角色之类的，统筹说是另一个男配角，按照戏份来说，应该算是男四号了。

虽然这个男四号的人设还不错，但戏份终究是太少了。

庄钦的手指放在屏幕键盘上，敲敲打打，又放下来了，他想问为什么不是自己试镜的那两个角色，是自己哪里演的不好，还是其他原因。

最后只发了一条："我问问经纪人，明天再给您答复行吗？"

统筹说行的，不过叫他快些确定，再晚这个男四号都没有了。

尽管昨晚他喝得多了，可唱戏的事，是记得清清楚楚。

他一唱，有人就笑，男生扮生角和扮旦角唱腔有区别，旦角声音更柔，在有些

演技派

人眼里,就是娘,庄钦不明白自己为什么要唱给一群不懂戏的人听。

他抱着衣服,一件一件地塞进衣帽间的柜子里。

由于经常受挫,抗压能力早就上来了,但这种时候,心情仍然好不起来,自己努力了,争取了,仍旧被看不起。

一件一件地把衣服抖平整,挂上去,庄钦的手机又响了。

这次是未知来电。

他接起,那边先问他是不是庄钦。

庄钦顿了顿,说是。

那边就自报家门:"庄老师您好,我们这边是《只差一步》电影剧组的,因为找不到您经纪人的联系人,就打了您留的这个电话——前几天您来过我们这里试镜还记得吗?"

"记得……"庄钦坐在衣帽间的换鞋凳前,面前是一整面镜子,映照出他因为激动而微微发抖的面部。

"试镜那天我们姜导就表示很喜欢您的表演,后来花时间跟制片主任沟通了,今天确定了请您来担任主演,不知道档期方面会不会冲突?电影是十二月开机。"

庄钦神经猛地一跳,克制地道:"好、好的,谢谢你们能喜欢,我很荣幸,我十二月没有安排,有档期的。"

"关于片酬,我们这边给的报价是 2000 万,如果您有其他想法,我们签合同的时候再谈。"

"好、好的,没有问题。"

那边再三夸了他试镜当天的表演,还问了这个号码是不是他的微信号。

见组前,庄钦没有看过剧本,是当场即兴发挥的演出,结果效果却比之前招试镜演员时还要强几倍。

其实郭宝箴经常会说他今天表演得不错,周导也每天都说,但他还没从别人那听过这种真情实感的赞扬,认可他的演技,认可他的实力。

对方剧组是标准大制作,虽然题材并不算很大众,但也是商业片,而且导演是国内顶级的大导。

虽说近几年"翻车"了两回,但绝大多数,在庄钦印象中票房口碑都尚可。

他之所以会去试镜,一是因为有这么个机会,二是知道是大制作,片酬不会开得低。

他坐在那里，面对镜子，是前所未有的感觉，这和当时与郭导签合同时的投机取巧的感受大不相同，这回是凭实力争取来的。他不能自持，想站起来做点什么，想去床上打个滚，但床还没布置好。想啊啊啊地叫一通发泄，又担心扰民，最后他看没人，李慕好像在外面，就偷偷用头撞了几下柜子。

李慕把搬家公司送走，关门，进卧室的时候，从右手边进衣帽间，正好看见了那面镜子。

眼角涌出了泪水，庄钦抬手擦了一下，从镜中看见李慕走近了，就低下头，想把眼泪憋回去。

李慕问："谁欺负你了？"

"不是，没人欺负我。"他激动地说，"是……是剧组，剧组给我打电话……"

李慕明白了，是昨天那个剧组。

估计是说了什么，又把这小孩惹哭了。

他恼火地憋着骂脏话的冲动："别难过，这个剧组我们不稀罕。"李慕说，"有的是人喜欢你，不必在意它。"

"不、我不是难过，是……另一个剧组，一个电影剧组，"庄钦抓住他的手腕，雀跃，"给我打电话，说要我当男主演。"或许是心情波动太大，说话语气也不稳，但眼睛明亮得惊人，"他们来电说，导演很喜欢我，这个片子导演是……"

他说了很多，说自己喜欢这个片子，李慕有注意到他在微微发着抖。

庄钦说完，停下，喘气，心跳个不停。

他感觉在和李慕分享喜悦。

李慕感觉他安静了一些，就道："你很喜欢这个导演？"

"嗯。"

"谁跟你一起搭戏？"

"目前还不知道，得签了合同才知道。"

"除了这个导演，你还喜欢谁？"

庄钦说："郭导也很好，周导我也喜欢。"

李慕："哦。"

04

和电影剧组签了合同，庄钦人就回剧组了。

而《山河破》电视剧剧组那边，又联系了他几次，但二者正好撞了档期，庄钦便委婉地表达了拒绝，只说和另一个电影撞档期，自己拍不了。

回组，连续拍摄了有接近一个月，剧组需要在泰国拍摄的部分结束，庄钦彻底杀青，剩下有些动作戏，都是李慕和配角的戏份，只能回国棚拍。

当晚，剧组在东南亚的最后一个夜晚，安排了聚餐，也是给庄钦准备的杀青宴。

还是上回给他办生日派对来过的那家海边餐厅——郭导所有的钱都拿来拍电影了，他没钱请客，制片人也不在，这回是李慕做东，把餐厅包了下来，郭导肉疼地花钱去订了个巨大的、上面写着杀青快乐的蛋糕。

餐桌拼成了几张大桌，四周都摆放着餐椅，自助餐和点餐同时进行。

夜幕降临，灯光渲染了这座海滨餐厅，海风撩动用麻绳串起的灯泡，明亮的光晃动在每一个人的脸上，周导很喜欢喝酒，还在挨桌地敬酒。

"郭导！都杀青了，您说两句呗！"不知道是谁突然喊了这么一句。

正在喝冬阴功汤的郭宝箴呛了："咳、有什么好说的，这还没彻底杀青呢，回国还有一个月的棚拍，你们还没放假呢！"

"庄老师杀青了！"有人说，"您说两句，其他剧组都这样，杀青的时候导演要总结的。"

"我又不是什么领导——"这么说着，郭宝箴还是站了起来。

他拿起一杯酒，先敬给坐在不远的庄钦："首先恭喜庄钦老师杀青，这一杯敬给我们优秀的演员，这四个月以来，他的演技和敬业是有目共睹的，祝庄老师事业长红、星途坦荡、早日拿下最佳男演员！"

"早日拿最佳男演员！"剧组里异口同声地道。

"预祝《藏心》票房大卖，拿下电影节大奖！"

这种话一般不会是导演自己说，但郭宝箴就那么说了，也没有人觉得有什么不对，都在重复他说的话，此刻，剧组的每一个人，心都系在一起，都盼着成片大卖、拿奖。

大卖或许有些难，国内要是上映不了，盗版就会在云盘里到处传，后期就得忙

第九章

维权去了。

但拿奖还是可以盼一盼的。

"庄老师,把酒喝了?"

庄钦只犹豫了一拍,还是接过了。

这杯酒和其他的不一样,庄钦还是乐意喝的,他慢慢地喝了半杯,对郭导说:"谢谢郭导的祝福,我在这里也祝您……不、不是祝,是您一定会拿到大奖的。"

庄钦是记得的,这部片后面是拿了金棕榈的提名,还拿了一个不出名的电影节的奖,但不是最佳影片,具体是什么,他也记不清了。

不过从这一部之后,郭宝箴的每一部电影,都大获成功。

李慕也是如此。

"哈哈哈,借你吉言了。"两人碰杯,相视一笑,庄钦把剩下半杯啤酒喝下了肚。

后面剧组的每个人,都上来给庄钦敬酒,任谁看,庄钦都是要大火的,现在虽说名气也大,但只是个"小鲜肉",没作品,不过两年就会被淘汰。

庄钦认得他们每一个人,也记得每一个人的名字,多亏小连一开始进组就在记名字,经常提醒他,庄钦就全都认得了:"我就喝一口。"

"我不能多喝……"

"喝雪碧可不可以?"

他实在不好推拒,但心里并没有不乐意的情绪,因为这是他见过最和谐的剧组,两个导演都没有架子,有时候要求会严格一些,但绝不会骂人,而制片人是个不差钱的大富豪,什么都来最好的,剧组人员幸福值高,也就没有其他剧组那些乱七八糟的事了。

李慕平日太高冷,这时候也有人不怕冷气跑去找他,祝了一大堆,他意思意思喝了几口,看庄钦什么都接来喝,拒绝也很小声,问了问可不可以换成可乐,别人说不行他就不换了。

后来大家打蛋糕仗,大家对蛋糕都是吃一口得了的态度,拿起来到处砸,庄钦坐在那里,有人胆子大抹了奶油在他脸上,他无可奈何地笑,抬手随意擦了几下,也没擦得很干净。

那副起不了身也懒得跟旁人计较的慵懒模样,看起来是醉得不轻。

庄钦拉着郭导的手:"郭导,我有没有跟你说过我特别喜欢你?"

"哈?"

"我特别喜欢你拍的电影！真的，拍得太好了！"他眼睛亮着，真心诚意地把郭宝箴夸到脸红："我也没……没拍过两部。"

05

翌日，剧组人员分批次回国，大量昂贵的摄影器材只能随后专机护送。庄钦和李慕正好是在同一架航班回国，而飞机上还有其他剧组人员。

飞机起飞的时候，庄钦往外看底下深蓝色的海面。一想到自己杀青，离开剧组了，就觉得很舍不得。

五个小时后，飞机平稳落地，收拾东西下飞机，庄钦从包里摸出一个折叠的黑色渔夫帽给李慕："你戴上这个。"

李慕拿起来，也没问就戴在了头上。

庄钦是怕他长得太显眼，害得自己被人认出来。好在李慕自己会戴墨镜，加上帽子，只露出下半张脸，尽管杀伤力还是很强，但已经比露全脸要好得多了。

"有人来接你吗？"庄钦问他。

"有，"李慕垂首，眼神被茶褐色的墨镜遮住，"要跟我一起吗？顺路送你。"

"公司安排了车来接我，在停车场。"

近一个月以来，他在公司里的待遇慢慢地变得和之前差不多了，回国的行程，不至于借不到公司的保姆车来接机。

"这都得谢谢你。"庄钦认真地说。

"小事。"李慕叫他不用客气。

两人边走边聊，觉得离开剧组后，或许和李慕还能做个普通朋友。他知道短期内李慕肯定不会拍戏，像他这样不以此为生，不靠这个吃饭，只单纯是兴趣的类型，的确可以隔几年拍一部电影。

庄钦拿到了行李箱，一边推着往外走，一边问他有什么安排。

"今晚吗？"李慕表示，"今晚没有安排，你呢？"

庄钦看一眼时间，已经是下午四点了——其实他问的是以后的安排，李慕会错意了，他也不好解释，顿了顿道："我也没有安排，那我请你吃饭？"

他的回应完全是照着李慕的计划在走，不那么明显地抿出一个浅笑，李慕应了一声："可以。"

庄钦又问他，接下来演艺事业上的安排，李慕回答没有安排："拍完棚戏，就不做演员了。"

正当庄钦要问的时候，他瞥见了外面一群举着横幅的和应援牌的小女生。有上百人的接机团队十分壮观。

庄钦脚步一顿。

"是不是那个？"

李慕的九头身太显眼了。

庄钦虽然穿得低调，但似乎低调得过头了，没戴墨镜，半个口罩遮住下巴，棒球帽向下压，如果是熟悉他的粉丝，很容易就认出来了。

几乎是瞬间，就被人认出："是！！"

"他出来了啊啊啊啊啊啊！！"

一群刚下飞机、不明所以的群众被这尖叫声吓了一跳，赶紧回头去看是哪个明星，仔细一瞧发现好像认识，是个演偶像剧的。

庄钦还顿在原地，似乎是吓住了，又像是陷入了什么回忆，李慕第一个注意到他不对劲，低头问了句："没事吧？"

小连也惊了："怎么这么多人，都没有提前通知！庄哥，我们怎么办？"

周围有几个是机场的安保，这会儿也拦不住人了，喝止声也被"迷妹"的尖叫给淹没，一群女孩子蜂拥而来。李慕也是第一次遇见这种像丧尸出笼的情况，反应过来要拉庄钦离开，庄钦摇头，压低了声音："你先走，那边有娱记，他们会拍到你的。"

因为这场声势浩大的接机活动完全没有提前通知，庄钦看了下四周判断了情况，自己是跑不掉的，又不能让粉丝白跑一趟。

可他心里总有阴影，害怕一群接机粉丝里，混了几个不是粉丝的人。

一群粉丝挤着围上来，李慕没有离开，手臂挡在他前面，被人刨了不知道多少下，他很厌恶被这么多人围着，尤其还都在尖叫，喊庄钦的名字，空气里全是看不见的唾沫和细菌，李慕蹙眉，别过了头去，但手臂却始终护在他前面，怕他被人给伤了。

庄钦也被摸了很多下，但嘴里还不断地在说谢谢："大家不要挤，注意安全。"

有粉丝眼尖地发现了这个疑似保镖又很不像保镖的帅哥，仰头疯狂地偷看这个只露了下半张脸的男人："是哪个明星吗？好帅。"

演技派

"怎么有点眼熟？"

"像那个谁谁谁……"有人说了个混血男星的名字，"但是好像也不像。"

李慕摆着一张冷酷脸。

好在机场的地勤安保也过来了，勉强维持了秩序。

后面李慕叫的保镖过来了，帮他拿行李，庄钦在机场逗留了二三十分钟，又是签名又是合影的，最后在保镖的护送下出了机场，李慕捞着他的手臂，把他推进了自己的车里。

小连也蒙了，后面接连被人推搡，他伸手打开副驾驶座的车门就爬了上去。

有些疯狂地追了几步车，然后停下，对着远去的豪车拍照。

"对不起，连累你了。"他后面跑的那几下，简直寸步难行，累得是气喘吁吁，看见有个粉丝跑太快摔了，还停了下来。

"不碍事。"李慕摇头，用消毒水擦手，"你要消毒吗？"

"给我来一点吧。"

李慕往他手上狂喷了几下，抽了湿巾："经常遇见这种情况？"

"之前偶尔遇见。不过大多时候都会预警，让我做好准备，今天没通知……"庄钦仔细地低头擦着手，还没平静下来。

刚出道的时候他就是一炮而红，虽然粉丝大部分都是单纯"粉颜"的，理智粉居多，但也有一些疯狂的，接机团队里可能还有一些是对家雇来的。

刚开始他被很多人追着说喜欢，庄钦每次都停下来，让他们拍、合影、握手，什么都无所谓，他觉得有人喜欢，是一件很荣幸的事，粉丝是需要呵护珍惜的。

普通的粉丝都没什么，她们追星理智，知道保持距离感，庄钦是害怕遇上一些变态的。

庄钦的行李箱在另外的车上，他扭头看后面的挡风玻璃，道："后面是你的车吗？"

李慕说是："你行李在上面，等下直接送到你家。"

庄钦道谢："对了，你怎么那么快就找到了保镖？"

"上次跟你一起回国，你被认出来了。"李慕这回提前就准备了一下，免得遇上情况，没想到真的碰上了。

庄钦没想到他想得这么周到，自己这个做明星的都没想到的事李慕想到了，他很不好意思地说："但今天我好像害你被人拍了，他们可能会传到网上去。"

"没事。"李慕还在擦手臂，想回家洗澡，他看车窗外天边露出晚霞的色彩，便道，"你是先回家还是跟我去吃晚餐？"

今天要不是李慕自己说不定人还在机场困着走不了。

庄钦说："我请你吧，你想吃什么？"

"小区里有个餐厅，我没去过，之前看见过介绍，中西餐都有。"

"啊，我知道那个。"庄钦搬家后没住两天，他连李慕那个房子都还没逛完，同时发现这个小区真是给富豪住的，有些服务他想都没想过，"我下楼的时候有看见那家餐厅，有好几家，但没什么人。"

庄钦看见了便顺口问了句，得知是吃完记账，可以点餐送上门，而每月送账单到门前，自己上网用APP缴费就行了。

"那就回家吃吧，顺便洗澡，你不用再出门了，你觉得呢？"李慕看他衣服领子都被人抓烂了，"下次出门得带上保镖。"

"嗯好，知道了。"

前座，小连在翻超话。

"庄哥，公司好像给您买了营销。"

低调拍戏期间，庄钦不发微博不搞营销，前几回上热门都是他的剧，剧方自己买的。

庄钦不在意这个，回了句："是吗？"也没看手机，也不知道是什么营销。

到家，在家里找到了菜单，李慕打电话给楼下点餐，让他们过一个小时送上来，接着找了间没用过的浴室冲澡，他今天被太多人碰了，李慕反复地把身上都洗干净了。冲完出来，也没看见浴巾和浴袍。

这房间没人住，也就没准备这些。

李慕只好给庄钦发消息，问他："洗完了吗？"

"你那边有干的浴袍吗？"

庄钦刚洗完出来，回消息："有，我给你拿过来。"

庄钦换上睡衣，找到浴袍，走到旁边的房间，发现李慕不在这里："你在哪间卧房的浴室？"他发消息道。

这房子有大大小小五个卧室，有几个他都没进去过。

这会儿找李慕的工夫，他发现竟然还有个室内桑拿房，有个四面都是镜子的健身房，里面只有两三样器材，可以当舞蹈室使用。

演技派

很快,庄钦找到了李慕,敲了敲门:"浴袍给你拿过来了。我给你放这里。"

李慕慢条斯理地把衣服穿上,仍然在刷手机。

刚刚不小心看见推送的新闻,点进去的时候,不知道怎么就看见了庄钦的名字。顺手进去看了一眼,是庄钦回国机场生图。

有些"饭拍"还拍得挺好看,虽然比真人失色不少。

这都不是吸引他的点。

有些照片,还模糊地抓拍到了自己。

"钦宝旁边那个高的,是哪个刚出道的明星吗?还是一起拍戏的演员?啊啊啊啊啊也太帅了吧!!"

"这侧脸好绝!"

"今天去机场接机了,真的,真人比照片好看多了,照片连真人的十分之一都比不上!"

从小是天之骄子,但并未做过公众人物的李慕第一次享受这种待遇。

这都不是重点。

重点是评论区有人说:"没人看见这个戴墨镜的一直护着我们弟弟吗?这是保镖还是??这个保镖是不是长得太犯规了点???"

"我在现场,应该不是保镖,那小哥哥超级帅!而且是一直护着弟弟的,胳膊挡着别人不让人碰他,啊啊啊啊啊好甜!!!"

"听起来真的好甜。"

"有画面了有画面了!这CP我嗑了!!"

李慕搜了下嗑CP是什么意思。

搜完回去,又看见了更多的评论。

"完了完了上头了!!这大帅哥虽然看不见全脸,但是身材好好啊。"

"我刚看了路人录的视频,真!的!好!甜!"

李慕看得停不下来,给他点了个赞。

他的账号注册过后,就转发了一次抽生日会门票,也不会玩儿,就随便看看新闻。

李慕一边擦头发,一边从卧房出去。

饭菜已经送上门来了,李慕停下刷手机的动作,走过去坐下,看见庄钦在用餐具分食物。

300

庄钦说："刚才行李送过来了，好像把你行李也送到这边来了。"

"等会儿我带回去。"想起还有杀青礼物没给他，正准备去箱子里找，就听见庄钦说："快吃，我刚才尝了一口，做得挺好吃的，不过……这肯定算不上是请你吃饭，你们的棚戏是几号开始来着？"

李慕回答下周开始。

庄钦想了想："这半个月我都休息，没有什么活动，你要是什么时候有空，就给我打电话，或者发消息，我随叫随到。"

"我就觉得，拍了这么久的戏，戏虽然是假的，感情是真的，你帮了我很多很多……"

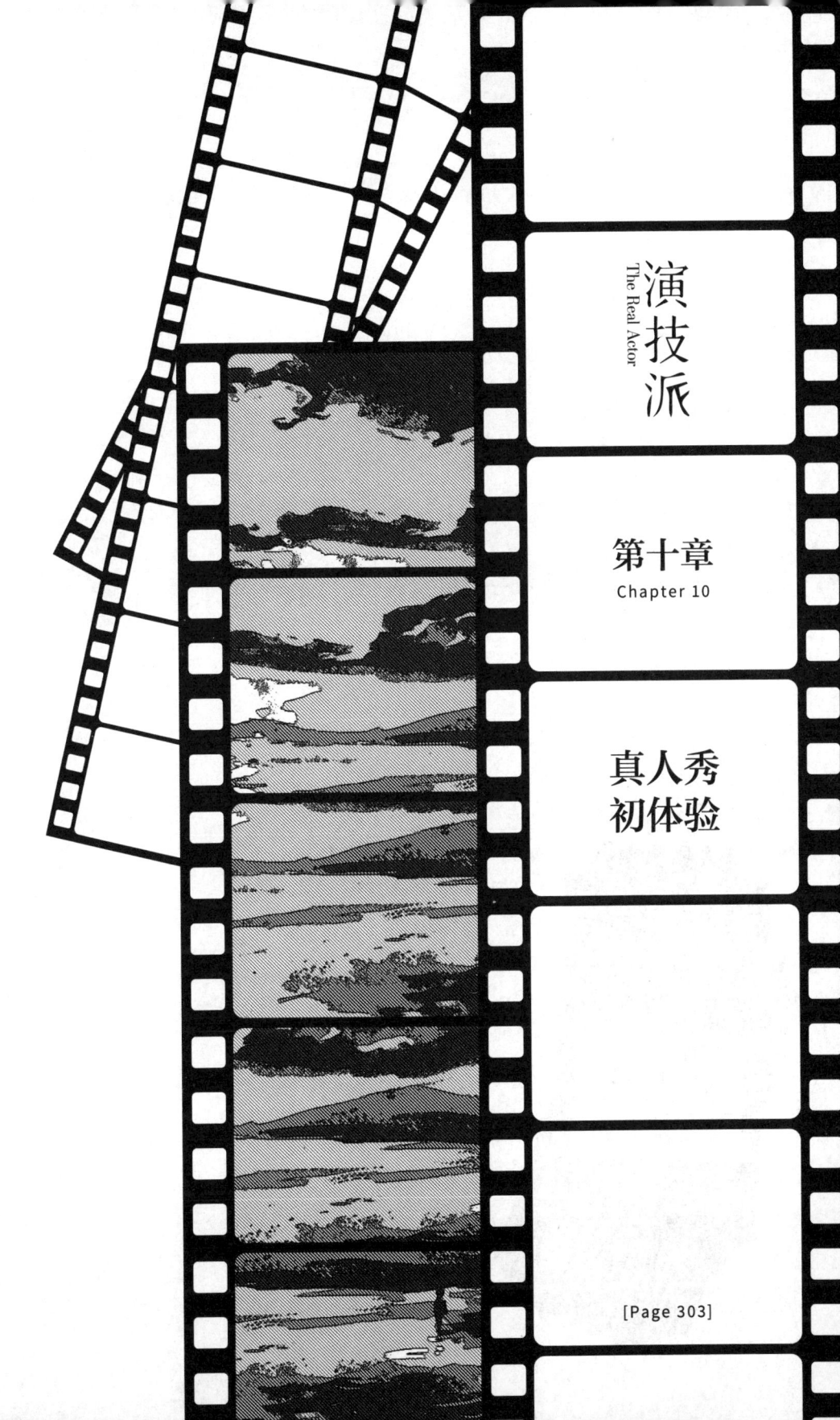

第十章

01

后面庄钦隔了两天,就找到李慕,特意请他吃了一顿饭。李慕把杀青礼物给了他,是一瓶香水。之前庄钦特意问过什么牌子,李慕手头上没有了,这是特意让调香师做好邮寄来的。

庄钦表示感谢,他也有准备杀青礼,但李慕还没正式杀青,等到正式杀青那天,他要回剧组参加杀青宴,准备到时候再给李慕。

休息半月后,庄钦把上个剧本的事忘到了一边,整装待发,坐飞机到了南城,《戏中百味》这一档真人秀节目的演播厅和厂棚都在这边。

晚上,庄钦人抵达制作组安排的酒店。这节目制作方财大气粗,酒店也是五星,一个工作人员给了他房卡,说:"庄老师,晚餐的话用这个晚餐券去餐厅吃就行了,明早的早餐是另一个餐厅,八点在大堂这边集合,一起坐车去演播厅录制,等会儿我拉您进个群,有什么都会在里面通知,这是明天的录制流程。"

庄钦低头看了一眼。

首先是时间安排:"要录到晚上十二点?"

"很有可能会录制到比较晚,您做好准备就是,您明天跟着到了演播厅录制,行李就让工作人员帮您拿着。因为明天我们就得换地方住了。"

"不用了我带了助理的。"庄钦看见了第二条,标明不能化妆,得素颜。

后面还有一些声明,也就是拍摄真人秀的个人隐私,等等。因为后期会有摄影师一路跟拍,房间也会有摄像头,需要明星本人同意并签字,这些在前期签合同的时候,庄钦已经确认无误签过字了。

庄钦一面阅读流程,一面跟助理小连,以及公司最新安排的助理、兼任化妆师的 Gabriel（盖布里尔）一起刷卡进电梯。

昨天是他第一次见到这个新安排来的助理，Gabriel 见到他第一句话是："庄老师，我是您的贴身助理 Gabriel，您可以叫我小马。"

因为是刚认识，庄钦对他不算信任，不过很客气，端茶递水都没要他干，他不是那种事事都要别人代劳的人。

电梯门正要关闭，外面一只手伸进来，门弹开，紧接着，庄钦就看见了两张熟悉的脸。

那小助理一看见庄钦，也是一愣，随即，脸上的厌恶是藏都藏不住。

"柏哥。"在事先，庄钦并不知道有哪些人来参加这个节目，虽然知道这个节目，但并没有深入了解过。庄钦低头看着郑风柏行李箱上贴的节目组 Logo，就立刻确认了："您也是来参加《戏中百味》的？"

"是。"郑风柏进来，助理刷卡，他问，"你也是？"

"嗯……"

两人无话。

郑风柏："听说这个节目，就是切磋演技的。"

"是……"庄钦拿起录制流程书，"上面都有写。"录制的时候会说一遍详细规则，那是说给观众听的，至于演员都是提前拿到的。而这个节目和其他真人秀不一样的是，来的全是演员，节目组就没给设置人设，让人自己发挥。

"您的《定东风》都杀青了？"

"刚杀青。"

"哦哦，恭喜了。"

"你电影也杀青了？"

"嗯，杀青了。"

庄钦并不知道，郑风柏来参加这个节目，就是因为知道他要来，才自己主动联系节目组的。

前段时间郑风柏在助理的提示下，看了几部剪辑的"鬼畜视频"。

视频剪辑素材是来源于庄钦演的那部叫青春什么的偶像剧，鬼畜是真鬼畜。

把他乐得不行，又气得不行，演得这么差，居然还能撬自己的角色，演《定东风》的时候，屈导脾气不好，经常骂他用的金句就是："替身都比你演得强！"

屈导指的是现场替身，并不是指代庄钦，或许有那么一层意思在，但看过鬼畜

第十章

视频后,郑凤柏很不服气,庄钦也就那样了,第一部演得好是运气,第二部这么烂,自己哪点不比他强?!

出电梯,郑凤柏仰着下巴跟他说:"明天录制见。"

"好的柏哥,明天见。"

小连低声吐槽:"他头抬那么高做什么。"

庄钦嘘了一声,叫他别乱说话。

他一个人住一间,两个助理住的是另外的标间。晚饭他没有下楼吃,小连给他带了饭上来,说自己在餐厅看见了谁谁谁,都是演员,但都不怎么出名。

这个节目请的演员,多是年轻演员,二十多岁三十多岁,也不乏刚毕业或还在学校的学生。

水平有高有低,但大部分都在水平线以上。

庄钦在房间倒立着,研究剧本。

片场,李慕解下身上的钢丝,大量的动作戏要求他做出各种高难度的动作,什么后空翻,或从楼梯直接跳下去之类的危险镜头。

郭导说,要找到和他差不多身材的替身是比较困难的,毕竟要是他这个身材,怎么会跑来做替身。

李慕第一次演这种戏,也没想过用替身,一切都是自己来。

身上勒得有些难受,他换下了拍戏后被汗水浸湿的衣服,随手擦了擦汗湿的短发,收拾东西,坐车回酒店。

他坐在后面,一手拿手机,一手遮住屏幕,免得被人偷看到了。

半个月过去,庄钦回国机场饭拍上热搜的热度早就下去了。

02

庄钦在房间里,给经纪人语音通话。

"你之前没有参加过真人秀,真人秀就是要真,哪怕是演戏,也不能让人看出来是在演戏了。你的性格,我是不太担心出问题,怕只怕你性格太好,让人蹭热度都不知道躲。"

苏玟知道这节目的定位,请来的演员有一部分是演得好但没名气的,还有一部分就是庄钦这样，有名气但演技常常被人诟病的，二者对立才能产生良好的话题度，节目还没开拍她都能想出一大堆故意剪辑设置的博眼球剧情。

庄钦表示明白。

玫姐："你明白什么明白，到时候有人让你合影，不管男的女的都小心些。"

"女演员我理解……"庄钦知道玫姐怕对方女演员团队会借题发挥买通稿炒CP，但男演员怎么不能合影了？

"你就不怕给你P丑图发出去了？"

"哦……"庄钦说，"也不是男团，不至于。我能躲就躲吧，躲不了就算了，对了玫姐，我看见柏哥也来了。"

"是，我也是刚知道，刚想跟你说这个呢，怕他在节目里针对你。估计他也不会做得太明显的，怕只怕你们这个节目组剪辑缺德，故意借着你们的矛盾蹭热度。"

观众看真人秀，有一部分也是专门来看掐架的。

苏玫又提醒了他几句，然后道："对了，这边有几个不错的品牌找了我，广告和代言费都给得高，男装和珠宝类的我都帮你拒掉了，等以后有'红蓝血'的资源了再接，护肤品这个可以接，是代言加联名款水乳面霜面膜广告合约，一年的合约，开价五千万，我看还可以再谈。"

"这家…怎么这么高？"庄钦还没接过这么高的品牌代言费，而且这段时间接的广告都是他自己找资源谈的几个，加起来的广告费不超过两千万。

"是一年的合约，还有其他广告也算上，这也不叫高，你身价上去了这还能往上提。而且你不知道，你出的联名款的手表被大款一口气买空的事吗？"

庄钦："……"

苏玫："广告商看中了你的粉丝购买力了，那么贵的手表都能卖脱销，几百块的水乳岂不是分分钟卖光？"

跟她说好了第一期录制结束就回去签合同拍广告，庄钦便关灯睡下了。

他带的睡衣和枕巾上喷了少量的香水，李慕给他送的似乎是香精，味道不浓但留香很久，尾调是浓郁的黑巧克力气味。

拿出手机，准备发一个香水很好闻他很喜欢的消息给李慕，打开消息框，庄钦发现类似的话早在半个月前自己就说过了。

算了。

他放下了手机，盖好被子，在黑巧的香味中入睡。

第十章

"庄哥,昨晚没休息好吗?"

"我有点认床。"庄钦换了件没有 Logo 的短 T 恤,上下装和鞋都是最简单清爽的基础款,一张脸干干净净,眼睛黑白分明的有神。

"要不要打点遮瑕在眼下?"新助理小马拿着吹风机进来了。

"不能化妆的,不用遮了。"

"那发型总要吹一下吧?睫毛也夹一下吧?"

吹好头发,庄钦又看了一遍录制流程,这才下楼去。

因为在后期会慢慢地淘汰掉,所以第一期请来的演员是最多的,进个电梯都能遇见俊男美女,庄钦低头看群消息,进来的那几个瞬间就把他认出来了。

"您是……庄钦?"

"是,您好。"他从手机上抬头,把手机收进裤兜,礼貌地点头。

"您也来参加节目的吗?"

"是,你们也是?"庄钦瞅着似乎有些眼熟,但他不太看网上那些电视剧,就分不太出来。

"对对,不过没想到像您这样的也来参加实训节目。"

庄钦笑:"我跟你们一样都是演员,都需要进步。"节目组请他的用意,他自己也清楚,就是当他演技不是很好,请来博话题提高收视率的。

在电梯里互相握手寒暄,庄钦还被索要了微信号,他也直接给了。

楼下,摄影师已经就位。

从摄影师打开镜头盖开始,助理和经纪人一切其他人员就不能出现在镜头中了。

制作组安排了几辆小巴车把演员送到演播厅所在的广播大楼,流程上说,第一天是直接开始面试,第二天是 PK,第三天才是录制个人 VCR 和拍摄宣传硬照。

进了广播大楼,先是抽签领取号码牌,然后见到了此次节目的主持人,是庄钦的熟人,上回他帮忙打鳗鱼饭广告的那位女主持蓓蓓。

蓓蓓介绍了一遍第一期的规则:"在座各位优秀的演员们,大多都是经历过艺考的,也经历过见组的,规则很简单,根据手上的号码牌按照顺序进入演播厅,根据五位评委导师的要求进行表演,表演结束后每位导师会进行打分,十分制,取平均分,最后综合评分前十二位暂定 A 组,第十二位到二十四位的分至 B 组,以此类推。

"每组十二人,如果对评分不满意或者认为自己发挥有误,可使用你们手中的挑战牌,向另一位比自己评分高的选手发起挑战,两人共同演绎一段剧本,请注意挑战

演技派

失败会直接进入 D 组，有淘汰风险。请谨慎使用这张只能用一次的挑战牌。"

"挑战成功了呢？"

"挑战成功会根据新的评分，在导师商议后重新分组。"蓓蓓介绍，"同时，节目组会在后天为你们拍摄个人 VCR 和宣传照放到官博，网上的投票人气也会影响一些因素，比如后期的复活赛，角色的定制……"

网上的人气……

大家不约而同环顾四周。

有一些绝对是人气型的，都是演过主角的演员。

也有一些出道很早，演了好几年不温不火的。

更有一些初出茅庐、没有机会只演过几个配角的新人。

蓓蓓提醒道："投票结果不是绝对的，只是会有一定影响因素，我们节目最看重的，还是演员的实力，用实力和演技来说话。"

其实节目组一开始找演员都是经过考量的。

哪怕是请来新人，演技也绝对是过关的，说不定比那几位当红明星还强，而且大部分外形条件都不错，外形稍次一些的，演技上的要求也就更高。

大家都认真听主持人说规则，庄钦能感觉到四面八方的视线。

他刚才也有看过，知道其实也有其他的当红演员在，男女演员都有，还有的是合作过的，在上上部偶像剧里合作过的陆雨哲也在这里，有一些面孔庄钦还有印象，知道以后会成为很出色的演员。

他还看见了自己公司的一个新人女演员，玟姐昨天提醒说如果她上来扒他也不要理会，说这个小丫头家里有钱自己请团队，私底下会买通稿搞小动作。

怕他被赖上了。

不多时，蓓蓓就通知要进去面试了。

从一号的那位演员开始，庄钦和其他选手都在坐在外面的沙发上等待，这期间也不乏交流的声音，什么这个和那个在同一部戏里合作过，这个那个参加过同一个节目，或同一个院校毕业的，大家就有共同语言，而交流的话题无非就是现场的演员，以及里面录制中的导师。

庄钦不知道找谁说话好，他手机今天一大早就拿给小连了，剧组发了个新手机给他用，是赞助商的手机品牌。

他也知道有一个镜头一直在拍他，正准备转过去跟陆雨哲说话，就注意到几个演员过来了。

说追他的剧,喜欢他。

老老实实地跟人合影,聊了几句,有说要"互关"的,庄钦说:"这个是新手机,我登录不了账号,你ID叫什么?回头我关注一下。"

不多时,就提醒二号进去面试,进去的人再也没有出来,蓓蓓说是在里面坐下了。

所以没人出来透题,谁也不知道题目。

总共四十八位演员,庄钦抽到的号码在十五,很像以前校考时候的等待,等得越久就越紧张。

还没进去,那边门开了,镜头对准双开门,进来了一个穿牛仔外套的男演员,一米八几的身高,一张周正英俊的脸。

"对不起来晚了。"他一面道歉一面往里走,立马有人认出来:"宋恪也来了?"

"这节目到底请了多少大神……"

"那是我们学校师兄,他和庄钦都是我们一个学校的,当年是第一名,年级大戏,都是演男主的。"

出道后因为低调,虽然不能说火,但观众缘一直不错,没有绯闻。

这节目最开始就是他给庄钦看的策划,让他来参加。

宋恪一眼找到庄钦,走过去坐下,庄钦低声说:"我以为你不参加了,正想发消息问来着,刚才叫了一个号没人,是不是你的号?"

两人关系不错,庄钦看见他就放松了些,至少有人可以说话了。

"应该是我,我刚从片场过来,你几号?"

"快到我了。"

"录多久了?"

"录三个小时了,差不多十分钟一个。"庄钦给他转述了规则,"等会儿就进去表演,应该是出题或者抽签题的形式,单人表演,肯定不会很难,和上课学的都差不多。"

"你在紧张啊?"宋恪看见他两只手有些小动作。

"我不……我是有点怕考试,不过把它当成见组,就没什么了。"见组其实也紧张,但比考试要让他舒服一些。

宋恪给了他一颗薄荷糖。

很快,庄钦就要进去准备了,进去时是另一个男主持人,也是见过的,问他化妆没。

311

演技派

庄钦说没,然后就从侧面上了舞台。

这个演播厅很小。

台下的座位都亮着灯,上面坐着的是之前进来的演员,而面前的四个座位,坐的是几位导师,从左到右分别是某著名男演员、著名女演员,都是拿过最佳男女演员的。中间那位是金牌编剧,一个是名导,还有一个是某电影学院的表演课老师。

"各位老师好,我叫庄钦,今年二十岁,身高一米八。"他报的是净身高,一点没往上多加。

"他长得很帅欸,外形很好。"那女演员老师说,"你们看过他演的剧吗?"

那金牌编剧老师道:"看过,他第一部当男主角演的戏,是我朋友写的。他十八岁就当男主角了。"

"我十八岁好像还在跑龙套,哈哈哈。"另一个男演员导师说。

女导师说:"这一行运气也重要,但是他演男主角是有原因的,你们看他脸,我现在看他脸眼睛都移不开了……你没化妆吧?"

庄钦说没有。

庄钦总算是知道为什么录了这么久才到自己了。

因为不只演员要表演,导师也要表演。

"这样,我们给他出个题,出个难一点的,毕竟是演过男主角的演员了。"那编剧老师这么说了句,问旁边那位很沉稳的导演:"曾导,这回就不让他抽签演了吧,签上的题目对他应该都太简单了,您出个题?"

这位导演非常厉害,和庄钦前些天签的电影导演姜导,都是国内顶尖的大导,曾导在拍文艺片上更有一手,电影挖掘的东西很有内涵,国内国外的奖都拿过几个。

"你们都看过他演的剧,我没看过。"曾导看起来五十来岁,是个不苟言笑的,他一开口,刚才被其他人活跃的气氛就降低了几度。曾导低头看了眼资料,道:"你以前演昆剧的?"

"是,也不是,我是在戏班里学习,不算是正式的昆剧演员。"

"哦,"曾导似乎来了想法,语气也来了兴致,道,"那你就这样演一段,你是一个戏班是老班主,戏班子只剩下你一个人了,你欠了债,债主要把你的戏班收走了,现在你要去你的债主门前求他。"

"好难啊这个。"台下立刻有演员低声说。

刚才他们的题目都中规中矩,什么演一个得知女儿被人欺负受伤的贫困家庭的

312

母亲之类的，都是生活题，有明显的冲突，算很好应对的。

戏班子垮了，去求债主不要收走这种，谁也没有经历过，连听都没听过，要怎么演？要知道表演就是通过艺术的手法，将人的精神生活再现出来，倘若是没有经历过的事，那就会用想象去表演，但人的想象力其实是很有限的——谁也不敢说能在这种情况下演好这样一段戏。

"给你一分钟时间准备可以吧？"那编剧老师显然也觉得这个题目有些难，"不要紧张，这个题目有点难，演不好可以换题。"

"不用换题。"庄钦拿到题目，脑子就飞快转了起来。

只有题目，没有剧本，也就是即兴发挥。要在极短时间内调动五感，驾驭五感，创造戏剧。

一分钟，他得花时间构建一个完整的剧情，想台词，进入角色。

庄钦很快地，就想到了当年庄学久为了自己卖掉戏班的时候。

庄学久卖掉戏班后，就再也没有回去过，后来小刀想花钱买回来，但当初戏班子的那块地，已经变成了开发商的新地皮。

庄学久老年生了病，在病床上躺着，看以前的老照片。

戏班大门口，一家子老小站在一起，老班主站在最后，小孩脸上的油彩妆还没卸掉，白生生的一张脸，黑黑的油彩抹了一圈眼睛，站在最前面，好奇地望着拍照的数码相机。

虽然师父身上发生的事和导演出的题目并不一致，但实际上情感是可以代入的。

师父无奈下卖掉戏班的时候，是什么感觉？

庄钦几乎感同身受，因为那也是他的家。他双眼低垂着，整个人情绪、气场，乃至于身材状态，都发生了极为明显的变化。

在几个专业导师的眼中，他的变化则更为明显和让人惊异。

"这么快就找到了入戏的情感？"

开拍前，导演组给导师提了一句，像庄钦这样的，要留到后面淘汰，因为签他花了不少钱，当红明星，身上有话题度，不能轻易淘汰。

"可以不用贬得太厉害，哪怕他演得很差很差，就让他过了就是。观众也都不是专业的，你们说还可以，他们就觉得还可以。"

这才引发了曾导的不满，故意出了这么个题目来考他。

场记模拟片场打板："《戏中百味》庄钦试镜，第一次，Action！"

演技派

庄钦睁开眼,眼神苍老的状态,一下就把人带入戏了。

"老班主。"那女演员认为,他抓到了精髓。

庄钦朝前面走,走两步顿一下,左右看,是在过马路,他行色匆匆,但气度是雍然的,他的身材和气质,都活像是唱了一辈子戏的戏曲演员。

因为戏曲演员的走路姿势,乃至表情和姿态,都有一些很特别的小细节,这些细节就是关键。

本来很不以为意的曾导,都打起了几分精神。

台下五个导师,都注视着这个演员,似乎是终于在今天看见了一个真正的演员般聚精会神。而至于台下其他的演员,都感觉到了莫名的压力,虽然不知道为什么,但就是觉得这个人厉害。

庄钦上台阶,站在门前,抬起手敲门。

"砰、砰。"配音团队主动帮他配了敲门的音。

庄钦继续敲门,声音很温和:"杜老板,鄙人庄学久,大四喜班的班主。"

"杜老板?"

这是一出单人戏,自然不会有人理会他。

庄钦继续敲门,声音也始终如一,只是表情有细微的变化,问门的那一边,能不能开一下门:"方便的话,我想问问我家那班子的事……"

在持续没有得到回应后,他站在门前,没有再继续敲门,也没有走,单是站着,站了有一会儿,然后转身,留下一个露出老态的、仍然挺拔,但显得萧条的背影。

到这里,戏停。

"你们觉得有什么问题?"那编剧老师问,"先夸还是先说问题?"

"先说问题吧,他的优点和问题都很明显。"那男演员直说了,"庄钦,你有没有发现你的表演其实是一条直线,刚刚我们其实都在等你的一个爆发,等一个冲突来完善这出戏,但你没有爆发,你始终很平地在处理这一段戏。"

庄钦点点头,说谢谢老师。

曾导却道:"你说他一条直线的问题,我看他自己肯定知道,他还是选择了那么处理,有什么理由吗?你刚刚演得很真实,非常真实,是曾经发生过的事吗?庄学久和大四喜班都是真实的人物和戏班名吗?"

"这个……庄学久是我师父的名字,大四喜班是我从小到大学戏生活的戏班,戏班到现在仍然还在,也没有卖掉。"

"那就是没有发生过的事。"曾导说,"你的表演,像刚刚朱桓说的,是一条直线,但实际上我看见是有波动的,但是很小,而且很完整,但也有缺点,你记不记得我的题目是什么?"

"题目是戏班子被收走后,去央求债主不要收走戏班。"

"现在知道问题了吗?"

"知道,我的表演……跑题了。"他根本没有"央求"这个动作,因为庄钦代入的是庄学久,如果是庄学久,债主收走了他的戏班,他恳求的方式就会像庄钦表演的这样。

"对,跑题了,虽然你演得很好、很真实。"

"我还是觉得他演得很好欸。"那编剧老师说,"就是,他塑造的这个人物特别真实,你刚刚说是你师父是吧?"

庄钦道:"是。"

"其实表演就是这样的啊,他做得很好。"编剧老师这么说。

剩下的导师一一提了几句,才让庄钦下台,庄钦走到台下,有个编导提示他该坐哪里。

庄钦上去,挨着临近号码的演员坐。

从早上七点就起床了,中午是在广播大楼吃的饭,下午继续录制,一天过去,才录制结束。

主持人蓓蓓说:"今天考核的是单人戏,明天考核的是双人戏,评分越高的选手,越优先拥有选择剧本和对手戏演员的权利。"

"评分结果会在晚上给你们。"

晚饭也是在广播大楼的餐厅解决的,随后坐着制作组的车,前往基地。

所谓基地,也就是演员训练营,外加演员的宿舍。

制作组在南城租下一整栋公寓楼,提前半年就进行了改建,从大门进入,一楼是个很开阔的空间,装潢是简约的北欧风,巨大的沙发围成圈,地板上铺着蒲团和黑色地毯,后面还有一排单人沙发,哪怕四十八个人同时坐下也足够。

"这边是厨房,右边是餐厅。可以自己做饭,我们有专业的营养师提供菜谱。"既然是真人秀节目,演员的私生活、演技训练、形体训练,各种课,也是节目的一大看点。

"二楼是教室。"蓓蓓带他们上楼,楼梯修得比较宽,这么多人外加一大堆摄影

315

演技派

师一起上去，也显得稍微有些挤。

"形体课教室，理论课教室，ABCD四个组的训练都是分开上课的。"

"三楼和四楼就是你们的宿舍了。三楼女生宿舍，四楼男生宿舍。两个人一间房。"

"两个人住一间啊？"

"对，室友你们可以自行选择。"

宋恪就拉了庄钦一把，庄钦回过头去，他说："你跟我住？"

"可以。"跟熟人住，总比跟陌生人住来得好。

三楼女生宿舍的装修很温馨，以粉色为主，一间卧室两张一米宽的单人床，有独立卫浴。每间房有细微的区别。

制作组选择男女演员的时候，选择的人数都是均等分的。

三楼十二间房，四楼也是十二间房。

庄钦和宋恪随意进了一间，墙上绘着黑白色的斑马纹路，挂着几幅电影海报装饰画，两个单人衣柜，一张长的桌子，电视机也有。

宋恪进去，就检查摄像机："有三个机位欸。"

房间也有摄像机这一点，庄钦事先是知道的。

"这里好像也有一个。"庄钦凑近电视机，在电视后面看见一个头。

宋恪："我们睡觉，换衣服，就把这些全遮住就行了。"

"现在可以遮住吗？"庄钦说。

"你要换衣服了？"

"我想躺床上去，怕形象不好。"

宋恪拿了一双拖鞋给他："我带了拖鞋，你先换上，我去问问还有没有别的活动，没有活动你就休息。"

一般而言大家都想要镜头，肯定不会选择那么快就睡觉，肯定要趁着时间去找点事情做，还要立人设，比如好奇宝宝人设，就是什么都去碰一下，好奇地问这是什么这是什么，再比如吃货人设这时候就该掏出包里的周黑鸭开始啃并且分给其他人，或热心肠人设，这时可能就要去帮其他人的忙了，做的事情越多，后期被剪辑到正片的内容也就可能越多。

庄钦坐在床边，也没有躺上去，他想等镜头遮住后从行李箱里拿自己的床单出来铺上。

宋恪跑去问了导演回来，看见庄钦坐着，戴着一个框架眼镜，手上戴一个黑色的手套,他看起来是注视着某个方向,挺专注的样子。

走到他面前了都没有发现。

"你在看什么?"

庄钦方才回神,说看电影。

"用这个吗?这个怎么看?"

"这是朋友送我的,就是……它这里有个屏幕,戴上的时候是可以投射在肉眼上的,差不多在一米左右的位置,不过现在我还没连上它的Wifi,你知道Wifi密码吗?"庄钦除了小时候和小刀住在一起过,大学宿舍和别人住一间过,就没有其他的和别人住一起的经历了,更别说是这种真人秀形式,他面对镜头会时刻注意着自己,不会流露出真正的自己来。

宋恪把Wifi密码给他说了,庄钦连上了密码就把眼镜关了机,别人在的时候,自己做自己的事是不太礼貌的。

宋恪说:"我问过导演了,说十二点的时候会结束录制,摄像机那边总控也会关掉,不过咱们还是得挡住,你想睡觉也可以,也可以趁着现在出去跟人聊聊天,熟悉一下环境。评分和名次会贴在一楼的公告栏上,明天起来看也是一样的。"

"哦,那我出去聊天吧?"

"你别紧张,一群年轻人,能聊什么,就是自拍,吃点水果,聊点剧组的事,试镜啊什么的。"

庄钦有丢三落四和不爱整理的毛病,他出去的时候有刻意地把行李箱整理了关上,免得摄像机拍到他这里乱七八糟的回头播放被观众发现了。

真人秀的确会暴露一些生活上的习惯,明星和素人之间的距离一下就会拉近许多,观众就喜欢看这样的节目,越真实他们越喜欢。

"你们去二楼看了吗?教室好大,修得好棒,还有录音室!专业配音的那种设备!"

"真的啊!"

一栋只有四层楼的公寓,穿梭着演员和摄影师,庄钦换了鞋下一楼,大厅里,投影仪打开,屏幕上正在播放一部由曾导导演的著名文艺影片。

"这一段我在学校上课,就让我们演,就是这一段!"有个女演员指着屏幕上哭的女人道。

这一段哭戏是可以载入中国影史的一段经典。

大家七嘴八舌地讨论着这段戏的拍摄,讨论女演员男演员,以及导演,庄钦和宋恪下去的时候，声音稍微安静了几秒，随后重新开始，不过有人给庄钦让了座位："庄老师，坐这里吗？来看曾导的电影。"

年轻演员间，也可能互相戏称对方为老师，更别说庄钦是当红明星。

庄钦坐下，道谢："赵老师，我应该跟你差不多大。"

他今天除了录制，还花时间记下了很多人的名字。

被他称为赵老师的女演员，是比他大一些，三十岁的年纪，但这么多年还是在演配角，也没什么名气。可庄钦知道，她演技是很精湛的，今天是在他后面表演的，肉眼可见的炉火纯青，让人印象深刻。

这个节目好就好在，挖掘了一批不曾被观众发现的好演员。

她很不好意思："不用这么叫我，太客气了。"

"您叫我名字就可以了，老师就不敢当了。"

客气过后，庄钦和周围人熟了一些，有人给他递酸奶，这是节目的赞助商之一，还是庄钦自己代言的品牌，在镜头下，不得不喝了两口。

很快，庄钦和明显带着善意的一群演员打成一片，对方不一定说多么真诚，可至少呈现在镜头里的效果是好的，后面大家又拿出制作组发的手机开始自拍。

"导演，自拍能发吗？"

"发哪里？"

"朋友圈，微博，能发吗？"

导演说："带上手机品牌型号发可以。"

"@节目组行吗？"

"随便你@谁。"

十二点，摄影师下班，庄钦回到房间，宋恪先是用衣服把摄像机全部盖住，确认遮完才道："你先去洗澡？"

"好。"庄钦打开行李箱拿出睡衣和浴巾。

有一个机位对着卫生间门，但关上门后就什么都拍不到了。

庄钦洗过澡、在里面换好衣服出来，换宋恪进去。

在节目组他只能使用节目组提供的手机，他自己的工作号码已经改了来电提示，而私人号码则提示有事正忙，过后会回复。

庄钦对玩手机没有多大的兴趣，但工作的事还是要问问小连，有没有工作上的电话什么的。

他一边戴着耳机讲电话,一边把床铺好了。

他问小连有没有微信消息,比如剧组发来的。

小连说有:"还有你们节目组发的那些,您还是用新手机登录一下吧?我这边可以给您说验证码。"

小连翻着他的手机,也不知道该不该说,李总今天有发来过几条消息,但是没等他看见是什么,就撤回了。

小连到底还是没说,庄钦用新手机登录上了微信,然后两人就挂了电话,换微信聊。

小连觉得很多人故意在蹭他家庄哥的热度,不仅拍合照,还发微博@了他,一群只有几十万粉丝、名不见经传的小明星,小连看见都生气。

庄钦觉得这倒没什么,他还强行被网红拉着拍过照呢:"你登录上我微博,点个赞就好了,再回个粉。"

"还要回粉啊???"

"回啊。没事的,要回就全部回关,这样就不显得谁特殊了。"

"哦……行吧。"

小连登录上他的微博,但是由于屏蔽掉了未关注人的@,所以找起来有些麻烦。他通过庄钦提示的演员名字挨个找,找到了就点个赞,评论一句,再回个关注。

等了一天,也不见庄钦回复消息,问自己撤回了什么的李慕,像昨晚那样睡不着了。

拍动作戏非常辛苦,他今天受了点伤,想卖个惨,又觉得这样很不男子气概。

所以发了两条消息就撤回了。

满心以为庄钦这样就会回复自己、关心自己了,抱着手机等了一天,李慕也没等到。

李慕怀疑他是不是拍真人秀不能用手机,犹豫了下,选择上微博看看有没有动态。

结果一刷新主页,就看见满屏的点赞。

他00:30分点赞了这条微博。

他00:31分点赞了这条微博。

他……

一眼下来,都是合照,自拍,有男有女,庄钦每张都一个表情,比个剪刀手,弯着眼笑。

　　【@宋恪Kevin：和小庄老师住宿舍[图片]@戏中百味官微，九月三十日开播，我们不见不散？】

　　李慕打开联系人，给他拨电话。

　　那边直接传来语音信箱提示，是庄钦一如既往的声音："您好，我现在有事在忙，有急事可以联系我的助理，电话134……谢谢！"

　　李慕随后给他的助理打了电话。

　　那边，小连正要睡觉，一听李慕的声音就把他认出来了。

　　"李总？这么晚了……您找我什么事儿？"

　　"我不找你。"李慕声音沉着，"我找庄钦。"

　　"那您给我打电话做什么……"

　　"我打电话给他，提示说给你打。"

　　"哦哦，您打的是庄哥的工作电话吧？"

　　李慕迟疑了下："工作……电话……？"

　　李慕只有这一个号码。

　　原来他还有一个，自己不知道的私人号码吗？

03

　　哈欠连连的小连可不知道电话那头的李慕在瞳孔地震："李总你可以给他发微信消息，他手机不在身边，是我在保管，所以私人电话也打不通的。庄哥刚录制完真人秀，明天一大早还得录制，刚刚跟我发消息说要睡了，估计这会儿已经睡了吧……"

　　李慕声音冷漠："哦。"

　　小连："您有什么重要的事要我转告吗？"

　　李慕："没有。"

　　小连："那……"

　　李慕："挂了。"

　　"嘟嘟嘟……"

　　小连不知道他怎么了，莫名其妙地看了手机一眼，就放到了一旁。

第十章

庄钦不是故意的,李慕想,他翻了翻聊天记录,上一次是在半月前,庄钦告诉自己他很喜欢香水的味道,至于更往前就是拍戏那段时间,在片场的时候,几乎每天都要发消息,李慕翻了半天,超凡的记忆力很快让他从聊天记录里提取出一个使用频率极高的词语。

原来庄钦最常对自己说的是"谢谢你"这三个字。

李慕从床上起来,走到吧台,给自己倒了一杯白葡萄酒。

他拿起飞镖,眼睛微眯,瞄准,飞镖"咻"的一声正中了红心。

李慕喝酒。

他知道庄钦睡了,也没有给他发消息去打扰,单是发了一条信息问小明,庄钦拍真人秀在哪个城市——邱明有赞助这个节目。

次日一早,庄钦早起洗漱,摄像机全部开工。

"评分出来了!!"

一穿好衣服出门,就听见有人在喊。

评分和名次,是个非常直观的东西,从上学时代开始,学生就被分数所支配,庄钦看了一眼,自己名次不高不低,在二十的位置,想必和他跑题有关。

节目组郑重声明:"我们的评分绝对公平公正,不含任何水分。"

不含任何水分这句话,也就骗一骗观众了,但目前的排名可以说明节目组绝对没有偏袒那几个当红的明星,庄钦在二十,陆雨哲更惨,郑风柏在十几,宋恪反而打入前十,有个当红女演员,甚至排在三十几的位置。

那女演员正在吃苹果,结果看见评分的瞬间表情就控制不住了,那个大大的白眼被镜头忠实地记录下来。

有人心里难免幸灾乐祸,但凡露出来一点,都会被拍下来。

庄钦没什么反应,态度平和。

"别灰心,今天我们努力一把,你想演哪个剧本?"宋恪安慰他。

四十八个选手,分为二十四组,共六个剧本片段。

名次高的选手有优先选择对手戏的队友的权利,以及优先选择剧本的权利。

到了演播厅,按照顺位挨个选了剧本,宋恪拿的是《雨人》的片段,他和庄钦的选择一致。

选择队友其实也有风险,选择的队友演技太好,好处是可以带入戏,拉高整体评分,坏处是容易被对方压戏,导致自己完全没有闪光点;选择演技差的队友,可能

演技派

整体效果会更差,导致自己评分也低。

宋恪一直觉得,庄钦的演技还可以,但也就是还可以了。

毕竟这个年纪,要说有多好也不可能,前年他俩一起拍戏的时候,庄钦本来是郑风柏的替身,他的敬业程度和拼命程度,远比他的演技要好,宋恪一开始注意到他,就是因为发现这个替身长了一张主角脸。

怎么会来做替身?

郑风柏频繁请假轧戏的事惹怒了总导演,宋恪顺口提了一嘴:"那个替身,他演得挺不错的,让他试试吧。"

说这句话的时候,庄钦这个替身刚下戏,被郑风柏的助理当成孙子一样骂到不敢说话,他温吞地连连应是,他穿着和主角一样的服装,背影很相似,走到化妆间镜子前面,自己动手摘了头顶的假发,卸掉被汗水浸得花掉的妆,镜中,露出本来的一张明净动人的脸。

导演惊为天人:"原来他长这样??长这样化什么妆!谁给他化成这样的!!"

宋恪:"是化妆师故意的,给他化丑妆。"

就这样,庄钦顺理成章地做了主角。

但有些妆容化得丑的视频后来也没有重拍,被黑粉做成了 Gif(动图),成了他们嘴里整容的证据。

两人在后台分配角色:"你想演哥哥的角色还是弟弟的?"

庄钦说自己都可以:"你选剩下的给我。"

宋恪看了眼片段:"我演雷蒙德,你演查理。"雷蒙德是查理患孤独症的哥哥,这个角色得故意用不自然的姿势来扮丑,剧本上写,是一种僵硬的、很不自然的走路姿势。

这个角色显而易见更容易引人注意,但丑这个问题不能忽略,宋恪觉得庄钦的偶像派形象还是得保持着。

英文电影用中文来演,特别容易出现让人出戏的情况,庄钦拿着剧本用笔勾画,把不通顺的地方改掉了,然后拿去问了导演:"台词可以改一些吗?"

"改得大不大?"

"不大,对戏份没有影响,就是一些口癖。"

导演看了一眼,思索片刻后同意了。

因为剧情和对话都没有改,改的只是台词翻译上的语序问题。

宋恪拿着改动后的剧本,顺下来读了一遍:"真有你的,这改完后,是好读了很多。"

有些剧本看的时候没有问题,读的时候才知道绕口。

像他们这样在舞台上表演,等同于定格镜头的舞台剧,镜头方向也就是观众席所在的方向,戏剧的排练要考虑到面对镜头走位的问题。

庄钦给宋恪说了这个问题:"我们的对话应该是这个方向,然后这一段,你走到这里,我走到这儿……"

本来宋恪打算教他一点东西,然后发现导演的工作都被庄钦给做完了,他把镜头和走位都安排好了,连编剧的工作也做了,剧本也改好了。

宋恪:"……"

庄钦回过神来:"对不起,我是不是说得太多了?"

"不、不是,你说得很好,你继续。"庄钦的进步让人惊叹。

宋恪想,如果他去做导演,会是个很出色、很受演员爱戴和喜欢的导演。

今天的表演,每个统一的角色要穿统一的戏服,还有统一安排的化妆师。

排练时间很短,化妆后,就该上场了。

某餐厅,内景,白天。

宋恪饰演的雷蒙德在不断地摆弄着唱片机,发出噪音。

庄钦扮演的查理心烦地打断他:"别弄那个了,让我休息一会儿!"

宋恪的动作依旧不停:"嗯。"

庄钦:"住手,雷蒙德。"

一到表演的时候,宋恪就立刻被他带得眼神进去了。

在有剧本的情况下,庄钦的长处完全发挥了出来,他不会在进入角色后凭借自我的理解篡改剧本,也就避开了导师说的他的表演是一条直线的问题。

同一段剧本,四组演员不同的演法,高下立见。

有的选手完全是在模仿原片,庄钦和宋恪这一组则不是,尽管看过电影,但在表演前,他们都没试图去重温这一片段并还原。

导师点评:"都是你们自己排的?"

"是,"宋恪说,"自己排的……不,他排的,我们拿到剧本,庄钦做了一些调整,包括我们的站位。"

庄钦:"我们是一起排的。"

演技派

导师坐在正对面观众的方向，而他们这一组的演出是最让人舒服的，从距离到人物面对镜头的方向都很自然，是非常恰如其分的，这种细微的优点，作为经验丰富的导演，曾导看得更清晰。

"他不错。"

"哪个？宋恪？"导师台上的那位男演员朱桓说。

"不，我是说庄……庄钦。"曾导想起了他的名字，"我要选他，你们别跟我抢。"

朱桓："……"

他当年上过曾导的戏，从来不见曾导这么夸过人，竟然直言说让他们别跟他抢？

而曾导想的却是，是个导演的好苗子，做演员似乎可惜了。

可是看他长那样，天生的大明星，不做演员好像更可惜。

一天的录制结束，到晚上，庄钦才有时间看消息，小连先是汇报了各项工作情况，然后说："庄哥，玟姐说你了，你小心那个单耘耘……"

"谁？"

小连重复了一遍，庄钦想了起来，小连说："就是咱们一个公司的小师妹，玟姐说她习惯性抓男明星炒绯闻，但以前没机会接触到大明星，昨天发了跟你的自拍，今天通稿就出来了，说你们师兄妹，私交很好什么的，估计到正式开播了，这种事更不会少，玟姐正在想办法应对……"

庄钦："……"

"你也太没有防备心了，庄哥，见到她你记得躲远点……"

"我知道了。"在这一行混，庄钦什么人没见过，只不过现在是在拍真人秀，他以为镜头管着都会安分收敛些，毕竟连郑风柏在镜头底下对他都没摆臭脸，反而立起了好好先生人设，主动跟庄钦聊天了。

结果下去跟人一起聊天的时候，单耘耘拿着拌均匀的水果酸奶要喂他，喂到嘴边了问他吃不吃。

庄钦想起来，昨天就是她给了自己一瓶酸奶。

他也没办法在镜头前打投资商的脸说自己不喜欢喝酸奶，只能摆摆手："刚刚吃撑了，谢谢。"

庄钦躲过去，而后直接上楼。

小连发消息："对了，还有一件事，我差点给忘了。"

"什么事？"

小连："昨晚李总，李慕他给我打电话，好像是有事儿找您，我怕是剧组的事，他发消息了吗？"

庄钦看了眼手机："没。"

小连："感觉他应该是有急事……昨天我登录你微信的时候，他有发消息但是撤回了。"

"嗯？"

庄钦："那我问问。"

已经很久没发消息了。

庄钦前半个月都在休息，他知道李慕又忙，不仅忙性格也冷，平时没事哪里好意思找他。

此时还没到十二点，庄钦已经洗了脸漱了口，门还没关——十二点前是不能关门的，哪怕在安装了很多个摄像机的情况下，摄像师也随时可能进来突袭。

庄钦自顾自地发消息，打了一串字然后删掉，发消息道："慕哥，今天收工了吗？"

消息无人回复。

"你是不是有什么事儿找我啊？"庄钦打了这么一行字，停顿片刻，删掉了。

他的戏份杀青后，前半个月庄钦都在试图忘掉剧本，但这部戏的拍摄过程非常舒服，过后把吃的苦全都忘了，剩下的回忆都是美好的。

他个人认为自己是出戏了，可不明白怎么还老是想到在东南亚的一切，会怀念那里的海浪声和海风，在阳光下的泳池玩水，抱着猫在片场吹空调，李慕提一大包零食进来，问他要不要这个，要不要那个。

庄钦在四楼的零食贩卖机处扫码，买了一小包膨化食品。

李慕还是没有回消息，都半个小时了，庄钦这时开始有点急，因为这个点还不算很晚。

他给郭宝箴发了消息。

"郭导，今天收工了吗？"

"刚收工，累死。"

"今天拍的是水下摄影棚，李慕都没跟我们说他昨天受伤了，拍戏的时候也不说，结果今天拍水下的枪战，我们叫了医生才知道他身上受了伤，怕他感染就赶紧带他去医院了，然后下午也没拍成，他离开了医院，明天请了假也不知道去了哪里，发消息也不回……今晚又补拍了几个镜头。"他念念叨叨地说着，庄钦只听见了重点。

受伤了。

"片场……不是有武指吗，怎么、怎么会受伤的……"

"昨天吊威亚的伤，他没说我们都不知道……"

庄钦以前做替身拍武打戏，自然知道有多容易受伤，而带着伤拍戏，还是水戏，又有多么辛苦。

"他不回复您的消息吗？"

"是，没回，剧组小助理说他坐车去机场了。估计是，回家了？"郭宝箴也有些担心，"等会儿我打电话问问邱总，你别管了，好好拍你的综艺。"

"哦……"庄钦没办法不管。

到处都有摄像头，他找了半天，只能进厕所打语音电话。

"嗡——"

放在转盘旁边的手机振动起来，李慕趴在桌上，一只手还抓着色子，手指微微一动，手机不小心被他蹭得掉在了地上，发出两声"啪啦"的响动。

酒吧店员看了一眼，蹲下帮他把手机捡起来："哎，帅哥，你手机响了。"

庄钦听见一直没人接，便挂了电话，又重新打了一次。

他这手机没有李慕的私人电话，只能拨微信的语音。

"帅哥，你要不要起来接个电话？又打来了。"店员看了一眼备注，对喝醉的客人道，"是你……儿子的电话。"

李慕脸埋在手臂上，黑发对着店员，动也不动。

店员听见他在说话，声音很含糊。

低头仔细去听，那磁性的声音很低地咒骂。

"我没有儿子。"

指尖把玩的色子被他丢了出去，正中酒瓶，发出清脆的一声响。

店员："……"

店员手指一滑，把电话接起："那我帮你接了哦。"

"喂，小朋友？"

庄钦听见一个不属于李慕的亲切声音："哎，你是？"

他声音清朗，很显然不是小孩子。

店员还没察觉到："小朋友，你爸爸在我们店里喝醉了，我们凌晨两点就打烊了，你要不要现在让你妈妈来接他？"

"你妈妈呢，快让你妈妈接电话。"

庄钦稍微迷惑了几秒钟，反应过来："如果你是说这个手机的主人的话，我是他朋友……"

店员看了眼"冒失的小朋友"这个备注，一脸问号。

他"哦哦"两声："那您方便通知他的家人来接他一下吗？他喝醉了。"

"在哪儿？"庄钦正准备从卫生间出去，又止住了脚步，"具体位置是？"

"是哪个城市，我人在外地，我看看让我朋友……"他以为李慕是不是回首都了，准备联系邱明。

结果那边答："是南城，仙林中路154号……"

"……南城吗？"现在他拍真人秀的城市，就是这里。

庄钦想到了明天的拍摄内容，就是拍摄个人 VCR 和宣传照，他打开门，收拾了下手机和充电器，随手从行李箱里抓了一件运动外套，拿上了帽子和口罩。

马上到十二点，摄影师导演组正准备收工。

庄钦过去："导演，我能不能今晚请个假，明天早上开拍前我一定回来。"

"有急事？"

庄钦胳膊搭着外套，点点头。

"那走吧，你助理来接你？"

"我助理……我打个车吧。"

"要不制作组的车借你一辆？"

"我没驾照……"庄钦看了眼时间，直接道，"导演我先走了，明天我肯定准时回来。"

"去吧去吧，一定注意安全。"晚上没什么人，导演觉得他的打扮比较变态，应该是挺安全的。

十二点过后就没有拍摄内容了，按理说演员也是可以离开的，导演是没有权利阻止他的。

庄钦穿过马路，招手，拦了辆出租车。

按照惯例，一般出租车司机是认不出他来的，更别提他脸都遮成这样了。

果不其然，那司机不认识他，问了地名就直接出发了。

九月的夜里有些凉意，庄钦披上了外套，打电话又确认了一次，说自己二十分钟就到。

李慕怎么跑这里来了？庄钦想不通，到这里办事吗？怎么去了酒吧，还是一个人去的。

车子抵达目的地，庄钦下车，多给了钱，让司机等自己两分钟。

看见酒吧名字，抬步进去。

"我是来接我朋友的。"他对店员道。

大晚上戴个帽子，口罩蒙着脸，店员多看了一眼。

这眼睛生得好勾人，声音也听着耳熟。

"那个是你朋友吧？"

庄钦只看见一个靠着吧台的背影。

李慕这身打扮，是故意模仿劳动时被油渍弄脏、沾满了尘灰的上衣加下裤，这种破旧的材质和设计随便让个人来穿，都是邋遢民工的造型。

穿他身上则很有男人味。

好在这不是那种乱七八糟的酒吧，不然就李慕穿这样性感，分分钟被人"捡尸"了。

庄钦走过去，店员把他的手机给他："这位先生就一个手机，没有其他东西了。"

"他在我们这儿玩了一晚上的转盘……"

庄钦看了眼那转盘游戏。

"好，结账了吗？多少钱？"庄钦掏出皮夹埋单，轻轻地拍了下李慕的后背，李慕没反应，他便从后面把李慕抱起来，他虽然身材没那么高，但力气也不小，在店员的帮助下，把人弄进了车里。

"谢谢。"他对店员道谢，店员帮他把车门关上了。

庄钦看了李慕一眼，掏出手机查最近的酒店，但是去酒店他也有点怕，毕竟现在酒店开房查得严格，李慕醉成这样，只能自己去开，但自己……

他想了想，决定让师傅把车开到训练营公寓旁的酒店，他两个助理都住那里。

司机发动汽车。

李慕的后脑勺在窗户上磕了一下，似乎磕疼了，很不爽地皱眉，庄钦立马伸手过去捞他，李慕的头磕在了他的手心上，闭着的眼睛半睁。

庄钦发觉了他的目光。

原来还没醉得不省人事。

"是我。"他说了句。

李慕也不知认出他来没有，鼻孔出气："嗯。"

庄钦一条手臂从他背后绕过去搂住他,手心放在他的头旁边,免得他东倒西歪:"你一个人来的?"

李慕也不说话,微微一侧靠在他身上,庄钦觉得有点重,而且酒气熏天,但也不怎么嫌弃,伸手把车窗打开来一半,凉风从窗外吹进来,李慕又醒了几分,眼睛的颜色映照着窗外的灯光。

"师傅,还有多远啊?"

"快了快了。"

04

庄钦注意到,似乎前面就要到了,手里回复了几条信息,宋恪问他去哪里了,他说有急事。

小连说他没有在那家酒店订房,理由是那家酒店人太多了,而且因为他们录制节目就在旁边,所以潜伏着的娱记很多。

他重新发给庄钦一家附近的酒店的地址。

"庄哥,你小心一些,让师傅换到这一家去,我已经在楼下等车了,马上就到。"

"师傅。"庄钦,"能不能开到悦榕庄去,就在这附近。"

"又换地方了?"司机有些不高兴,"悦榕庄前面要掉头回去,你怎么不早点讲!"

庄钦只好道歉,说对不住,司机说:"你朋友不要吐在我车上了。"

"他不会吐的。"庄钦捂住李慕的嘴。

李慕垂眼,没有动弹。

"你不会吐我手里吧?"

李慕摇头。

庄钦的手也没捂紧,就放在他嘴边而已。

"唔唔唔……"

"什么?"庄钦把手拿开,"你说什么了?"

"我说……打不通你电话。"

"我工作,不能带手机。"庄钦压低声音。

"我没有你的私人号码。"李慕眼睛转到他脸上。

他耐心地解释："我的私人电话不怎么用的，只有家里人有这个号码，但现在不都用微信了吗，我们不也是用软件聊天吗？"

庄钦随手从包里摸了一颗宋恪之前给他的薄荷糖出来，递给李慕："清醒一下，我们到了。"

付钱，下车。

他单手拿着手机给小连打电话，另一只手抱着李慕的后背："能站稳吗？"

"能。"李慕嘴里含着薄荷糖，半靠着他。

"到了到了！"电话里的声音说，"庄哥，我看见你了！"

酒店大堂外很冷清，没有几个人，只有人工瀑布流淌的声音。

小连下车，看了李慕一眼："李总来这边，喝成这样给您打电话的？也太危险了，您怎么亲自跑去接他，真不怕人认不出您……"

"我穿这样谁认得出，透视眼吗？"庄钦问，"带身份证了吗？"

"带了，我进去先开一间房，晚上应该不需要我照顾他吧？我开标间还是……"

看着醉得不省人事的李慕突然冷冰冰来了句："不要你。"

小连："……"

"他这不还挺清醒的吗？"

庄钦说："能说话，不过不是很清醒，你开房，我进去在电梯口等你。"

庄钦和李慕身上都没行李，进去，走到电梯口，在电梯口旁边休息的沙发上落座。

这个时间点，几乎没有人出入。

李慕靠在他身上，安安静静的。

电梯门打开，里面出来一个女生，路过庄钦和李慕，又回头看了一眼。

庄钦垂着头，感觉到了视线。

但他觉得应该是在看李慕的。

这个级别的大帅哥可不是大街上随随便便就能看见的，庄钦不由得把李慕的脑袋往自己的肩窝上按，免得让人记住了脸，日后在论坛上爆料某年某月在某地酒店见到李慕喝醉了……

小连拿着房卡走过来，正准备帮忙把李慕给弄起来，突然感觉到背后的亮光一闪。

是闪光灯。

小连转过头，一个女生穿着睡衣，手里拎着夜宵的外卖，一副被"抓包"想躲的样子。

"拍李慕的。"庄钦拿过卡,"去让她删掉吧。"

哪怕是明星,也不喜欢被偷拍的行为,更何况李慕还不是明星。

小连去叫人删照片,庄钦把李慕弄进电梯,先刷卡上去了。

进门,没来得及插卡,庄钦先是把李慕扶到了床上。庄钦停顿了几秒说:"你好好休息,我先走了。"

手机的亮光从底下映照出他的脸。

"删掉了。"

小连发消息:"照片拍糊了,我看了。恢复也没用。"

"庄哥,我上不来……"

"只有一张卡……"

庄钦回复:"马上下来,等我下。"

他看李慕躺着不动,且一言不发,迟疑了下,弯腰帮他把鞋脱下来放着,袜子没管,身上的衣服也没管,被子一卷,草草地盖住了他,便匆忙离开。

门"咔嗒"关上,走廊的光只停留了一瞬,李慕抬起胳膊,遮住了眼睛。

一大早开工,庄钦说到做到,是准时回去的。

"咖位"大有个好处就是能比别人更早地拍摄,比如都在一个化妆间化妆,但他化完马上就能进去拍,其他人还得带妆等着。

几个摄影棚一起拍,四十八名选手也得拍一整天,但庄钦不过中午就拍完了,可拍完不等于收工,他让跟拍的摄影师去休息一会儿,拿着手机给助理发消息。

"小连,你给他带早餐了吗?"

"我早上过去的时候,他都退房啦。"

庄钦返回,再一次点开和李慕的消息框。

"我听摄像说你在这里,怎么,拍太累了?"

正当他思索的时候,宋恪的声音忽然进来:"昨晚是有什么急事吗?解决了吗?我帮得上忙吗?"

"没什么,都解决了。"

后面庄钦给李慕发了消息,问他怎么样了,李慕隔了几个小时回:"回组拍戏了。"

聊天记录就卡在了这里,庄钦也没敢问他突然离组来外地做什么,买个醉就回去了?

过了几天,庄钦还是找到了机会问出自己的疑惑。

今天录制的是演员上课的内容。

上课的导师是那个最佳女演员,她先上了一大堆理论:"感情戏要拍得真实,让观众信以为真,首先你自己得信以为真啊,先把自己骗过了,再骗别人。"

有个非科班的演员提问:"要是产生了真感情怎么办?"

"演戏展示的本来就是不存在的东西,根据真实的东西来进行创作,所以现在我们要学习控制的方法,懂得控制才能称为好演员。在实际的表演中,演得好的实际上都是不知不觉做到的,而这种不知不觉实际上只是一种熟能生巧。"

"这是演员的基本功,要能够把心里所想的东西,有意识地、精准地做到想要的样子。"

"那,我母胎单身,怎么演好感情戏?"

"暗恋总有过吧?再不济你还有亲人,把对亲人的感情代入进去,也是一种方法,经常有人问我的一个问题就是:'老师老师,我怎么演杀人犯,我没杀过人啊,没有体验过我怎么演好?'不知道为什么,就总是有人问这个。"

有个男生说:"这个问题我也想问……"

"你被蚊子咬了,你想不想打死它?但是它到处飞,你打不到怎么办?"

男生说:"就很想把它……拍死。"

"是,就是这种想法,你有这么一个想法一股劲,代入进去不就好了。"

"说起理论来,我知道你们都想打瞌睡,现在我们来实践一下,谁想试试?"

"我!我!我想试试!"

同公司的小师妹非常积极地举手,导师就让她上前来:"你想让谁跟你一起演?"

"让我师哥跟我一起可以吗?"

"你说谁?"

单耘耘:"庄钦!"

认真听讲的庄钦:"……"

四周有人开始起哄,庄钦坐着好几秒,不得已站起来,走上前去。

原来被人硬凑 CP 是这种讨厌的感觉。

他坐在单耘耘对面,导师说:"你们是一对相爱的恋人。"

单耘耘:"嗯!"

导师:"你们看着对方。"

单耘耘是公司做女团的时候出道的,长得很可爱。

庄钦和她对视……眼尾好像卡粉了,庄钦的视线留在这种细节的地方,然后发现,她戴了一个美瞳,很自然的美瞳。

单耘耘被他看得脸红了。

导师:"是不是有感觉了?"

单耘耘:"有了。"

庄钦:"还没。"

导师看向庄钦:"把她想象成你的女朋友……你有过女朋友吗?"

"还没有。"

"那就想成你喜欢的人。"导师的声音很温柔,引导他,"闭上眼睛,深呼吸,想象你们在海边……"

海边?

庄钦的脑海里有张一闪而过的脸,紧接着他想象起师娘,甚至是师姐,都觉得不对,无法把感情对等地代入。

他想,根本原因是他不喜欢眼前这个要搭戏的女孩子,所以才找不到感觉。

导师引导了半天,见他还是摇头,也有点来气:"你是没有用心!那我给你们一个剧本。"

每个演员有其特别的长处,而庄钦的长处也很明显,就是要给他一个剧本,他才能演好,不给他剧本他可能就演不好。

导师说:"你和耘耘从小就是邻居,你很内向,而她很喜欢欺负你,虽然欺负你,但是又对你很好,在别人欺负你的时候她会维护你,她是你的初恋,但是你没有勇气跟她告白,你看着她跟别人谈恋爱,你讨厌他的男朋友,故意害他,你跟耘耘吵架,然后你憋不住,说了喜欢她。"

"好了,去那边,躺在瑜伽垫上好好想想,准备好了再过来。"

"好的老师。"庄钦听话地跑到了角落里。

剧本内容很简单,他很自然而然地就代入了阿甘的角色,小时候因为身体有缺陷,被其他男生欺负……

他闭上眼睛,平躺在瑜伽垫上,完全放松,沉浸在想象的海洋。几部电影糅合在一起,几个欧美小女主角的脸轮番在脑海里像老虎机图案那样快速变换。

老虎机哗啦啦地吐出一大堆硬币。

庄钦投币,再次拉下拉杆。

演技派

几个女演员的头像一晃而过,老虎机在音乐声里停下。

庄钦头痛欲裂。

"睡着了?"导师走过来。

"没,在想剧本。"庄钦曲着腿,坐起身。

"怎么样?找到感觉了吗?"

庄钦没办法告诉她,自己卡在了第一步。

"那个剧本里的邻居女孩……我总是代入一张脸。我想打破这个糟糕的幻想。"庄钦认真地说出自己的烦恼。

导师:"有代入的对象?那很好啊。"

"可……"总感觉有点不对啊。

导师安慰道:"不用急,慢慢来,感情戏这个东西,又不是你上一天课就会了的东西,后面还有大把的训练。只要记住,戏是假的,但你用的感情必须要是真的。"

庄钦点头,躺回去,继续在脑海里玩老虎机。

05

邱明去片场待了一会儿,李慕下戏。

"你们这戏,还有多少没拍的?"

"几天。"李慕言简意赅,进换衣间换衣服。

"还剩几天就拍完了?终于要结束了!"邱明靠在换衣间的门上,"体验演员生活好玩吗?"

李慕在里面脱衣,顶上两个射灯,一面宽阔的大镜子,照出他锻炼得非常结实的身材。

他一言不发,邱明继续道:"你肯定觉得好玩儿,毕竟收获了珍贵的友情。"

李慕默不作声地穿上了裤子、穿鞋,推开换衣间的门。

"前几天你不是问我猫在我家待得怎么样了吗?你们两个是不是心有灵犀,过了一天庄钦也来问我,酸奶好不好。他回首都了,但还有其他工作,就想来看一眼。"

李慕终于开口了:"他怎么样?"

邱明以为他问的是猫,说我妈可喜欢你家酸奶了:"我跟她说,这是庄钦在东南亚拍戏捡的猫，她还不信，觉得我诓她……本来还想给你抱过来的，但我妈说猫咪不能带着乱跑，就算了。"

"我不是问猫。"

"那你是问？"

李慕别过头，不答话，周身散发冷气。

"你问的是庄钦？"邱明反应过来，追上去道，"哎，你的好朋友你问我干什么。"

李慕表情更沉了。

邱明："怎么了？"

李慕两道剑眉一蹙。

细微的表情变化被邱明看在眼里："啧啧啧，戏还没拍完就生分了，可真够快的啊！"

李慕不搭理，迈开长腿从棚里出去，一路上有人跟他打招呼也没理，邱明小跑着追，上了车才道："你这么生气，他不把你当朋友？不是吧？"

李慕下颌紧绷，眼神扫过去。

"杀青后，他有发过消息吗？"

李慕说没。

"过两天《藏心》正式杀青，他要来吗？"

李慕靠着座椅，说不知道。

"哦，那我让郭宝篪叫他来吧。"

庄钦连拍了几天的水乳和面膜广告，拍完连休息时间都没有，就回了节目组。

上周拍摄的宣传照和个人 VCR 已经发到了网上，网友们开始投票。

这种投票自然是人气越高的越吃香，也不乏有艺人团队买了票数的，庄钦甚至不知道自己的票数是否真实，玟姐有没有给他安排水军。

节目还没有开播，预热已经炒得很火了。

网友们拿出键盘开始热火朝天地议论。

"演员实训真人秀……演员？？？就这几个也配叫演员？？演过戏吗？？"

由于四十八位选手里有三十个都不知名，其他的要么演过出名的配角但演员本身不火，要么就是演技经常被拎出来说烂的小花和小生。

哪怕有水军和粉丝下场帮庄钦来"控评"，但仍然有很大一部分黑粉在官博评论区疯狂地舞。"

"庄钦唱唱歌跳跳舞还行,这种打着演技大 PK 的真人秀就不要请他了吧??他哪里有演技!!!节目组为了收视率怎么什么人都请!!请点真正低调不红的好演员不行吗??比如×××、××……觉得我们观众没智商吗!?"

"楼上你说的那两个演员在第五张图,这是看见庄钦的名字就开始喷了吧?"

"他好像唱歌也不行,怎么火的这是,是我老了吗……"

"以防有些人不知道,来科普下头牌的上位史,本来他是其他演员的替身(这位演技比他好多了),后来这位靠着不正当手段把人挤下去自己当了主演出道,演技是真的没有,脸整得不错。"

"这节目肯定很尴尬,坚决不看!"

"看预告片挺有趣的,好几个演技都不错,看下第一期观望一下演员的下限。"

"这节目一旦播出相当于公开处刑吧?不知道有没有黑幕,我期待播出后这些流量粉脸被打烂,尤其整天吹演技好的某家粉 [鼓掌]"

庄钦自己根本不关注这些,小连随时盯着,看见恶意黑的反手就是一个举报,顺手号召各个大粉通知下去,赶紧控评。

对于网上这么腥风血雨的发言,节目组却是偷着乐,庄钦就是个招黑体质,粉黑对半分,无形增添了很多热度。

导演组看上他的时候,就知道他演技没有风评的那么不好,实际上不是特别烂,参加实训是有看头的。

结果没想到比想象的还要更好,属于只要剧本在手,就能很快入戏的演员。

这不,这一周刚开始录制分配导师的内容,曾导第一个出手选了庄钦。

"都别跟我抢他。"曾导甚至直接放话,"把他留给我,你们都别选。"

双向选择的模式,假如庄钦选了其他导师,曾导就没戏。

导演组偷偷地提醒了他:"曾导,您别就选他一个,要选十二个呢,ABCD 四个组每个组都得选三个,您喜好太明显了,回头播出观众该说了。"

曾导是他们节目组好不容易才请过来的,毕竟导演和演员不同,导演并不需要所谓的观众缘,也就无须上节目立人设,更别说是曾导这种提起来大家都听说过的大导演了。

要他配合节目组的安排和剧本,挺难的。

"你们这是真人秀,那其他的我不想选,都一样啊,没什么教的意思。我要他一

第十章

个,剩下的,再选一个这个,"曾导勾了一个有印象的女演员,"她还可以,还可以,剩下的他们不要的,我都随便,OK吗?"

节目组惹不起这位,只能点头,说可以。

导师们选完,轮到选手们做选择。

这四个导师,每一个都有其独特的优势,但大导演还是最吃香的,谁都想上他的戏,得到名导的青睐比认识最佳演员还重要。

但上一周上课,选手们明显就感觉得到,曾导好像对这个节目不是很上心,而且要求特别高,谁演他都说不行,打回去重新看剧本,嘴里口头禅就那么几句:"你太浮夸了啊。"

"演过头了啊。"

"你台词说得好差。"

"老师没教过吗?"

每一回都特别直接地把演员的自信心和自尊心都踩到底。

庄钦选他的时候,也有点犹豫,他觉得曾导并不是那么喜欢自己,庄钦本意是想学习一些东西的,其他导师也都不错。但最后他还是写了曾导的名字交上去。

后面导演直接进来,让他选朱桓,也没说为什么,就说让他那么选。

节目组为了节目效果,是一定要制造矛盾的,不管是演员之间的,还是演员和导师之间的,或导师和导师间的矛盾,没有矛盾的节目就没有任何看头。

但最终结果出来,庄钦还是进了曾导的组,节目组知道他身上的话题热度,还把郑风柏和单耘耘也分进这个组。

庄钦拿到了录制流程,这三天全部录导师上课的内容,经过三天上课集训过后就是周末,然后是组内 PK 赛,要选出一个队长来。

早上起来上课,曾导制定的课案内容很简单:"今天内容很轻松,每个人发一份剧本,花三个小时把剧本看完,就看一遍,然后给你们分配角色,分配好了就写人物小传,明天中午给我交一万字人物小传上来,不合格就重写,OK吗?"

所有人:"……"

庄钦有时候钻研剧本入迷,会通宵地写人物小传,但要手写一万字……假设写作文一千字要一个小时,手写一万字就是十个小时。

曾导:"有没有问题?谁有问题可以提出来。"

谁也不敢提出异议,只能答好。

337

曾导："如果实在写不出来，也不勉强，一万字别凑字数，浪费时间，也别唬我，我会认真看你们写的东西的。"

"好的曾导。"

曾导："剧本在哪里看都无所谓，回房间也可以，但是只能看三个小时，我三小时后回来，给你们分角色。"

庄钦拿着剧本，坐在工作坊的角落，摄影师进来跟拍，他摊开一本笔记本，一手翻剧本，摄影师拍到，他那笔记本上记录的似乎是页码。

他挺认真地在阅读这个剧本，算是个爱情故事，而且是涉及两代人之间的爱情故事，最难的是男主角的角色，那是个需要一人分饰两角的角色。

既要演男主角，又要演男主角的儿子。

男主角和女主角在上个世纪发生了一段旷世奇缘的爱情故事，因战乱而分别，男主角后来有了家庭，男主角的儿子又遇上了女主角。

故事是从女主角的视角说起，女主角看见他的一瞬间，就想起了曾经的爱人。

是个中长篇幅的剧本，语言很精练，剧情并不跌宕，反而很简单。庄钦看得很认真，但是看着看着，就感觉有人坐在了自己身旁，庄钦看见是单耘耘，就站起身来让她。

就是有眼睛的人，都看得出来他不喜欢她。

结果庄钦跑其他地方去坐下，她又来了，还喊师哥，问他是不是要演这个男主角。

"这段别拍行吗？"庄钦对跟拍的摄像大哥说了这么一句，摄像师便把镜头盖盖上了。

"我看剧本的时候，喜欢一个人，不喜欢被打扰。"庄钦表情是笑的，眼神却没有温度，对她道，"所以，你看你自己的，不要来问我问题了，更不要坐在我旁边。我的意思是，以后也不要这样了。"

单耘耘知道他为人和善。

之前在公司，他对所有人都笑，她就知道他和善，和那种人前和善人后猥琐品行恶劣的不一样。

她也听自己经纪人说过，庄钦是什么都不会拒绝的性格。前两天她尝到了一点甜头，没想到今天就被这么直白地拒绝了。

当着摄影师的面，她有几分尴尬。

三小时后，庄钦基本把整部剧本大致看完了，细节和重点页码也做了笔记。

随后曾导进来，开始分配角色："先来男女主角，男女主角谁想演？"

他话问得太直白了，一下竟然没人敢举手，都在看旁边的人。

庄钦说："我想演。"

郑风柏马上接道："我也想演。"

有了人开头，马上有更多的人说自己也想，曾导说："对的，不想演主角的演员，不是好演员，既然想，就要去争取，每人一万字的人物小传，写完先给我看，去吧。"

庄钦掏了两个封面颜色不一样的崭新笔记本出来，红色的写日记，黑色的写小传。

他一旦开始做准备工作，就特别认真，写了一会儿，吃过午饭，戴上了降噪耳机，继续写。

他全然沉浸了进去，先代入自己是男主角，写得非常入迷，他在日记上描绘出剧本写到了但并未深写的和女主角初遇那天，在那一页上方写了日期和天气，紧随其后写了更多的日记出来。

曾导下午六点才回来，挨个视察，问人："写得怎么样，写了多少了？一万字写完了吗？"

好多人都不好意思地遮住笔记本上难看的字迹，说没写好。

"你呢，你写好了吗？"曾导背着手站庄钦背后，发现他同时在用两个本子记。

庄钦戴降噪耳机，听不见别人喊他。

曾导背着手，弯腰认真地看了一下，庄钦到底在写什么。

等看清楚，背后摄像师拍到了他那微微有些惊讶的表情。

"谁教你这么写的？"

庄钦被他拍了一下，才一下停住笔。

曾导又看他的本子："你还画分镜？"

"一个下午的时间，做了这么多准备工作？"

庄钦正沉浸在剧本的世界，闻言甚至一下反应不过来，露出一种迷迷糊糊的状态。

曾导一看就知道怎么回事。

"跟我出来。"

"哦。"庄钦拿着本子站起，在工作坊其他演员羡慕的注视下跟着出去。

曾导打发摄像师："你别拍了。"

摄像师关了镜头盖。

曾导："你走远点。"

演技派

摄像师只好离开。

曾导对庄钦说:"本子给我。"

庄钦把本子给了他,曾导翻开看了两眼。

字迹潦草,可见写得速度相当快,而且不知道是不是思维太快了,有几行字都写错行了,歪掉了。

"你每次拍戏,提前准备都用这种方式?"

"不,就上部戏拍的时候,是这样的。之前不是。"他稍稍回神了一下。

"哦,那你上部戏什么时候拍的?"

"刚杀青不到一个月。"

"出戏了吗?"

"出……好像,没出来。"庄钦垂首,"我也不是很清楚。"他觉得自己可能必须得进入其他的角色才能忘记上一个角色的感情。

"你是演员,你怎么会不清楚?为什么用这种方式,谁教的?"

"我自己……乱来的。"老师确实没教,庄钦之前就是为了在戏里找到真实感,才养成了这种不好的习惯。

"你也知道是乱来,你再这样拍戏,你的演员生涯最多再一两部戏就终结了!"

那么短的时间内,庄钦就能深层次地理解了人物入戏,并且完全是把自己真的当成了角色,可想而知出来的时候会有多难。

图书在版编目（CIP）数据

演技派 / 睡芒著 . — 广州：广东旅游出版社，2021.2
ISBN 978-7-5570-2424-6

Ⅰ . ①演… Ⅱ . ①睡… Ⅲ . ①长篇小说—中国—当代 Ⅳ . ① I247.5

中国版本图书馆 CIP 数据核字 (2020) 第 267877 号

演技派
YAN JI PAI

出版人：刘志松
责任编辑：何方

广东旅游出版社出版发行
地址：广州市荔湾区沙面北街 71 号首、二层
邮编：510130
电话：020-87347732
印刷：三河市冀华印务有限公司
（地址：河北省廊坊市三河市杨庄镇杨庄村）
开本：700 毫米 ×980 毫米　1/16
字数：382 千
印张：21.75
版次：2021 年 2 月第 1 版
印次：2021 年 2 月第 1 次印刷
定价：48.00 元

【版权所有 侵权必究】

如发现图书质量问题，可联系调换。质量投诉电话：010-82069336